MARTINA NAVRATILOVA
LIZ NICKLES

Bei Aufschlag Mord

Buch

Die Physiotherapeutin Jordan Myles, einst selbst erfolgreiche Tennisspielerin, ist eine gesuchte Spezialistin mit eigener Klinik, in der sich die Topspieler auf wichtige Turniere vorbereiten. Außerdem moderiert Jordan eine Fernsehsendung, die sich vor allem dem Damentennis widmet. Für diese Sendung soll sie nun exklusiv die hoffnungsvolle Nachwuchsspielerin Jasmine Li interviewen, deren Liebesbeziehung mit dem glamourösen farbigen Tennisstar Malik von den Medien begierig verfolgt wird. Hinter den Kulissen kommt es zum Streit zwischen Jordan und Dr. Gus Laidlaw, ihrem Lebensgefährten und Geschäftspartner: Laidlaw möchte Jasmine als Werbeträgerin für ein von ihm entwickeltes Gesundheitspräparat gewinnen, aber Jordan weigert sich standhaft, in ihrer Sendung Schleichwerbung für das Produkt zu machen.

Das Fernsehinterview wird ein sensationeller Erfolg, vor allem, weil Malik publicitywirksam vor laufender Kamera um die Hand von Jasmine anhält. Doch die rauschende Verlobungsparty am gleichen Abend nimmt ein jähes Ende, als bekannt wird, daß Jasmines Trainer unter mysteriösen Umständen zu Tode gekommen ist. Ein anonymer Anrufer behauptet, daß es Mord war, und kündigt weitere Morde an. Zwei Tage später ist Malik tot. Mißtrauisch geworden, bittet Jordan ihren alten Freund um Hilfe, den Ex-CIA-Agenten Noel Fisher. Denn sie vermutet, daß die Todesfälle mit ihrer Klinik und mit Gus Laidlaws Arbeit zusammenhängen...

Autorin

Martina Navratilova ist im Damentennis ein Mythos, die Zahl ihrer gewonnenen Turniere Legende. Seit ihrem Abgang von der Bühne der Weltklassespielerinnen schreibt sie zusammen mit Liz Nickles ihre Jordan-Myles-Krimis, die sowohl von der Presse als auch vom Lesepublikum begeistert aufgenommen werden. Martina Navratilova lebt heute in Aspen, Colorado.

Von der Autorin im Taschenbuch außerdem lieferbar

Spiel, Satz und Tod (43593)
Tödliches Comeback (43251)

MARTINA
NAVRATILOVA
LIZ NICKLES

Bei Aufschlag Mord

Roman

Aus dem Amerikanischen von
Peter Pfaffinger

BLANVALET

Die Originalausgabe erschien 1998 unter dem Titel
»Killer Instinct«
bei Ballantine Books, New York

Umwelthinweis:
Alle bedruckten Materialien dieses Taschenbuches
sind chlorfrei und umweltschonend.
Das Papier enthält Recycling-Anteile.

Blanvalet Taschenbücher erscheinen im Goldmann Verlag,
einem Unternehmen der Verlagsgruppe Bertelsmann.

Deutsche Erstausgabe 7/99

Umschlaggestaltung: Design Team München
Umschlagfoto: Look/Martini
Satz: Uhl + Massopust, Aalen
Druck: Elsnerdruck, Berlin
Titelnummer: 35126
Redaktion: Viola Eigenberz
BH · Herstellung: Heidrun Nawrot
Made in Germany
ISBN 3-442-35126-X

1 3 5 7 9 10 8 6 4 2

Für alle, die versuchen, die Welt
lebenswerter zu machen
Martina Navratilova

1

Gladiatoren. Obwohl sie nichts als Tennis spielten, kamen sie mir genauso vor. Für mich war das immer noch ein völlig ungewohnter Blickwinkel auf einen Sport, den ich doch so gut kannte, den ich im Blut hatte. Einem Publikum von fünfzehntausend Leuten – oder mehr, wenn man die Fernsehzuschauer mitzählt – hatte ich mich auch schon gestellt. Ich hatte mich einer Gegnerin gestellt, sei es auf Gras, auf Sand oder auf einem Hartplatz. Ich hatte mich dem Ball gestellt. Und genauso auch mir selbst. Aber auf dem Platz war mir nie bewußt geworden, daß ich mitten auf einer Bühne agierte. Selbst in meiner aktiven Zeit hatte ich mein Spiel irgendwie als etwas Privates empfunden. Als ich jedoch anfing, die Spiele zu kommentieren, war die Situation eine ganz andere.

Früher ahnte ich nicht einmal, wie zudringlich die Kamera ist. Wenn ich heute in meiner Pressekabine im Madison Square Garden hocke und auf die gewaltige Schüssel mit ihrem Meer von lila Sitzen und dem blauen Center Court hinunterschaue, bieten sich mir die Dinge in einer völlig anderen Perspektive dar. Als Spieler sieht man nur den Gegner und die Zuschauer, aber nicht die Kamera. Die Aufmerksamkeit der Leute liegt vielleicht bei deiner Gegenspielerin, während du zum nächsten Schlag ansetzt, und du merkst gar nicht, daß die Kamera dich ganz nah heranholt und dein Mienenspiel bis ins Detail bloßlegt. Du spielst, du willst gewinnen – du denkst nicht daran, daß die Kamera jede Bewegung vergrößert, als ob du irgendein Insekt unter einem Mikroskop wärst, das sogar die Haare in den Nasenlöchern sichtbar macht, wenn der Regisseur diese Einstellung will.

Ich gebe zu, daß ich mich selbst nach fast zwei Jahren immer noch komisch fühle, wenn ich mit Mikrofon und Kopfhörer verkabelt in einer Sprecherkabine sitze. Auf diesem Territorium bin ich viel eher ein eingebürgertes als ein hineingeborenes Mitglied. Wenn ich das Spielgeschehen unten verfolge, wünsche ich mir oft, ich könnte wieder auf dem Court stehen, denn im Grunde meines Herzens weiß ich, daß ich die Siegerinnen alle hätte schlagen können. Allerdings versuche ich tunlichst, diese Gefühle, die niemanden mehr interessieren, vor meinem Publikum zu verbergen. Weitaus wohler fühle ich mich darum nach wie vor in meiner früheren Inkarnation als Jordan Myles, Tennisspielerin und gelegentlicher Champion, oder in meiner gegenwärtigen Existenz als Jordan Myles, Physiotherapeutin. Auch mich selbst auf dem Bildschirm zu sehen, verwirrt mich. Dabei bin das eindeutig ich – mit meinen unbezähmbaren schwarzen Locken, die ich zu einem Pferdeschwanz zusammengebunden habe, meinen hohen Wangenknochen, meinen unter einer Schicht Puder versteckten Sommersprossen, meinem in den obligatorischen marineblauen Kommentatorinnenblazer gehüllten athletischen Körper –, doch irgendwie erscheint mir diese Gestalt trotzdem fremd. Bevor ich den Fernsehjob anfing, hatte ich mich nie mit den Reportern befaßt, außer daß ich aus der Haut fuhr, wenn sie mal wieder ihre Lieblingsspielerinnen hofierten. Die Leute in den Sprecherkabinen gehörten einfach zum Inventar der Turniere. Jetzt dagegen habe ich einen gesunden Respekt vor all denjenigen entwickelt, die vor einer Kamera nicht nur wie aus einem Guß aussehen, sondern sich auch so anhören.

So habe ich beispielsweise gelernt, daß die erste Woche

eines Turniers immer die schwerste für einen Kommentator ist. Superstars wie Steffi Graf lassen sich problemlos vorstellen, denn man kennt sie und ihre Spielweise. Aber es fegen auch alle Arten von weniger bekannten Qualifikantinnen praktisch aus dem Nichts über den Platz, auf deren Spiel man sich blitzschnell einzustellen hat. Es ist schon vorgekommen, daß ich über Spielerinnen gesprochen habe, die ich in dem Moment, in dem die Kamera sie einfing, zum erstenmal sah. In solchen Momenten muß man einen wahren Steptanz aufführen: einen Blick auf die Statistik werfen, die Erfolge der Spielerin bewerten, das Verhältnis von gewonnenen zu verlorenen Sätzen, von gewonnenen zu verlorenen Tiebreaks kommentieren, Grundmuster in ihrer Spieltechnik erkennen und daraus Schlußfolgerungen bezüglich der Taktik ziehen, verfolgen, wie sie den Ball behandelt, darauf achten, ob sie besser die Linie entlang oder cross schlägt, und aus dem Stegreif eine Analyse aus dem Handgelenk schütteln, die Sinn ergibt. Das Ganze ist ein kontinuierliches Learning by Doing. Der Spaß liegt darin, zu erkennen, was unten läuft, was klappt und was nicht.

Bei meinem zweiten Match als Kommentatorin beging ich einen Fehler. Ich redete während eines entscheidenden Schlags. Sofort hatte ich den Regisseur im Kopfhörer und wurde aufgefordert, still zu sein. Das an sich war schon schlimm genug, doch bei der Vorbesprechung für den nächsten Tag – an der die Techniker, Kommentatoren und auch noch eine ganze Reihe ehemaliger Stars wie Billie Jean King teilnahmen –, wies er mich noch einmal vor versammelter Runde zurecht. Seitdem sind mir andere Fehler unterlaufen wie zum Beispiel Fluchen auf Sendung, aber ich habe daraus gelernt und mich nicht von meinem Weg abbringen lassen. Bei diesem ersten fühlte ich mich jedoch, als hätte ich einen Matchball verpaßt. Andererseits war ich nun mal eine Anfängerin und begriff erst mit der Zeit, daß das Kommentieren bei weitem keine so persönliche Angelegenheit ist wie das Spielen – es ist viel leichter, über Tennis zu reden, als selbst dem Ball hinterherzuhetzen. Aber ich wußte, daß ich einiges zu lernen hatte. Und ich mußte erkennen, daß ich nicht mehr Expertin war, sondern nur noch Mitglied einer Anfängerklasse.

Letzteres war der eigentliche Grund, warum ich vor zwei Jahren zum Fernsehen ging. Ich empfand es als etwas Neues, als Herausforderung, die zudem Spaß machte. Fünf Jahre davor war ich die leitende Physiotherapeutin der Desert Springs Sports Clinic geworden, mit dem Schwerpunkt, Tennisspielern zu ihrer Bestform zu verhelfen. Ich war am Gewinn beteiligt, und die Arbeit lag mir. Ich wußte, daß ich selbst nie wieder würde spielen können, schon gar nicht bei großen Turnieren – damit war es nach einem Absturz bei einer Klettertour in den Bergen vorbei. Als dann die U.S. Sports Network bei mir anklopfte, war ich richtig aufgeregt. Ich konnte näher an meinem Sport dranbleiben als bisher, ohne deswegen alte und mögliche neue Patienten aus den Augen zu verlieren. Nein, ich kann wirklich nicht behaupten, es hätte mir nicht geschmeichelt, daß die Medienleute mich immer noch für ein Zugpferd hielten. Wie sich herausstellte, sahen es die Zuschauer genauso. Trotz gelegentlicher Schnitzer schliffen sich meine Kanten mit der Zeit ab, und – das war dem Sender noch viel wichtiger – die Einschaltquoten stiegen, wenn ich ein Spiel kommentierte. Aber das war noch nicht alles. Aufgrund meines Erfolgs wurde mir die Moderation von *Woman/Sport* anvertraut, eines ganz neuen, sechsmal pro Jahr zur Hauptsendezeit ausgestrahlten Magazins, das jedesmal eine andere berühmte Sportlerin präsentierte.

»Wie oft hast du eigentlich das Garden gespielt, Jordan?«

fragte mich mein Co-Kommentator Jon Wetherill in einer Pause bei der Übertragung der Saturnia Championships. »Du mußt dich hier ja richtig heimisch fühlen.« Er blinzelte auf eine Statistik, die man ihm gebracht hatte, und gab einer Assistentin per Handzeichen zu verstehen, daß er ein Glas Wasser brauchte. Jon war ein netter, gutaussehender Kerl mit blondgelocktem Haar und Sommer wie Winter gleichmäßig gebräunter Haut. Als Ansager war er ungemein locker, aber seine Kenntnisse über Tennis ließen doch etwas zu wünschen übrig. Er hatte selbst nie gespielt und sich das, was er wußte, durch Zuschauen angeeignet. Wenn wir moderierten, nannte er immer den Stand, plauderte über den Hintergrund der Spieler und gab mir die Stichpunkte. Dann übernahm ich mit meinem Fachwissen und kommentierte das Spieltechnische. Wohl weil wir uns so gut ergänzten, konnten sich die Zuschauer mit uns identifizieren. Darum wurden wir bei den großen Tennisturnieren der Welt oft zusammen eingesetzt, Seite an Seite im gleichen Blazer. Heute allerdings war es das letzte Mal für eine ganze Weile, denn danach war die Saison im Frauentennis so gut wie gelaufen.

Die Saturnia Championships, die ein paar Jahre zuvor nach einer langen Partnerschaft mit einer Tabakfirma umbenannt worden waren und jetzt von einem auf Haushaltswaren spezialisierten Konzern gesponsert wurden, bildeten das traditionelle große Saisonfinale im Frauentennis, und ich hatte bestimmt ein dutzendmal daran teilgenommen. Der Madison Square Garden mit seiner schillernden Geschichte und seinem großen Erbe hatte mich seit jeher fasziniert.

Unten auf dem Platz kämpfte gerade Seranata Aziz, eine der ganz Großen im Frauentennis – sie hieß allgemein »the Lege« als Kurzform von Legende –, in ihrem letzten Turnier vor dem Ende ihrer Karriere. In meiner aktiven Zeit hatte ich zigmal gegen Aziz gespielt. Wir kannten uns aus dem Effeff, so daß ich beim Kommentieren aus dem Vollen schöpfen konnte. Aziz sollte nach ihrem Abschiedsspiel eine Auszeichnung von den Sponsoren erhalten, doch diese machte nur einen Teil der Attraktion aus. Bestimmt die Hälfte des Publikums war wegen ihrer Gegnerin, Jasmine Li, gekommen, der exotischen holländisch-indonesischen Sensation der jetzt zu Ende gehenden Saison, die sowohl auf dem Platz wie in den Schlagzeilen für Furore gesorgt hatte. Ein paar Wochen zuvor war sie bei den U.S. Open bis ins Viertelfinale vorgestoßen und hatte einen ungemein starken Eindruck hinterlassen. Aziz drosch ihr die Bälle mit ihrem Powertennis um die Ohren, doch Li schwebte wie eine Feder über den Platz und flog scheinbar ohne jede Anstrengung von der Grundlinie zum Netz, um plötzlich mit ihrem tödlichen beidhändigen Schmetterball förmlich zu explodieren. Weil sie im Feldhockey groß geworden war, schlug sie mit links genausogut wie mit rechts. Dank ihrem geschmeidigen, knapp einsachtzig großen Körper und ihrer auffallenden Schönheit war sie auf Anhieb zum Covergirl geworden, und auf dem Platz hatten sie ihr Riecher für den Ball, ihre Fähigkeit, immer schon dazusein, wenn er in ihrer Hälfte landete, und ihn so gut wie immer zurückzuschlagen, schnell zum Liebling der Massen gemacht. Auch wenn der ganz große Erfolg noch ausstand, wurde sie bereits »die Außerirdische« genannt, weil sie einfach überall gleichzeitig zu sein schien.

Einen Aufhänger für mein Interview mit Jasmine zu finden, war mir nicht allzu schwergefallen. Außer ihrem kometenhaften Aufstieg im Tenniszirkus gab es eine von den Medien hochgespielte Romanze. Seit Monaten war Jasmine mit Malik zusammen, einem Superstar aus der NBA, der seit neuestem alles daransetzte, der erste Basketballspieler mit einem Grand-Slam-Titel im Tennis zu werden. Die zwei waren das heißeste Tennispaar – vielleicht sogar das *einzige* – seit Chris Evert und John Lloyd. Nein, sie waren das heißeste Paar in der Sportwelt, Punkt. Wirklich jeder Reporter hatte versucht, die zwei für ein Interview zu gewinnen, doch sie hatten sich beharrlich geweigert, über ihre Beziehung zu sprechen. Jetzt hatte sich Jasmine jedoch zu einem Exklusivgespräch mit mir bereit erklärt.

»Wie hast du Jasmine nur rumgekriegt?« wollte Jon wissen. »Sonst mauert sie doch immer.«

Ich bedachte ihn mit einem wissenden Lächeln. Die wenigsten wußten darüber Bescheid, aber Jasmine war schon so gut wie Patientin bei mir. Gleich nach dem Ende dieses Turniers sollte sie nach Palm Springs kommen und sich in der Klinik einer einwöchigen Analyse mit intensivem Training unterziehen. Und weil wir die Sendungen für unser Magazin immer auf dem Gelände der Klinik drehten, waren die Bedingungen geradezu ideal.

»Nicht schlecht für eine Anfängerin«, zog mich Jon auf. »Hunderte von Leuten mit viel mehr Erfahrung als du stehen bei ihr Schlange und gehen leer aus.«

Wieder lächelte ich nur. Das genau war ja der Grund. »Die Pressefritzen reißen sich um Jasmine und Malik, aber Ihnen traut sie«, hatte mir Jasmines Manager, Paul Kessler, erzählt. »Sie sind eben keine abgebrühte Reporterin wie der ganze Rest, sondern auch Spielerin; und Sie verstehen was von Medizin. Außerdem werden Sie die Sache nicht aufbauschen, Jasmine aus dem Zusammenhang gerissen zitieren oder irgendwelche bescheuerten Oben-ohne-Fotos bringen.«

Ich hörte Paul, den die Tennisspieler »Pinocchio« nannten, immer nur mit halbem Ohr zu – wenn er etwas Bestimmtes erreichen wollte, nahm er es mit der Wahrheit nie so genau. Und mir war klar, daß er in Jasmines Fall auf ein glattpoliertes Image als die Frau ohne Skandale abzielte, um so bei den Sponsoren möglichst hochdotierte Verträge herauszuschinden. Da konnte er kein Interview mit Leuten riskieren, denen er nicht voll und ganz traute. Folglich hatte er mir den Vorzug vor den mit allen Wassern gewaschenen Profis gegeben. Das Tamtam um dieses Interview war freilich schon jetzt unbeschreiblich; es würde uns garantiert traumhafte Einschaltquoten bescheren und für die Klinik zusätzliche Werbung bedeuten.

Der Vertrag mit der Fernsehgesellschaft erlaubte es mir, meine Arbeit in der Sportklinik fortzusetzen, und die war mir nach wie vor wichtig, obwohl meine neuen Verpflichtungen mir nicht mehr viel Zeit für meine Klienten ließen. Ausgerechnet jetzt, da ich regelmäßig im Fernsehen auftrat, wollten auf einmal so ziemlich alle Tennisspieler ihre Wehwehchen von mir auskurieren lassen, während ich mich gezwungenermaßen auf die Arbeit mit einigen wenigen beschränken mußte.

Unten auf dem Platz war das Spiel zwischen Aziz und Li aus irgendeinem Grund unterbrochen worden. Ich stupste Jon an. »Was dauert denn da so lange?« Die riesige achteckige elektronische Anzeigetafel war leer, die Spielerinnen standen an der Seitenlinie, während die Ballmädchen in ihren weißen Poloshirts und marineblauen Röckchen auf die Fortsetzung warteten.

Dann raschelte es in meinem Kopfhörer, und die Stimme des Regisseurs bellte mir ins Ohr: »Es hat irgendwo eine Störung gegeben. Die vom Sicherheitsdienst holen die Spielerinnen jetzt gleich vom Platz.«

Weil in Fragen Sicherheit seit einiger Zeit überall eine gewisse Nervosität herrschte, handelten die Veranstalter allesamt nach dem Motto: Als erstes die Spieler schützen, Fragen stellen wir später.

Nun, Jon und ich sahen plötzlich, wie die Zuschauer sich auf ihre Sitze stellten und alle in dieselbe Richtung spähten, während die Wachleute Jasmine und Seranata in die Umkleidekabinen eskortierten.

»Paßt auf, wir machen einen Schnitt nach unten zu Hank«, kündigte der Regisseur an. »Da ist irgendwas passiert.«

Als ich den Blick über die Menge schweifen ließ, fiel mir ein aufgeregtes Treiben an einer Loge hinter den Stühlen der Spielerinnen auf. Dann erschien diese Szene auch auf unserem Monitor und wurde herangezoomt. Ich sah eine hysterisch schreiende Frau wild mit einem Arm winken; mit dem anderen drückte sie ein kleines Mädchen an sich, dessen Glieder schlaff herunterhingen. Das Mädchen mochte an die drei Jahre alt sein. Ihre Augen waren verdreht; vermutlich hatte sie irgendeinen Anfall.

Ich riß mir den Kopfhörer herunter. »Ich geh' da runter!« rief ich Jon zu und rannte los.

»Das kannst du doch nicht machen!« protestierte er. »Die Kamera bleibt nicht ewig dort unten. Wahrscheinlich hat das Kind sich bloß an Popcorn verschluckt. Was ist, wenn sie uns wieder einblenden, damit wir die Unterbrechung überbrücken? Mit wem soll ich dann schäkern?«

»Dir wird schon was einfallen.«

Und schon stürmte ich mit meiner Akkreditierungskarte wedelnd an den Wachleuten vorbei. Mir war klar, daß die Sanitäter das Mädchen jeden Moment erreichen würden, aber ich konnte einfach nicht in meiner Kabine hocken und tatenlos zusehen. Ich hatte eine Ausbildung in Erster Hilfe, und hier handelte es sich um einen Notfall.

Von früher her kannte ich eine Abkürzung. Noch einmal winkte ich mit meinem Presseausweis, jemand inspizierte das laminierte Foto, und dann hatte ich das Innere des Garden erreicht, rannte über den grauen Zementboden, jagte am Medienraum mit seinen blauen Vorhängen vorbei und sprintete weiter ins Bereitstellungszentrum, eine dunkle, höhlenartige Garage, in der eine Flotte von gelben Gabelstaplern geparkt war. Ein Wärter starrte mich neugierig an. »Hey, Mac!« rief er verblüfft. Ich kannte ihn noch von früher, bei ihm hießen alle Mac. Ich ließ ihn stehen und hastete in die Players' Lounge, in der mehrere Spielerinnen mit Angehörigen und Freunden um einen Eßtisch saßen. Im Hintergrund lief der Fernseher, und ich hörte, wie Hank das Geschehen auf der Tribüne schilderte.

Bei Unfällen oder plötzlich auftretenden Symptomen handeln die Sanitäter normalerweise so zügig und unauffällig, daß die wenigsten Zuschauer etwas mitbekommen. Sonnenstiche, Erstickungsanfälle, Übelkeit und Fieber sind bei Tennisturnieren an der Tagesordnung. Ich erinnere mich an einen Vorfall beim Family Circle Magazine Cup, als ein Mann einen Herzstillstand erlitt. Binnen Sekunden kamen der Turnierarzt und ein Trupp Sanitäter herbeigestürzt, brachten den Mann in die stabile Seitenlage, machten seinen Rachenraum frei, schnallten ihn auf eine Bahre, und noch während sie ihn an den Zuschauern vorbei ins Freie trugen, führten sie eine Herz-Lungen-Wiederbelebung durch. Das Spiel wurde nicht einen Moment unterbrochen.

Aber bei Kindern war das etwas ganz anderes.

Wenn man als Spieler von den Umkleidekabinen des Garden in die Arena läuft, kommt man sich vor wie beim Wechsel von Schwarzweiß auf Farbe. Die grauen Betonmauern weichen plötzlich einem Meer von Gesichtern, dem hellen Blau der Courts und der Farbenpracht der vielen Pullover und Mäntel. Dann schwingt sich die niedrige Decke zu großer Höhe auf und man hört den Jubel und den Applaus der Menge.

So hatte ich den Garden in Erinnerung. Doch jetzt stand hier eine verzweifelte Mutter, und das Publikum war verunsichert. Das spürte ich in dem Moment, als ich durch den Tunnel ins Freie rannte. Die Zuschauer waren wie gelähmt; jeder schien den Atem anzuhalten. Selbst die Fotografen an den Seitenlinien, deren Blitzlichter sonst im Stakkato aufleuchten, kauerten wie erstarrt am Boden. Nur die Schreie der Mutter gellten weiter über den Platz, hallten vom Dach wider und vereinten sich mit dem eigenen Echo, so daß man unwillkürlich an eine tobende Menge dachte.

Hank hielt sich mit dem Mikrofon in der Hand etwas abseits und sprach mit ernster Miene in die Kamera. Dann sah ich das Kind, ein kleines Mädchen mit lockigem blonden Haar. Rings um die reglos am Boden liegende Gestalt standen besorgte Erwachsene, so daß sie noch winziger erschien. Das Gesichtchen war blaß wie das einer Wachsfigur. Ich sah, daß man dem Kind bereits eine Kanüle für eine intravenöse Infusion gelegt hatte; eine Herz-Lungen-Wiederbelebung war auch schon im Gange. Andere Helfer versuchten noch immer vergeblich, die Mutter zu beruhigen. Die riß sich los und kreischte unentwegt: »Mein Kind! Rettet mein Kind doch! Laßt mich los! So helft doch meiner Kleinen!« Dann wurde das Kind in Windeseile auf einer Bahre festgeschnallt und vom Platz geschoben.

Die ganze Phalanx kam direkt an mir vorbei – Wachleute, Ärzte, Sanitäter und die nicht zu beruhigende Mutter. Mechanisch trottete ich nebenher. Ich überlegte noch, wie ich helfen konnte, als ich Rachel Allyn, die Turnierärztin, erkannte. In meinem Rücken hörte ich Hank den Zuschauern versichern, daß der Vorfall überstanden, das kleine Mädchen in guten Händen sei und das Match sicherlich jeden Moment fortgesetzt werden könne, doch Rachels ernste Miene zeugte nicht von Zuversicht. Im Gegenteil, sie drückte das aus, was sich kein Arzt gern eingesteht: Hoffnungslosigkeit.

Seranata Aziz gewann das Saturnia. Es hätte der triumphale Abschluß einer beispiellosen Tenniskarriere werden sollen, aber der Tod der kleinen Celine York verdarb ihr alles. Seranata erfuhr es erst, als das Match gegen Jasmine Li vorbei war. Kaum hatte sie die Nachricht gehört, brach sie in Tränen aus und war nicht mehr in der Lage, die nach jedem Spiel übliche Pressekonferenz durchzustehen. Am nächsten Tag widmete sie Celine ihren Finalsieg. Das kleine Mädchen, die Tochter der Freundin eines Trainers, war eine glühende Anhängerin Seranatas gewesen. Ja, vor dem Match hatte Seranata noch mit ihr gescherzt und ihr einen Tennisball geschenkt. Im Krankenhaus wurde er gefunden. Noch im Tod hielt Celine ihn fest umklammert, und die untröstliche Mutter verkündete, er werde zusammen mit ihrer Tochter beerdigt.

»Laut der ersten Untersuchung handelte es sich um eine angeborene Herzschwäche«, erklärte mir Rachel, als wir uns zwei Tage später über den Fall unterhielten. »Das hatte ich ohnehin schon vermutet. Als ich Celine erreichte, war bereits kein Puls mehr festzustellen. Erstickt ist sie nicht; die Luftröhre war frei. Die Mutter brachte noch heraus, daß bei ihr keine Allergien bekannt seien. Mein Gott, war diese Frau hysterisch – aber wer kann es ihr verdenken?«

Nach einem Turnier setze ich mich gern mit Leuten von der Profitour zusammen. In New York ist unser Lieblingstreff das Tandoori Rose, ein vegetarisches Restaurant in der Upper Westside. Diesmal stocherte ich freilich ohne großen Appetit in meinem Curry herum. »Armes kleines Ding. Wie kommt Seranata jetzt damit zurecht?«

»Sie war heute bei der Beerdigung. Ich auch.« Rachel trug noch immer ihren schwarzen Hosenanzug und hatte sich die schwarzen Haare hochgesteckt. Normalerweise lief sie in Jeans und Pullover und mit offenen Haaren herum.

»Mein Gott, eine schreckliche Geschichte. Ich wünschte, ich hätte irgendwie helfen können.«

»So geht es uns allen. Aber leider kommen eben manche Menschen mit einer Zeitbombe auf die Welt. Mit einer schwachen Herzklappe oder einem Aneurysma, das nur darauf wartet, aufzuplatzen. Manchmal können wir eben nicht Gott spielen, so sehr wir uns auch bemühen, Jordan.«

Ich wandte mich an Gale Lieber, die neben mir saß. Wir lebten beide in der Gegend von Palm Springs und kannten uns seit Jahren. Gale galt als Institution im Frauentennis. Sie war so ziemlich bei jedem Turnier als Schiedsrichterin dabei gewesen, bis sie sich zu sehr mit einigen Spielerinnen anfreundete, um noch unparteiisch urteilen zu können. Jetzt hatte sie einen Vollzeitjob bei den Saturnia als Verbindungsfrau zu den Spielerinnen und war so etwas wie die Mutter der Kompanie. Ich mochte Gale gern. Sie war lustig und erzählte die köstlichsten Geschichten, gespickt mit witzigen Details, doch heute war sie wie wir alle niedergeschlagen.

»Ich habe gehört, daß die Mutter mit Seranatas Trainer befreundet sein soll«, sagte ich.

Gale nickte. »Richtig, mit Artie Lutz. Einen Tag, bevor es geschehen ist, habe ich ihn noch besucht. Er brauchte Karten für den Zirkus, und ich hatte noch welche organisieren können. Das kleine Mädchen war bei ihm im Hotelzimmer und spielte. Er erzählte mir, er spiele gerade Babysitter, und es war klar, daß er die Karten ihretwegen besorgt hatte. Er war wirklich lieb zu ihr. Das konnte man schon an dem Haufen von Geschenken sehen, die er ihr bei *FAO Schwarz* gekauft hatte. Auf dem Boden lag noch die Verpackung für ein

Schaukelpferd, und die Abteilung für Plüschtiere muß er geradezu leergekauft haben. So richtig begeistert schien das Mädchen aber von etwas ganz anderem zu sein, nämlich einem Spielzeugtennisschläger. Sie rannte damit im Zimmer herum und schlug nach allem, was ihr in die Quere kam.«

»Armer Artie«, murmelte Rachel. »Bei der Beerdigung war er am Boden zerstört. Stoisch, wie es seine Art ist, aber todtraurig.«

»Und die Mutter?« erkundigte ich mich.

»Du kannst es dir ja denken. Sie bekommt Beruhigungsmittel, steht aber immer noch unter Schock. Es muß eine Mutter ja aus der Bahn werfen, wenn das eigene Kind vor ihren Augen stirbt.« Ihr Mund straffte sich. »Wie auch immer, sie behauptet, ihre Tochter sei ermordet worden. Sie brach völlig zusammen und schrie unentwegt, jemand habe sie umgebracht.«

»Aber jeder hat doch gesehen, was passiert ist«, wandte Gale ein.

»Na ja, sie war ihr einziges Kind. Sie klammert sich an alles, was diesen sinnlosen Tod irgendwie erklärbar macht.« Rachel seufzte und schob das Essen auf dem Teller herum, ohne auch nur davon zu kosten. »Die Menschen reagieren oft so.«

Keiner von uns war nach Essen oder Unterhaltung zumute. Am Anfang des Turniers hatten wir vage einen Segeltörn in die Karibik ins Auge gefaßt, aber der fiel jetzt ins Wasser. Niemand war in der Stimmung, dieses Thema auch nur anzusprechen. Kaum war der Tisch abgeräumt worden, schob ich auch schon meinen Stuhl zurück und stand auf. Ich hatte meinen Rückflug nach Palm Springs für acht Uhr am nächsten Morgen gebucht. Außerdem war ich das ganze Jahr zwischen Paris, Wimbledon, New York und zig anderen Turnierorten auf Achse gewesen und konnte es kaum erwarten, endlich nach Hause zu kommen.

2

Als ich die Haustür öffnete, wurde ich ganz unerwartet von Essensdüften begrüßt. Mein erster Impuls war, wieder rauszugehen und nachzusehen, ob ich mich nicht in der Adresse geirrt hatte. Verständlich wäre es ja gewesen. Ich will es mal so ausdrücken: Von all den Geräten in meiner Küche wurde lediglich der Dosenöffner benutzt, und den brauchte ich für das Hundefutter. Aber ich war tatsächlich in meinem Haus im Villenviertel Sandstone Canyon gelandet – weißer Putz, Ziegeldach, Steingarten vor der Tür. Ich stellte meine Tasche im Flur ab und ging in die Küche, in der Gus auf drei Herdplatten gleichzeitig irgend etwas Leckeres zusammenbraute.

Meines Wissens hatte Dr. Augustus Laidlaw bisher alles, was er ausprobiert hatte, fantastisch hingekriegt, und dazu gehörte auch das Kochen. Er war mein Partner, mein Boss in der Desert Springs Sports Clinic und der wichtigste Mensch in meinem Leben seit dem Tag, an dem er es mir gerettet hatte. Das war übrigens auch die Gelegenheit, bei der wir uns kennenlernten. Als ich nach meinem Unfall die Augen aufschlug, sah ich einen hochgewachsenen Mann mit sandfarbenem Haar und haselnußbraunen Augen über mir stehen. Gus war der verständnisvolle Psychologe, der mich aus totaler Leere und gräßlicher Verzweiflung zurückholte, nachdem ich erfahren hatte, daß ich nie wieder professionelles Tennis würde spielen können – daß es so einiges gab, was mein Körper nie wieder können würde, ja, daß ich buchstäblich ein neues Leben beginnen mußte. Und Gus, der mich auch als Physiotherapeut betreute, half mir dabei. Als er später Mitbegründer der Sportklinik wurde, bot er mir dort eine Stelle an, so daß ich wieder Fuß fassen konnte.

Ich würde ja gerne sagen, Gus sei immer für mich dagewesen, er sei seitdem immer mein Anker, mein Seelenpartner gewesen. Nun, vielleicht wäre es zwischen uns so geblieben – wenn ich nicht den Fehler gemacht und mich in ihn verliebt hätte. Es war ausschließlich mein Fehler, denn Gus war zu korrekt, um sich mit einer Patientin einzulassen, nicht einmal mit einer ehemaligen Patientin, die ich ja war, als es passierte. Wie auch immer, ich war bei dieser aufregenden Kletterpartie in jeder Hinsicht abgestürzt: Soeben hatte ich noch einen Spitzenplatz in der Tennisweltrangliste eingenommen, war auf dem Höhepunkt meiner Karriere gewesen, und im nächsten Moment wachte ich in einem Krankenhausbett auf – mit gebrochenen Gliedern, einer zerrütteten Ehe, ohne Beruf und ohne Zukunftsaussichten. Physisch erholte ich mich auch allein ganz gut, aber Gus war derjenige, der mich aus dem seelischen Loch zog. Dabei kam es nicht so sehr auf seine unbestreitbaren Fähigkeiten als einer der führenden Sportpsychologen an, sondern vielmehr auf den Umstand, daß er schlicht und ergreifend für mich da war. Er war davon überzeugt, daß ich von vorne anfangen und auch in etwas anderem als Tennis erfolgreich sein konnte. Und weil er an mich glaubte, lernte auch ich, wieder an mich zu glauben.

Wir wuchsen so eng zusammen, daß jeder das Alter ego des anderen wurde. Gus ebnete mir den Weg zu den richtigen Schulen, in denen ich zur Physiotherapeutin ausgebildet wurde, und als er und seine Partner die Desert Springs Sports Clinic eröffneten, reservierte er mir eine Stelle als Mitarbeiterin und Teilhaberin. Ich wiederum hielt mir zugute, daß ich ihm das Lieben beibrachte, die Fähigkeit, eine wärmende und nährende Beziehung aufzubauen. Genau das hatten wir nämlich – zumindest vorübergehend.

Eine Zeitlang verstand tatsächlich jeder den Geist und den Körper des anderen wie den eigenen. Manchmal brauchte ich Gus nur anzuschauen, und schon lagen wir in einer kalten Wüstennacht ineinander verschlungen vor dem Kaminfeuer, tauschten Küsse und waren voller Träume. Aber unsere Zusammenarbeit in der Klinik war ein zweischneidiges Schwert. Die tägliche Routine höhlte unsere Beziehung nach und nach aus. Aus philosophischen Gesprächen wurde Zank, Zank mündete in eisiges Schweigen. Vielleicht hielt ich dem Druck, als sein Schützling zu gelten, nicht stand, vielleicht stellte ich zu hohe Anforderungen an ihn – oder umgekehrt. Vielleicht lag es an unseren grundverschiedenen Charakteren, die eben nur in der Euphorie über meine Genesung für eine Weile zusammenfanden. Ich kann wirklich nicht sagen, warum wir uns auseinanderlebten. Doch eins weiß ich: Als der Lack abblätterte, verlor ich zwar den Liebhaber, gewann aber einen Mentor. Zumindest war es bis zum letzten Monat so gewesen, als Gus und ich unversehens wieder aufeinander zu gespült wurden. Nie wieder, hatte ich mir geschworen, doch dann kochte er eines Abends für mich, und seine Kochkunst war nun mal äußerst verführerisch – ich habe keine Ahnung, was er mit den Gewürzen anstellte. Und jetzt war er da, setzte unsere Beziehung an meinem brachliegenden Herd fort und forderte meine gleichfalls brachliegende Sexualität heraus.

»Ich dachte mir, daß du nach dem Fraß im Flugzeug Hunger haben würdest«, erklärte er mit dem Rücken zu mir, während er in halsbrecherischem Tempo Zwiebeln hackte. Er hatte die Ärmel hochgekrempelt, und ich konnte seine braungebrannten Unterarme sehen. »Das auf dieser Platte da ist Risotto.« Er drehte sich zu mir um, trocknete sich die Hände mit dem Handtuch und nahm seine Sonnenbrille ab.

»Kochst du inkognito?« fragte ich und bückte mich, um Alice Marble – oder A. M., wie sie jeder nannte – auf den Arm zu nehmen.

»Ich brauche sie zum Zwiebelschneiden. Damit ich nicht weinen muß.«

»Aber natürlich! Wie dumm von mir.« Ich küßte ihn, und er streichelte mir den Rücken. Das tat so gut. Ich lehnte den Kopf an seine Brust, womit wir allerdings die arme A. M. schier erdrückten. Zum Glück brauchen Jack-Russell-Terrier nicht viel Platz. Mit seinem markanten Gesicht, ja, seiner ganzen Haltung strahlte Gus eine Zuverlässigkeit und Präsenz aus, die mich seit jeher angezogen hatten.

»Dein Mädchen hat verloren«, meinte er.

»Ja, leider. Die Schulter macht ihr zur Zeit ständig Ärger. Und dann hat es auch noch diese schreckliche Tragödie mit dem kleinen Mädchen gegeben, das im Stadion gestorben ist. Das hatte zwar nichts mit dem Spiel zu tun, aber danach konnte sich natürlich niemand mehr so recht konzentrieren.«

»Seranata schon.«

»Seranata würde sogar einen Atomangriff ignorieren. Die Frau hat was von einer Maschine.« Ich setzte A. M. wieder ab, und sie machte sich sofort über die heruntergefallenen Reste auf dem Boden her. »Es war wirklich schlimm, Gus.«

»Wie du schon sagtest, eine Tragödie«, brummte er und begann, mit dem Schneebesen die Brühe durchzuschlagen.

Ich setzte mich auf den Barhocker am Küchentresen. »Das mit dem kleinen Mädchen läßt mir keine Ruhe«, gab ich zu. »Ständig sehe ich ihr Gesicht vor mir.« Ich fühlte mich, als wäre ich seit heute morgen um zehn Jahre gealtert. Vielleicht brauchte ich nur mal wieder eine Liebesnacht. Ich überlegte, ob ich das Gus anvertrauen sollte. Immerhin hatte ich auf dem Heimflug fast ständig an Kinder gedacht – oder vielmehr an mein Dasein ohne Anhang. Hatte das kleine Mädchen im Madison Square Garden das ausgelöst, oder hörte ich meine biologische Uhr ticken? Wie auch immer, ich war eine gestandene Frau, und das einzige, was einem Kind nahe kam, war A. M.

Ich beschloß, meine Gedanken für mich zu behalten, fürs erste zumindest. Aber allein die Tatsache, daß ich über Kinder sinnierte, brachte mich darauf, daß diese Überlegungen, die für mich völlig neu waren, mit Gus zu tun haben könnten. Fest stand jedenfalls das Wiederaufleben unserer Beziehung. Und ich sagte mir, daß es vollkommen natürlich sei zu überlegen, in welche Richtung sie gehen würde.

»Wann trifft Jasmine ein?« erkundigte sich Gus und reichte mir ein Glas Mineralwasser ohne Eis, wie ich es am liebsten mag.

»Morgen. Wir setzen ein einfaches Training an, nehmen die ersten Untersuchungen vor und geben ihr ansonsten Zeit, sich einzugewöhnen. Später kommen die Leute vom Sender, damit wir die *Woman/Sport*-Show in den Kasten kriegen.«

»›In den Kasten kriegen‹. Mein Gott, du hörst dich ja schon so an wie die vom Fernsehen.« Gus verzog keine Miene, aber das hatte er ja schon immer bestens gekonnt. Ich habe bislang nicht erkennen können, was sich hinter diesen ausdruckslosen Augen verbirgt, die in solchen Momenten so hart und kalt wie Marmor sind.

»Es scheint dich ungemein zu stören, daß ich das mit den Medien durchziehe«, entgegnete ich.

»Überhaupt nicht, sofern es dich nicht von deinen Verpflichtungen hier ablenkt.«

»Immerhin habe ich einige lukrative Patienten für uns gewonnen.«

»Das stimmt, aber ich fände es jammerschade, wenn du jetzt all das aufgeben würdest, was du nach der schweren Ausbildung erreicht hast. Du bist keine bloße Tennisspielerin, du bist eine diplomierte Physiotherapeutin und arbeitest für ein Institut. Vor einer Kamera sitzen und von einem Teleprompter die Stichpunkte ablesen, das kann doch jeder Affe.« Er nahm mein Kinn zwischen die Finger. »Ich will nicht zusehen, wie sie dich in einen Papagei verwandeln. Das ist doch geistlos! Du bist zu intelligent und hast zuviel gearbeitet, um so zu enden.«

»Wenn du das so siehst, dann versuch doch mal, dich vor eine Kamera zu stellen, bevor du mich kritisierst. Glaub mir, so leicht ist es nämlich nicht. Und die Gefahr, daß ich mich in einen Papagei verwandle, ist nicht so groß, wenn du in der Nähe bist und mich auf den Boden der Tatsachen zurückholst.«

Daß Gus sich nie für meinen Job bei dem Sender hatte erwärmen können, überraschte mich nicht. Schließlich war er Arzt, und insofern sah ich ein, daß ihm so etwas im Vergleich zu seinem Beruf unseriös vorkommen mußte. Und ganz gewiß wollte ich das Kommentieren und Interviewen nicht auf eine Stufe mit der Medizin stellen. Meine Arbeit machte einfach nur Spaß, sie war eine neue Erfahrung, bot mir die Gelegenheit, dazuzulernen, und war obendrein gut bezahlt.

»Vielleicht siehst du es ja anders, wenn wir die erste Sendung mit Jasmine Li hier auf dem Gelände gedreht haben«, meinte ich.

»Wenn es nicht deinetwegen wäre, würde ich sie erst gar nicht reinlassen«, brummte Gus verdrießlich. »Die schleppen bloß überall Kabel herum, daß jeder darüber stolpert, bringen alles durcheinander und stören unsere Patienten beim Aufbautraining.«

»Es ist aber Werbung für uns.«

»Wer weiß, was dabei herauskommt. Die können doch jeden Unsinn senden.«

»Gus, es handelt sich um ein Interview mit vorher abgesprochenen Fragen. Ich werde genau erfahren, was die Kamera aus welcher Einstellung zeigen wird. Sollte es trotzdem ein Problem geben, kriege ich das schon hin. Außerdem handelt es sich nicht um eine Liveaufnahme. Wir haben alles im Griff. Es gibt also wirklich keinen Grund zur Aufregung. Für die Klinik bedeutet das garantiert einen gewaltigen Werbeeffekt. Hoffentlich wird es Bill auch recht sein.« Letzteres war natürlich ein rhetorischer Einschub. Bill Stokes, der Direktor der Klinik, blühte vor den Medien regelrecht auf. Was Publicity betraf, war er das glatte Gegenteil von Gus. Nun, wahrscheinlich lag das daran, daß Bill als ehemaliger Olympionike die Rolle der Medien besser verstand und genau wußte, welchen Nutzen sie einem Geschäft bringen können. Gus dagegen hatte sich völlig der Medizin verschrieben und hätte am liebsten die ganze Zeit mit seinen Patienten oder hinter verschlossenen Türen verbracht.

Er schaufelte das Risotto auf meine besten Teller, und wir setzten uns an den Tisch.

»Hm, das ist wirklich lecker«, sagte ich. Gus war ein toller Koch und gehörte außerdem zu denjenigen, die essen können, was sie wollen, ohne ein Gramm zuzunehmen.

Er ging nicht auf das Lob ein. »Ich kann nur hoffen, daß du dich in diesen Fernsehjob nicht reinsteigerst und alles andere, was du dir erarbeitet hast, über Bord wirfst.«

Ich legte die Gabel abrupt neben den Teller. »Mir ist unverständlich, warum du so darauf herumreitest. Du weißt doch, wieviel mir die Klinik und die Arbeit hier bedeuten.«

»Sicher weiß ich das, aber als ich dich holte, hatte ich eine Partnerin im Auge, die ständig vor Ort und zu hundert Prozent für unsere Patienten da ist.«

Gus spielte nervös an einem Hemdknopf herum. Ihm war sichtlich unbehaglich zumute. Nun, er hatte Auseinandersetzungen schon immer gescheut. Andererseits konnte ich ihn durchaus verstehen. Seit dem Tag, an dem ich nach meinem Unfall das Krankenhaus verlassen hatte, hatte ich mich mit aller Kraft auf die Physiotherapie konzentriert. Als Tennisspielerin hatte Gus mich nie kennengelernt. Doch jetzt hatte ich auf einmal eine neue Rolle, und die brachte frischen Wind in unsere eingefahrene Beziehung.

»Das heißt doch nicht, daß ich deswegen nicht mehr für unsere Patienten ansprechbar bin, Gus. Im Gegenteil, dank der Show kann ich unsere Arbeit und Philosophie Menschen vermitteln, die keine Chance haben, hierherzukommen. Ich sehe keinen Unterschied zu einem Profi oder Trainer, der einen festen Vertrag mit einem Club hat, ohne deswegen auf die internationalen Turniere verzichten zu müssen.«

»Na gut, wir werden ja sehen, was daraus wird. Ich vertraue einfach mal deinem Gefühl. Aber wir sind schließlich ein Team, und es wäre den anderen gegenüber nicht fair, wenn sie zusätzlich zur eigenen Arbeit auch noch für dich einspringen müßten.«

»Mach dir deswegen keine Sorgen, ich kriege das schon hin, okay?« Ich konnte mein Leben durchaus auch ohne Gus organisieren, sah aber ein, daß er nicht ganz unrecht hatte. Ich tanzte in der letzten Zeit wirklich auf sehr vielen Hochzeiten.

»Nur ein Rat unter Freunden«, lenkte Gus achselzuckend ein. »Aber um die Klinik ging es mir gar nicht so sehr. Ich denke vor allem an dein Privatleben. An unser gemeinsames Leben.«

Ich sah auf. Aus Gus' Mund klang das Wort »gemeinsam« nach fester Bindung.

»Hast du noch nie an die Zukunft gedacht?« fragte er mit einem halben Lächeln. »An eine eigene Familie?«

»Doch – gerade heute. Als ich das kleine Mädchen sah und mir klarwurde, daß es sterben würde, da zerriß es mir schier das Herz. Du hast keine Vorstellung, wie furchtbar das war.«

Kinder beschäftigten mich schon länger, obwohl ich selten darüber sprach, auch mit Gus nicht. Wenn eine Frau erst mal die Dreißig überschritten hat, ist das wohl normal. Familie, Kinder, Beziehungen – das waren Themen, die ich nach dem Ende meiner so kurzen wie fatalen Ehe tunlichst vermieden hatte. Doch jetzt kamen sie in mir hoch. Dabei hatte mir an meinem unmöglichen Terminkalender gerade der Umstand gefallen, daß ich nur selten dazu kam, bei meinem Privatleben zu verweilen. So war es ja viel leichter.

Ich seufzte. »Es ist spät, Gus. Unterhalten wir uns ein andermal darüber.«

»Ein andermal. Gut. Man kann ja alles verschieben, nicht wahr? Bis es zu spät ist.«

Wir aßen schweigend weiter. Jeder konzentrierte sich stur auf seinen Teller.

»Du hast dich selbst übertroffen«, lobte ich ihn schließlich. »Wenn alle Stricke reißen, kannst du auch als Koch Geld verdienen.« Ich bückte mich und gab A. M. ein paar Reste.

»Das werde ich wohl kaum. Ich bastle nämlich gerade an einer anderen Karriere. Oder zumindest an einem größeren Projekt.«

»Woran denn?«

»Aha, du spitzt also die Ohren.«

»Natürlich spitze ich die Ohren. Vor allem, wenn du unerwartet bei mir den Kochlöffel schwingst und aus heiterem Himmel von einer ›anderen Karriere‹ sprichst. Was meinst du damit?«

»Na ja, du bist nicht die einzige, die zwei Jobs gleichzeitig erledigen kann.« Gus ließ mich absichtlich zappeln.

»Und wie vereinbart sich das mit der Konzentration auf die Klinik, über die du mir eben erst einen Vortrag gehalten hast?«

»Das Projekt ist ein Nebenprodukt meiner Arbeit und könnte eine enorme Bereicherung unseres bisherigen Angebots bedeuten. Es ist wichtig.«

»Natürlich ist es das. Es ist ja auch *dein* Projekt.«

Gus räumte die Teller ab und stapelte sie in der Spüle. »Kannst du am Dienstag mit nach LA kommen? Da habe ich eine Besprechung, bei der dir alles klarwerden dürfte und die du wahrscheinlich hochinteressant finden wirst. Diese Sache könnte für uns beide entscheidend werden. Wie auch immer, ich würde gern deine Meinung dazu hören. Und wir könnten das Ganze mit einer Einkehr im Ivy verbinden.«

Ein unverhohlener Bestechungsversuch. Er wußte, daß das Ivy mein Lieblingsrestaurant in Los Angeles war. Nur war mir immer noch nicht klar, was Gus vorhatte. Selbst gegenüber den engsten Freunden war er so verschlossen, daß man sich nie so richtig über seine Absichten im klaren war, bis er einen irgendwann vor vollendete Tatsachen stellte.

»Sobald ich mit Jasmine alles geregelt habe, läßt sich das wohl einrichten«, meinte ich. »Ich wollte mir sowieso am Dienstag frei nehmen, weil sie dann mit Bill arbeitet. Und die Show wird erst am Donnerstag gedreht.«

Gus prostete mir mit seinem Evian zu. »Auf Dienstag.«

Am nächsten Morgen traf ich Jasmine im Speisesaal, der zu meinen Lieblingsorten auf dem Klinikgelände gehört. Unsere Küche ist auf Vollwertnahrung spezialisiert; das an sich ist schon viel wert, dazu versteht es der Koch, Menüs zuzubereiten, die nicht nur vorzüglich schmecken, sondern auch ein wahrer Augenschmaus sind. Außerdem bieten die Glaswände einen spektakulären Blick über den Golfplatz bis hin zu den am Horizont aufragenden Chocolate Hills.

Jasmine saß am Tisch, sie aß Haferflocken und eine in Scheiben geschnittene Mango. Auf dem Stuhl neben ihr hockte eine Gestalt, die nach einem kleinen Gummipinguin aussah.

»Hi, Jasmine«, grüßte ich sie und setzte mich zu ihr. »Und wer ist dein Freund?«

»Das ist Stanley«, erklärte sie lachend. »Er begleitet mich überallhin. Auf diese Weise kommt er ganz schön rum. Er war natürlich auch schon in Indonesien und in ganz Europa. Er war bei allen Grand Slams und den Olympischen Spielen dabei und hat mich in jeden Urlaub begleitet, sogar einmal beim Tauchen. Letzten Sommer wurde ich nach Wimbledon von Elton John zu einem Gartenfest eingeladen. Irgendwann muß er mir dort aus der Jackentasche gefallen sein. Da ich mich weigerte, ohne ihn zu gehen, mußten die Gärtner das ganze Gelände durchkämmen, bis sie ihn gefunden hatten.«

»Das kann ich nur zu gut verstehen«, erwiderte ich. »Mein Hund, A. M., begleitet mich auch überallhin.« Ich öffnete meine Sporttasche, und sofort lugte A. M. heraus. »Wir müssen darauf bestehen, daß beide beim Interview dabei sind.«

»Unbedingt«, grinste Jasmine. »Stanley posiert für sein Leben gern, und weder er noch ich will, daß A. M. sich ausgeschlossen fühlt.« Sie warf meinem Hund über den Tisch hinweg ein Kußhändchen zu. A. M. legte dankbar den Kopf schief.

»Und wo ist deine Trainerin?« fragte ich.

Jasmine sah mich verwirrt an. »Ich habe sie nicht mitgebracht. Du wolltest doch kein Gefolge hier haben. Darum habe ich auch Paul gesagt, daß ich ihn nicht brauche. Ich bin allein hergekommen.«

Genau das sagen wir allen Spielern, die in die Klinik kommen, doch die wenigsten hören auf uns. Bekommt ein Spieler erst mal Starallüren, scheint ein Rattenschwanz von Betreuern unvermeidlich; dann haben wir es zumindest mit einem Trainer zu tun, mit einem nervösen Manager und möglicherweise auch noch überehrgeizigen Eltern – sie alle machen sich unentbehrlich und zwacken ihren Teil von den Einkünften des Spielers ab. Ich mochte Jasmine schon deswegen, weil sie nicht in diese Falle gestolpert war.

Außergewöhnlich war die junge Frau auch aufgrund ihres exotischen Aussehens, in dem sich zwei verschiedene Kulturen widerspiegelten. Dieses Mädchen hatte in der Genlotterie den Volltreffer gezogen. Sie hatte ein asiatisches Gesicht mit goldbrauner Hautfarbe und Mandelaugen. Die Iris war tiefbraun, ihr Haar dagegen honigblond und von sonnengebleichten Strähnen durchzogen. Wenn sie lächelte, bildeten sich in ihren Wangen tiefe Grübchen. Ihre Stimme war sanft und melodisch und wies einen undefinierbaren leichten Akzent auf, wahrscheinlich eine Mischung aus den Sprachen, die sie in der Kindheit gelernt hatte. Jasmines Vater, ein ehemaliger Tennisspieler, hatte ihre Mutter bei einem Turnier in Holland kennengelernt, und von Geburt an war Jasmine über die ganze Erde gereist. Die Eltern hatten nie ein Geheimnis daraus gemacht, daß sie ihr einen Tennisschläger ins Händchen gedrückt hatten, sobald sie laufen konnte. Von frühester Kindheit an war sie zum Spielen gedrängt worden. Obwohl sie trotz allem erfrischend natürlich geblieben war, stellte sich jeder unweigerlich die Frage: Würde ihr Spiel es jemals mit ihrer Schönheit aufnehmen?

»Ich habe von deinem tollen Vertrag mit diesem Autohersteller gehört«, sagte ich beiläufig. Tatsächlich hatte ich nur den Werbespot gesehen, in dem Jasmine mit in Zeitlupentempo wehendem Haar ein Coupé fuhr. Die Sponsoren standen bei ihr Schlange, zumal sie seit neuestem einen so berühmten Freund hatte.

Sie sah mir unverwandt in die Augen. »Ich weiß, was du jetzt denkst: ›Wieso kommt die an so viel Geld ran, wo sie doch noch nie ein großes Turnier gewonnen hat?‹ Und du hast ja recht. Ich weiß selbst, daß nur mein Aussehen mir überall Tür und Tor geöffnet hat. Aber jetzt ist es höchste Zeit, daß ich etwas aus mir mache. Wenn ich mit meinem Spiel nicht nachziehe, fallen diese Türen bald wieder zu. Und später will ich mir nicht vorwerfen müssen, daß ich mir mit meiner Faulheit alles vermasselt habe. Darum bin ich hierhergekommen und will mit euch hart an mir arbeiten.«

»Deine Offenheit ist bewundernswert, Jasmine. Du scheinst wirklich die Verantwortung für dein Leben zu übernehmen. Ich weiß schon jetzt, daß wir hervorragend zusammenarbeiten werden.«

Sie lächelte mich an, und prompt vertieften sich ihre Grübchen. »Das glaube ich auch. Ich habe doch gesehen, was du erreicht hast. Daß du dich von diesem schrecklichen Unfall so gut erholt hast – was dich das gekostet haben muß! Ich muß mein Spiel verbessern, und ich weiß, daß ich von dir nur lernen kann.«

»Na ja, wir haben schließlich auch mit die besten Leute in der Sportklinik. Du wirst bei uns medizinisch durchgecheckt, und danach unterhalten wir uns über die Ergebnisse und das darauf aufbauende Programm. Damit fängst du übrigens gleich an. Dr. Gus Laidlaw, unser Chefpsychologe, möchte mit dir sprechen. Wenn ihr fertig seid, sehen wir uns wieder.«

»Ein Psychologe?«

»Wir haben einen ganzheitlichen Ansatz. Alles wird bei uns einbezogen – das Mentale wie das Physische.«

»Und das Fernsehinterview?«

»Das ist erst am Donnerstag. Darüber sprechen wir dann noch.«

»Schön. Ich habe Paul gesagt, daß er dafür herkommen kann. Bei der Aufnahme will er unbedingt dabei sein; er ist eben sehr fürsorglich, du kennst ihn ja. Aber eigentlich bin ich ganz froh, daß er kommt. Ich fühle mich dann wohler ... weniger nervös.«

»Eins muß ich da aber gleich klarstellen.« Ich setzte eine strenge Miene auf und drohte ihr schelmisch mit dem Finger. »Er darf nicht versuchen, Stanley im Off irgendwelche Anweisungen zu geben.«

Jasmine streichelte dem Gummipinguin kichernd den Kopf. »Ich glaube nicht, daß es in dieser Hinsicht Probleme geben wird. Stanley ist doch sehr souverän.«

»Jordan Myles! *Dich* habe ich ja schon lange nicht mehr gesehen!« Die Frau, die so unvermutet hereinplatzte, war Virginia Jennings, die in enger Zusammenarbeit mit Bill Benefizveranstaltungen organisierte. Außerdem sorgte sie dafür, daß wir selbst regelmäßig für einen guten Zweck spendeten. Ginny hatte seidiges braunes Haar, das sie meistens zu einem Pferdeschwanz zusammenband, und tiefgebräunte Haut. Als Spendensammlerin war sie sehr erfolgreich, aber das war bei weitem nicht ihr einziges Interesse. Sie bewegte sich für ihr Leben gern an der frischen Luft und betrieb mit Leidenschaft Orientierungslauf. Sie gehörte zu den Leuten, die sich in der Wildnis wochenlang von wilden Beeren ernähren und ohne Kompaß nach Hause finden können. Zur Not hätte sie auch den Ozean ganz allein in einem Segelboot überquert; ihre Lieblingsgegner waren seit jeher die Elemente.

»Wie sieht es denn nun mit unserem Campingurlaub aus?« fragte sie, nachdem ich sie Jasmine und natürlich Stanley vorgestellt hatte.

»Ich weiß, ich weiß«, stöhnte ich. »Irgendwann muß ich mir unbedingt frei nehmen. Vielleicht gleich nach Neujahr?«

»Da würde ich gern einen Segeltörn bei den Jungferninseln machen. Das ist genau wie Campen, nur auf dem Wasser. In der Zeit ist die Temperatur dort ideal. Hättest du dazu auch Lust?«

Wir nahmen es uns vage vor, und schon mußte sie weiter zur nächsten Besprechung.

Jasmine hatte uns schweigend zugehört. »Hast du jetzt denn nicht mehr Zeit?« wollte sie nun wissen. »Immerhin mußt du nicht mehr trainieren.«

»Sollte man meinen«, gab ich zur Antwort. »Tatsächlich habe ich es aber geschafft, jede Sekunde des Tages mit Arbeit zu verplanen.« Ich wurde nachdenklich. »Klingt nicht gut, oder?«

»Gibt es zur Zeit denn einen anderen Menschen in deinem Leben?«

»Einen, ja – mit Unterbrechungen. Seit Jahren schon.« Daß Gus derjenige war, verschwieg ich ihr. »Es ist bei uns ein ewiges Hin und Her. Manchmal kann ich mir schon vorstellen, seßhaft zu werden, habe aber andererseits das Gefühl, noch nicht soweit zu sein. Es gibt zu vieles, das ich noch tun möchte.«

»Tja, ich bin soweit«, meinte Jasmine mit einem schüchternen Lächeln. »Malik und ich werden wohl zusammenbleiben.«

»Das ist ja wunderbar! Ihr zwei seid wirklich ein unglaubliches Paar.«

»Er ist so lieb und zugleich wahnsinnig aufregend. Er hat dieselben Hobbys wie ich. Nur eins ist mir ein bißchen unheimlich: Wir sind wie zwei Menschen in einem. Ich dachte immer, es sei unmöglich, einen solchen Mann zu finden – bis ich Malik kennenlernte.«

»So was ist ja auch sehr selten.«

Gus war vieles, aber aufregend war er nicht gerade. Er gehörte nicht zu den Draufgängern, die auch mal alles auf eine Karte setzten oder etwas Unerwartetes taten. Im Gegenteil, er war in jeder Hinsicht berechenbar. Vielleicht war gerade das der Grund, warum unsere Beziehung so lange gehalten hatte. In meinem Leben hatte es genug Ungewißheit gegeben. Und in der Liebe konnte ich sie wirklich nicht gebrauchen.

»Ich freue mich aufrichtig für dich.«

Jasmine warf mir einen unsicheren Blick zu. »Aber du wirst doch nichts davon im Interview erwähnen, oder? Ich habe dir das natürlich nur im Vertrauen gesagt.«

»Selbstverständlich.«

Das schien sie zu erleichtern. »Weißt du, Malik paßt es nicht, wenn ich über ihn rede. Darum wäre es mir nicht recht.«

»Kein Problem. Sprechen wir über den Grund deines Kommens.«

»Na ja, ursprünglich wollte ich mein Spiel ganz allgemein verbessern, aber jetzt läuft es überhaupt nicht mehr. Anscheinend habe ich ein größeres Problem mit dem Handgelenk.«

»Wie ist das gekommen?«

»Ich habe es erst seit dem Saturnia. Mit Training habe ich ja acht Stunden pro Tag gespielt, und als ich dann im Match gegen Seranata aufschlug, gab es plötzlich einen Knacks im Handgelenk, und der Knochen fühlte sich wie Gummi an. Ich hatte den ganzen Tag lang Schmerzen, und beim nächsten Spiel fehlte mir jede Kraft. Sie ist seitdem auch nicht zurückgekehrt. Wir haben das Gelenk vereisen und röntgen lassen, doch es konnte nichts festgestellt werden. Sie haben sogar eine Kernspintomographie gemacht, aber auch da hat mein Arzt nichts gefunden. Trotzdem werde ich das Problem nicht los. Sobald ich einen Ball schlage, schießt mir ein gräßlicher Schmerz in den Arm.«

»Halt mal den Ellbogen stabil und dreh die Handfläche langsam nach oben«, forderte ich sie auf, und sie gehorchte.

Vorsichtig versuchte ich, die Handfläche in Richtung Oberarm zu drücken. Sie stöhnte. Als ich diese Prozedur mit der anderen Hand wiederholte, hatte sie keine Schmerzen.

»Es liegt eindeutig eine Blockierung vor«, stellte ich fest. »Komm nach dem Gespräch mit Gus in die medizinische Abteilung rüber; dann schauen wir uns das zusammen mit Max genauer an.«

Max' richtiger Name war Maxine Kellerman, Orthopädin und unsere Spezialistin für Sportmedizin. Max arbeitete seit gut zwanzig Jahren im Tennissport und kannte so gut wie jeden. Bevor sie zu uns gestoßen war, hatte sie eine Sportklinik in Carolina geleitet und war jahrelang ehrenamtlich als Turnierärztin beim Family Circle Magazine Cup auf Hilton Head eingesprungen.

Außer Max hatten wir noch fünf andere Ärzte an der Klinik, doch wenn es vom Tennisspielen bedingte Verletzungen oder Symptome zu behandeln galt, zogen wir in der Regel Max zu Rate. Darum sollte sie beurteilen, wie gravierend die Verletzung an Jasmines Handgelenk war. Vorher konnte ich Jasmine unmöglich auf dem Tennisplatz trainieren lassen.

Sobald Max die Untersuchung abgeschlossen hatte, rief sie mich ins Behandlungszimmer. »Wir haben unsere eigenen Röntgenaufnahmen gemacht, und ich habe mir den Befund der Kernspin angeschaut. Nichts deutet auf einen Riß hin. Folglich kann es sich nur um eine Distorsion oder leichte Dislokation des Fibrocartilago handeln.«

Jasmines Augen weiteten sich. »Was ist denn das?«

»So bezeichnet man die Faserknorpel am Handgelenk«, erklärte Max. Dann setzte sie sich neben die junge Spielerin und erläuterte ihr die Anatomie des Handgelenks in einer für Laien verständlichen Sprache. Max war eine kleine, zierliche Person mit ganz zarten Händen, die ständig in Bewegung gerieten und Bilder in die Luft zu zeichnen schienen, wenn sie etwas erklärte. »Die Ursache Ihrer Schwierigkeiten kann eine Überbelastung des Handgelenks beim Return oder beim Service sein.«

Jasmine nickte mit besorgter Miene. »Aber ich muß deswegen doch keine Spielpause einlegen, oder? Nächste Woche habe ich einen Schaukampf, bei dem es um eine sechsstellige Summe geht.«

»Wenn Sie keine Berufsspielerin wären oder ich Ihren Zustand für ernster hielte, würde ich absolute Schonung empfehlen. Das ist natürlich immer das Beste. Andererseits spricht nichts gegen Training mit einem Streckverband. Unser erstes Behandlungsziel ist Schmerzlinderung. Danach kümmern wir uns um die Bewegungsabläufe. Und als drittes wird die Kraft wiederaufgebaut. Ich möchte auch Phonopherem ausprobieren. Das ist eine steroide Salbe, die bei gleichzeitiger Ultraschallbestrahlung auf die Sehnen und Bänder einwirkt. Sie bekommen außerdem entzündungshemmende Mittel und Arnika. Ferner könnte eine Eispackung helfen, der dann heute abend die ersten Aufbauübungen folgen.«

Jasmine lächelte sie an. »Gern. Fangen wir gleich an.«

»Es dürfte nach und nach besser werden, und in zwei Wochen können Sie wieder Wettkämpfe bestreiten«, meinte Max. »Aber insgesamt habe ich den Eindruck, daß Ihre Muskeln in den oberen Extremitäten ungleichmäßig ausgebildet sind. Sie werden wahrscheinlich Ihr Konditionstraining ändern müssen.«

»Aber ich spiele doch schon acht Stunden am Tag Tennis!« protestierte Jasmine. »Noch mehr ist beim besten Willen nicht drin.«

»Genau das ist wahrscheinlich das Problem«, schaltete ich mich ein. »Jeder Muskel besteht aus zwei Arten von Fasern. Die einen sind für die Kraft zuständig, die anderen für die Ausdauer. Durch Aerobik, Laufen oder Spielpraxis wird die Ausdauer gefördert, die Kraftfasern dagegen reagieren nur auf Widerstand. Wir müssen also an deiner Kraft arbeiten. Das bedeutet weniger Tennis und mehr anderer Sport.« Ich dachte an das Saturnia und Jasmines Match gegen Seranata. Obwohl Jas da wirklich bewiesen hatte, was in ihr steckte, hatte Seranata sie am Ende bezwungen. Es war der typische Fall einer jungen Spielerin gewesen, die ausschließlich aufgrund ihres großen Talents soweit gekommen war, sich dann aber der größeren physischen Kraft ihrer Gegnerin hatte beugen müssen. »Du brauchst ein ausgewogenes Muskeltraining«, fuhr ich fort und stellte fest, daß Jasmine aufmerksam zuhörte. »Es darf nicht sein, daß eine Muskelgruppe stärker ist als die andere – dann bist und bleibst du besonders verletzungsanfällig, wie sich bei deinem Handgelenk gezeigt hat.«

Da Jasmine eine skeptische Miene aufsetzte, holte ich noch weiter aus. »Studien haben ergeben, daß man zum Beispiel eine Sehnenscheidenentzündung bekommen kann, wenn man zwar starke Rotatorenmanschetten im Schultergelenk hat, aber nur schwach ausgebildete Oberarmmuskeln. Und dasselbe kann geschehen, wenn die vorwiegend benutzte Hand und der Arm deutlich kräftiger sind als auf der anderen Seite. Aber du brauchst dir keine Sorgen zu machen. Sobald die Schmerzen gelindert sind, arbeiten wir ein auf deine oberen Extremitäten abgestelltes Trainingsprogramm aus. Vielleicht konzentrieren wir uns jeweils abwechselnd auf Arme oder Beine. Zur Stärkung von Handgelenk, Ellbogen und Schulter wird wohl auch Arbeit mit Gewichten nötig sein.«

»Aber ich kann trotzdem auch an meinem Spiel feilen?«

»Nur mit Streckverband.«

»Na gut«, willigte sie ein. »Dann sehen wir uns später auf dem Court.«

»Abgemacht.«

»Und wann steigt die große Enthüllung?« wollte ich von Gus wissen, als wir im Ivy saßen und unseren Grillteller mit Salat gegessen hatten. Wir waren im Rekordtempo nach LA gefahren und gerade noch rechtzeitig gekommen, um einen Platz auf der Terrasse zu ergattern. Während man seine Speisen auf übergroßen rosa-grünen Porzellantellern serviert bekam, konnte man dort Agenten, Autoren, Produzenten und Stars zuschauen, wie sie ihren Wagen einem Parkhausdiener übergaben und zu ihrem Tisch stolzierten. Hollywood, wie es leibte und lebte.

»Meine Partner planen eine professionelle Präsentation«, erklärte Gus. »Mein Bereich ist die Entwicklung.«

»Was entwickelst du denn nun? Mit deiner Geheimniskrämerei treibst du mich noch in den Wahnsinn.«

»Na gut, ich will es dir verraten. Es ist eine Kombination von Fitneßpräparaten – ein absolut neues Ernährungssystem für Sportler, das einen Drink, einen Energieriegel und einen zusätzlichen Vitamin- und Mineralkomplex umfaßt.«

»Gus! Das klingt ja großartig! Wirklich eine tolle Idee!« Gus sprühte vor Einfällen, doch waren sie meistens auf den akademischen Bereich beschränkt. Jetzt hatte er erstmals etwas in Angriff genommen, das nicht als Buch auf einem Regal enden würde.

»Ich arbeite mit einer Firma namens BioTech zusammen, die sich bisher vor allem auf Naturkräuter spezialisiert hat und auf diesem Gebiet führend ist. Außerdem haben sie sich mit der Übertragung indianischer Heilmittel in zeitgemäße amerikanische Produkte hervorgetan. Du würdest staunen, wie wirksam das Zeug teilweise ist. Leider haben sie sich damit bislang nur in Nischenmärkten, bei Spezialisten positionieren können. Mein System ist ihr erster Versuch, in einen Massenmarkt einzusteigen. Ich arbeite nun seit bald einem Jahr zusammen mit ihren Chemikern an der Rezeptur.«

»Seit einem Jahr? Und du hast mir nie was gesagt?«

»Na ja, du bist ganz in deiner eigenen Welt aufgegangen, Jordan. Und ich wollte es dir erst erzählen, wenn ich mir ganz sicher bin, daß es funktionieren würde. Wo ist denn nur der Kellner? Die Leute von BioTech erwarten uns um zwei.«

BioTech residierte in einem eigenen großen schwarzen Glasgebäude am Wilshire Boulevard nicht weit vom Ivy. »Das Labor ist natürlich woanders«, erklärte Gus, als wir in den Aufzug traten und er den Knopf für das Penthouse drückte. Sekunden später öffnete sich die Tür auf eine luxuriöse Vorhalle mit holzgetäfelten Wänden und Travertinmarmorboden, auf dem höchst geschmackvolle indianische Läufer ausgelegt waren.

»Hallo, Dr. Laidlaw«, lächelte die Empfangssekretärin.

»Schön, Sie zu sehen, Karen. Wie geht's Ihrer Schwester?« Offenbar war Gus hier schon Stammgast.

»Besser, danke. Trent erwartet Sie. Ich melde Sie an.«

Gus wandte sich zu mir um. »Trent ist der Inhaber der Firma. Daneben gehört ihm noch eine ganze Reihe von Unternehmen, die seine Familie aufgebaut hat. Zu Zeiten seines Vaters galten ausschließlich medizinische Maßstäbe – darum erinnern die Büros hier auch eher an Arztpraxen. Doch weil Trent und seine Leute jetzt einen zeitgemäßen Ansatz bevorzugen und in den Massenmarkt drängen, haben sie mich gebeten, zusammen mit ihnen an diesem Produkt zu arbeiten.«

Eine massive handgeschnitzte Tür ging auf, und ein junger Mann in weißem Laborkittel kam heraus. »Gus! Schön, dich zu sehen! Und Sie müssen Jordan Myles sein. Gestatten, Trent Byers.« Er schüttelte mir herzlich die Hand. Und dieser Mann, der kaum älter als Anfang Zwanzig aussah, sollte an der Spitze einer riesigen Unternehmensgruppe stehen? Ich konnte es kaum glauben.

Trent führte uns durch einen langen, von zahllosen Büros gesäumten Korridor, die fast alle auf die Hollywood Hills gingen. »Ich habe Ihre Show gesehen, Jordan, und wollte Ihnen schon lange sagen, daß ich Sie sehr bewundere. Meine Frau übrigens auch. Sie hält Sie für das Größte, was es im Fernsehen gibt. Sie haben es im Blut und verstehen es einfach, Zuschauerinnen anzusprechen. Das ist auch einer der Gründe, warum wir so sehr an Ihrer Meinung zu unserem Produkt interessiert sind. Die weibliche Käufergruppe liegt uns sehr am Herzen.« Er öffnete eine Tür und führte uns in einen mit allen Schikanen ausgestatteten, großen fensterlosen Konferenzraum. An den Wänden hingen riesige Tabellen und Poster von Produkten. Um einen massiven ovalen Konferenztisch saßen fünf Leute, die uns Trent der Reihe nach vorstellte. Jeder davon schien Leiter irgendeiner Abteilung zu sein; einer hieß Joe und war verantwortlich für das Marketing, ein anderer war für Public Relations zuständig, ein dritter für die Herstellung und wieder ein anderer hatte eine Abteilung unter sich, die sie »F und E« nannten.

»Forschung und Entwicklung«, half Gus mir. »Das Labor von BioTech mischt auf der Grundlage meiner Rezeptur das Produkt zusammen.«

»Und Sie kennen doch bestimmt Artie Lutz!« rief Trent und deutete auf einen kleinen dunklen Mann mit gewaltigen Händen.

Artie Lutz. Seranata Aziz' Trainer. Aber was machte er hier? »Artie, wie geht's dir?« sagte ich.

Er stand auf und gab mir einen Kuß auf die Wange. »Wir unterhalten uns später, ja? Es gibt viel zu erzählen.«

Gus und ich setzten uns an den Tisch, während Trent am Kopfende Stellung bezog. »Es ist schön, euch alle zusammen zu sehen«, begann er. »Und wir haben eine gewaltige Anstrengung hinter uns. Gus, ich muß zugeben, daß wir am Anfang noch nicht ahnten, was für ein gewaltiges Potential in diesem Produkt steckt. Aber jetzt sehe ich, daß es auf dem Sportmarkt eine überragende Rolle spielen kann. Deshalb hat die Firma auch soviel in seine Entwicklung investiert. Joe wird uns nun den aktuellen Stand erläutern.«

Joe erhob sich und deutete auf eine Graphik. »Wir arbeiten momentan am letzten Schliff und können das Produkt bald zur Zulassung einreichen. Einige der mit den Tests beauftragten Gruppen haben vorgeschlagen, wir sollten die Palette auf mehrere Geschmacksrichtungen ausweiten ...«

»Entschuldige, Joe«, unterbrach ihn Trent. »Könntest du Jordan unser Produkt kurz erläutern?«

»Aber gern. Dr. Laidlaw hat ein Produkt entwickelt, das wir in großem Stil herstellen und unter dem Namen ›Duration‹ vermarkten wollen. Aber Duration ist mehr als nur ein Produkt, es ist ein ganzheitliches System zur Steigerung der Ausdauer beim Sport. Gus hat bei zwölf verschiedenen Sportarten Leistungstests durchgeführt und den jeweiligen Energieverbrauch beziehungsweise Bedarf an zusätzlichen Nahrungsstoffen analysiert. Gus kann mit Fug und Recht als *der* biologisch-ganzheitliche Mediziner der Zukunft bezeichnet werden, und Duration ist das Präparat der Zukunft. Die Packung beinhaltet einen Drink, einen Vitamin- und Mineralkomplex und einen Energieriegel. Dazu wird es ein Video geben, in dem die Anwendung erklärt wird. Außerdem schreibt Gus an einem Buch zum Thema, und wir wollen wie Talk-Shows konzipierte halbstündige Infomercials produzieren, in denen wir berühmte Gäste aus der Sportwelt präsentieren, die Duration mit Erfolg benutzt haben. Gerade letzteres wird ein zentraler Bestandteil unserer Marketingstrategie sein.«

Trent reichte mir ein Glas mit einer orangefarbenen Flüssigkeit. »Versuchen Sie es doch mal.«

Ich nippte daran. Es schmeckte ganz gut. »Nicht schlecht. Eigentlich ist es sogar ziemlich lecker.«

Gus nickte. »Ich bin mittlerweile auf einen Dreh gekommen, wie man es dem Geschmack von echten Fruchtsäften angleichen kann.«

»Dieser Aspekt ist bei den Testpersonen besonders gut angekommen«, ergänzte Joe. »Darum wollen wir ja eine größere Vielfalt anbieten. Wir denken da an Erdbeere, Kiwi, Zitronengras... es soll mehr etwas für Gourmets werden und kein gewöhnlicher Sportdrink – womit wir nebenbei auch unsere anspruchsvollen Preise rechtfertigen können.«

»Wie bald können wir die anderen Geschmacksrichtungen einführen, Gus?« fragte Trent.

»Ich fange gleich morgen mit der F und E an«, versprach Gus und notierte sich etwas auf einem Kärtchen.

»An der Verpackung arbeiten wir noch, aber die Graphiker haben uns schon mal ein paar Muster für das Logo präsentiert.« Joe deutete auf mehrere an der Wand befestigte Entwürfe. »Der hier erinnert zu sehr an Krankenhaus.« Er nahm ihn ab und ließ ihn zu Boden fallen. »Der da ist super, aber zu colamäßig. Wir sind doch ein ernsthaftes Produkt mit einem hohen Anspruch. Darum paßt er einfach nicht.« Er wanderte ebenfalls zum Ausschuß. »Der hier gefällt uns. Er hat einen Touch von Reinheit. Wie Mineralwasser, nur verbindet er den medizinischen Aspekt unterschwellig mit Geschmack.«

Die gesamte Runde nickte. »Wenn wir noch mehr Aromen einführen, wirst du die jeweilige Geschmacksrichtung auf dem Etikett hervorheben wollen«, schlug Gus vor. »Vielleicht sollten echte Früchte mit aufs Etikett drauf.«

»Großartig!« rief Trent. »Ich bin ganz deiner Meinung. Joe, setz sofort die Designer darauf an. Und jetzt möchten wir Ihnen unseren sogenannten Appetithappen zeigen, Jordan. Es ist nur ein kurzer Film, den unsere Werbefirma für die Anlaufphase gedreht hat. Damit soll den Leuten unser Konzept vorgestellt werden.« Er legte ein Video ein.

Nach einer rasanten Montage, die ein bißchen an ein Musikvideo erinnerte, erschien Gus, per Untertitel als Arzt und Mitbegründer der Desert Springs Sports Clinic ausgewiesen, auf der Leinwand und erläuterte, wie Sportler mit diesem Produkt den Tick mehr Ausdauer erreichen könnten, der ihnen zur absoluten Spitze fehlt. Dann gab es einen Schnitt, und das Video zeigte Artie Lutz bei der Arbeit mit Seranata. Während er in den höchsten Tönen von dem Produkt schwärmte, erschien ein Untertitel, der ihn als Trainer von Weltklassesportlern auswies. Die Kamera verweilte noch kurz bei ihnen, während eine Stimme aus dem Off die Anwendung von Duration erklärt. Zum Abschluß gab es erneut eine schnelle Montage.

»Natürlich ist das alles noch vorläufig«, kommentierte Trent. »Aber es trifft bereits den professionellen Ton, auf den wir aus sind.«

»Was hältst du davon, Jordan?« wollte Gus wissen.

»Ich bin beeindruckt. Es sieht so aus, als könnte das Ding voll einschlagen. Das muß ja wahnsinnig aufregend für euch sein.«

»In wenigen Wochen haben wir das Design für die Packung«, sagte Trent. »Dann kriegen Sie erst eine richtige Ahnung, wie es sich auf den Regalen macht.«

Das Meeting wurde beendet, und während Trent Gus in ein privates Gespräch verwickelte, konnte ich mich mit Artie unterhalten.

»Dann bist du also beim Marketing gelandet, Artie«.

»Sind wir das nicht alle?« meinte er achselzuckend. »Na ja, für mich ist es was Neues. Apropos Neuigkeiten: Deine Fernsehshow soll gut ankommen, habe ich gehört.«

»Bisher ja.« Ich legte die Hand auf seinen Arm. »Wie geht es deiner Freundin denn jetzt, der Frau, die das kleine Mädchen verloren hat? Ich denke ständig daran. Es tut mir schrecklich leid für sie, und auch für dich.«

»Ich sehe sie kaum noch«, sagte er betrübt. »Es hat sie schwer getroffen, und mich auch. Ich glaube, Celine war der Kitt, der uns zusammengehalten hat. Sie war überall mit dabei. Ich selbst habe ja nie Kinder gehabt. Irgendwie war sie für mich wie ein eigenes. Ich, der ewig Unabhängige – und plötzlich gehe ich mit Cellie in den Park, in den Spielzeugladen, bringe ihr Tennis bei und was weiß ich noch alles. Und es hat mir Spaß gemacht!« Er mußte innehalten. Ich sah, wie er um Fassung rang. »Ob du es glaubst oder nicht, es hat mir das Herz gebrochen, Jordan. Aber Anna – ihre Mutter – ist ziemlich durchgedreht. Zur Zeit steht sie unter ärztlicher Aufsicht. Sie fantasiert lauter verrücktes Zeug zusammen. Celine soll irgendeiner Verschwörung zum Opfer gefallen sein und so weiter.«

Ich sah ihn mit verständnisvollem Blick in die Augen.

»Natürlich ist das total irrational. Wer würde einem kleinen Kind schon etwas antun wollen? Aber sie verklagt den Madison Square Garden jetzt wegen angeblich ungenügender Sicherheitsvorkehrungen auf Schadenersatz in Millionenhöhe.«

»Glaubt sie, die vom Garden wären an der Verschwörung beteiligt gewesen?«

»Wie gesagt, Anna ist nicht mehr zurechnungsfähig. Ich und auch andere haben versucht, mit ihr zu reden... Sie würde am liebsten Marsmenschen verantwortlich machen. Egal wen, Hauptsache, sie findet irgendeine Erklärung.

Irgendwo kann ich sie sogar verstehen. Mir fällt es ja auch schwer, rational zu bleiben.« Seine Augen füllten sich mit Tränen. »Armes kleines Mädchen. Es ist auch wirklich ein schlimmes Schicksal, mit einem so schwachen Herzen auf die Welt zu kommen.« Er wischte sich verstohlen die Augen.

Ich drückte Arties Hand. »Ich bin immer für dich da, Artie«, flüsterte ich. »Und wenn ich dir irgendwie helfen kann, laß es mich bitte wissen.«

Er antwortete mit einem verzagten Nicken und wandte sich ab. Ich blickte ihm nach, bis er den Raum verlassen hatte.

Plötzlich packte mich Gus am Ellbogen und steuerte mit mir auf Trent zu.

»Es ist wirklich toll, daß ich Sie endlich kennenlernen darf!« schwärmte der Chef von BioTech. »Ich habe mir immer Ihre Matches angeschaut. Sie waren eine großartige Spielerin.«

»Und jetzt ist sie eine großartige Physiotherapeutin«, merkte Gus an. »Es gibt nicht viele Spieler, die ihr Leben so gut in den Griff gekriegt haben, als es mit dem Tennis vorbei war.«

Trent legte mir den Arm um die Schulter, eine Geste, die ich bei Fremden verabscheue. »Wissen Sie, Jordan, bei Ihrem Hintergrund und Ihrem Erfolg im Fernsehen wären Sie eine enorme Bereicherung für unser Team.«

»Es ist gewiß ein interessantes Produkt ...«

»Interessant ist nicht das richtige Wort«, unterbrach mich Trent. »Es ist ein Durchbruch.«

»Nun, als Neuling auf diesem Gebiet kann ich nur sagen, daß das Produkt einen qualitativ hochwertigen Eindruck macht. Und Gus würde sich mit weniger natürlich auch nicht zufriedengeben. Aber um ehrlich zu sein, sind Produkte nicht meine Sache. Mir geht es um *Menschen.* Von Produkten und Marketing habe ich keine Ahnung.«

»Ah, jetzt haben Sie das Zauberwort gesagt! Stimmt doch, oder, Gus? Menschen. Darum dreht sich doch alles bei dem Duration-System. Damit können Menschen ihr Reservoir ausschöpfen, ihre Leistung steigern, ihre Grenzen erweitern. Doch, doch, wir haben dieselbe Wellenlänge.«

»Ach, wirklich?« Ich wußte überhaupt nicht, wovon er redete.

»Und ob. Gerade weil Sie mit Millionen von Menschen kommunizieren, in erster Linie mit Frauen, könnten Sie die Botschaft toll rüberbringen.«

»Das schmeichelt mir natürlich, aber im Moment habe ich zu viele andere Verpflichtungen. Die Show, die Klinik – mein Terminkalender ist randvoll.«

»Lassen Sie es sich durch den Kopf gehen«, meinte Trent und klopfte mir auf den Rücken. »Wir stecken ja noch in der Entwicklungsphase, und Sie haben jede Menge Zeit. Aber Sie wären ein As für uns. Wir halten Ihnen auf alle Fälle einen Platz frei.«

Ich befreite mich von seinem Arm und wich einen Schritt zurück. »Ihr Vertrauen ehrt mich, Trent.«

Allgemeines Händeschütteln setzte ein, das Meeting war vorbei.

Auf dem Heimweg nach Palm Springs schwieg Gus lange und legte eine CD nach der anderen ein, um die Stille zu überspielen.

»Und, was hältst du von Trent?« fragte er schließlich.

»Hm, als Geschäftsmann ist er wohl sehr gut, aber persönlich fand ich ihn zu aufdringlich.«

»Na ja, er berührt die Leute ganz gern. Weißt du, ich hatte ihm schon vorher viel von dir erzählt. Darum hatte er wohl das Gefühl, dich gut zu kennen. Aber im Grunde seines Herzens ist er ein prima Typ. Und sehr gewissenhaft. Du kannst dir gar nicht vorstellen, wieviel Zeit und Geld BioTech in dieses Projekt investiert hat. Allein wäre ich nie so weit gekommen, und alle anderen größeren Firmen in dieser Branche wollten von meinen Ideen nichts wissen. Aber Trent ist ein Visionär. Jawohl, er ist ein Visionär und hat auch keine Angst vor Risiken.«

»Jetzt weiß ich wenigstens, mit welchem geheimen Projekt du dich beschäftigt hast. Ich bin wirklich beeindruckt. Ihr habt ein tolles Konzept.«

»Findest du? Warum wolltest du dich dann nicht darauf einlassen?«

»Ich passe da einfach nicht rein, Gus. Und ich habe beim besten Willen keine Zeit, mich noch in was Neues einzuarbeiten.«

»Du mußt dich doch nicht groß einarbeiten, Jordan.« Gus sprach auf einmal betont langsam, als wolle er einer Lernbehinderten etwas erklären. »Trent glaubt, daß du eine hervorragende Botschafterin abgeben könntest, wenn du ein Infomercial für den weiblichen Markt übernähmst und das Produkt in deiner Show plaziertest. Das ist alles.«

»Das ist *alles?* Und damit überfällst du mich jetzt?«

»Na ja, ursprünglich warst du nicht eingeplant, aber dann haben sich Änderungen ergeben. Artie hätte unser Werbeträger für die Sportfans sein sollen, aber du hast ihn ja gesehen: Er ist kaputt. Er tut mir leid, aber er bringt nun mal nicht mehr viel. Wie kann er da ein Produkt präsentieren, in das BioTech einen Haufen Geld gesteckt hat? Sie wollen kein Risiko eingehen. Trent war schon drauf und dran ihn zu feuern, mit dem Argument, er hätte seinen Vertrag nicht erfüllt, aber das habe ich verhindert und vorgeschlagen, wir sollten uns eine weitere Identifikationsfigur suchen. Am Anfang hast du wirklich nicht in unserer Strategieplanung gestanden; das hat sich erst ganz plötzlich so ergeben. Da dachte ich mir eben – verzeih mir die Anmaßung –, aber ich dachte mir, daß du gerne einspringen würdest, daß du es spannend finden würdest, bei einer bahnbrechenden Neuerung in der Biotechnik mitzumachen. Es ist ein Haufen Geld drin. Für dich, für alle Beteiligten.«

»Trotzdem schaffe ich es im Moment beim besten Willen nicht; also biete mich Trent bitte nicht mehr an.« Im nächsten Atemzug nahm ich den harten Ton etwas zurück. »Später vielleicht, okay? Dann sehen wir weiter.«

In Wahrheit lag mir nichts ferner, als mit irgendeinem Produkt hausieren zu gehen. Wie ich es sah, war ich unter anderem auch aufgrund meiner Unparteilichkeit und Distanz zu den Werbefritzen so gut als Moderatorin. Und obwohl mich die in Aussicht gestellte Summe gewiß lockte, brauchte ich das Geld im Grunde genommen nicht. *Woman/Sport* war meine Show, die ich selbständig plante und deren Möglichkeiten ich noch lange nicht ausgeschöpft hatte. Ich wollte meine Schwerpunkte darauf und natürlich auf die Klinik legen. Gus hätte das eigentlich als allererster verstehen müssen, zumal er mir am Wochenende wegen meiner Fernsehverpflichtungen auf die Füße getreten hatte. Auch wenn sich natürlich ein Zusammenhang zwischen Gus' Mitarbeit bei BioTech und seiner Arbeit mit den Athleten in der Klinik herstellen ließ, so sah ich nicht ein, warum ich mich ebenfalls daran beteiligen sollte. Andererseits war mir schon vor Jahren klargeworden, daß es keinen Zweck hatte, sich mit Gus zu streiten. Er setzte sich in jeder Diskussion durch. So drehte ich die Stereoanlage einfach lauter, womit ich jede Widerrede im Keim erstickte. Gleichwohl hatte ich das Gefühl, daß unser Streit noch lange nicht vorbei war.

3

Ich hatte soviel um die Ohren, daß ich mich nicht lange ablenken lassen konnte. So verbrachten Gus und ich die Nacht getrennt, schon deshalb, weil jeder von uns noch eine Menge Papierkram zu erledigen hatte. Außerdem fand gleich am Mittwoch morgen die Besprechung mit Harrison Barber und dem Rest des Filmteams über die Details meiner für Donnerstagnachmittag geplanten *Woman/Sport*-Show statt. Danach ging es weiter zur Arbeit mit Jasmine im Therapieraum. Und sobald wir damit fertig waren, war Training auf dem Tennisplatz angesagt.

»Ich habe gestern Artie Lutz getroffen«, erzählte ich Jasmine, als wir auf dem gepflegten Kiesweg an der Aschenbahn vorbeischlenderten. Die Sonne stand hoch am Himmel, und es war heiß. A. M. trottete hechelnd neben mir her. »Er ist total deprimiert.«

»Ich habe gehört, daß seine Freundin nach dem Tod ihrer Tochter mit ihm Schluß gemacht hat«, bemerkte Jasmine und stopfte ihren langen Zopf unter eine Baseballmütze. In diesem Moment sah ich, daß sie eine kleine Tätowierung am Oberarm hatte: eine Fledermaus, zweifellos ein Liebesbeweis für Malik, denn sein Spitzname war »the Bat«.

»Es muß wohl eine enorme Belastung gewesen sein. Irgendwie kann ich es verstehen. Wußtest du, daß sie mir geschrieben hat?«

»Wirklich? Warum?«

»Weil ich auf dem Court stand und spielte, als ihre Tochter starb. Sie wollte wissen, ob ich irgendwas gesehen habe, weil man von dort unten doch den besten Blick hat.«

»Gab's denn überhaupt was zu sehen?« fragte ich.

Jasmine wirbelte ihren Tennisschläger durch die Luft.

»Die arme Frau. Sie glaubt an eine Verschwörung. Zumindest hat sie das in ihrem Brief behauptet.«

»Hat sie sich näher darüber ausgelassen?«

»Nein. Sie schrieb nur, jemand müsse ihr noch dafür büßen, daß er ihre Tochter in diese Sache hineingezogen habe, und der Tod ihres Kindes würde gerächt. Der Brief hat mich fürchterlich aufgeregt. Ich war zu keiner Antwort fähig.«

»Hast du ihn noch?«

Jasmine schüttelte den Kopf. »Nein, er war zu schlimm. Ich habe ihn gleich an Paul weitergeleitet.« Sie seufzte. »Wahrscheinlich hätte ich ihn doch besser behalten, aber ich kriege alle Arten von verrückter Post. Ich schicke diese Sachen grundsätzlich an Paul.«

»Und wie hat er auf diesen Brief reagiert?«

»Er hat nur gesagt, daß er sich darum kümmern will. Das ist alles, was ich weiß.« Sie warf einen Ball, und A. M. hetzte hinterher. »Aber du kannst ihn ja selbst fragen. Wie ich gestern angekündigt habe, kommt er morgen zur Aufzeichnung der Show.«

Wir erreichten den Tennisplatz. Jasmine stellte ihre Sporttasche auf die Bank, und A. M. ließ den mit Speichel bedeckten Ball vor ihren Füßen auf den Boden fallen.

Ich hatte mich gerade hingesetzt, um Jasmine beim Aufschlagtraining mit Axel Tanner zuzusehen, als mein Piepser sich meldete. Ich schaltete ihn ein und las auf dem Minibildschirm die Nachricht: SOFORT INS BÜRO KOMMEN. Winnifred, meine Sekretärin, hatte strenge Anweisung, mich nicht anzurufen, wenn ich mit einem Klienten trainierte, es sei denn, es handelte sich um einen Notfall. So pfiff ich A. M. zu mir und lief zum Büro zurück. Auf dem Weg überlegte ich die ganze Zeit, was nur passiert sein konnte. Bei Winnifred war der Begriff »Notfall« natürlich sehr dehnbar.

Nachdem mein ehemaliger Assistent und guter Freund Tony vor zwei Jahren bei einer Explosion auf der Auffahrt direkt vor meinem Büro das Leben verloren hatte, hatte ich keine gleichwertige Kraft mehr finden können. Tony war für mich unersetzlich gewesen, und ich hatte mir einfach niemand anderen am Schreibtisch meines Vorzimmers vorstellen können. Zwar hatte mir Bill taktvoll Bewerbungsschreiben auf den Tisch gelegt, aber ich hatte mich stets davor gescheut, jemanden einzustellen. Andererseits mußten die Geschäfte weitergeführt werden, und ich brauchte Unterstützung. So versuchte ich, die Lücke mit Aushilfskräften zu füllen. Die letzte davon hieß Mrs. Winnifred Millstone. Winnifred war alles andere als die ideale Kandidatin, zumindest nicht auf den ersten Blick. Sie war zweiundachtzig Jahre alt und hatte bis zu ihrer Pensionierung als Chefsekretärin bei der Pilster Company gearbeitet. Doch trotz ihres Alters schien sie oft weitaus belastbarer als ich zu sein, und in den zwei Monaten seit ihrem Antritt hatte sie das Büro wieder auf Vordermann gebracht. Noch nie waren die Akten ordentlicher und die Schubladen aufgeräumter gewesen. Sie tippte wie ein pinkhaariger Teufel auf Speed. Ständig gab es frischen heißen Tee, und auch die Siebe zum Abgießen fehlten nie. Obwohl sie lieber mit mechanischer Schreibmaschine und altmodischen Telefonen mit Drehwählscheibe arbeitete, hatte sie auf ihre alten Tage einen Computerkurs besucht und kam auch gut mit der EDV zurecht, solange die Buchstaben auf dem Bildschirm vergrößert werden konnten. Vom ersten Tag an hatte sie mich unter ihre Fittiche genommen – eine Gewohnheit, die ich nicht persönlich nehmen sollte, wie sie ein ums andere Mal beteuerte; das hätte sich bei ihr nach zwanzig Jahren bei Mr. Pilster, einem Pressezaren, eben so eingeschliffen. Als ich sie einmal aufforderte, mich nicht so zu bemuttern, antwortete sie: »Sie haben voll und ganz recht, meine Liebe. Ihr Tee mit Honig ist übrigens fertig.« Irgendwann gab ich auf.

Ein Notfall konnte bei Winnifred alles zwischen einem Atomangriff und einer Terminvereinbarung mit dem Tierarzt wegen A. M.s Zähnen sein. Heute wartete sie an ihrem Schreibtisch auf mich und winkte bei meinem Eintreten mit einem Blatt Papier. Ihr aprikosenfarbenes Haar war wie immer perfekt frisiert und ihr Hals mit Schals verhüllt. Was ihr Erscheinungsbild betraf, war Winnifred sehr eigen. Ihre Philosophie lautete schlicht und ergreifend: stets Kleider mit Pünktchen und dazu jede Menge Schals. Die Tücher, die sie in allen Farben und Schattierungen besaß, wickelte sie sich nicht nur um den Hals, sondern auch um die Schultern und den Griff ihrer Handtasche. Wäre den Fahnenschwenkern der US-Armee jemals der Stoff ausgegangen, hätten sie sich jederzeit an Winnifred wenden können.

»Kennen Sie eine Anna Martinez?« Sie blinzelte mich durch ihre straßbesetzte Bifokalbrille an, deren Gläser so dick waren, daß sie ihre Augen zu regelrechten blauen Pfützen vergrößerten.

»Anna Martinez?« Der Name sagte mir nichts. Ich nahm das Blatt – es handelte sich um ein Fax – und überflog es.

Liebe Jordan Myles,
ich wende mich an Sie und alle anderen, von denen ich vielleicht zusätzliche Informationen über den Tod meiner Tochter Celine York erhalten kann. Mir wurde mitgeteilt, daß Sie das Tennisspiel im Madison Square Garden, in dessen Verlauf Celine plötzlich einen Zusammenbruch erlitt und starb, fürs Fernsehen kommentierten. Ihnen ist vielleicht nicht bekannt, daß ihr Tod die direkte oder indirekte Folge einer Verschwörung vor dem Hintergrund von Drogengeschäften ist. Ich hoffe, daß Sie unter Umständen Details, Personen

oder Vorfälle mitbekommen haben, die zur Ergreifung und Verurteilung der Mörder führen könnten. Jede der Überführung des oder der Schuldigen dienliche Beobachtung wird mit zehntausend Dollar belohnt, die ich persönlich überreichen werde.

Bitte wenden Sie sich an die in diesem Schreiben angegebene Adresse. Gott wird es Ihnen danken, wenn Sie der Seele meiner Celine helfen.

Hochachtungsvoll
Anna Martinez

Ich starrte den Brief betroffen an. In ihrer Verzweiflung wandte sich die Mutter offenbar an so viele Menschen wie möglich. »War das dieser Notfall?« wollte ich wissen.

»Erstens das, und dann hat das arme Ding heute schon fünfmal angerufen. Sie will, daß Sie eine Sendung über diese Verschwörung machen, und behauptet, sie hätte sich schon mit der Fernsehgesellschaft und der Presse in Verbindung gesetzt.«

»Und der Polizei?«

»Davon hat sie nichts gesagt, aber die steht bestimmt auch auf ihrer Liste.« Winnifred wölbte ihre nachgezogenen Augenbrauen. »Ansonsten stand so gut wie jeder drauf.« Sie reichte mir die zweite Seite des Fax. Sie war handgeschrieben und enthielt eine Liste mit zwanzig bis dreißig Namen und Adressen von Sponsoren, Spielern – unter anderem auch Seranata und Jasmine –, Schiedsrichtern, Funktionären des Garden-Turniers, ärztlichen Betreuern, Betreibern von Verkaufsständen im Garden und Mitgliedern des Tennisverbands. Eine wirklich umfassende Zusammenstellung.

»Wenigstens bin ich nur eine von dreißig. Ich glaube, Jasmine hat den gleichen Brief bekommen und gleich ihrem Manager gegeben. Er kommt ja morgen zur Show, da werde ich mich bei ihm erkundigen. Aber ein Notfall ist das wirklich nicht.« Ich faltete das Blatt zusammen und steckte es in meine Sporttasche, die mir auch als Aktenmappe diente.

»Na ja, meine Liebe, ich wollte Sie eigentlich auch nicht gleich vom Tennisplatz holen...« – ich hasse es, »meine Liebe« genannt zu werden, und habe zigmal versucht, es Winnifred abzugewöhnen, vergeblich – »...aber diese Frau schien nicht ganz dicht zu sein, wenn Sie verstehen, was ich meine.«

»Ihr Ex-Freund hat mir gesagt, der Tod ihrer Tochter habe sie schwer getroffen. Sie tut mir leid. Und ich kann sie auch verstehen. Um Tony trauere ich sogar heute noch. Es muß schrecklich für sie sein, aber ich kann beim besten Willen nichts für sie tun, Winnifred.«

»Wir rufen sie also nicht zurück?«

»Ich habe keine Lust, mich da einzumischen. Nachher zeige ich den Brief Gus. Mal sehen, was er dazu sagt. Solche Sachen fallen ja schließlich eher in seinen Bereich.« Ich schnappte mir aus der Schüssel, die Winnifred auf ihrem Tisch stehen hatte, eine Handvoll Müsli – selbstgemachtes natürlich – und sah auf die Uhr. Ich hatte immer noch genügend Zeit, zum Tennisplatz zurückzukehren und Jasmines Bewegungsabläufe zu beobachten.

»Vergessen Sie das Mittagessen nicht, meine Liebe!« rief mir Winnifred nach. »Nach dem Frühstück ist es die wichtigste Mahlzeit!«

Trotz des Streckverbands war Jasmines Spiel eine wahre Augenweide. Sie hatte die Schönheit und Eleganz einer Balletttänzerin, wie sie im Tennis seit der legendären Suzanne Lenglen, die vor über einem halben Jahrhundert mit ihrem anmutigen Spiel die Fans verzaubert und den Sport verändert hatte, nicht mehr zu sehen gewesen war. Doch Jasmine besaß noch mehr, nämlich Intuition. Und die Kombination von beidem machte sie zu etwas Einzigartigem. Chris hatte sie auch, Andrea hatte sie, Monica hatte sie – die fast schon unheimliche Gabe, genau da zu sein, wo der Ball aufschlug. Aus eigener Erfahrung – ich habe selbst Matches gegen diese Frauen gespielt – kann ich bezeugen, wie so etwas einen zermürben kann. Angesichts dieser Fähigkeit, den Ball im richtigen Moment zu treffen und schon wieder bereitzustehen, wenn der Return kommt, beginnt man unweigerlich zu spekulieren, wohin die Gegnerin wohl als nächstes laufen wird, was auf die Dauer zwangsläufig zu Fehlern führt.

Wenn Jasmine an ihrer Kraft, Schnelligkeit und ihrem Spiel arbeitete, würde es nicht bei sporadischen Verbesserungen wie bisher bleiben, sondern sie konnte dauerhaft zu den Top Five aufsteigen. Das Potential war eindeutig vorhanden, sie hatte alle Anlagen zum Star. Diejenigen, die gemutmaßt hatten, Jasmine wäre nur dank ihrer Schönheit soweit gekommen, hatten sich meiner Auffassung nach getäuscht. Natürlich war sie sehr attraktiv, aber beileibe nicht die erste oder die letzte Spielerin, die gut aussah. Jasmine Li hatte mehr als das.

In einer Pause fragte ich Tanner nach seiner Meinung. »Sie ist überall, das steht schon mal fest«, erklärte er. »Besonders schnell ist sie zwar nicht, aber das macht sie mit ihrer unglaublichen Voraussicht mehr als wett.« Er wischte sich den Schweiß von der Stirn. Jasmine hatte ihn ganz schön über den Platz gehetzt. »Charlie?« rief er seinem Assistenten zu, der von der Seitenlinie zusah. »Kannst du übernehmen?«

Charlie tat ihm den Gefallen und kehrte mit Jasmine auf den Platz zurück.

Bei Jasmine hatte ich das Gefühl, daß sie es stets schaffte, auf der Höhe des Geschehens zu sein, obwohl sie sich scheinbar überhaupt keine Mühe gab. Es war, als könnte sie Gedanken lesen. Ich hatte Dutzende von Aufzeichnungen ihrer Spiele studiert und sah jetzt meine bisherigen Beobachtungen eindrucksvoll bestätigt. Während die meisten Spieler etwa in der Hälfte der Fälle erraten, wo der Ball als nächstes landet, war das Verhältnis bei Jasmine eher neunzig zu zehn. Selbst wenn sie weit hinter die Grundlinie hatte laufen müssen, schaffte sie es beim nächsten Ball gegen alle Erwartungen doch noch, an genau der richtigen Stelle bereitzustehen. Allerdings war ihre Schnelligkeit verbesserungsfähig, wie Tanner erkannt hatte. Ihre Physis war alles andere als ausgewogen.

»Ich möchte ihr vorschlagen, daß sie mehrere neue Sportarten in ihr Pensum aufnimmt, um ihren Körper vielseitiger zu belasten. Es würden sich Yoga, Volleyball, Kajak fahren und Leichtathletik anbieten. Was meinst du dazu, Tanner?«

Statt einer Antwort ließ sich Tanner auf den Sitz neben dem meinen fallen. Seine Augen waren geschlossen.

»Tanner?«

Ich verstand die Welt nicht mehr. Tanner Axel war einer der besten Trainer in der Tenniswelt und lief selbst in den Trainingsmatches seine Gegner in Grund und Boden. In seiner aktiven Zeit hatte er sich mit seinem roten Haar und seinem Markenzeichen, dem roten Stirnband, in das Davis-Cup-Team und unter die Top Ten der Weltrangliste gespielt, um nach dem Ende seiner Laufbahn dann andere zu betreuen. Wegen seines sprudelnden Humors und seiner einfühlsamen, doch zugleich bestimmten Art im Training mit den Spielern war er in der ganzen Tenniswelt beliebt. Aber heute? Tanner schien völlig neben sich zu stehen.

»Tanner, fehlt dir was?«

Er kniff die Augen zusammen. »Was soll mir fehlen? Mach dir lieber um *dich* Gedanken. Wann bist du denn schon mal da? Ich dagegen reiße mir hier draußen Tag für

Tag den Arsch auf. Da ist es doch kein Wunder, wenn ich mal einen kleinen Durchhänger habe.«

Es verschlug mir die Sprache. Normalerweise war Tanner ein furchtbar lieber Kerl. So barsch hatte ich ihn noch nie erlebt.

Im nächsten Moment stand er mit einer wegwerfenden Handbewegung auf. »Vergiß es.« Er schleuderte seinen Schläger von sich und trottete, sich unentwegt die Stirn reibend, davon.

Jasmine trat mit besorgter Miene auf mich zu. »Vielleicht habe ich ihn zu sehr herumgehetzt«, sagte sie halb im Scherz.

»Es liegt wohl eher an den Tacos von gestern abend«, grinste Charlie.

Ich mußte lachen. Unter normalen Umständen spielte Tanner Jasmine sogar im Schlaf aus. Wenn er schlapp machte, mußte er sich schon mit einer extrem fetten Avocadosauce den Magen verdorben haben. »Keine Sorge, der ist bald wieder munter wie ein Fisch im Wasser«, sagte ich. »Mach mit Charlie weiter. Wir sehen uns später bei der Ernährungsberatung.«

Sie nickte und trabte auf den Platz zurück.

Ich mußte noch einige Anrufe erledigen, doch auf dem Weg in mein Büro machte ich einen Abstecher zu unserer Diätspezialistin Sally Stone. Sally verrichtete ihre Arbeit immer sehr gewissenhaft, und ich wußte bereits, daß Jasmine bei ihr gut aufgehoben sein würde. Früher hatte sie den Tenniszirkus als Bewegungstherapeutin für die Spielerinnen begleitet; dabei hatte ich sie auch kennengelernt. Als ich nach meinem Unfall die neue Ausbildung begonnen hatte, war ich ihr rein zufällig wieder über den Weg gelaufen. Auch sie wollte umsatteln und hatte gerade das Diplom in Ernährungswissenschaft mit dem Schwerpunkt Diät für Sportler geschafft. Sie hatte sich auf Anhieb blendend mit

Gus verstanden; zusammen bildeten sie ein umwerfendes Gespann. Alle Athleten, die zu uns kommen, werden buchstäblich Atom für Atom zerlegt, bis ihr physiologischer Aufbau vollständig erfaßt und analysiert ist. In der Desert Springs Sports Clinic vertreten wir die Philosophie, daß in einer Welt, in der Athleten auf Befehl Spitzenleistungen zu erbringen haben, Geist und Körper in perfekter Harmonie zusammenarbeiten müssen. Die Verbesserung der persönlichen Leistung erfordert einen interdisziplinären Ansatz, und wir behandeln die Menschen mit ganzheitlichen Methoden. Jeder Bissen, jeder Schluck, jeder Gedanke und jede Bewegung wird peinlich genau analysiert und falls notwendig neu definiert, damit der Athlet lernen kann, seine Anlagen besser zu nutzen. Darum sollte Jasmine ausgiebig zu ihren Eßgewohnheiten befragt werden und anschließend einen speziellen Fragebogen erhalten, anhand dessen sie sieben Tage lang über jeden Bissen Buch führen würde. Erst danach war eine Bewertung möglich, aufgrund derer die für sie beste Diät erstellt werden konnte. Auch nach dem Ende der Behandlung in der Klinik begleitet dieses Tagebuch unsere Patienten überallhin. Es wird von ihnen erwartet, daß sie ihren Speiseplan täglich notieren und uns regelmäßig eine Kopie der ausgefüllten Seiten zufaxen, egal wo sie sich gerade aufhalten mögen.

Als ich Sallys Praxis betrat, saß zu meiner nicht geringen Überraschung ein Mann mit schütterem Haar und dem Körper eines Walrosses notdürftig von einem weißen Bademantel verhüllt auf der Behandlungsbank.

»Hi, Jordan«, sagte eine nur zu vertraute Stimme. »Da staunst du, was?«

Ihn hätte ich in der Praxis einer Ernährungsberaterin tatsächlich am allerwenigsten erwartet: Noel Fisher, ein Mann, der jeder Beschreibung spottete. Als Spezialist für die Aufspürung obskurer Informationen und/oder Personen hatte er von der CIA bis hin zum FBI für so ziemlich alle Organisationen gearbeitet und betrieb jetzt eine eigene Privatdetektei an der Ostküste. Der Fisch, wie ich ihn nannte, war ein schwerfälliger Bulle von Mann und der Detektiv mit den besten Beziehungen auf der ganzen Welt. Den Menschen, den er nicht kannte oder zumindest erreichen konnte, schien es nicht zu geben. Privat war er dagegen ein totaler Einzelgänger und hatte nur zu seiner Mutter eine enge Beziehung. Der Fisch war ein Schlamper, ein Rätsel, ein Junk-food-Süchtiger und ein Chauvi, wie er im Buche steht. Doch obwohl ich beim besten Willen nicht verstehen konnte, warum ausgerechnet einer wie er hier im Bademantel herumsaß, freute ich mich unbändig, ihn zu sehen. Was kann man denn auch anderes bei einem Menschen empfinden, der einem das Leben gerettet hat? Es ließe sich ins Feld führen – wie es Gus getan hatte –, daß er eben zufällig zur richtigen Zeit am richtigen Ort war, als ein Bleirohr auf meinen Kopf zuraste. Doch der Fisch hatte mehr als die Gabe, in den passendsten oder unpassendsten Momenten aufzukreuzen; nur sprach er nicht darüber. Und soweit ich mich erinnern konnte, war er noch nie in unserer Klinik gewesen.

Ich mußte unwillkürlich grinsen und brach jäh in hysterisches Lachen aus, als ich mich zum Begrüßungskuß über ihn beugte und sah, was er in der Hand hielt – eine Kalorientabelle. Sonst setzte der Fisch Leute, die Kalorien zählen, doch immer mit denen gleich, die die Erde für eine Scheibe halten. »Was um alles auf der Welt machst du denn hier?« keuchte ich, als ich mich einigermaßen erholt hatte. Sally starrte mich verdattert an. Sie konnte natürlich nicht verstehen, was in mich gefahren war.

Der Fisch sackte in sich zusammen. »Jordan, Jordan, ich habe Probleme.«

Ich setzte mich neben ihn. »Welche? Sag's mir.«

»Mein Cholesterinspiegel.« Er sah mich betrübt an. »Er ist fast bei vierhundert.«

»Gott im Himmel!«

Sally schnitt eine Grimasse.

»Die Docs zu Hause haben mir gesagt, ich müsse sofort handeln. Ich stecke mitten in einem wichtigen Fall und stand kurz vor der Aufdeckung eines Versicherungsbetrugs, aber dann mußte ich aufhören. Ich habe mich dagegen gesträubt, aber sie sagten mir, daß ich tot wäre, wenn ich nicht gleich was täte.« Er seufzte. »Sie wollten mich auf Nulldiät setzen und in die Mayo-Klinik überweisen. Ins Krankenhaus! In ein Gesundheitsgefängnis! Einen so aktiven Menschen wie mich! Da wäre ich ja durchgedreht!« Der Fisch breitete seine schwammigen Hände aus.

»Das glaube ich dir aufs Wort.« Ich wußte, daß der Fisch sich nur bewegte, wenn es sich nicht vermeiden ließ. In seiner Vorstellung bestand schweißtreibende Gymnastik darin, mit einer schnellen Abfolge von Handbewegungen Pommes frites von der Tüte in den Mund zu befördern.

»Na ja, da hielt ich es für das beste, hierherzukommen. Du kennst doch meine Philosophie: Gib dich nur mit den Spitzenleuten ab. Und wo finde ich die im Gesundheitsbereich? Folglich bin ich bei euch gelandet.«

»Fisch, ich muß dir sagen: Das hier ist kein Krankenhaus wie die Mayo-Klinik. So wie es klingt, mußt du stationär behandelt werden. Ich freue mich wirklich, dich zu sehen, aber ich finde, du solltest noch mal genau darüber nachdenken.«

Er reckte trotzig das Kinn. »Ich habe darüber nachgedacht. Und jetzt bin ich hier. Ich bin ein zahlender Patient.«

Sally sah hilflos von ihrem Tisch auf. »Bei der Aufnahme hat er gesagt, daß er ein enger Freund von dir ist. Ich habe mich eigentlich auf den Termin mit Jasmine vorbereitet, da platzte er auf einmal herein.«

»Das ist er ja auch, trotzdem wäre es mir lieber, er würde in einem richtigen Krankenhaus behandelt. Wir betreiben hier doch ein Zentrum für Sportler.«

Der Fisch warf verzweifelt die Arme hoch. »Bin ich vielleicht kein Sportler? Außerdem habe ich mich hier schon umgesehen. Ihr leistet seriöse Arbeit. Kein Vergleich mit einer Kurklinik.«

»Warte einen Moment, okay?« Ich ging mit Sally in den Korridor. »Was meinst du dazu?« fragte ich sie, sobald ich die Tür geschlossen hatte.

»Mit diesem Cholesterinspiegel müßte er eigentlich tot sein.«

»Können wir ihm helfen?«

»Nur vorläufig. Ich glaube, er will nicht einsehen, wie ernst die Lage ist. Er braucht eine intensivere Behandlung, als wir sie ihm hier bieten können, eine strenge Diät unter ärztlicher Aufsicht. Aber vielleicht können wir ihn soweit bringen, daß er diese Art von Hilfe schließlich annimmt und die Fakten akzeptiert.«

»In dieser Hinsicht ist er wohl nicht anders als unsere Sportler. Wenn wir bei ihm die Einsicht fördern, haben wir schon viel erreicht, zumindest wenn man bedenkt, wie stur er ist.«

Sally runzelte skeptisch die Stirn. »Na gut, er ist dein Freund.«

In diesem Moment ging die Tür auf. »Was soll das Getuschel?« brummte der Fisch. »Ich hab' was gegen Heimlichkeiten.«

Wäre er vorgewarnt gewesen, hätte er garantiert schon Wanzen verlegt. »Die Konferenz ist bereits zu Ende«, verkündete ich. »Wir nehmen dich auf. Aber wenn wir unsere Möglichkeiten ausgeschöpft haben, überweisen wir dich an die richtigen Leute, einverstanden? Und bleiben dann trotzdem in Verbindung. Du weißt doch, daß ich dich nie abweisen würde.«

»Na ja, und der bloße Klang deines Namens hat immerhin so weit gereicht, daß ich in dieser hübschen kleinen Villa einquartiert wurde«, meinte er mit einem verschmitzten Grinsen. »Jetzt bin ich mitten auf dem Klinikgelände und brauche nicht noch von Pontius zu Pilatus zu laufen.«

Ich legte den Arm um ihn. »Vielleicht können wir heute abend zusammen essen. Ich kann dir gar nicht sagen, wie ich mich freue, dich wiederzusehen.«

Er sah mich bekümmert an. »Ich fürchte, ich darf überhaupt nichts mehr essen. Und abends schon gar nicht.«

»Wir werden etwas Fettarmes bestellen.«

»Das nennst du essen? Warum nicht gleich Pappe braten? Können wir nicht wenigstens eine Pizza bestellen? Es muß ja nicht gleich die doppelte Menge Käse drauf sein wie sonst immer. Nur eine dünne Kruste. Das wäre sogar vegetarisch.«

»Tja, leider sind die Regeln bei uns anders – ohne Wenn und Aber. Da gibt es keine Ausnahmen, auch nicht für gute Freunde. Vor allem nicht für gute Freunde. Sally gibt dir deinen Diätplan, und außerdem führst du ab sofort ein Tagebuch über das, was du ißt. Darin hältst du jeden Bissen fest. Später wirst du es Punkt für Punkt mit ihr durchgehen.«

»Klingt ja wie im Kindergarten«, meckerte der Fisch.

»Unsere Sportler tun genau das gleiche. Und Schummeln oder Verschweigen gibt es nicht – damit würdest du nur dich selbst betrügen. Ich werde für heute abend etwas in der Küche bestellen, das Sally für unbedenklich hält, und zu mir nach Hause bringen lassen. Meine Sekretärin wird dir sagen, wie du zu mir findest. Ich selbst bin noch bis sechs bei einer Besprechung für meine Show morgen. Sehen wir uns also ... sagen wir um sieben, einverstanden?«

»Liegt auf dem Weg ein Kentucky Fried Chicken? Deine Sekretärin soll es mir auf der Karte ankreuzen.«

»Schluß damit. Bis später. Aber versetz mich nicht wie damals in Paris.«

Ich sah auf die Uhr. Jasmine hatte ihren Termin bei Sally in einer halben Stunde. Das Filmteam sollte am frühen Nachmittag eintreffen. Sie wollten sich das Gelände nach dem besten Plätzchen für das Interview anschauen und mußten irgendwo für die Nacht untergebracht werden. Heute abend stand die Probe für die Show auf dem Programm und wir mußten die Fragen, die die Autoren für mich vorbereitet hatten, noch einmal durchgehen. Ich hatte sie Jasmine nicht gezeigt, weil ihre Antworten möglichst natürlich und spontan sein sollten.

Beim Verlassen der Diätabteilung wurde ich von Gus abgefangen. »Dein Filmteam ist schon da. Und die führen sich auf, als wären sie hier zu Hause. Sie schnüffeln überall rum, machen permanent Krach und stehlen unseren Leuten die Zeit, weil sie sie ständig nach irgendwas fragen. Ich habe es dir ja von Anfang an prophezeit. Aber ich habe ihnen gesagt, daß sie mir für jeden Kratzer und jeden Teppich, den sie mit ihren schweren Geräten ruinieren, haften müssen. Und sie sollen gefälligst aufpassen. Hier rechnet doch keiner damit, daß ihm Kabel im Weg liegen. Da kann leicht jemand darüber stolpern und stürzen.«

»Wolltest du mich deswegen sprechen?«

»Nein. Ich weiß schon, daß du das auch allein in den Griff kriegst. Ich wollte dir meinen Dummy für die Duration-Verpackung geben. Es ist mein einziger, und ich möchte nicht, daß er in die falschen Hände gerät. Dafür ist er zu wertvoll.«

»Ich verstehe nicht, Gus. Was soll ich mit einer Verpackung? Ich kann sie mir anschauen und dir sagen, was ich davon halte, aber von Kunst habe ich keine Ahnung.«

»Ich dachte mir, du hast dir die Sache vielleicht durch den Kopf gehen lassen und kannst sie in der Show unterbringen.«

»Das ist doch lächerlich, Gus. Duration ist noch nicht mal auf dem Markt. Und ich habe dir schon mal gesagt, daß ich in meiner Show keine Produktwerbung betreibe.«

»Das weiß ich, und ich erwarte auch nicht, daß du Werbung dafür machst. Aber du kannst es doch vielleicht so aufstellen, daß die Kamera es zeigt, oder vielleicht könnte Jasmine es erwähnen, wenn ihr über ihre Eßgewohnheiten redet. Es gibt ja immer Produkte, die auf dem Markt noch nicht erhältlich sind, aber von Spielern bereits benutzt werden. Damit könnten die Leute sich schon mal an den Namen gewöhnen.«

Ich hatte keine Lust, mit Gus zu streiten. »Na gut, ich schaue es mir mal an. Vielleicht erwähne ich es auch bei unserer Konferenz heute abend. Aber wenn es nicht in den Rahmen der Show paßt, dann bestehe ich auch nicht darauf.«

Er nickte und reichte mir eine Plastiktüte. »Besser als nichts.«

Ich warf einen Blick in die Tüte. Na gut, ich wollte Wort halten. Wenn wir es in einer Einstellung zeigen konnten, sollte es mir recht sein. Aber erzwingen wollte ich nichts. Ich hasse Shows, in denen sogenannte Profis einem plötzlich irgendwelche Produkte aufdrängen. Mir persönlich kommt das Ganze dann wie ein einziges aufgeblasenes Infomercial vor. Dazu sollte meine Show aber nie verkommen. Gus hatte nur zuviel Zeit mit seinem Kumpel Trent verbracht und fing jetzt auch schon an, wie ein Promoter zu denken. Ich stopfte die Tüte in meine Sporttasche. Dabei berührte ich ein Stück Papier – Annas Fax. »Ach, übrigens, Gus, ich wollte dich etwas fragen. Ich bräuchte deinen Rat.«

»Geht es um eine Klientin?«

»Nein. Ich kenne diese Person nicht einmal.« Ich reichte ihm das Fax. »Die Mutter des kleinen Mädchens, das beim Saturnia gestorben ist, hat es mir geschickt. Offenbar wendet sie sich an jeden, der irgend etwas mit dem Turnier oder der Berichterstattung zu tun hatte. Sie ist davon überzeugt, daß eine Verschwörung dahintersteckt. Da wollte ich dich nach deiner Meinung als Psychologe fragen. Schließlich fallen Depressionen in dein Fach.« Und ich wußte, wovon ich sprach. Nach meinem Unfall hatte Gus ja meine eigene Depression behandelt und mir die Motivation zum Weitermachen vermittelt.

Mit einem bedächtigen Nicken las Gus das Fax. »Das ist wirklich traurig. Doch. Diese Frau steigert sich fraglos in eine Wahnvorstellung hinein.«

»Soll ich die Behörden einschalten?«

»Nein. Sie ist ja wohl kaum gefährlich. Meiner Meinung nach sucht sie nur ein Ventil, um ihre Frustration und Wut darüber abzulassen, daß sie das Geschehene nicht mehr rückgängig machen und ihre Tochter nicht wiederbekommen kann. Diese Erkenntnis sickert nur langsam zu ihr durch. Man kann es auch als Reinigungsprozeß betrachten. Die vielen Kontakte helfen ihr vielleicht. Und die bloße Tatsache, daß jemand da ist – du zum Beispiel –, dem man so etwas schicken kann, gibt ihr das Gefühl, daß sie wenigstens etwas tut, es vermittelt ihr die Illusion von Kontrolle. Menschen reagieren oft so, wenn sie von einer Tragödie betroffen sind und machtlos zusehen müssen. Sie greifen nach jedem Strohhalm. Darf ich es behalten? Ich würde mich gern noch genauer damit auseinandersetzen.«

»Gern. Nimm's ruhig. Danke für deine Stellungnahme. Bis später.«

Ich ging kurz in mein Büro und schrieb mir ein paar Notizen bezüglich Jasmines Behandlung auf. Wir brauchten ein spezielles Rehabilitationsprogramm, das auch Übungen mit Knetmasse und Arbeit im Kraftraum mit einschloß. Dann sprach ich meine Stichpunkte ins Diktaphon und bereitete mich auf die Konferenz vor.

Das Produktionsteam traf sich in Harrison Barbers Hotelsuite im Zentrum von Palm Springs. Er und seine Leute waren schließlich dort untergebracht worden. »Eigentlich hatten wir uns ein Häuschen auf dem Klinikgelände reservieren lassen«, bemerkte Harrison säuerlich, »aber dann wurden wir plötzlich wegen irgendeines hohen Tiers rausgeschmissen.« Ich biß mir auf die Zunge, denn mir war bereits klar, daß dieses »hohe Tier« kein anderer als der Fisch sein konnte, der sich unter Berufung auf mich unsere edelsten Gemächer erschlichen hatte.

Ich habe schon mit einigen wenig kompetenten Produzenten zusammengearbeitet, Harrison dagegen kannte sich in seinem Metier bestens aus und wurde allseits geachtet. Ich jedenfalls hielt große Stücke auf ihn, denn er nahm seine Aufgabe immer sehr ernst. Als Produktionsdirektor für den Bereich der Ostküste erledigte er sehr vieles selbst, statt es nach unten zu deligieren. Als wir letztes Jahr gemeinsam das Turnier von Wimbledon abdeckten, brach mir eine halbe Stunde vor meinem Liveauftritt vor der Kamera ein Zahn ab. Harrison schaffte es tatsächlich, einen Zahnarzt aufzutreiben und in unser Studio zu lotsen, wo er den Schaden provisorisch behob. Ein andermal, bei den French Open, fand er in unserer Post eine Bombendrohung. Statt die Nerven zu verlieren – oder die Sache als Sensation auszuschlachten, wie es manch anderer gewiß getan hätte –, informierte er nur einen Menschen, nämlich den Chef des Sicherheitsdienstes. So konnte nicht nur eine allgemeine Panik vermieden, sondern die Angelegenheit in aller Diskretion geklärt werden.

Harrison war sehr klein, mager und hatte eine fast ungesund wirkende, blasse Haut, bei der man meinen konnte, sie wäre noch nie dem Tageslicht ausgesetzt gewesen. Dazu war sein blondes Haar so dünn, daß man den Schädel hindurchschimmern sah. Er war ein Südstaatler von altem Schrot und Korn und hatte den typischen singenden Tonfall seiner Heimat Carolina. Sein entschiedenes Auftreten und seine Charakterfestigkeit standen jedoch in krassem Gegensatz zum äußeren Eindruck. Harrison hatte von Anfang an das Konzept von *Woman/Sport* unterstützt und unbeirrbar durch das tückische Gelände unseres Senders geschleust. Mehr als ein Programmdirektor hatte eine Show mit mir, einer Anfängerin, für ein selbstmörderisches Unterfangen gehalten, aber letztlich hatte sich Harrisons Hartnäckigkeit durchgesetzt.

Die meisten der in der Suite versammelten Teammitglieder hatten nach dem langen Flug von der Ostküste herüber noch ganz glasige Augen. Trotzdem gab es ein großes Hallo. Ich hatte sie ja alle schon länger nicht mehr gesehen – Amy, die stellvertretende Produzentin, Carl, den Kameramann, seinen Assistenten Roger, Victor, den Kostümbildner, Shauna, die als meine Assistentin fungieren sollte, Ellie, die Produktionsassistentin und nicht zuletzt den Regisseur Jeremy und seinen Assistenten Ed.

Schließlich ergriff Harrison das Wort. »Jetzt setzt euch mal alle hin. Wir haben in einer Stunde ein gewaltiges Pensum zu bewältigen.«

So verteilten wir uns auf die Sofas, Sessel und auch auf den Boden. Amy überreichte jedem eine Kopie des Produktionsplans, der einen kurzen Abriß des Ablaufs, die Namen sowie Telefonnummern der Mitarbeiter, eine Karte des Klinikgeländes mit sämtlichen Gebäuden und eine Auflistung der Kontaktpersonen in den einzelnen Abteilungen enthielt.

Punkt für Punkt gingen wir alles durch. Jeder Abschnitt der Show wurde in seine Bestandteile einschließlich der Werbeblocks und graphischen Darstellungen zerlegt. Mein Skript sah die Fragen vor, die ich Jasmine stellen wollte. Dabei mußte ich darauf achten, daß ich die provokantesten Themen jeweils unmittelbar vor einer Werbepause ansprach, damit die Zuschauer gespannt auf die Fortsetzung warteten und nicht zu einem anderen Sender umschalteten. Auch die Frage des Drehorts wurde aufgeworfen, und wir diskutierten anhand von Fotos über die Alternativen.

»Unsere erste Wahl, die Grünanlage vor dem Hauptgebäude, ist aus dem Rennen«, erklärte Harrison.

Ich sah ihn erstaunt an. »Warum?«

»Dr. Augustus Laidlaw hat uns per Fax mitgeteilt, daß unsere Wagen und Ausrüstungsgegenstände den Klinikbetrieb stören würden. Darum hat er die mit einem X markierten Übungsplätze vorgeschlagen.«

»Na ja«, meinte ich, »wir haben immerhin fünfzehn Courts, und abgesehen davon ist sie ja auch eine Tennisspielerin.«

»Jeder hat das Mädchen schon Tennis spielen sehen«, erwiderte Harrison. »Und der Hof vor dem Hauptgebäude ist wirklich sehr ansprechend. Ich hatte mir einen wohltuenden Kontrast erhofft. Aber so ist das nun mal. Wir müssen das Beste draus machen. Sag, Jordan, wie willst du das mit der Romanze einbauen?«

»Ich dachte mir, sie als zwei Menschen zu schildern, die ähnliche berufliche und private Ziele haben und sie gemeinsam verwirklichen möchten.«

Jeremy nickte. »Das gefällt mir. Das Persönliche mit dem Professionellen verbinden.«

Wir gingen den Rest des Konzepts durch, und die Konferenz war so gut wie beendet, als Harrison noch einmal die

Stimme hob. »Ein Letztes noch. Ich muß alle hier Versammelten fragen, ob sie auch Post oder einen Anruf von einer gewissen Anna Martinez erhalten haben.«

Fast jeder hob die Hand. Ich hatte vorgehabt, Harrison nach Auflösung der Runde darauf anzusprechen, aber jetzt war es wohl besser, wenn wir alle darüber diskutierten.

»Ich habe heute ein Fax von ihr bekommen, Harrison. Daraufhin habe ich Dr. Laidlaw, der, wie ihr wißt, ein anerkannter Psychologe ist, gebeten, es sich einmal anzuschauen. Seiner Auffassung nach handelt es sich um den Hilfeschrei einer verzweifelten Frau, die ein Ventil für die Frustration über ihre Machtlosigkeit braucht und glaubt, sich in Aktionismus stürzen zu müssen. Er hält sie aber für harmlos und nimmt an, daß das nur eine vorübergehende Phase ist.«

»Ich verstehe«, murmelte Harrison. »Aber in dem Fax an mich schreibt sie, daß sie sich mit jedem ›in Verbindung setzen wird‹, der mit euch oder dem Sender zu tun hat und – ich zitiere – ›an der Verschwörung‹ beteiligt sein könnte. Ich habe eine Kopie dem Sicherheitsdienst des Senders zukommen lassen und möchte alle, die ein ähnliches Fax erhalten haben, bitten, dasselbe zu tun.«

So verließen wir alle etwas beunruhigt die Konferenz. Diese Anna Martinez schien wirklich ein riesiges Netz zu spannen. Und plötzlich wich mein ursprüngliches Mitleid einem Gefühl von Beklommenheit. Ich fragte mich, ob ihr »Aktionismus« tatsächlich auf das Papier beschränkt bliebe. Was würde sie sich sonst noch einfallen lassen?

4

»Bei allem Respekt vor Dr. Laidlaw…«, begann der Fisch in gedehntem Ton, während er die Reste seiner in der Klinikküche ohne Fett und Sauce zubereiteten Seezunge zusammenkratzte, »aber ich halte diese Martinez für potentiell gefährlich. Als bloße Hysterie einer trauernden Mutter würde ich ihre Reaktion jedenfalls nicht abtun. Sie führt etwas im Schilde. Sie will, daß jemand für den Tod ihres Kindes büßt. Das klassische Rachemotiv. Habe ich schon zigmal erlebt.« Er nahm den Teller in die Hand. »Mensch, ich würde ihn so gern ablecken, aber es ist nichts mehr drauf! Und ich bin längst noch nicht satt! Wollen die mich verhungern lassen, nur damit mein Cholesterinspiegel um einen Viertelpunkt sinkt?« Er stellte den Teller mit betrübter Miene zurück. »Deine Sekretärin, diese Winnifred, ist wirklich furchtbar lieb. Sie ist sogar extra für mich losgezogen und hat mir Schokokekse besorgt.«

»Schokokekse? Willst du unbedingt draufgehen? Aber zurück zu dem Kind. Für Rache gibt es doch überhaupt keinen Grund. Es ist eines natürlichen Todes gestorben.«

»Der Mutter ist das egal. Ihr Kind ist tot. Das ist ihre Realität. Wie gesagt, jemand wird dafür büßen müssen. So sieht *sie* es.« Er verdrehte den Kopf in Richtung Küche. »Sag mal, hast du zufällig ein Eis im Kühlschrank?«

»Fehlanzeige. Aber ich habe das Ganze doch nur am Rande mitgekriegt. Was könnte ich also tun? Ich bin eine von weiß Gott wie vielen, die das gleiche Fax bekommen haben.«

»Du bist bekannt. Du bist vom Fernsehen. Das darfst du nicht außer acht lassen. Die meisten anderen arbeiten hinter den Kulissen. Was ist mit den zwei Frauen, die gegeneinander spielten, als es passierte?«

»Jasmine hat auch ein Schreiben erhalten. Von Seranata habe ich nichts gehört, aber warum hätte die Frau bei ihr eine Ausnahme machen sollen? Ich glaube nicht, daß schon irgend jemand systematisch erfaßt hat, wem was geschickt worden ist. Die meisten haben Mitleid mit der Mutter und nehmen die Angelegenheit nicht so ernst. Unser Produzent will aber den Sicherheitsdienst des Senders einschalten.«

»Pfff, Sicherheitsdienst!« schnaubte der Fisch. »Was soll das sein? Ein versprengter Haufen, der Schwarzseher aufspürt? Oder diese Laffen, die deinen Mitarbeiterausweis studieren, bevor sie dich zum Aufzug weitergehen lassen? Hör mir doch auf mit denen!«

Auf diesem Gebiet hatte der Fisch allen Grund zu Spott. Auch wenn man es sich auf den ersten Blick kaum vorstellen konnte, so hatte er nicht nur für den Geheimdienst gearbeitet, er konnte noch immer im Verteidigungsministerium ein- und ausgehen und nahm gelegentlich »im Bedarfsfall«, wie er das nannte, von dort Aufträge an. Angeblich war er auch an den berüchtigten »Black Programs« beteiligt gewesen, einem streng geheimen Sicherheitsprojekt, über das nicht einmal der Präsident genau Bescheid wußte. »Black Programs sind Maßnahmen, die nicht existieren«, hatte er mir einmal erklärt. »Sie setzen einen offenen Geist und einen geschlossenen Mund voraus.« Nun, der Fisch hatte beides.

»Vielleicht sollte ich der Sache doch mal nachgehen«, meinte er. »Kann sein, daß überhaupt nichts dahintersteckt, aber bei Leuten am Rande des Wahnsinns kann man nie wissen. Vorsicht ist die Mutter der Porzellankiste. Das war schon immer meine Devise, und ich will nicht, daß du in irgendeinen Schlamassel reingezogen wirst. Für so was hast du ja eine Vorliebe.«

»Aber Hank hat doch den Vorfall kommentiert, nicht ich.«

»Dieser Hank oder wie er heißt ist doch bloß ein Lückenfüller. Die Zugnummer bist du, die ehemalige Weltklassespielerin. Und ihr Kind ist bei einem Tennisturnier gestorben. Da kann sie tausend Zusammenhänge herstellen.«

»Moment mal. Willst du etwa sagen, daß mir oder den anderen Gefahr droht?«

Der Fisch lehnte sich zurück. »So habe ich das nicht gemeint. Vielleicht bleibt es ja bei diesen Briefen. Ich wollte nur sagen, daß ich mir mehr als ein Szenario vorstellen kann. Dr. Gus liest zu viele Fachbücher. Das hier ist die wirkliche Welt. Menschen, die durchdrehen, tun weiß Gott was alles. Wir sollten keine Möglichkeit außer acht lassen. An einem läßt sich schließlich nicht rütteln: Sie ist eine Mutter.«

Ich starrte ihn erschrocken an. Aber natürlich! »Das sind die schlimmsten. Hast du schon mal vom amerikanischen Schwarzbär gehört? Bedroh die Jungen, und die Mutter verwandelt dich in Hackfleisch. Elefantenmütter gehen sogar dann schon auf dich los, wenn sie bloß Gefahr für ihre Babys wittern. Meine Mutter, die so zierlich ist, daß sie fast zwischen den Sofapolstern durchrutscht, hat einmal einen Babysitter die Treppe runtergeworfen, als sie sie dabei erwischte, wie sie mir eine Ohrfeige gab. So hat sie es mir zumindest erzählt. Wahrscheinlich hat sie ihre Reaktion aber noch heruntergespielt.«

Ich weiß nicht, warum ich bis dahin nicht an diesen Aspekt gedacht hatte. Mütter, die davon überzeugt sind, daß ihrem Kind etwas angetan worden ist, lehnen sich bestimmt nicht zurück und warten ab. Es ist ein Urinstinkt, zurückzuschlagen.

»Jetzt hast du's kapiert«, brummte der Fisch und wischte sich den Mund ab. »Das Problem ist nun mal, daß sich nie jemand in den Verbrecher hineinversetzt.«

»Die Frau ist doch keine Verbrecherin.«

»Von mir aus. Aber denk dich doch mal in so jemanden hinein. Probier's aus und verneble dann deinen Verstand mit Drogen.« Er deutete auf A. M., die unter dem Tisch hockte und hoffnungsvoll mit dem Schwanz wedelte. »Okay, du bist also nicht der mütterliche Typ. Aber was wäre, wenn jemand deinen Hund entführen und quälen würde?«

»Ich würde ihn umbringen.«

»Daran zweifle ich keine Sekunde.«

Am nächsten Morgen verdrängten die Dreharbeiten all meine Sorgen. Um acht Uhr trafen wir uns bei den Tennisplätzen; da waren die Techniker schon seit eineinhalb Stunden auf den Beinen und hatten alles aufgebaut. Auf der Zufahrtsstraße hinter den Plätzen standen ein mit Zubehör beladener Laster und drei Wohnwagen. Wohin man auch schaute, über das gesamte Gelände führten dicke Kabel. Und ständig liefen Leute mit Ausrüstungsgegenständen oder Klemmbrettern hin und her. Um den Monitor, auf dem der Regisseur die Aufnahmen und Playbacks verfolgen konnte, standen mehrere Stühle. Da noch nicht gedreht wurde, belagerten die meisten das mit Doughnuts, Obst, Mokkakeksen, Brötchen, Frischkäse, Joghurt, Marmelade, Schinken, Rührei und Pfannkuchen beladene Buffet. Anders als in der Klinik wurde bei Dreharbeiten in den seltensten Fällen auf gesundheitsbewußte Ernährung Wert gelegt. Wir arbeiteten mit gewerkschaftlich organisierten Technikern zusammen, in deren Verträgen eine warme Mahlzeit vorgesehen war, und von den Tontechnikern, Kameraleuten, Ingenieuren und Hilfsarbeitern ließen fast alle den Joghurt links liegen; viel lieber beluden sie ihre Teller mit Doughnuts.

»Soll ich dir was mitbringen, Jordan?« bot mir Shauna, meine Assistentin, an.

»Bitte etwas Obst. Sag mal, weißt du, wo Jasmine ist?«

»Zur Maske in der Garderobe. Dorthin solltest du dich auch langsam begeben. Ich bringe dir dein Obst.«

Ich überquerte die Plätze und erklomm die Stufen zu dem Wohnwagen, den wir als Garderobe benutzten. Jasmine saß bereits in einen Kittel gehüllt vor dem rundum mit Glühbirnen umrahmten Schminkspiegel. Stanley hockte gelassen auf dem Tisch. Die Maskenbildnerin betupfte gerade Jasmines Wangen mit Puder. Ich begrüßte beide mit einem »Hi«.

»Jooor-dan! Hallochen, meine Liebe!« rief Katie und winkte mir mit einer Puderquaste zu. Sie arbeitete bei allen größeren Projekten mit und hatte, wie sie gern sagte, »eine ganze Kollektion von Puderquasten, von jeder Berühmtheit eine«. Nachdem sie einem Star oder sonst einer bedeutenden Person die Maske gemacht hatte, verwahrte sie die Quaste in einer Dose, auf der sie in Tinte den jeweiligen Namen festhielt. Dann wanderte das Stück in eine Plexiglasvitrine in ihrem Studio in Los Angeles, die die gesamte Länge der Wand einnahm und eine faszinierende Sammlung beherbergte.

»So, fertig«, verkündete Katie und klopfte Jasmines Kittel mit theatralischer Geste aus. »Ab in die Garderobe.«

Jasmine stand lächelnd auf. »Die Show wird unheimlich Spaß machen, Jordan.«

Katie winkte mich in den hinteren Teil des Wohnwagens. »Du bist dran, Jordan.«

Ich setzte meine Sporttasche ab, in der noch immer Gus' Prototyp der Duration-Packung wartete, obwohl ich mich längst dagegen entschieden hatte, das Produkt in der Show vorzustellen. Ich ließ mich auf den Stuhl fallen und rekapitulierte noch einmal meine Fragen an Jasmine. Unterdessen bürstete mir Katie das Haar, drehte mir eilig heiße Lockenwickler ein, trug Lidschatten, Wimperntusche und Schminke auf. Sie betupfte mir gerade die Lippen mit einem Pinsel, als die Tür aufflog und Paul Kessler hereingestürzt kam. Ihm folgte eine schlanke Blondine mit hautengem Minirock und tief ausgeschnittenem Oberteil, alles in aufeinander abgestimmtem Hellgrün.

»Das ist Tiffany«, stellte er vor.

»Hi«, hauchte sie.

»Jordan!« rief er. »Wir müssen die Fragen miteinander besprechen.« Seine Gefährtin strich sich unterdessen vor dem Spiegel die Haare glatt.

»Mhm«, machte ich. Mit einem Pinsel auf den Lippen kann man nicht gut sprechen.

»Was soll das heißen – ›mhm‹? Ist das ein Ja oder ein Nein?«

»Mhm.«

»Um Himmels willen, Jordan! Im Interesse meiner Klientin muß ich diese Fragen sehen. Sonst wird sie am Ende noch aufs Kreuz gelegt.«

Ich winkte Katie zurück und drehte mich zu ihm um. »Wer, meinen Sie, führt das Interview? Woodward und Bernstein, die Watergate-Leute? Sie wird nicht aufs Kreuz gelegt. Wir haben alles besprochen, und sie hat ein gutes Gefühl. Warum holen Sie sich nicht erst mal ein Sandwich?«

»Ich werde das Interview auf dem Monitor verfolgen. Und wenn ich ein Wort höre, das nicht reingehört, dann unterbreche ich die Aufnahme.«

»Aha, sind jetzt Sie der Regisseur? Stellen Sie sich nicht so an, Paul.« Ich hätte Jasmine auffordern sollen, ihn auszuladen. Jetzt war nicht nur er gekommen, sondern er hatte auch noch diese Tiffany im Schlepptau. Mit ihnen waren Probleme vorprogrammiert, davon war ich überzeugt.

Nach Maske und Garderobe begann das Interview. Jasmine war ein Naturtalent. Sie schaffte es sogar, Pauls heftiges Gestikulieren zu ignorieren, bis sie von Malik erzählte und Paul so tat, als würde er sich die Kehle aufschlitzen. »Das kann ich nicht zulassen!« schimpfte er. »Malik ist schließlich auch ein Klient von mir, und ich bin mir nicht sicher, ob er so was wirklich will. Konzentrieren Sie sich auf Stanley. Pinguine mag jeder.«

Zu allem Überfluß zirpte nun auch noch mein Handy. Ich riß es aus der Tasche. »Was ist los, Winnifred?«

»Ein riesiger Schwarzer will Sie sprechen, meine Liebe. Er hat aber eindeutig keinen Termin. Jetzt ist er auf dem Weg zu Ihnen. Als ich ihm sagte, daß Sie bei den Tennisplätzen drehen, ist er wie ein geölter Blitz losgerannt.«

Ich sah entnervt auf. Und da war er auch schon: Malik, zwei Meter groß, mit Jeans und T-Shirt ganz in schwarz.

Bevor er uns zu nahe kommen konnte, ja, bevor Jasmine ihn entdeckte, schoß Paul auf ihn zu. Ich sah, wie der Hüne sich bückte, während sein Manager aufgeregt auf ihn einredete. Dann verschwand er plötzlich so schnell, wie er gekommen war, und Paul nahm strahlend wie ein Honigkuchenpferd wieder Platz.

»Was ist los?« zischte ich.

»Malik hat so seine eigene Art«, ließ er sich kryptisch vernehmen. »Was kann ich dazu sagen?«

»Will er das Interview nicht verfolgen?«

»Nein.«

Der Regisseur forderte uns auf, uns für die nächste Einstellung bereitzuhalten. Es sollte um Jasmines Zukunftspläne gehen.

»Kamera läuft!« rief der Regieassistent.

Plötzlich tauchte Malik hinter Jasmine auf und hielt ihr die Augen zu. Hinter seinen Pranken war von Jasmines zartem Gesicht fast nichts mehr zu sehen.

»Malik!« kreischte sie und bekam einen Lachanfall.

Er nahm die Hände weg, präsentierte einen glitzernden

Diamantring. »Jasmine, ich bitte dich vor all diesen Leuten als Zeugen, meine Frau zu werden. Willst du mich heiraten?«

Sie war wie vom Donner gerührt. Es dauerte eine Weile, bis sie merkte, daß die Kameras immer noch liefen. Sie gab sich einen Ruck. »Ich wäre stolz darauf, deine Frau zu sein.« Lächelnd streifte sie sich das Geschenk über den Ringfinger.

Jeremy, der Regisseur, bedeutete dem Kameramann mit hektischen Gesten, den Ring heranzuzoomen.

Und dann küßten sie sich. Von einem solchen Ende kann jeder Interviewer, ja, jeder Mensch nur träumen. Als sie sich nach fünf Minuten immer noch nicht voneinander gelöst hatten, brummte Jeremy, wenn auch zögernd: »Hmm, machen wir mal ’nen Schnitt.«

Alle brachen in Jubel aus. Tiffany schrie am lautesten und fing zu tanzen an. Jetzt erst bemerkte ich Gus. Er stand mit finsterer Miene am Rand der Menge. Ich stürzte auf ihn zu. »Ist das nicht toll?«

»Es ist entsetzlich! Damit bettelt er ja um Publicity wie ein Hund um einen Knochen. Mitten in einem Interview einen Heiratsantrag machen – so was tun doch nur Egomanen! Merkst du nicht, daß sie dich benutzen?«

»Komm schon, Gus, reg dich ab.«

»Du kapierst es wirklich nicht. Schau dir dieses Gesülze doch nur mal aus der Entfernung an, Jordan. Du hast dich überrollen lassen. Du hast zugelassen, daß jemand, der hier nichts zu suchen hat, die Show – deine Show – an sich reißt. Und was hast du statt eines seriösen Interviews, bei dem du deine Fähigkeiten als Journalistin und Sportmedizinerin hättest beweisen können, gekriegt? Den Abklatsch einer billigen Enthüllungsstory.«

Meine Wangen glühten auf einmal. »Es ist schließlich kein

politisches Magazin. Trotzdem sind wir alles andere als billig.«

»Sicher. Es ist wohl eine Frage der Ansprüche an sich selbst.« Er trat langsam auf Malik und Jasmine zu und mischte sich mit einem gezwungenen Lächeln unter die Schar der Gratulanten.

Ginny Jennings, die mit der halben Belegschaft der Klinik ebenfalls herbeigeeilt war, gesellte sich zu mir. »Streit gehabt?«

Ich schüttelte den Kopf. »Wenn es das nur gewesen wäre!« stöhnte ich und ließ mich auf einen Klappstuhl sinken. »Dann wüßte ich wenigstens, was los ist. Er nörgelt zur Zeit in einem fort an mir rum.« Ich sah, wie Gus über die Anlage zurück zu seinem Büro ging. »Was immer ich mache, ist falsch. Wenn ich etwas nicht mache, ist es auch falsch. Glaubst du, es war ein Fehler, einfach zuzusehen, wie sich das alles entwickelt?«

»Überhaupt nicht!« Sie drückte mir liebevoll den Arm. »Die Show wird ein Renner! Laß dich von ihm nicht unterkriegen. Er mag ein großartiger Arzt sein, aber er ist auch ein Mann, der keine Konkurrenz verträgt.«

»Ich soll eine Konkurrentin für ihn sein?« Auf seinem Gebiet war Gus einsame Spitze. Die Vorstellung, er könnte glauben, daß ich ihn ausbooten wollte, erschien mir total abwegig. Aber ich hatte jetzt keine Zeit, mich mit diesem Gedanken zu befassen. Fürs erste hatte die Show Vorrang. Ich mußte sie zu Ende bringen.

Der Abschluß einer Show wurde immer bei einer Party begossen. Diesmal wurde eine Verlobungsfeier daraus. Winnifred, die eine romantische Ader hatte, organisierte den Abend. Sie bestellte für uns Tische in einem mexikanischen Restaurant, trieb eine echte Mariachi-Band auf und sagte allen an der Show Beteiligten Bescheid. Ihrem Engagement war es zu verdanken, daß Dutzende weißer Heliumballons geliefert wurden; sie brachte persönlich weiße Hochzeitsglocken aus Papier an der Decke an; und dann präsentierte sie auch noch einen selbstgebackenen – wenn auch etwas asymmetrischen – mit Kaktusblüten gezierten Möhrenkuchen als persönliches Verlobungsgeschenk.

Am anderen Ende des Tischs sah ich den Fisch wie einen Verschwörer mit Winnifred tuscheln und eine Tupperwarebox den Besitzer wechseln. Sofort rauschte ich auf ihn zu. »Was soll das?« fuhr ich ihn an.

»Deine Fred ist ein wahres Juwel!« schwärmte der Fisch.

»Und was hat sie dir da gegeben?« Ein verdächtig kräftiger Geruch stieg mir in die Nase.

»Ein Philadelphia-Sandwich«, murmelte der Fisch betreten. »Ich hatte Heimweh.«

»Aber du bist doch gar nicht aus Philadelphia.«

»Mein Bauch ist es aber – gelegentlich.«

»Und wer hat Winnifred aufgefordert, dich zu verpflegen? Du bist auf Diät gesetzt worden und befindest dich hier unter Aufsicht. Menschenskind, hat ihr das niemand gesagt?«

»Gib Fred nicht die Schuld. Ich habe ihr erklärt, es würde zum Diätplan gehören.« Er führte das in Papier gewickelte Sandwich wie eine Zigarre unter seiner Nase vorbei und schnüffelte sehnsüchtig daran.

»Ach, mach doch, was du willst«, seufzte ich resigniert.

Jasmine und Malik schwebten überglücklich durch den Raum und ließen sich von allen gratulieren und umarmen. Maxine Kellerman plauderte fröhlich mit Paul an einem kleinen Tisch, und sogar Gus schien seine schlechte Laune vom Vormittag vergessen zu haben und genehmigte sich ein paar Margaritas. Ich war inzwischen auch wieder besänftigt. Als er mich zu sich winkte, kam ich der Aufforderung bereitwillig nach.

»Ich möchte mich entschuldigen, Jordan«, setzte er an. »Im Moment stehe ich gewaltig unter Druck, aber ich sollte den Streß nicht an dir ablassen. Ich bin stolz auf dich und deine Leistung. Die Show wird eine Sensation und bringt dir garantiert tolle Quoten ein.«

»Tja, es freut mich, daß du jetzt auch die gute Seite daran siehst.«

»Hast du mein Produkt irgendwie unterbringen können?«

»Äh, nein. Es kam mir ehrlich gesagt nicht passend vor.«

Er lächelte mich nur an. »Macht nichts. Beim nächsten Mal vielleicht.«

Mein Blick fiel auf Jasmine und Malik, die jetzt in einer Ecke miteinander flüsterten. Jasmine war beileibe nicht klein, aber Malik reichte sie gerade mal bis zur Schulter. Die zwei gaben ein wunderschönes Paar ab – zwei perfekte Körper und dazu eine geradezu mit Händen greifbare exotische Aura.

»Jordan, komm her!« rief Jasmine und winkte mich zu sich. Ihr Unterarm war nach wie vor bandagiert.

Ich schleifte Gus kurzerhand mit und stellte ihn Malik vor.

»Schön, Sie kennenzulernen, Dr. Laidlaw«, sagte der Hüne. »Ich habe Ihr Buch gelesen.«

»Ach, wirklich? Welches?«

Malik lächelte ihn an. »Ich freue mich schon darauf, mich in Ihrer Klinik behandeln zu lassen. Nach allem, was ich von Jasmine höre, könnte ich hier eine Menge lernen.«

Ich fragte mich, ob Malik wirklich etwas von Gus gelesen hatte oder ob er ihm nur schmeicheln wollte. Aber bevor ich die Antwort herausfinden konnte, verschwand er in einer Traube von Gratulanten.

»Sieh sie dir nur an!« schwärmte ich Gus vor. »Das Paar des Jahres. Paul muß ja das Wasser im Mund zusammenlaufen. Ab morgen werden ihm die Sponsoren die Bude einrennen.«

Tatsächlich kurvte Paul strahlend wie der Brautvater mit einem immer vollen Champagnerglas durch den Raum. Und dann kam er auch schon angeschlendert. »Tja, so hatte ich es eigentlich ganz und gar nicht geplant, aber die jungen Leute sind heutzutage nun mal impulsiv. Das wird eine Supershow.«

Mit einiger Verspätung traf nun endlich Bill ein. Er sah betrübt drein und winkte mich gleich zu sich. »Tanner ist im Krankenhaus. Ich fürchte, es ist sehr ernst. Er liegt auf der Intensivstation.«

»O Gott, nein! Er wirkte gestern auf dem Trainingsplatz zwar etwas geschafft, aber daß es so schlimm werden würde... Was ist passiert?«

Bill führte mich in eine Ecke, in der es etwas ruhiger zuging. »Er wurde vom Notarzt eingeliefert. Es ging mit entsetzlichen Kopfschmerzen los, und dann mußte er sich unaufhörlich übergeben. Es könnte sich um eine Lebensmittelvergiftung handeln. Der Arzt auf der Intensivstation schloß aber nicht aus, daß es etwas noch Ernsteres ist. Sie führen jetzt alle möglichen Tests durch.«

»Das ist ja entsetzlich, einfach entsetzlich!« Mit einem Schlag war meine Partystimmung wie ein Luftballon zerplatzt.

»Aber das ist noch nicht alles«, fuhr Bill fort. »Den Schidor-Brüdern ist auch plötzlich schlecht geworden.«

Dieter und Klaus Schidor aus Deutschland, zwei Junggesellen von Anfang Dreißig, die sich glichen wie ein Ei dem anderen, waren seit Jahren eine Institution bei der Tour und sorgten in Europa regelmäßig für Schlagzeilen. Weil sie so gut wie keine Party ausließen, hatte man ihnen den Spitznamen »die Playboyspieler« verpaßt. Einerseits strebten sie mit allen Mitteln den Erfolg an oder zumindest ein Niveau, das es ihnen erlaubte, in der Profitour mitzuspielen. Aber sie konnten sich nie dauerhaft unter den besten zweihundert etablieren und überstanden selten die ersten Runden eines größeren Turniers. In ihrem Fall war der Sport also ein Verlustgeschäft, doch sie kamen aus einer reichen Familie und konnten sich die besten Trainer und Betreuer leisten. Vor ihren unmittelbar nebeneinandergelegenen Villen in Boca Raton hatten sie Übungsplätze mit allen vier bei den Grand-Slam-Turnieren üblichen Belägen, und sie ließen sich regelmäßig in der Desert Springs Sports Clinic auf Vordermann bringen.

»Was haben sie für Symptome?« fragte ich.

»Muskelschmerzen, und zwar beide. Extreme Übelkeit. Sie haben so viel Flüssigkeit verloren, daß sie jetzt dehydriert sind und Infusionen mit Elektrolyten bekommen. Bei so was bleibt einem nur noch Galgenhumor übrig: Wir haben gewitzelt, daß das Krankenhaus uns Gruppenrabatt geben sollte.«

»Charlie hat mir gesagt, Tanner sei gestern abend in einem mexikanischen Restaurant gewesen. Haben Dieter und Klaus auch dort gegessen?«

»Du kennst sie doch. Sie sehen zwar gleich aus, aber das ist auch schon alles. Dieter, unser Mister Disziplin, ißt außerhalb der Klinik nicht einen Bissen und hält sich streng an die Diät, während Klaus sich alles mögliche von draußen bestellt, meistens bei Kentucky Fried Chicken oder Domino's Pizza.«

Mich befiel ein schrecklicher Verdacht. »Mein Gott, du glaubst doch nicht, daß es bei uns verdorbenes Essen gegeben hat? Vielleicht ist das nur der Anfang einer Epidemie, oder etwas stimmt mit dem Wasser oder den Luftfiltern nicht. Du weißt schon, so was wie die Legionärskrankheit…«

»Na gut, bislang sind ja bloß drei Leute krank. Da kann man wohl kaum von einer Epidemie sprechen. Sei lieber vorsichtig mit deiner Wortwahl, Jordan. Bei all den Pressefritzen um uns herum wird sonst schnell aus einer Mücke ein Elefant gemacht. Ich werde persönlich dafür sorgen, daß Tanner und die Schidors die bestmögliche Versorgung bekommen. Außerdem habe ich, nur damit du Bescheid weißt, das Küchenpersonal ganz diskret gebeten, das Essen und sämtliche Geräte und Arbeitsvorgänge zu überprüfen.« Er wandte sich ab. Plötzlich trug er wieder die undurchdringliche Maske des Profis zur Schau. »Paul!« rief er. »Glückwunsch zu Ihren Klienten! Jetzt erzählen Sie mir mal, bekommen Sie eine Prämie für die Eheanbahnung?«

Mir war die Stimmung zum Feiern gründlich vergangen. Ich bahnte mir einen Weg zur Tür, doch unvermittelt sah ich den Fisch ein großes Stück Kuchen essen. Er bemerkte mich und brachte seinen Teller geschickt in Sicherheit, bevor ich ihn ihm wegnehmen konnte. Wenn es darauf ankommt, konnte der Fisch flink wie ein Wiesel sein.

»Das ist das Schlimme mit dir, Jordan«, nuschelte er mit vollem Mund. »Du zerbrichst dir immer den Kopf anderer Leute.«

»Was machst du hier überhaupt?«

»Ich habe den Kuchen gerochen.«

Dann sah ich, wie Winnifred sich mit einem neuen Philadelphia-Sandwich durch die Menge wühlte. Ich fing sie eilig ab. »Winnifred, diese Sachen stehen nicht auf Mr. Fishers Speiseplan.«

»Der arme Mann war am Verhungern. Das hat er mir selbst so gesagt. Da habe ich mir gedacht, ein, zwei Bissen könnten nicht schaden.«

»Das da ist aber kein Bissen. Es ist Gift für seine Gefäße!« Ich wirbelte zum Fisch herum. »Wie kommst du dazu, meine Sekretärin zu beschwatzen? Wenn du unbedingt draufgehen willst, dann nicht bei mir!« Ich starrte ihn mit einem durchdringenden Blick in die Augen und ging.

Zu Hause zündete ich mir zur Beruhigung sechs Duftkerzen an, nahm ein ausgiebiges Bad und ging früh zu Bett. Mitten in der Nacht riß mich das Telefon aus dem Tiefschlaf. Benommen griff ich nach dem Hörer.

»Er ist tot«, zischte eine heisere Stimme. »Wen trifft es als nächsten? Sind es vielleicht *Sie?*« Es gab ein Klicken, und die Leitung war tot.

Schlagartig war ich hellwach. Ich setzte mich auf. Wer war tot? Wer hatte angerufen? Hatte ich nur geträumt? Auf der Leuchtziffernuhr neben dem Bett sah ich, daß es drei Uhr war. Der Hund schlief tief und fest neben mir. Mein Blick hetzte zum roten Kontrollicht der Alarmanlage. Sie war eingeschaltet – alles in bester Ordnung. Lange wälzte ich mich im Bett herum und konnte nicht aufhören zu grübeln. Obwohl ich nicht im Telefonbuch stand, war natürlich auch ich nicht gegen Telefonterror gefeit, ein Problem, das viele Prominente gemeinsam haben. Schließlich gelang es mir, meine Gedanken zu verdrängen, und ich schlief wieder ein.

Es war noch nicht hell, als das Telefon aufs neue schrillte. Diesmal war ich nur noch in einem ruhelosen Halbschlaf. Ich zögerte, nahm dann aber doch ab.

»Es tut mir leid, daß ich dich mit einer schlechten Nachricht aus dem Bett reiße«, entschuldigte sich Bill. »Tanner hatte gestern nacht einen Herzinfarkt. Er hat es nicht mehr geschafft.«

»Er ist *tot?*« keuchte ich.

»Leider, ja.«

»Und Dieter und Klaus?«

»Die scheinen sich zu erholen. Gott sei Dank.«

»Wann hast du es erfahren?«

»Das Krankenhaus hat mich vor einer Stunde angerufen. Das war so gegen vier. Aber so früh wollte ich dich nicht wecken. Als nächstes rufe ich Gus und Charlie an.«

»Armer Tanner«, murmelte ich. »Mir fehlen die Worte.«

Ich mußte an den anderen Anruf um drei Uhr denken. Da hatte jemand bereits gewußt, daß Tanner tot war. Und zwar vor Bill. Und er hatte gewollt, daß ich es gleich erfuhr.

Die Frage war nur: Wer? Und warum?

5

»Mehr Wachleute«, sagte Bill bei einer eilig einberufenen Krisenkonferenz in seinem Büro. Vorausgegangen waren ihr hektische Telefonate in aller Herrgottsfrühe, Fahrten ins Krankenhaus von Palm Springs und zahlreiche Gespräche mit gedämpfter Stimme. Tanners in Washington lebende Ex-Frau und ihr Sohn waren verständigt worden und befanden sich bereits auf dem Weg. Die Schidors waren zwar noch nicht auf dem Damm und standen weiter unter Beobachtung, aber als gefährdet galten sie nicht mehr. Wenn man sie noch im Krankenhaus behielt, dann nur, weil nach Tanners Tod mit allem gerechnet wurde.

»Wir müssen sofort unser Sicherheitspersonal aufstocken«, betonte Bill. »Ich will nicht behaupten, daß hier ein Verbrechen begangen wurde, und erst recht keine Panikmache betreiben, aber wenn drei anscheinend gesunde Männer mit den gleichen Symptomen ins Krankenhaus eingeliefert werden und einer davon stirbt, dann können wir nichts ausschließen.«

»Bill, ich habe heute nacht einen ganz merkwürdigen Anruf bekommen«, begann ich und schilderte ihm und Gus die Einzelheiten. »Eigenartigerweise war es da drei Uhr, und du wurdest erst eine Stunde später informiert. Wer kann so früh schon Bescheid gewußt haben?«

»Keine Ahnung«, gab Bill zu. »Tanner ist um halb drei gestorben. Wer immer es war, hat es sehr schnell erfahren.«

»Wer war um diese Zeit alles im Krankenhaus?«

»Niemand, soviel ich weiß. Ich hatte vorher noch mal vorbeigeschaut, aber weil die Ärzte mir erklärten, daß keine akute Gefahr bestünde, bin ich gleich wieder nach Hause gegangen. Würdest du sagen, daß der Ton des Anrufers sich bedrohlich anhörte?«

»Es war ein Flüstern. Ich könnte dir nicht mal sagen, ob es ein Mann oder eine Frau war. Spontan fällt mir dazu das Wort ›unheimlich‹ ein.«

»Vielleicht solltest du fürs erste nicht mehr allein wohnen«, meinte Bill. »Seit diesem Attentat auf Monica Seles nimmt keiner solche Sachen auf die leichte Schulter.«

»Sie kann zu mir kommen«, bot Gus an.

Ich sah ihn verblüfft an. Sonst hatte sich Gus gegen alle Vorschläge, häuslicher zu werden, immer auf das heftigste verwahrt. Obwohl Geld bei ihm wirklich kein Problem war, lebte er in einer Junggesellenbude, die er sich ausschließlich wegen ihrer Nähe zur Klinik und nicht nach ästhetischen Gesichtspunkten ausgesucht hatte. Als Bett diente ein Futon. Das Wohnzimmer wurde beherrscht von einer Wendeltreppe. Das weitgehend unmöblierte Arbeitszimmer, in dem er einen Computer mit sämtlichem Zubehör stehen hatte, quoll über von Büchern und Akten. Gut ausgestattet war einzig die Küche – sie hätte auch den Ansprüchen eines Vier-Sterne-Restaurants genügt.

Sollte jemand Anstalten machen, bei ihm aufzuräumen

oder auch nur einen Stoß Papiere zu verschieben, um ein Glas auf den Boden zu stellen, so behauptete Gus, würde er nichts mehr finden und in seiner Arbeit dauerhaft zurückgeworfen. Folglich verbrachten wir die meiste Zeit bei mir. Wenn er jetzt über seinen Schatten sprang, dann konnte das in meinen Augen nur heißen, daß er sich ernsthaft um meine Sicherheit sorgte.

»Danke, Gus. Das ist wirklich nett von dir, aber wir haben in unserer Wohnanlage ein erstklassiges Alarmsystem. Immerhin wohnt dort auch ein Ex-Präsident. Wenn es seinen Ansprüchen genügt, dann ist es auch gut genug für mich. Vielleicht komme ich später noch mal auf dein Angebot zurück, aber im Moment bleibe ich, wo ich bin.«

»Vor allem ist jetzt Besonnenheit angesagt«, mahnte Bill. »Mit Aktionismus ist niemandem gedient. Fürs erste gehen die Geschäfte weiter wie gehabt – und es ist noch nie besser gelaufen. Hoffentlich bleibt es so.«

Danach besprachen wir Tanners Beerdigung, die mit Sicherheit in Chicago stattfinden würde, wo er geboren und zur Schule gegangen war. Wir wollten alle drei daran teilnehmen.

Im Anschluß an diese Unterredung hatte ich einen Termin mit Jasmine in ihrer Villa. Wie wir in unserer Krisensitzung vereinbart hatten, sollte ich ihr die Nachricht überbringen. Es stellte sich heraus, daß sie es bereits wußte.

»Ich habe mitten in der Nacht einen anonymen Anruf bekommen. Jemand sagte mir, daß Tanner gestorben sei.« Sie erschauerte. Und um die Augen hatte sie dunkle Ringe. »Ich hätte nicht abnehmen sollen. Anrufe um diese Zeit bedeuten immer schlechte Nachrichten. Ich war natürlich schrecklich traurig und wollte wissen, was passiert ist, da hat diese Person einfach aufgelegt. Aber die Stimme hat noch was anderes gesagt. Sie sagte, ich solle gut auf mich aufpassen. Es klang wie eine Warnung!« Sie rang nervös die Hände. »Ich habe dann gleich Malik geweckt – er ist jetzt wieder weg; er muß zurück in den Osten und sitzt seit einer Stunde im Flugzeug. Wir sind den ganzen Rest der Nacht aufgeblieben und haben darüber gesprochen. Er hat mich beruhigt, und später kam auch Paul vorbei. Trotzdem bin ich noch ziemlich angespannt.«

»Glaub mir, Jasmine, ich weiß, wie du dich fühlst.« *Nur zu genau,* dachte ich für mich. »Es ist eine entsetzliche Nachricht, und dann erhältst du sie ausgerechnet jetzt. Eigentlich solltest du dich über deine Verlobung freuen.« Der neue Diamantring an ihrer Hand funkelte im Sonnenlicht.

»Ich bin schrecklich abergläubisch«, gestand sie mir. »Das ist ein böses Omen, habe ich Malik gesagt.«

»Sprich nicht so. So was gehört nun mal zum Leben. Menschen sterben. Das Leben geht weiter. Die Zukunft gehört euch – dir und Malik.«

Paul Kessler erschien mit Jasmines Koffer oben auf dem Treppenabsatz. »Alles geregelt«, verkündete er. »Hi, Jordan. Schlecht gelaufen für Tanner, was? Wo er doch so ein prima Kumpel war ...«

»Ja, das war er. Reist du ab, Jasmine?«

»Ich bin zu aufgeregt, um noch zu bleiben. Die Woche hier war toll. Ich weiß jetzt, wie ich trainieren muß, und halte mich an den Plan. Und das Interview wird bestimmt eine Riesensache. Aber ich brauche positive mentale Einflüsse, und hier würde ich zu sehr abgelenkt. Fast jeder ist ja momentan total durcheinander.«

Paul trabte mit einem in Plastiktüten gewickelten Set Schläger unter dem Arm die Treppe hinunter. »Es steht jetzt ein Haufen wichtiger Besprechungen an, die sich alle über Nacht ergeben haben. Counterpoint Athletics hat angerufen. Die wollen uns so bald wie möglich in ihrer Zentrale in

Denver sehen. Sie planen nämlich Tennismode im Partnerlook, und Jasmine und Malik passen ideal ins Werbekonzept.«

Na, das war aber schnell gegangen. In Denver war es noch nicht mal Mittag. Paul mußte die ganze Nacht am Telefon gehangen haben und all seinen liebsten und teuersten Sponsoren die Nachricht von der Verlobung brühwarm erzählt haben.

»Gleich Anfang nächster Woche wird Malik bei Ihnen antreten«, fuhr er fort. »Ich nehme an, Sie haben schon einen Ersatz für Tanner.«

Ich zuckte zusammen. Eine solche Bemerkung zu diesem Zeitpunkt war nun wirklich geschmacklos. »Paß gut auf dich auf, Jasmine«, sagte ich. »Und genießt euer Glück. Wenn du dich an unsere Übungen hältst und weiter an der Kräftigung der Muskeln arbeitest, dürfte das Handgelenk bald wieder in Ordnung sein.«

Sie stand auf und umarmte mich. »Danke, daß du so verständnisvoll bist«, flüsterte sie mir ins Ohr.

Ein Klopfen an der Tür unterbrach uns. Kessler ging hin und machte auf. Es war der Fisch. In Seidenanzug und Sportmantel stand er vor der Tür.

»Kommen Sie rein, Mr. Fisher«, sagte Paul. »Ich habe ein Fax für Sie. Es ist die Bestätigung, daß Ihr Flugschein morgen nachmittag am Schalter zur Abholung bereitliegt.« Er reichte ihm einen Umschlag.

Ich musterte den Fisch neugierig. Er zuckte nur mit den Achseln.

»Was soll ich sagen? Morgen nachmittag reise ich ab. Aber das wollte ich dir natürlich persönlich sagen.«

»Und dein Cholesterin?«

»Frag lieber nach meinem Magen. Ich war kurz vor dem Verhungern. Wie auch immer, das ist jetzt nebensächlich.«

»Ich habe mir soeben Mr. Fishers Mitarbeit gesichert«, verkündete Paul. »Er wird sich um den Sicherheitsdienst unserer Agentur kümmern und soll fürs erste als Jasmines Bodyguard fungieren, bis keine hysterischen Briefe und unheimlichen Anrufe mehr zu befürchten sind. Sie würde sonst nur nervös, und das kann ich nicht brauchen. Sie muß sich auf ihr Spiel konzentrieren können. Counterpoint wird sogar eine Rund-um-die-Uhr-Bewachung verlangen, wenn wir mit ihnen handelseinig werden. Sie wollen schließlich ihre Investition schützen.« Er verzog seine glattrasierten Wangen zu einem Lächeln. »Mr. Fisher wird Teil des Deals sein.«

»Natürlich.« Offenbar war die Tinte der Unterschrift schon getrocknet.

»Schicken Sie uns eine Kopie des Rohschnitts, sobald Sie die Bänder überarbeitet haben«, fügte Paul wie beiläufig hinzu, während er das Zimmer nach herumliegenden Tennisshirts und -schlägern absuchte.

»Sie wissen, daß das nicht unseren Gepflogenheiten entspricht.«

»Sie können ja eine Ausnahme machen. Ich würde nämlich gern Oprah und Letterman einen Ausschnitt schicken.«

»Ich dachte, das sei ein Exklusivinterview.«

»Im Moment auf alle Fälle. Aber wenn die Nachricht von der Verlobung bekannt wird, brechen alle Dämme.« Er drehte sich zu Jasmine um. »Komm, gehen wir, Jas.«

Der Fisch kam zu mir herüber.

»Kann ich dich wenigstens überreden, dir einen Arzt zu suchen, damit jemand deine Diät überwacht?« fragte ich ihn. »Du mußt sie unbedingt einhalten. Mit einem Cholesterinspiegel wie deinem ist keine friedliche Koexistenz möglich. Ich mache mir Sorgen.«

»Klar. Ich teile dir meine Adresse mit, sobald ich sie weiß. Sie wollen mich in einer Firmenwohnung in Boca unterbringen. Was anderes, wegen dieser Mutter: Weißt du noch, was ich dir über sie gesagt habe? Ich werde ihr weiter auf den Zahn fühlen. Kessler hat übrigens das Fax noch, das sie Jasmine geschickt hat.«

Ich nickte. »Ich habe so ein Gefühl, daß sie mich gestern nacht angerufen hat. Und vielleicht auch Jasmine. Aber ich kann es nicht beweisen. Wie könnte sie das mit Tanner erfahren haben?«

»Du stellst mir immer Fragen, auf die ich keine Antwort weiß.« Er grinste mich an. »Aber so, wie ich dich kenne, findest du sie bald selbst raus. Sag mir Bescheid, wenn du soweit bist.«

Da mein Terminkalender unvermutet Lücken aufwies, beschloß ich, nach LA zu fahren und den ganzen nächsten Tag mit der Bearbeitung des Filmmaterials im Studio zu verbringen. Ich setzte noch Winnifred und den Fisch in Kenntnis, dann sprang ich in meinen zerbeulten blauen Ford-Pick-up und brauste mit A. M. auf dem Beifahrersitz davon. Noch am Vormittag fuhr ich an all den schicken Restaurants und Läden des Sunset Boulevard vorbei und parkte vor dem Studio in West Hollywood.

»Jordan, du schockierst mich!« rief Harrison, als ich in den pechschwarzen Schneideraum trat und mein Gesicht mir von sechs Bildschirmen entgegenblickte. »Wolltest du nicht mit Jasmine arbeiten?«

»Sie ist abgereist.«

»Was?« entfuhr es Ellie. »Hat sie dich nicht gebeten, mit ihr zusammen ein schönes Porzellanservice auszusuchen? An deiner Stelle wäre ich beleidigt.«

Das Produktionsteam saß vor nebeneinander aufgereihten Videomonitoren, einem breiten Schaltpult und einer Computertastatur, die von einem langhaarigen Schwarzen von höchstens zwanzig Jahren bedient wurde. Seine Finger flogen über die Tasten und gaben mit traumwandlerischer Sicherheit die Schnittbefehle ein. Als Assistentin stand ihm eine junge Blondine zur Seite, die noch jünger als er aussah. Die beiden arbeiteten mit voller Konzentration und wechselten kaum ein Wort, während das Material, das wir am Donnerstag gedreht hatten, unter ihren Händen langsam zu einem einheitlichen Ganzen zusammenwuchs.

»Wir haben die besten Aufnahmen, die wir für die Endfassung brauchen können, ausgewählt«, erklärte Jeremy. »Aber noch gibt es nichts zu sehen. In einer Stunde vielleicht.«

In der Hoffnung, vielleicht Überreste vom Frühstück zu finden, schnüffelte A. M. im Studio herum. Schlagartig fiel mir ein, daß ich ihren Wassernapf im Wagen vergessen hatte. »Ellie, könntest du bitte kurz auf A. M. aufpassen? Ich muß nur noch mal schnell zum Auto runter.«

Und schon schoß ich aus dem Raum, machte die schwere Tür hinter mir zu, rannte an der Empfangssekretärin in der Lobby vorbei und stürmte auf den in der grellen Sonne liegenden Parkplatz hinaus. Ich schloß meinen Wagen auf, angelte nach A. M.s Napf und wollte gerade wieder aussteigen, als ein schwarzer Porsche neben mir hielt. Erst dachte ich, jemand suche einen Parkplatz, doch die Fahrerin, deren Gesicht ich hinter Kopftuch und Sonnenbrille nicht erkennen konnte, starrte mich unverwandt an.

Mir wurde immer unbehaglicher zumute. Schließlich ließ ich das Fenster herunter und sprach sie an. »Kann ich Ihnen vielleicht helfen?«

»Sie müssen mir zuhören«, sagte sie. »Sie müssen mir einfach zuhören.«

Mich überlief ein eiskalter Schauer. »Was?«

»Noch mehr Menschen werden sterben. Sie müssen das verhindern.«

»Anna Martinez? Sind Sie Anna?« Die Sonnenbrille und das Kopftuch verbargen zuviel, als daß ich hätte sicher sein können.

»Nein. Aber Sie müssen auf mich hören. Sie müssen die Leute aufhalten. Sonst sterben Sie noch selbst.« Der Porsche machte einen Satz nach vorne und raste mit kreischenden Reifen davon.

Ich steckte sofort den Schlüssel ins Zündschloß, legte den Rückwärtsgang ein und steuerte meinen Ford aus der Lücke. Als ich die Ausfahrt erreichte, sah ich, wie der Porsche sich durch den Verkehr Richtung Sunset Boulevard schlängelte. Ich riß das Lenkrad herum und trat das Gaspedal bis zum Anschlag durch. Vielleicht konnte ich sie ja noch erwischen oder wenigstens mit meinem Handy die Polizei verständigen.

Ich sah noch, wie der Porsche auf den Sunset abbog. Doch ich war bereits zu weit zurückgefallen, und der Verkehr war zu dicht, als daß ich die Frau noch einholen konnte, bevor sie die Hollywood Bowl erreichte und sich in den Expressway einfädelte. Immerhin hatte ich mir ihre Autonummer aufschreiben können.

Ich wollte schon die Polizei alarmieren, überlegte es mir aber anders und rief statt dessen in Desert Springs an. Wenn jemand ohne großes Trara und bürokratischen Aufwand Nummernschilder überprüfen konnte, dann der Fisch.

»*Halloooo!*« meldete sich Winnifred. Da sie schlecht hörte, brüllte sie meistens in den Hörer.

»Winnifred, ich bin's. Sie brauchen nicht zu schreien. Ich kann Sie gut hören.«

»Hallo, meine Liebe.«

»Winnifred, Sie müssen Noel Fisher für mich auftreiben und mich sofort mit ihm verbinden. Er ist noch irgendwo in der Klinik.«

»Einen kurzen Moment, meine Liebe. Ach, übrigens, Ihre Mutter hat angerufen. Möchten Sie sich vielleicht zuerst bei ihr melden?«

»Nein, ich brauche Mr. Fisher, und zwar sofort.«

»Gewiß, meine Liebe.«

Sekunden später meldete sie sich wieder. »Ich weiß jetzt, wo Mr. Fisher ist. Offenbar wird er gerade massiert. Kann ich Ihnen die Durchwahl geben?« Weil sie mit der Telefonanlage nicht zurechtkam, stellte Winnifred Anrufer nie durch. Das gehörte bei ihr nun mal dazu, und man mußte es wohl oder übel akzeptieren. Ich legte auf und wählte den Massageraum an.

»Ja«, brummte der Fisch.

»Verzeih mir die Störung, aber du mußt für mich dringend eine Autonummer identifizieren. Geht das? Ich habe keine Zeit, die Behörden einzuschalten, und dachte mir …«

»Wie dringend? Ich habe noch drei Stunden lang Urlaub.«

»Möglichst sofort.« Ich diktierte ihm die Nummer.

Er stieß einen Seufzer aus. »Sobald ich was rausfinde, sage ich dir Bescheid.«

Langsam fuhr ich wieder zum Studio zurück. Auf dem ganzen Weg hatte ich die Worte der Frau im Ohr: *Noch mehr Menschen werden sterben.* Plötzlich waren mir die Straßen unheimlich. Jemand beobachtete mich, scheute nicht davor zurück, mich direkt anzusprechen, und ich wußte nicht, was da gespielt wurde. Ich konnte nicht einmal beurteilen, ob die Worte der Frau eine Drohung, Warnung oder beides darstellten.

Noch bevor wir die Li-Malik-Szene fertig geschnitten hatten, meldete sich der Fisch auf meinem Handy. »Ich habe den Wagen aufgespürt. Er wurde von Jake's Luxury Car Rental am La Cienega Boulevard vermietet.«

»Und wer hat ihn gemietet?«

»Niemand. Der Wagen stand die ganze Zeit dort auf dem Parkplatz.«

»Nicht den ganzen Tag. Ich habe ihn gesehen.«

»Na gut, der Manager hat es aber überprüft. In den Papieren ist kein Mieter eingetragen.«

»Dann hat jemand ihn sich einfach geschnappt.«

»Wir sind ja erst am Anfang.«

»Danke, du Deserteur. Ich möchte ja nichts gegen deine Entscheidung sagen, aber mir will nicht in den Kopf, daß du ausgerechnet für Pinocchio – Verzeihung, Paul Kessler – arbeitest.«

»Hey, Auftrag ist Auftrag. Die Geschäfte laufen nicht so toll, außerdem verspricht mir der Typ ein fettes Honorar.«

»Tja, jeder setzt wohl seine eigenen Prioritäten. Wir bleiben in Verbindung – und danke.«

Jeremy gab dem Cutter unterdessen die letzten Anweisungen, während Ellie in Gedanken schon woanders war. »Hat noch jemand Lust auf thailändisches Essen im Melrose?« fragte sie in die Runde.

»Ihr habt alle tolle Arbeit geleistet, danke!« rief ich. »Aber ich kann leider nicht mitkommen.« Ich hatte in der Tat andere Pläne. Mein Ziel war der Autoverleih am La Cienega Boulevard.

Die Fahrt dorthin dauerte eine knappe halbe Stunde. Auf dem Parkplatz standen lauter Mercedes, Lincoln, BMW und in der Ecke vorne ein schwarzer Porsche. Ich fuhr langsam daran vorbei. Er hatte dieselbe Nummer, die ich mir notiert hatte. Sofort stellte ich den Wagen ab und ging ins Büro. Hinter den Schreibtischen saßen zwei Angestellte. Einer verhandelte mit einem Kunden, der andere war in den *Hollywood Reporter* vertieft.

Ich wandte mich an den letzteren. »Darf ich Sie etwas fragen?«

Er sah von seiner Zeitschrift auf. »Klar. Womit kann ich Ihnen dienen?«

»Ist es möglich, den Porsche auf Ihrem Parkplatz zu mieten?«

»Zeigen Sie mir Ihren Führerschein und Ihre Kreditkarte, und Sie können ihn haben.«

»Wann ist er zum letztenmal gefahren worden?«

»Ich kann Ihnen versichern, daß wir keine schmutzigen Autos vermieten«, entgegnete er gereizt.

»Ich habe eine Phobie. Ich muß unbedingt wissen, in welcher Konstellation die Sterne standen, als er zuletzt benutzt wurde.«

Das schien ihn zu animieren, zumindest legte er seine Zeitschrift beiseite und holte sich die Daten auf seinen Monitor. »Er ist letzte Woche rausgegangen und vor drei Tagen zurückgegeben worden. Seitdem steht er auf dem Parkplatz.«

»Wie hieß der Mieter?«

»Die Namen sind bei uns streng vertraulich.«

»War es zufällig eine gewisse Anna Martinez?«

»Nein.«

»Wo haben Sie die Schlüssel?«

»In einer abgeschlossenen Schublade.«

In diesem Moment klopfte draußen jemand energisch ans Fenster. »Adam, jemand hat seine Brieftasche im Silver Shadow vergessen!« schrie ein Parkwärter. Adam sprang auf und flitzte aus dem Büro. Ich nutzte die Gelegenheit, um mich unauffällig über den Bildschirm zu beugen, auf dem nach wie vor die Daten zum Porsche prangten. Demnach war der Wagen tatsächlich vor drei Tagen zurückgegeben worden. Und gemietet hatte ihn ein Herr namens Arthur Lutz.

Artie Lutz.

Schon sprintete ich ins Freie. »Danke für alles!« schrie ich über die Schulter. Kaum saß ich im Pick-up, durchwühlte ich meinen Rucksack nach Arties Visitenkarte. Ich fand sie schließlich in meiner Brieftasche. Er wohnte nicht weit von hier am Doheny Boulevard. Noch auf dem Weg nach San Vicente wählte ich Arties Nummer, bekam aber nur die Mailbox.

»Artie, ich bin's, Jordan Myles. Ich muß dich dringend sprechen. Bitte ruf mich so bald wie möglich zurück.«

Ich probierte es noch drei weitere Male, doch er meldete sich nicht. Dann erreichte ich den Doheny und fuhr nach zehn Minuten vor Arties Hochhaus vor. Dort stand eine ganze Armada von Notfallwagen: Feuerwehr, zwei Polizeiautos und ein Krankenwagen – alle mit blinkenden Lichtern. Als ein uniformierter Polizist versuchte, mich weiterzuwinken, kurbelte ich das Fenster herunter und lehnte mich hinaus. »Ich muß jemanden in diesem Haus sprechen. Es ist dringend.«

»Das hier ist auch dringend. Fahren Sie weiter.«

Ich stellte den Wagen um die Ecke ab und rannte zurück. So bekam ich noch mit, wie eine Bahre im Eiltempo aus dem Haus getragen wurde. Ein Sanitäter in weißem Kittel lief nebenher. Das Gesicht des Opfers lag unter einem weißen Tuch, sein Körper war unter einer Decke nur vage auszumachen. Mittlerweile hatte sich vor dem Haus ein kleiner Auflauf gebildet.

»Armer Kerl«, sagte eine Frau voller Mitleid. »Er wirkte in letzter Zeit so traurig. Erst letzte Woche habe ich ihn noch im Waschsalon gesehen.«

Ich trat auf sie zu. »Was ist geschehen?«

»Selbstmord. Jemand hat sich erschossen.«

»Wissen Sie, wer es war?«

Sie nickte. »Mr. Lutz, Apartment 10 A.«

»Du solltest heute wirklich nicht mehr allein nach Palm Springs zurückfahren. Nicht unter diesen Umständen.«

Es war halb acht, und beim Verlassen des Filmstudios hatte ich Gus angerufen. Die Show war jetzt fertig, und alle waren begeistert. Mit keinem noch so guten Drehbuch hätten wir eine so herrlich romantische Atmosphäre schaffen können. Ja, es war geradezu unheimlich zu sehen, wie friedlich und entspannt alle Beteiligten da noch waren. Am Drehtag hatte freilich niemand ahnen können, welche tragischen Ereignisse bevorstanden.

»Laß deinen Wagen stehen«, wiederholte Gus seine Warnung. »Vielleicht stimmt es, daß Artie Lutz sich umgebracht hat, es muß aber nicht sein. Fest steht nur, daß wir nicht wissen, wer diese Verrückte war. Sie könnte gefährlich sein.« Unausgesprochen blieb die Erinnerung an Tonys Tod, als mein Wagen explodierte und man eigentlich mich aus dem Weg hatte räumen wollen. Das war Mord gewesen.

»Vielleicht nehme ich mir ein Leihauto und fahre morgen zurück«, meinte ich. »Ich kann ja bei Ellie in Santa Monica schlafen. Aber wie schaffe ich dann den Pick-up nach Springs?«

»Ellie lebt in Santa Monica? Das ist ja günstig. Dann kann sie dich doch zum Flughafen bringen. Wenn ich Trent anrufe, stellt er bestimmt einen firmeneigenen Hubschrauber bereit. Und um deinen Pick-up brauchst du dir auch keine Sorgen zu machen. Den kann genausogut irgendein Praktikant holen.«

»Bist du sicher, daß BioTech einen Helikopter für so was zur Verfügung hat?«

»Die haben sogar noch einen Jet. Aber wenn es Probleme geben sollte, kann ich dich ja immer noch anpiepsen.«

»Was ist mit den Schidors?«

»Sind heute aus dem Krankenhaus entlassen worden.«

»Na, wenigstens eine gute Nachricht.«

Neunzig Minuten später kletterte ich in den Helikopter von BioTech. Drinnen wartete Gus.

»Du hättest doch nicht mitzukommen brauchen«, murmelte ich und streichelte der verängstigt auf meinem Schoß sitzenden A. M. den Kopf. A. M. haßte Fliegen. Die Prinzipien der Aerodynamik waren ihr bisher ein Rätsel geblieben.

»Ich weiß, aber ich wollte es eben.« In diesem Moment hoben wir ab. Gus mußte schreien, um das Rattern der Rotoren zu übertönen. »Wir sind doch ein Team, du und ich.« Er hielt meine Hand, gemeinsam sahen wir zum Fenster hinaus, während die Lichter unter uns sich in einen glitzernden Teppich verwandelten.

»Es war zwar unnötig, aber unheimlich nett von Trent, daß er meinetwegen den Hubschrauber losgeschickt hat«, sagte ich. »Richte ihm bitte meinen Dank aus.«

»Das werde ich. Es bringt eben bestimmte Vorteile mit sich, wenn man für eine große Firma arbeitet. In unserer Welt müssen wir uns selbst um alles kümmern. Man ist ein richtiger Einzelkämpfer. Ich glaube fast, der Begriff persönliche Bestleistung ist unseretwegen erfunden worden. Aber in der Welt der Konzerne greift ein Rad ins andere, und man kann die Maschinerie für sich arbeiten lassen. Da werden plötzlich zusätzliche Kräfte frei.«

Trotzdem konnte ich mir Gus nicht als Mitarbeiter eines Konzerns vorstellen und sagte ihm das auch ins Gesicht.

»Du hast recht«, gab er zu. »Aber es ist praktisch, Partner eines Konzerns zu sein. Ich behalte meine Selbständigkeit, und die andere Seite hat auch etwas davon. Wie du siehst, kannst du nur gewinnen, wenn du dich mit einem solchen Investor zusammentust, Jordan.«

»Soll das ein Wink mit dem Zaunpfahl sein?«

»Nun, ich glaube, du hast erst einen kleinen Teil der Vorteile gesehen, die mir das bringt. BioTech hat noch viel mehr zu bieten als einen Helikopter. Ich kann auch im BioTech-Jet fliegen.«

»Ich finde, für meine Tätigkeiten reicht das, was ich schon habe.«

»Mein Gott, bist du zimperlich, was Geschäfte betrifft!«

»Wechseln wir das Thema«, meinte ich. »Der Flug ist doch schön. Lassen wir es dabei bewenden.«

»Sie wollen dich aber immer noch als Werbeträgerin.«

Ich seufzte. »Kein Interesse.«

Gus starrte durch das Fenster nach unten. »Ich wünsche mir etwas«, verkündete er unvermittelt. »Ich wünsche mir, wir würden nicht länger voneinander getrennt leben, sondern uns zur Abwechslung mal zusammentun. Die Zeit fliegt uns davon, jeder von uns werkelt vor sich hin und geht am Ende des Tages allein nach Hause. Oft sogar noch in verschiedenen Zeitzonen. Ich möchte nicht ewig auf dieser Sache herumreiten, aber ich könnte mir uns zwei bei der Zusammenarbeit an einem gemeinsamen Projekt wirklich gut vorstellen.«

»Am *richtigen* Projekt«, korrigierte ich ihn. In der Dunkelheit des Himmels über Los Angeles überlegte ich, wie unser Leben als Paar mit einem gemeinsamen Ziel wohl wäre. Seit ich ihn kannte, hatte ich mich stets von Gus lenken lassen. Da schien es doch eine logische Weiterentwicklung zu sein, wenn wir auch das Leben miteinander teilten. Nun, vielleicht lag meine Vorsicht nur an meiner Scheidung. Seitdem schützte ich meine Gefühle mit einer Rüstung, die abzulegen mir immer schwerer fiel. Wie auch immer, ich konnte diese Szene nicht so spielen, wie sie im Drehbuch vorgesehen war, doch ich legte Gus wenigstens die Hand auf die Schulter. Das erlaubte *mein* Drehbuch.

Um sechs Uhr früh am nächsten Tag klingelte es an der Tür. Ich erstarrte. Gus, der bei mir geschlafen hatte, drückte mir den Hörer der Gegensprechanlage in die Hand, um gleich wieder ins Bett zurückzusinken. Es war Ginny mit einer unglaublich fröhlichen Stimme.

»Hast du meine Nachricht gekriegt?« zwitscherte sie. »Ich will eine kleine Wanderung unternehmen. Kommst du mit?«

»Ich habe zwar keine Nachricht gekriegt, aber ich bin dabei. Gib mir nur noch fünf Minuten.« Ich wälzte mich aus dem Bett, schlüpfte in Hose, Stiefel, Thermojacke, setzte noch meine Mütze auf und lief zu ihr hinaus. In der Wüste ist es am Morgen immer sehr kühl.

»Du hast frische Luft dringend nötig«, konstatierte sie, als wir in einem der beim Golfplatz geparkten Klinikjeeps saßen und in Richtung Berge fuhren. Für unsere Patienten hatten wir den »Lanyard Loop« markiert, einen nicht zu anspruchsvollen und doch abwechslungsreichen Wanderweg. Um die Orientierung zu erleichtern, hielten wir Karten bereit und hatten den Weg mit hölzernen Hinweisschildern bestückt. Ich selbst war den Weg so oft gegangen, daß ich ihn auch blind gefunden hätte. Der Pfad war ziemlich zerklüftet, doch wenn man oben war, genoß man einen herrlichen Blick auf das Tal. Für Ginny war diese Tour natürlich nur ein besserer Spaziergang.

»Ich fliege morgen für das Interview mit Billie Jean King nach San Francisco«, sagte ich. »O Mann, in einem Flugzeug zu sitzen und den Flugzeugfraß zu essen – das beste Gegengift gegen alles.«

Ginny verließ nun die Asphaltstraße, und wir holperten auf einem Schotterweg weiter, bis wir den Ausgangspunkt der Wanderung erreicht hatten und ausstiegen. »Übrigens«, fing Ginny an, »ich habe einen Anruf von diesem Trent bekommen, dem Typen von BioTech, der mit Gus zusammenarbeitet.«

»Ich habe ihn kennengelernt«, sagte ich.

»Er wollte wissen, ob ich Interesse daran hätte, dieses Jahr am ›Hawaii Ironman‹ teilzunehmen. Das wird von BioTech gesponsert. Sie würden mir alles zur Verfügung stellen – die Ausrüstung, einen Wagen, die Betreuer, Kleidung, die Nahrung und sogar für eine Trainingsmöglichkeit würden sie sorgen.«

»Natürlich würde auf allem ihr Logo prangen.«

»Bestimmt. Und sie würden mich für einen Werbefilm testen, für einen neuen Drink, der angeblich die Leistungsfähigkeit steigert. Es würde dabei auch eine hübsche Summe für mich rausspringen.«

»Handelt es sich bei diesem Produkt um eine Kombinationspackung mit dem Namen Duration?«

»Ich glaube, ja. Allerdings bin ich mir noch nicht sicher, ob ich mitmache. Ich trainiere zwar für den Wettbewerb, aber sie konnten mir nichts Konkretes sagen. Wenn der Test für den Werbefilm nicht einschlägt, bekomme ich nichts als den Vorschuß. Das ist alles, was ich weiß.«

Nach etwa fünfzehn Minuten erreichten wir den ersten unserer orangefarbenen Wegweiser. Wir hielten kurz inne und machten ein paar Dehnübungen. Da die Steigung nicht sehr steil war, konnten wir uns trotz unseres zügigen Tempos in aller Ruhe unterhalten. Ginny hatte zudem einen Wanderstock dabei.

»Die buttern wirklich eine gewaltige Menge Geld in dieses Produkt«, meinte ich. »Als ich noch spielte, war das ganz anders, zumindest in meinem Fall. Während meiner ganzen Karriere hatte ich nur einen einzigen Werbevertrag. Und jetzt wollen Gus und dieser Trent mich auch für ihr Duration einspannen – wahrscheinlich, weil ich neuerdings beim

Fernsehen bin. Aber das Ganze widert mich offen gesagt an. Als ich im Sport etwas Großes geschafft hatte, als ich ein Grand-Slam-Turnier gewonnen hatte, krähte kein Hahn danach. Aber seit ich jetzt im Fernsehen auftrete, Spiele kommentiere und meine eigene Show habe, gelte ich als einflußreiche Figur, auf die die Leute hören. Da stimmt doch was nicht mehr.«

»Läßt du dich darauf ein?«

»Wahrscheinlich nicht. Aber ich zeige mich gesprächsbereit, vor allem Gus zuliebe.«

Plötzlich wurde die Steigung ungleich steiler.

»Wie geht es den Zwillingen jetzt?« erkundigte sich Ginny.

»Sie haben das Krankenhaus verlassen, sobald sie wieder gehen konnten, und sind nach Deutschland zurückgekehrt.«

»Was haben die Untersuchungen ergeben?«

»Gesteigerte Dehydration. Aber sie erholen sich schnell.«

»Ist das normal?«

»Weder normal noch unnormal. So was kommt vor, aber daß es zeitlich parallel passiert, und dann auch noch Zwillingen, ist schon sehr selten. Ich weiß nicht, Ginny, so heiß war es doch gar nicht. Und sie hatten sich auch nicht überanstrengt. Wir treiben unsere Patienten nie zum Äußersten. Irgendwie ergibt das keinen Sinn. Außerdem hatte jeder etwas anderes gegessen.«

»Und Tanner?«

»Herzinfarkt. Der arme Kerl hatte keine Chance mehr. Dabei schien er kerngesund zu sein. Das gefällt mir nicht. Es sind einfach zu viele Leute, die von heute auf morgen krank werden und sterben. Und dann hat sich auch noch Artie umgebracht... Es ist wie eine Seuche, eine schreckliche Seuche.«

»Artie litt unter Depressionen. Wußtest du nicht, daß er

regelmäßig Medikamente nehmen mußte? Vielleicht hat er sie eigenmächtig abgesetzt.«

»Wenn ich nur eine Stunde früher bei ihm gewesen wäre! Und wer war die Frau in dem Porsche, den er eine Woche vor seinem Tod gemietet hatte?«

»Du steigerst dich da in etwas hinein. Du brauchst dir nicht immer die Verantwortung für alle Probleme der Welt auf die Schultern laden. Wir wollen doch einen erholsamen Spaziergang machen. Genieße den Ausblick.«

Dazu gab ich mir auch alle Mühe, jedoch vergeblich. Ständig hatte ich die Frau in dem Porsche vor Augen. Wer würde der nächste sein? Und warum?

6

»Paul Kessler alias Pinocchio«, knurrte Harrison Barber. Wir saßen in San Francisco bei der Produktionskonferenz für die nächste Folge von *Woman/Sport* zusammen und hatten die einzelnen Abläufe im Detail besprochen. »Ich werfe den Namen einfach mal in die Runde. Mal sehen, was für Reaktionen kommen.«

Er hätte ebensogut ein bluttriefendes Steak in ein Haifischbecken werfen können. Jeder im Raum, von den Assistenten bis zu Billie Jean King, die in meiner morgigen Sendung zu Gast sein sollte, hatte etwas zu Kessler zu sagen.

»Er vertritt teils Spitzenspieler von der alten Garde, teils Shooting-Stars wie Jasmine Li und Malik«, meinte die Produktionsassistentin vorsichtig.

»Er benutzt die großen Namen seiner Kunden, und oft wissen sie gar nichts davon«, sagte jemand anderes.

Billie Jean King wurde noch deutlicher. »Er ist ein Arschloch, aber irgendwie schafft er es immer, nach Rosen zu duften.«

Viele helfen lediglich der Wahrheit ein wenig nach, doch Kessler log wie gedruckt. Wenn man sein Gesicht sah, konnte man ihn für einen unschuldigen Chorknaben halten. Auf den ersten Blick traute ihm niemand etwas Schlimmeres zu als die höfliche Bitte um Kekse oder ein Glas Milch. Sein ganzes Potential als Maestro der Lüge ließ sich jedoch nie vollständig ermessen, weil es in seinem Fall einfach keinen Vergleichsmaßstab gab. Diejenigen, die Paul länger kannten, wußten, daß er überhaupt nicht in der Lage war, die Wahrheit zu sagen, ja, daß er zwanghaft dazu getrieben war, andere zu manipulieren – kurz und gut: Sie hielten nicht viel von ihm.

»Es heißt, daß er seine Spieler benutzt, um seinen Einfluß zu steigern, indem er zum Beispiel deren Gegner, die nicht auf seiner Klientenliste stehen, zu Schaukämpfen zwingt«, sagte Harrison. »Und dann legt er ihnen unverfroren seine eigene Meinung in den Mund, obwohl sie selbst nichts dergleichen gesagt haben. Warum lassen die Leute sich immer noch auf Geschäfte mit ihm ein?«

»Er ist mächtig«, erwiderte ich. »Paul zu ignorieren oder herauszufordern heißt, den Zugang zu den Spielern in seinem Stall zu verlieren. Darum findet man sich eben mit ihm ab.«

Als Paul Kessler verkündet hatte, daß er seit ihrer Verlobung neben Jasmine auch Malik vertrat, hatte das kaum jemanden überraschen können. Wie auch immer, ich hatte daraufhin den Verlauf von Maliks Karriere genauer unter die Lupe genommen. Obwohl er nach zwei Jahren als Profi im Tenniszirkus nicht allzuviel erreicht hatte, war sein Bekanntheitsgrad unglaublich. Bei Satellitenturnieren in Mexiko hatte er hier und dort zwanzigtausend Dollar gewonnen und durfte nun auch an kleineren Wettkämpfen und den Qualifikationsrunden für die Grand Slams teilnehmen. So hatte er wenigstens Fuß unter den besten hundertfünfzig der Weltrangliste gefaßt, doch wenn er eine Wild Card bekam, dann meistens aufgrund seines Namens. Beim Lipton in Miami hatte er sich, begleitet von einem gewaltigen Medienecho, gemeldet, um in letzter Minute wegen einer nicht näher bezeichneten Verletzung auszusteigen. Sein Muster sah so aus: Einer passablen Leistung in einem Turnier folgte unweigerlich ein Rückzug im nächsten. Ich war mir alles andere als sicher, ob für Paul bei der Vermarktung eines so unsteten Spielers wie Malik viel zu gewinnen war. Allenfalls Jasmine und Malik als Pärchen hatten einen gewissen Werbewert – das bedeutete Paul allerdings sehr viel.

»Es heißt, Malik sei aus der National Basketball Association rausgeworfen worden, weil er nicht in Europa spielen wollte«, meinte Harrison. »Ich könnte mir vorstellen, daß Kessler ihm eingeredet hat, ihm würden dicke Werbeverträge winken, wenn er sich als Allrounder hervortut. Und so ist er wohl auf die Idee gekommen, ihn im letzten Moment aus den großen Turnieren zurückzuziehen, damit auch garantiert über ihn geredet wird.«

»Immer noch besser, als zu verlieren«, murmelte ich. Ich hob A. M. von meinem Schoß und setzte sie auf den Boden. Sie kam zu allen Vorbesprechungen mit, was eigentlich auch nur natürlich war, weil sie in jeder Show mit auftrat. Die Zuschauer liebten sie und schickten ihr auch Fanpost. Einer hatte mir sogar angeboten, mir eine Homepage für sie einzurichten.

»Trotzdem muß der Typ Leistungen bringen, wenn er seine Sponsoren nicht verlieren will.«

Tatsache war, daß Kessler sich bemühte, seinen Klienten auf Vordermann zu bringen. Er hatte Malik immerhin bei uns in der Klinik angemeldet. Morgen wollte ich unmittelbar nach Abschluß der Dreharbeiten zurückfliegen und die Arbeit mit ihm beginnen. Freilich durfte Harrison noch nichts davon wissen. Ich achtete sorgfältig darauf, jede Information über meine Klienten streng vertraulich zu behandeln und nichts im Fernsehen breitzutreten. Das war mitunter ganz schön schwierig, und die Grenzen waren fließend. In diesem Fall würde es uns eindeutig höhere Einschaltquoten bescheren, wenn ich die Sache ausplauderte – doch damit könnte ich dem guten Ruf unserer Klinik schaden.

»Sagst du mir auch wirklich alles, was du weißt, Jordan?« fragte mich Harrison augenzwinkernd.

»Ich sage dir alles, was ich sagen will, Harrison.« Wie bei allen anderen Klienten galt auch bei Malik die Schweigepflicht. Und jetzt, da uns zwei rätselhafte Todesfälle im Nacken saßen, waren wir noch vorsichtiger als sonst.

»Du weißt, daß du dich irgendwann für die eine oder die andere Seite entscheiden mußt, Mädchen«, mahnte mich Harrison.

»Ich wußte gar nicht, daß es da verschiedene Seiten gibt.«

»Es gibt immer verschiedene Seiten. Als ehemalige Spielerin solltest dir das eigentlich klar sein.«

Meine Show legte es nicht auf Konfrontation an und hatte nichts mit Enthüllungsjournalismus zu tun. *Woman/Sport* wollte Spaß an Fitneß und Sport vermitteln. Wir gingen hinter die Kulissen und ermöglichten einen Blick auf die eigentlichen Motive von Athletinnen egal welcher Sportart. Da fühlte ich mich wirklich nicht schuldig, wenn ich nicht mein ganzes Wissen mit Harrison teilte.

Nach vierzehnstündigen Dreharbeiten und einem unruhigen Flug kam ich hundemüde in Palm Springs an, doch statt mich erst mal ins Bett zu legen und vierundzwanzig Stunden durchzuschlafen, mußte ich gleich zu einer Besprechung mit Paul Kessler und Malik. So packte ich A. M. in die Sporttasche und zog meinen Koffer auf Rollen hinter mir her zum Ausgang.

Das Treffen mit Malik fand in Bill Stokes' Büro statt. Bei meinem Eintreffen standen schon Mineralwasser, frisch gepreßter Gemüse- und Obstsaft, ein Tofuauflauf, eine Platte geschnittenes Gemüse und Körbchen voller Weißbrot für uns bereit. Es hätte genausogut eine Party sein können. Im Kamin prasselte ein kleines Feuer, im Hintergrund spielte eine Jazz-CD, und Bill, Paul und Malik hatten es sich auf den Sofas bequem gemacht.

Als ich Malik sah, wurde mir einmal mehr klar, warum man ihn »the Bat« nannte. Er hatte tatsächlich etwas von einer Fledermaus an sich. Im Basketball mochte er mit seinen zwei Metern nicht besonders auffallen, doch auf einem Tennisplatz war er damit ein wahrer Turm, und wenn er dann auch noch die enorm langen Arme ausbreitete, brachte er es mit seinen Schaufeln von Händen auf eine Spannbreite von zwei Meter zehn. Nahm er den Schläger dazu, waren es gut und gern zweieinhalb Meter. Privat trug er ausschließlich Schwarz, und seit er nach Möglichkeit auch bei Turnieren ganz in Schwarz spielte, hatte er eine regelrechte Modewelle ausgelöst. Seine Haare waren kurz geschoren, seine tiefliegenden dunklen Augen spähten aufmerksam über den Rücken einer auffallend gekrümmten Nase hinweg. Als er aufstand, um mich zu begrüßen, kam er mir auf einmal vor wie ein über dem Raum lauernder Tarnbomber. Dann lächelte er mich an. Und sein Lächeln war einfach nur das eines hochintelligenten Vierundzwanzigjährigen.

»Schön, dich wiederzusehen, Jordan«, strahlte er und ergriff meine Hand. »Jasmine hat mir so viel von dir und deiner Arbeit hier erzählt.«

»Wir zwei hatten eine ergiebige Woche«, meinte ich.

»Ihr Handgelenk ist deutlich besser geworden. Hoffentlich kannst du bei mir auch soviel erreichen.«

Paul Kessler, der vor dem Kamin gestanden hatte, drehte sich zu mir um. Er trug wie immer ein perfekt sitzendes maßgeschneidertes Sakko und stellte seinen üblichen Dreitagebart zur Schau, den er bewußt kultivierte, um Erfahrung und ein gewisses Alter zu unterstreichen. Natürlich hatte weder das eine noch das andere mit seinem Erfolg zu tun. Wenn er so weit gekommen war, dann nur durch sein Taktieren und ständiges Manipulieren. »Jordan!« dröhnte er und entblößte mit einem breiten Lächeln perfekt überkronte Zähne, »setzen Sie sich doch und machen Sie es sich bequem.«

Ich sah zu Bill Stokes hinüber, der stumm auf einen Sessel vor dem runden Glastisch deutete, und nahm Platz. »Ich freue mich, dich wiederzusehen, Malik, aber mir ist nicht ganz klar, weswegen du hergekommen bist und woran wir arbeiten sollen. Hast du denn eine Verletzung?«

»Ach, woher denn?« antwortete Paul, bevor Malik den Mund aufmachen konnte. »Sehen Sie ihn sich nur an! Der Mann ist ein Panzer! Ein Prachtexemplar! Es geht uns nur um zwei Dinge, Jordan.« Er schenkte aus seiner gläsernen Kanne eine Tasse Kräutertee ein und bot sie mir an. »Nummer eins, und das ist meiner Auffassung nach das einzige Problem: sein Service.«

»Siehst du das auch so, Malik?« Das konnte ich nun wirklich nicht verstehen. Jedermann wußte, was für einen mächtigen Aufschlag er hatte.

Doch er nickte. »Klar muß ich an meinem Service arbeiten.« Seine Stimme war so weich und leise, daß ich genau hinhören mußte. »Im Moment schaffe ich zweihundertzwanzig Stundenkilometer, und beim zweiten Service sind es hundertsiebzig. Aber ich weiß, daß mehr drin ist. Ich habe das Zeug, der erste Mensch mit einem Aufschlag von zweihundertdreißig Kilometern zu werden.« Er streckte den Arm durch und schwenkte die Hand vor und zurück. »Siehst du, ich bin mit Baseball groß geworden und war immer der Pitcher. Die richtigen Bewegungsabläufe sind also da. Jetzt muß ich meinen Aufschlag nur noch auf die nächsthöhere Stufe bringen.«

Paul nickte begeistert. »Genau! Der erste mit einem Aufschlag von zweihundertdreißig Sachen. Außer Malik schafft das keiner. Wer sie als erster erreicht, wird von den Sponsoren auf einer Sänfte getragen. Und mit diesem Aufschlag fegt er alle anderen Spieler vom Platz. Ich predige ihm die ganze Zeit, daß es in seinem Krafttraining nur noch auf die richtige Feinarbeit ankommt.«

»Wie sieht Ihr Trainingsprogramm im Moment aus?« wollte Bill wissen.

»Ich verbringe etwa zwanzig Minuten täglich in der Unterdruckkammer. Aber wir können das Punkt für Punkt durchgehen. Es ist alles hier festgehalten.« Er zog einen ganzen Stoß Notizbücher und Ordner aus seiner Tasche und legte sie auf den Tsich. »Ich führe über alles Buch. Wir können uns die Abläufe anschauen und daran arbeiten. Hier habe ich aufgeschrieben, was ich esse, welche Zusatzmittel ich nehme, wieviel ich schlafe, was für Strecken ich laufe – mein komplettes Trainingsprogramm. Und natürlich meine Aufzeichnungen über Gymnastik, aerobes und anaerobes Training, Schwere der Gewichte, Zahl der Übungen an jedem Gerät. Alles.«

Ich sah ihn verblüfft an. »Malik, da hast du ja tausend Details zusammengetragen, eine Unmenge von Daten und sehr viel Erfahrung – aber zu welchem Zweck? Das klingt so, als bräuchtest du ein Ziel, das weit über die Arbeit an deinem Aufschlag hinausgeht. Ein Aufschlag mit zweihundertdreißig Stundenkilometern ist nicht alles.«

»Ach, das wissen wir schon«, pflichtete mir Paul bei und nahm erneut seinem Klienten das Wort aus dem Mund. »Aber es wäre schon mal ein Riesenanfang.« Wieder bleckte er mit einem Grinsen die Zähne.

Als ich nach unserer Besprechung in den Korridor trat, sah ich durch den Türspalt ein gespenstisches Flackern aus Gus' Büro dringen. Ich öffnete die Tür und fand Gus hinter dem Diaprojektor.

»So spät noch bei der Arbeit?« fragte ich.

Er sah zu mir auf und schaltete die Schreibtischlampe an. »Da bist du ja, Jordan! Ich habe dich vor ein paar Stunden zurückkommen hören. Jetzt schneist du gerade rechtzeitig für die Probeaufnahmen herein.«

»Probeaufnahmen?«

»Für Duration.«

»Ach ja, natürlich.«

»Wir machen gute Fortschritte. Die Leute von BioTech haben Prototypen für die Werbelayouts entworfen. Was hältst du vom Logo? Mir gefällt es gut. Das doppelte Oval finde ich sensationell – es spielt auf das Unendlichkeitssymbol an. Es wirkt wissenschaftlich, aber nicht abgehoben.« Er dämpfte das Licht, und an der Wand erschien eine auf der Grundlinie eines Tennisplatzes stehende Duration-Flasche.

»Sie sieht großartig aus, aber ich dachte, du arbeitest noch an der Zusammensetzung des Mittels.«

»Ich stehe unmittelbar vor dem Abschluß und wollte dich noch mal darauf ansprechen. Du solltest wirklich zu den Werbeträgern gehören.« Er schob ein weiteres Dia ein, eine Nahaufnahme des Etiketts.

»Das haben wir doch zur Genüge erörtert. Ich habe schon genug Sponsoren für meine Show, und die Fernsehgesellschaft will sie nicht verärgern.«

Sogar in der Dunkelheit nahm ich wahr, wie er die Stirn runzelte. »Hast du eine bestimmte Klausel im Vertrag, die es dir verbietet, für andere Produkte zu werben?«

»Das nicht, aber trotzdem muß ich mit so was vorsichtig sein, solange ich die Show mache. Es würde so aussehen, als würde ich mein eigenes Süppchen kochen.«

»Süppchen kochen? *Süppchen kochen?* Was soll das heißen?« Es gab ein Klicken, und der Projektor warf nur noch ein grelles Licht an die Wand.

»Mit dir hat das überhaupt nichts zu tun, Gus. Du entwickelst ein Produkt, und das ist deine Angelegenheit. Ich will *meine* Angelegenheiten davon trennen, das ist alles.«

Gus starrte mich in der Dunkelheit an. »Das ist wirklich unglaublich!«

»Warum? Ich arbeite eben nicht in der Werbebranche.«

»Hinter diesem Produkt steht kein bloßes Gewinnstreben, Jordan! Und wir sprechen nicht über eine neue Geschmacksrichtung für irgendeine Limonade. Das ist ein Durchbruch in der Sportmedizin! Ein Drink für Sportler kombiniert mit einem Komplex von Zusatzstoffen, der Spielern eine weitaus größere Ausdauer verleiht. Stell dir nur ein Fünf-Satz-Match vor, wie es Sampras bei den Open hinter sich bringen mußte – da stößt Duration in eine Marktlücke, weil es für solche Extrembelastungen einfach nichts gibt. Es ist das perfekte Produkt für deine Show. Ich kann ja verstehen, daß du dich nicht an der Entwicklung beteiligen wolltest. Das ist wirklich eine zähe Angelegenheit. Aber Werbung für ein Produkt ist doch gar nichts. Du brauchst nur Duration in dein Trainingsprogramm einzubauen und es vor die Kamera zu halten.«

»Du weißt doch, daß wir in unserer Show keine Waren anpreisen, Gus.«

Er schaltete das Licht ein und warf verärgert eine Handvoll Dias auf den Tisch. »Na, großartig. Wirklich großartig!« Sein Gesicht war auf einmal scharf und kantig, seine buschigen Augenbrauen wölbten sich über dem Drahtgestell seiner Brille. »Und ich hatte gedacht, wir wären ein Team. Habe ich dich nicht früher einmal sagen hören: ›Gus, wie soll ich dir jemals für deine Hilfe danken – endlich weiß ich, wer ich wirklich bin und was ich im Leben will?‹ Gut, das war *damals,* als du wie ein Scherbenhaufen im Krankenhaus lagst und ich da war, um alles gottverdammt mögliche zu tun, um dir zu helfen. Wo bist du jetzt, nachdem ich zwei Jahre meines Lebens und meine gesamten Ersparnisse in Forschung und Entwicklung gesteckt habe und versuche, den Sportlern etwas Gutes anzubieten? Was, glaubst du, mache ich hier? Kannst du mich denn kein bißchen unterstützen?«

Mir wollte nicht in den Kopf, warum er sich weigerte, meinen Standpunkt zu diesem Thema zur Kenntnis zu nehmen. »Gus«, beschwor ich ihn. »Versuch doch zu verstehen: Ich unterstütze dich sehr wohl. Ich finde es toll – für dich. Aber eben nicht für mich. Jawohl, wir sind ein Team, aber wir sind keine siamesischen Zwillinge.«

Gus schaltete den Projektor aus, verstaute die Dias in seiner Tasche und stolzierte zur Tür.

Ich folgte ihm. »Gus, bitte laß uns nicht darüber streiten.« Plötzlich fühlte ich mich restlos erschöpft und einer Auseinandersetzung über Gus' Geschäfte nicht mehr gewachsen.

»Ich kann zig andere Sportler dafür gewinnen«, knurrte er. »Ich dachte nur, ich würde dir einen Gefallen tun, wenn ich dir die Chance biete, dir auch im Geschäftsleben einen Namen zu machen.«

»Können wir nicht später darüber sprechen?« bat ich ihn. »Ich war den ganzen Tag unterwegs und würde jetzt für mein Leben gern was Vernünftiges essen. Hast du auch Hunger?«

Er funkelte mich an. »Nein!« Dann sperrte er die Tür ab, stopfte die Schlüssel in die Hosentasche und stürmte den Flur hinunter zum Ausgang.

Am nächsten Morgen absolvierte Malik die übliche ärztliche Untersuchung und ließ ein psychologisches Profil von sich erstellen. Um elf Uhr stand ich am Tennisplatz und sah zu, wie er mit Charlie, der bislang Tanners Assistent gewesen war, Aufschläge übte. Noch hatte niemand den Mut aufgebracht, die Suche nach einem möglichen Ersatz für Tanner zu beginnen.

Wir gingen mit Malik das übliche Schema durch: fünfhundert Aufschläge, tausend Vorhandvolleys, fünfhundert Returns. Malik war ein Phänomen. Für seinen ersten Aufschlag maßen wir hundertachtzig Stundenkilometer. Wir nahmen seine Bewegungsabläufe auch auf Video auf, um sie später in Zeitlupe analysieren zu können. Über diese Aufzeichnungen wollten wir dann Bilder der idealen Körperhaltung legen. Aber auch so stand für mich schon fest, daß er den Ball links und rechts über dem Kopf traf wie früher Luke Jensen und auch noch Lobs erreichte, die normalerweise tödlich waren. Die Harmonie seiner Bewegungen erinnerte mich an die von Edberg – am Netz war er schnell wie eine Katze, und seine hünenhafte Gestalt war ein weiterer Pluspunkt.

Mir fiel auf, daß Malik den Schläger mit der linken Hand hielt, obwohl er als Basketballer immer Rechtshänder gewesen war.

»Da war ich am Anfang auch ein Linker«, erklärte er. »Aber das hat mir mein Trainer abgewöhnt und mich zum Rechtshänder umgeschult.«

Ich nickte. »Damit wäre auch erklärt, warum dein linker Arm etwas schwächer zu sein scheint als der rechte. Das können wir mit Kraftübungen ausgleichen.«

Später spielten Malik und Charlie gegeneinander. Mit zunehmender Matchdauer ließ Maliks Konzentration nach. Er spielte immer mehr den Clown und machte Witzchen. Anscheinend brauchte er Impulse von anderen, um im Spiel bleiben zu können. Ich fragte mich, ob es auch bei den French Open so gewesen war, als er eine verheerende Niederlage gegen einen wieselflinken Spieler erlitten hatte, der immer sieben Meter hinter der Grundlinie stand und Maliks Aufschläge tatsächlich parieren konnte. Oder war er übermotiviert, was zur Folge hatte, daß er blind drauflos schlug und seine Bewegungsabläufe zu reinen Schablonen wurden? Das hielt ich für das Wahrscheinlichste.

Wieder im Büro, nahm ich mir noch einmal die Statistik über Maliks Karriere vor. Und tatsächlich fand ich sehr viele Matches, in denen er klar geführt hatte, oft sogar 6:0 und 3:0, um unvermittelt einzubrechen und doch noch zu verlieren. Daraufhin rief ich bei Gus an, der das psychologische Profil erstellen sollte.

»Sieht so aus, als könne er sich nicht lange konzentrieren«, erklärte ich. »Was meinst du?«

»Na ja, wir sind mit den Tests noch nicht durch, aber offenbar ist er das schnelle Tempo von Basketballspielen gewöhnt und hat Schwierigkeiten, sich umzustellen. Seine Gedanken schweifen sehr bald ab. Er scheint schnelle Aktionen und physische Aggression zu bevorzugen.«

»Aber im Gespräch wirkt er so sanft und entspannt«, wandte ich ein.

»*Wirkt* trifft es hier am besten. Wenn ich mir die bisherigen Testergebnisse ansehe, würde ich sagen, daß die gängige Aggressivitätsskala von null bis zehn für ihn nicht ausreicht. Seinetwegen müßte man sie auf zwölf erweitern. Er kompensiert das im Sozialverhalten; das ist der Grund für sein ruhiges Auftreten. Sagen wir es mal so: Man sollte diesen

Burschen lieber nicht blöd anmachen, sonst rammt er einen ungespitzt in den Boden.«

»Danke.«

Ich legte auf und rief Winnifred herein. »Bitte rufen Sie Noel Fisher für mich an. Er ist zusammen mit Kessler und Malik eingetroffen.«

Winnifred hob die Augenbrauen über ihr straßbesetztes Brillengestell. Sie sagte kein Wort, aber ich war mir sicher, daß sie nicht so recht wußte, was sie vom Fisch halten sollte. Da sie größten Wert auf Ordnung legte, muß es ihr ein Greuel gewesen sein, wenn er in ihrem Büro seine eingeschmuggelte Tüte Pommes frites auspackte und auf ihren sorgfältig zusammengehefteten Unterlagen Fettflecken hinterließ. Natürlich hatte der Fisch Winnifred nie das Leben gerettet. Für so etwas nimmt man einiges in Kauf.

Winnifred trottete wieder zu ihrem Schreibtisch zurück. Ich konnte hören, wie sie die Wählscheibe ihres Telefons drehte. Einen Moment lang herrschte Stille, dann schrie sie: »Hallo! Mr. Fisher bitte! Ich habe Miss Myles am Apparat!« Ich krümmte mich. Winnifred sprach nicht ins Telefon, sie dröhnte wie ein Nebelhorn. Trotzdem erreichte sie ihr Ziel.

Eine halbe Stunde später kam der Fisch zu mir und wartete mit einer faustdicken Überraschung auf. »Dieser Malik war früher ein ganz schlimmer Junge«, verkündete er.

»Was soll das heißen?« fragte ich.

»Es steht nicht in den Akten, weil er damals noch minderjährig war und Einträge bei Kindern grundsätzlich gelöscht werden, aber ich habe da so einen Freund, der zusammen mit mir bei der CIA war ... Wie auch immer, vor seinem sechzehnten Geburtstag saß Malik dreimal im Gefängnis. Einmal war es Raubüberfall, ein anderes Mal hatte er jemanden mit einem Bleirohr zusammengeschlagen.«

»Aber seitdem hat er keine Probleme mehr gehabt?«

»Nein, aber die Katze läßt das Jagen nicht.«

»Das Mausen.«

»Von mir aus.« Der Fisch strebte der Tür zu. »Bis bald, Jordan. Aber sag später nicht, daß ich dich nicht gewarnt hätte. Und falls Kessler dich fragt: Wir haben dieses Gespräch nie geführt. Bislang hat er sich allerdings noch kein einziges Mal nach Maliks Vorleben erkundigt. Ich denke, er will seinem geschenkten Pferd nicht ins Maul schauen.«

»Gaul.« Ich war mit einem Mal sehr nachdenklich. Gus hatte also eindeutig recht. Unter der ruhigen Oberfläche war Malik nicht nur aggressiv, sondern gefährlich. Offenbar glaubte er, den Ball zum Gehorsam prügeln zu können, wenn er härter als jeder andere aufschlug. Er mußte lernen, seine Gegner zu beherrschen und nicht zu überwältigen. Nun, eine einfache Lektion war das bestimmt nicht.

Am nächsten Morgen trafen Malik, Paul und ich uns kurz nach Sonnenaufgang zum Dauerlauf in den Bergen. Es sollte eigentlich nur eine kleine Aufwärmübung werden. Paul wollte unbedingt dabeisein und hielt eine Weile mit, doch für die Höhenluft war er nicht gut genug in Form. Nach fünfzehn Minuten war er so weit zurückgefallen, daß wir ihn aus den Augen verloren. Genauso hatte ich es auch geplant.

Am frühen Morgen ist es in der Wüste wunderschön. Jeder Fels und Berg sieht aus, als wäre er in den Himmel gemeißelt worden. Da muß das Laufen einfach Spaß machen. Der Weg wand sich um das Klinikgelände herum und vorbei am Golfplatz den Berg hinauf. Normalerweise spreche ich beim Joggen nicht gern, aber da Kessler sonst immer an Maliks Seite klebte, ergriff ich die Gelegenheit beim Schopf.

»Du hast einen tollen Aufschlag«, bemerkte ich. »Die zweihundertdreißig kannst du bestimmt schaffen. Aber der Service ist nicht alles, Malik.«

Er runzelte die Stirn, sagte aber nichts.

»Es geht um die Einstellung zum Spiel als Ganzes und nicht nur um die einzelnen Abläufe. Man muß in der Lage sein, die Dynamik eines Spiels zu interpretieren, die eigene Energie richtig zu dosieren – den Zeitpunkt zu erkennen, wann man anziehen muß. Das geht weit über einen möglichst harten Aufschlag hinaus, egal ob man nun zweihundertdreißig Stundenkilometer schafft – oder von mir aus auch dreihundert, wenn das denn möglich wäre.«

Malik starrte weiter geradeaus. Wir ließen nun den Golfplatz hinter uns, überquerten den Highway und liefen auf dem schmalen Weg durch die Wüste weiter bergauf.

»Weißt du, Malik«, fuhr ich fort, »wenn man in seinem Sport Spitzenleistungen bringt, wird es immer schwerer, eine Verbesserung zu erkennen, weil man sich eben nur noch um Nuancen steigern kann. Es ist nicht so, daß man etwas Neues lernt und die großen Ergebnisse auf Anhieb sieht. Als du mit dem Tennis anfingst, war es für dich eine ganz neue Sache, und du hast sehr schnell große Fortschritte gemacht. Jetzt bist du so gut geworden, daß du das Gefühl hast, nur noch ganz langsam weiterzukommen, und bist wahrscheinlich etwas frustriert.«

»Ja, du hast recht«, gab er zu. »Ich verstehe einfach nicht, warum ich stagniere.«

»Jetzt ist viel Geduld mit dir selbst gefordert. Aber es gibt schon noch etwas Neues für dich zu lernen. Ich habe Videos von deinen Spielen studiert. In der Offensive bist du großartig. Du beherrschst das Spiel, wenn du aufschlägst, aber sobald jemand es schafft, dich anzugreifen, brichst du zusammen. Dein wunder Punkt ist die Defensive.«

»Mein wunder Punkt ist, daß ich keinen Aufschlag mit zweihundertdreißig Stundenkilometern habe. Ich weiß, daß ich soweit kommen kann. Du warst doch selbst eine Spielerin. Den anderen kann ich vielleicht was vormachen, aber dir nicht. Den Rest mit der Strategie und so – na ja, das kriege ich wohl nie richtig hin.«

»Wir können dein Spiel weiterentwickeln, damit du ein paar Pfeile mehr im Köcher hast.«

»Wie zum Beispiel?«

»Ein weicher Stop. Wenn du einen Ball so unterschneidest, daß er knapp hinter dem Netz landet, zwingst du den Gegner zu einem Lob. Dann kannst du ihm einen Volley um die Ohren dreschen.«

Endlich lächelte Malik. »Das gefällt mir. Vor allem das mit dem um die Ohren dreschen.«

»Wir werden den Wechsel von Stop und Volley üben. Das ist das Gegenteil von der Spielweise eines Agassi zum Beispiel. Wir werden den Ball anschneiden und tief in die gegnerische Hälfte schicken, dann schlägt der Return zwangsläufig in deiner Nähe auf und du sparst dir weite Wege.«

»Hört sich gut an.«

Wenn man Maliks ernsthaften Wunsch betrachtete, sein Spiel zu verbessern, und wußte, mit welcher eisernen Disziplin er bis zu diesem Punkt gekommen war, dann konnte man kaum glauben, daß er als Kind auf die schiefe Bahn geraten sein sollte. Die Verlockung war groß, ihn nach seiner Vergangenheit zu fragen, doch ich entschied mich dagegen. Er war nicht notwendigerweise dieses Kind geblieben.

Am Wendepunkt angekommen, hielten wir inne, um einen Schluck Wasser zu trinken und auf Paul zu warten. Weit unter uns im Tal erstreckte sich der ganze Klinikkomplex mit seinen weißgetünchten Gebäuden, den fünfzehn Tennisplätzen, dem Golfplatz mit achtzehn Löchern, dem Schwimmbecken – und das alles umgeben von Dattelpalmen und Wüstengestrüpp.

»Wie gefällt dir Jasmine?« wollte Malik wissen.

»Sie ist großartig«, sagte ich.

Er strahlte vor Stolz. »Stimmt, das ist sie. Und sie ist das Mädchen, das mich umgedreht hat. Ohne sie wäre ich jetzt ganz unten im Keller.« Er sah auf die Uhr. »Ich soll sie in einer halben Stunde anrufen.« Er zog ein winziges Handy aus der Hosentasche.

»Verlaß dich mal nicht drauf, daß der Empfang hier klappt», lachte ich.

»Aber ich muß diesen Anruf machen. Und ich habe keine Lust, den ganzen Tag auf Paul zu warten. Ob ich den Rückweg allein finde?«

Ich deutete auf das Klinikgelände. »Du siehst ja, wo du hin mußt. Und der Weg ist markiert. Du brauchst nur den Schildern zu folgen.« Ich zeigte ihm eins, das mit unserem Logo geziert war. Alle hundert Meter hatten wir solche Markierungen angebracht. Bislang hatte sich noch niemand verlaufen. Außerdem war die Klinik nicht zu übersehen.

»Dann laufe ich voraus, okay?«

»Gern. Wir sehen uns unten.« Mir graute davor, mit Paul zurückzulaufen, aber mir war klar, daß Malik allein losrennen und sich unser Gespräch noch mal durch den Kopf gehen lassen wollte.

Zehn Minuten später kam Paul schweißgebadet angekeucht und ließ sich neben mir auf einen Stein fallen. »Wo ist Malik?« japste er.

»Haben Sie ihn nicht gesehen? Er ist schon vorausgelaufen. Er wollte Jasmine anrufen«

»Wir müssen uns verpaßt haben«, keuchte Paul.

»Wie denn? Er hat denselben Weg genommen, auf dem wir gekommen sind. Es gibt keinen anderen.«

Paul wischte sich das Gesicht ab. »Na ja, um ehrlich zu sein, bin ich nicht die ganze Zeit auf dem Weg geblieben. Einmal habe ich ihn verlassen.«

»Paul, so etwas ist auf diesem Gelände gefährlich. Man kann auf dem Geröll leicht wegrutschen.«

»Mir war schlecht, und ich wollte nicht auf den Weg kotzen. Ich habe die Höhenkrankheit, nichts anderes.«

»Das ist doch nicht der Mount Everest. Wahrscheinlich leiden Sie nur unter Flüssigkeitsmangel.« Ich reichte ihm meine zweite Wasserflasche. »Und wenn Sie getrunken haben, laufen wir zurück – aber langsam und vorsichtig.«

Malik und ich hatten etwa vierzig Minuten bis zum Wendepunkt gebraucht. Mit Paul dauerte der Rückweg eine gute Stunde. Das Schlimmste daran war freilich, mit ihm allein zu sein. Ich kam mir richtiggehend gefangen vor. Es war, wie im Flugzeug neben einem Menschen sitzen zu müssen, den man normalerweise meidet wie die Pest.

»Und was halten Sie von meinem Klienten?« brachte er schweratmend hervor.

»Malik kann ein phantastischer Spieler werden. Aber er muß an seiner Technik arbeiten.«

»Schön und gut. Aber zuerst kommt der Aufschlag, dann der Rest. Ich habe Sponsoren an der Angel – und die wollen einen neuen Schläger rausbringen. *The Bat* soll er heißen. Außerdem planen sie eine neue Kollektion von Sportbekleidung ganz in Schwarz. Und die dazu passenden Schuhe. Dann haben wir auch noch diesen Drink, an dem Ihr Freund Gus arbeitet – Duration. Und schließlich der Massenmarkt für abgepackte Sachen: Müsli, Schokolade, nicht verschreibungspflichtige Medikamente, Hygieneartikel wie Rasierklingen … Malik ist das ideale Sprachrohr für so ziemlich jedes Produkt.«

»Und Sie haben so viele Verträge in Aussicht?«

Paul konnte nicht mehr. Wir mußten eine Rast einlegen. Nach einer Minute hob und senkte sich seine Brust noch immer. »Malik will nicht, daß ich über seine Geschäfte plaudere.«

Mit anderen Worten: Die Verträge wurden über seinen Kopf hinweg abgeschlossen. Höchstwahrscheinlich waren die Sponsoren nur auf den Rekordaufschlag aus, den Paul ihnen versprochen hatte. Mir dämmerte, daß diesem Mann völlig egal war, wo sein Klient in der Weltrangliste stand. Hauptsache, er schaffte die magischen zweihundertdreißig Stundenkilometer beim Aufschlag. Den *gewinnbringenden* Rekord.

Paul preßte sich die Hand gegen die Stirn. »Ich habe so schreckliche Kopfschmerzen. Sind das vielleicht die ersten Anzeichen eines Schlaganfalls?«

Ich fühlte seinen Puls. Er raste, aber nicht besorgniserregend. »Wir sind in einer halben Stunde unten. Dann lasse ich Sie untersuchen. Wann sind Sie zuletzt durchgecheckt worden?«

»Noch nie. Ich habe zuviel zu tun. Gott, ist das heiß. Ich bin diese Hitze nicht gewöhnt. Einen Hitzschlag habe ich. Genau, einen Hitzschlag.« Er trank mit gierigen Schlucken.

»Wir lassen es auf dem Rest der Strecke ganz langsam angehen.«

Als wir endlich unten ankamen, winkte Paul den ersten Golfwagen in Sichtweite zu sich und forderte den Fahrer auf, ihn zurück zur Klinik zu bringen. Ich versuchte, ihn zu einer kurzen Untersuchung beim Arzt zu überreden, doch er lehnte unwirsch ab und verzog sich sofort in sein Zimmer. »Ich muß nur duschen und mich fünfzehn Minuten hinlegen«, erklärte er kurz.

Ich kehrte in mein Büro zurück, um endlich den Papierkram in Angriff zu nehmen. Allerdings machte ich mir Sorgen, weil Malik immer noch nicht aufgetaucht war. In seinem Zimmer war er nicht zu erreichen, und zur Physiotherapie war er auch nicht gekommen. Ich rief bei Paul an. Keine Antwort. Eine Rückfrage beim Sicherheitsdienst ergab ebenfalls nichts; niemand hatte Malik gesehen, seit er mit Paul und mir losgetrabt war. Als Malik auch zwei Stunden später noch nicht aufgekreuzt war, fragte ich mich, ob ihm auf dem Rückweg vielleicht etwas zugestoßen war. Schlangenbisse waren nie auszuschließen, und mit einem Sturz oder sonst einem Mißgeschick mußte man immer rechnen.

Nach einer weiteren Stunde begann ich, den Weg noch einmal abzusuchen, nur fuhr ich diesmal mit dem Geländerad. Erneut passierte ich den Golfplatz, überquerte den Highway und strampelte die Chocolate Hills hoch. Als es zu steil für das Fahrrad wurde, stieg ich ab und lief zu Fuß weiter. Von Malik fehlte noch immer jede Spur. Langsam kam ich zu dem Schluß, daß er querfeldein zurückgelaufen und inzwischen längst in der Klinik eingetroffen sein mußte. Wahrscheinlich hockte er irgendwo im Schatten und genoß einen Drink, während ich in der Mittagshitze vor mich hinschwitzte. Ich stellte mich an die Felskante und schaute hinunter. Wenigstens die Aussicht wollte ich genießen.

Statt dessen stach mir eine Gestalt ins Auge, die nicht in die wohlvertraute Landschaft paßte. Ich kletterte ein Stück tiefer, um einen genaueren Blick darauf zu werfen. Mir fuhr der Schreck in sämtliche Glieder. Zwanzig Meter unter mir lag Malik zwischen Steinen, Schmutz und Gestrüpp auf dem Rücken.

Die nächste Stunde war ein einziger Alptraum. Als ich hinunterjagte, rutschte ich auf der trockenen Erde aus und verstauchte mir den Knöchel. Ich spürte schon im Fallen, wie die Bänder sich dehnten. Sofort schoß ein gräßlicher Schmerz in mein Bein, das schon zu viele Verletzungen, Reparaturen und Rehabilitationsmaßnahmen hatte überstehen müssen, doch jetzt dachte ich nur an Malik und die Frage, wie ich ihm helfen konnte, falls das überhaupt noch möglich war. Schließlich erreichte ich seine reglos daliegende Gestalt und kniete mich neben ihn, um den Puls zu fühlen. Als erstes öffnete ich Jacke und Hemd und schnappte erschrocken nach Luft, als ich sah, daß Malik auf einem spitzen Holzstück aufgeschlagen war, das ihn ganz durchbohrt hatte und mit der Spitze neben der linken Armbeuge gut fünf Zentimeter aus der Brust ragte. Aus der Wunde sickerte Blut. Ich hatte keine Ahnung, welcher Anblick sich bieten würde, wenn ich ihn umdrehte, aber mir war klar, daß ich damit nur noch mehr Schaden anrichten konnte. Erstaunlicherweise schlug noch der Puls – schwach zwar und fast nicht spürbar, aber er war da. Ich hob Maliks Lid an. Die Pupille war starr. Demnach mußte er im Koma sein oder einen Schock erlitten haben.

Ich vergewisserte mich, daß er noch atmete, wenn auch sehr flach, ja, kaum noch wahrnehmbar. Ob er etwas gebrochen oder eine Gehirnerschütterung erlitten hatte, konnte ich von außen nicht feststellen. Ich überlegte fieberhaft. Wenn ich Malik liegenließ und Hilfe holte, konnte er sterben, wenn nicht, waren seine Chancen auch nicht besser. Ob so oder so, ich mußte damit rechnen, daß er verblutete. Welche Folgen es für Maliks Zustand haben würde, wenn ich das Holzstück herauszog, war mir schleierhaft. Und schließlich durfte ich nicht vergessen, daß dieser Mann zwei Meter groß war und fast zwei Zentner wog. Was sollte ich da mit meinen einsfünfundsiebzig, sechzig Kilo und dem verstauchten Knöchel ausrichten? Ich konnte ihn unmöglich diesen Berg hinunterschleifen, ohne den letzten Rest Leben, der sich noch in ihm hielt, zu gefährden. Ich hatte keine Wahl. So stabilisierte ich seinen Kopf und Hals, deckte ihn mit der Windjacke zu, die ich mir am Morgen um die Hüften gebunden und seitdem nicht abgenommen hatte, und ging Hilfe holen.

Der Weg, den ich Hunderte von Malen gelaufen war und stets wegen des herrlichen Blicks und der klaren Luft über Indian Wells genossen hatte, wurde zu einem unerträglichen Alptraum. Normalerweise wäre ich den Berg in halsbrecherischem Tempo hinuntergeschlittert, doch das ließ der Knöchel nicht zu. Und gerade heute brannte die Sonne besonders gnadenlos herab. Mein Knöchel tobte und war bereits auf das Doppelte seiner Größe angeschwollen. Ich wußte, daß ich ihn eigentlich nicht belasten durfte, doch jede Sekunde zählte, wenn Malik noch gerettet werden sollte. So tat ich, was mir so oft bei Verletzungen auf dem Tennisplatz und erst recht nach meinem fast tödlichen Absturz beim Bergsteigen geholfen hatte: Ich konzentrierte mich auf die jeweils nächste Bewegung und versuchte, die Schmerzen nach Möglichkeit zu verdrängen. Nach einer schieren Ewigkeit erreichte ich mein Fahrrad und jagte zum Highway hinunter. Dann näherte sich auch schon ein Laster. Mit aufgeregtem Winken brachte ich den Fahrer zum Anhalten.

Der Mann schaute mich an, als wäre ich ein Gespenst. So muß ich wohl auch ausgesehen haben, doch er glaubte meinen aufgeregten Erklärungen und ließ mich sein Funkgerät benutzen, damit ich einen Rettungshelikopter anfordern und die Klinik alarmieren konnte. Ich gab durch, daß ich am Straßenrand warten und die Helfer zu Malik führen würde.

»Ich bleibe bei Ihnen«, erklärte der Fahrer, ein junger Mann mit rotem Haar und Bart. »Sind Sie sicher, daß wir nicht gleich jetzt raufgehen und den Typen runterholen sollten? Ich könnte Ihnen beim Tragen helfen.«

Ich schüttelte den Kopf. »Ich habe eine Ausbildung als Sanitäterin. In diesem Zustand muß ein Mensch flach und stabil liegen, wenn er transportiert wird. Er hat sich vielleicht das Genick oder die Wirbelsäule gebrochen. Oder er hat möglicherweise innere Blutungen. Da ist das Risiko zu groß. Bevor wir ihn unsachgemäß bewegen, lassen wir ihn lieber so liegen. Der Helikopter ist mit allen nötigen Geräten ausgestattet und wird ohnehin gleich hier sein.«

Tatsächlich hörte ich binnen weniger Minuten das Heulen von Sirenen und das Rattern eines Hubschraubers über uns. Mit sich drehenden Lichtern bildeten die Polizei- und Krankenwagen eine Straßenblockade, und der Helikopter landete auf dem Highway. Ich bedankte mich beim Fahrer und humpelte zum Helikopter, um die Retter zum Opfer zu führen. Es dauerte keine fünf Minuten, bis wir Malik lokalisierten. Von oben hob er sich kaum von der rotbraunen Felsenlandschaft ab. Die Natur forderte ihn bereits mit aller Macht zurück, wie sie es bei uns allen tut, sobald sie die Gelegenheit dazu erhält. Es war schwierig, einen Landeplatz zu finden, aber dem Piloten gelang es, auf dem flachen Aussichtspunkt aufzusetzen, auf dem Paul und ich gerastet hatten. Von dort war es für die Retter nicht mehr weit. Ich humpelte hinterher, so schnell es mein Knöchel zuließ. Inzwischen war er so dick, daß ich den Schuh aufbinden mußte.

Als ich Malik erreichte, hatten die Retter ihre Arbeit bereits begonnen. Sie hatten ihm eine Infusion gelegt und betteten ihn langsam auf eine Trage um. Es war ein effizienter, unpersönlicher Vorgang, mechanisch abgespulte Routine. Aber für mich bedeutete es vor allem eins: Malik lebte noch.

»Haben Sie gesehen, wie das passiert ist?« fragte mich eine junge Frau.

»Nein, ich habe ihn erst danach gefunden. Er lag mit starren Pupillen da, so wie Sie ihn jetzt sehen. Was halten Sie von diesem Holzstück, das ihn durchbohrt hat?«

»Das kann ich so nicht beurteilen, aber es sieht schlimm aus. Wir lassen es drin. Die im Krankenhaus werden sich darum kümmern. Wenn wir es rausziehen, könnte er noch mehr Blut verlieren.«

»Wir haben die Angaben zu seiner Blutgruppe in der Klinik gespeichert«, sagte ich.

Sie nickte. »Damit ist uns sehr geholfen. Der Pilot wird Ihren Arzt gleich anfunken. Hören Sie, der Patient wird den meisten Raum beanspruchen. Meinen Sie, Sie schaffen es auch allein nach unten?«

»Klar.« Ich sah zu, wie sie und ihre Kollegen Malik vorsichtig ein Stückchen drehten, damit sie ihn festschnallen konnten. Unterdessen drückte die Frau unentwegt auf die Wunde, um noch mehr Blutverlust zu verhindern. Als sie die Trage hochhoben, half ich ihnen beim Transport. Kaum hatten wir sie in den Hubschrauber gehievt, wurde auch schon die Luke zugeknallt. Ich duckte mich, als der Propeller wieder angeworfen wurde. Die Maschine wirbelte eine Staubwolke auf und hob ab. Bald würde Malik im Krankenhaus von Palm Springs sein. Ich sah dem immer kleiner werdenden Hubschrauber nach, bis er nur noch ein Punkt am Himmel war. Erst jetzt achtete ich auf den Schmerz im Knöchel und begriff, daß ich selbst einen Transport nötig hatte. Auf allen vieren kletternd schaffte ich es irgendwie zum markierten Weg hinauf. Als ich oben ankam, war meine Haut überall abgeschürft, und ich konnte den Fuß überhaupt nicht mehr belasten. Ansonsten war mein Zustand durchaus noch erträglich. Als ich die Straße erreichte, wartete mein Rad auf mich, und auch die Polizisten und der rothaarige Lastwagenfahrer waren noch da. Bereitwillig beantwortete ich die Fragen der Beamten. Kaum hatte ich ihnen das bißchen, das ich wußte, gesagt, sackte ich zusammen. Ich konnte nicht mehr.

Der Lastwagenfahrer schlenderte zu mir herüber. »Ich habe mir schon gedacht, daß Sie nicht mehr weit kommen«, brummte er. »Ich habe zwar keine Ausbildung zum Sanitäter, aber ich bin nicht blind. Steigen Sie ein, dann bringe ich Sie zur nächsten Unfallstation, damit Sie erst mal geröntgt werden.« Er lud mein Fahrrad auf, wendete und fuhr mich nach Palm Springs.

Ich lag hinter einem Vorhang auf einem Behandlungstisch und drückte eine Eispackung auf den mittlerweile bandagierten Knöchel, als der grüne Stoff jäh zur Seite gerissen wurde und der Fisch hereinplatzte. »Der Teufel soll mich holen, wenn du mal nicht überall in den Schlamassel gerätst«, knurrte er.

Ich brachte ein Stöhnen zuwege.

»Ich habe schon den Doc gesprochen. Es ist nichts gebrochen. Sehen wir zu, daß wir hier wegkommen.«

Ich setzte mich auf. »Was ist mit Malik?«

Die Miene des Fischs wurde straffer. »Er hat es nicht geschafft, Jordan. Er ist noch im Hubschrauber gestorben.«

Mein Gesicht fing auf einmal an zu brennen, als hätte ich eine Ohrfeige bekommen. »Ich bin schuld. Ich habe zugelassen, daß er den Weg allein geht. Aber ich dachte, ich müßte auf Paul warten, weil er nicht so fit ist. Und dann habe ich Malik liegenlassen, als ich ihn fand. Vielleicht hätte ich ihn doch runtertragen und …«

»Du weißt genau, daß du das nicht einmal mit einem gesunden Knöchel geschafft hättest. Du hast das einzig Richtige getan.«

»Warum ist er gestorben?«

»Das wird sich bei der Autopsie herausstellen, aber so wie es aussieht, hat er zuviel Blut verloren.«

Ich barg den Kopf in den Händen, als könnte ich diese

Tragödie damit aussperren. »Das ist alles so unwirklich!« stöhnte ich. Es kam mir vor, als würde der Tod überall dort zuschlagen, wo ich gerade auftauchte: erst das Kind im Madison Square Garden, dann Tanner und beinahe auch die Zwillinge – und jetzt das.

»In der Klinik ist gleich eine Krisensitzung«, kündigte der Fisch an. »Und hier müssen wir durch den Hintereingang raus. Es wimmelt von Pressefritzen.«

Ich nickte benommen, stand vorsichtig auf und brachte die üblichen Abmeldeformalitäten hinter mich. Der Arzt gab mir noch ein paar Anweisungen, die darauf hinausliefen, daß ich den Fuß in den nächsten vierundzwanzig Stunden nicht belasten sollte, reichte mir zwei Krücken, und ich humpelte mit immer noch pochendem Knöchel neben dem Fisch zum Parkplatz.

»Ich kann es einfach nicht fassen«, murmelte ich, als ich in den gemieteten Hyundai des Fischs kletterte. Der Gestank von altem Fett schlug mir entgegen. Und prompt entdeckte ich einen Berg von leeren Big-Mac-Verpackungen auf dem Rücksitz.

»Draußen wird gemunkelt, daß es bei euch nicht mit rechten Dingen zugeht«, berichtete der Fisch. »Weltklassesportler fallen nicht einfach von einem Berg runter. Es heißt, eure Klinik sei irgendwie verhext.«

»Ach, Sportler stürzen nie?« gab ich gereizt zurück. »Und wie war das mit mir? Ich bin damals nicht nur abgerutscht, sondern praktisch im Sturzflug in eine Schlucht gesegelt. Oder halten sie das für ansteckend? Der Jordan-Myles-Bergwahn! Halte dich in ihrer Nähe auf, und du stürzt garantiert ab.«

Wir fuhren durch eine Kette von Wüstenstädtchen, die in Indian Wells endet, und bogen in unseren Klinikkomplex ab. Ich brauchte dringend ein paar Minuten für mich allein, um meine Gedanken zu ordnen und mich in einen präsentablen Zustand zu bringen. Der Fisch versprach mir, die Besprechung so lange hinauszuzögern, bis ich geduscht und mich umgezogen hatte.

Der Anrufbeantworter hatte ungefähr zwanzig Botschaften aufgezeichnet – der Fernsehsender, meine Mutter, Gus, Bill, der Fisch, mehrere Tennisstars, Reporter, Paul – er schrie in den Apparat hinein, daß ich ihm eine Antwort schulde – und natürlich Jasmine. Ihr Anruf war der einzige, auf den ich reagierte.

Ihre Mutter nahm ab. »Sie ist nicht da. Sie ist sofort nach Palm Springs aufgebrochen, als sie es erfuhr. Was um alles in der Welt ist nur geschehen?«

»Er ist gestürzt, Mrs. Li. Mehr weiß ich im Augenblick auch nicht. Es war ein Unfall. Er war allein auf einem Bergwanderweg und muß ausgerutscht sein. Es war kein schwerer Weg, aber ...«

»Jasmine wird es genau wissen wollen«, unterbrach sie mich.

Mir war klar, daß Jasmine wirklich eine ausführliche Antwort verdiente. Das Problem war nur, ich wußte sie selbst nicht.

Das, gelobte ich mir, sollte sich ändern. Schließlich gab es für alles einen Grund.

7

Als ich – mit Krücken – zur Krisensitzung stieß, herrschte ein unbeschreibliches Tohuwabohu. Bill versuchte vergeblich, wieder Ruhe zu schaffen. Nur ein paar Leute, die Mitglieder unserer Marketingabteilung, beteiligten sich nicht am allgemeinen Chaos. Mit ernster Miene und ihren Notizblöcken und Schreibunterlagen auf dem Schoß, saßen sie schweigend da. Zwei Polizeibeamte in Uniform und der Fisch steckten die Köpfe zusammen. Zwei Männer im Anzug, die ich nicht kannte, waren in ein Gespräch vertieft. Ginny war ebenfalls da. Als erfahrene Bergsteigerin, die zudem mit dem Gelände vertraut war, wollte man auch ihre Stellungnahme hören.

»Da Jordan jetzt gekommen ist, können wir hoffentlich mit der Arbeit anfangen!« donnerte Bill mit der ihm angeborenen Autorität, dank derer er zu einem Helden der Olympischen Spiele geworden war. Und diesmal verschaffte er sich Gehör. »Jordan, könntest du bitte die Umstände zusammenfassen, die zu diesem tragischen Ereignis geführt haben?«

Ich schilderte kurz das Wesentliche. »Wie Sie sehen«, schloß ich, »kann niemand bezeugen, was genau Malik zugestoßen ist – zumindest Paul und ich nicht. Malik war bereits auf dem Rückweg und außerhalb unseres Blickfeldes.«

»Dieses Gelände ist wirklich tückisch«, meldete sich Ginny zu Wort. »Vor allem dann, wenn man den Weg verläßt, wie es bei Malik offensichtlich der Fall war.«

»Vermutlich wollte er möglichst schnell runter, um mit Jasmine telefonieren zu können«, ergänzte ich. »Dieser Anruf schien ihm wirklich sehr wichtig zu sein.«

»Tatsache ist«, sagte Bill, »daß wir diese Serie von Tragödien hinter uns bringen müssen. Jede einzelne war natürlich purer Zufall, aber immer ist unsere Klinik mit im Spiel. Und unser Personal.« Er sah mich an. »Wir müssen unseren guten Ruf wahren und der Außenwelt klarmachen, daß wir weder daran beteiligt waren noch unsere Pflichten vernachlässigt haben. Was diesen Punkt betrifft, Jordan, möchte ich dich bitten, mit den Leuten von deiner Fernsehgesellschaft zu sprechen und zu verhindern, daß der gemeinsame Auftritt von Jasmine und Malik in deiner *Woman/Sport*-Show gezeigt wird.«

»Das steht nicht in meiner Macht, Bill! Sie haben die Rechte für den Film und nicht ich.«

»Aber es ist deine Show. Nur darum haben wir euch erlaubt, sie auf unserem Gelände zu drehen.«

»Ich bin die Moderatorin, aber die Rechte daran habe ich nicht. Wenn die Werbekunden Sendezeit in diesem Abschnitt kaufen, dann wird er auch gezeigt.«

»Trotzdem möchte ich, daß du das verhinderst oder zumindest dafür sorgst, daß die Stellen mit Malik rausgeschnitten werden. Sonst wird mit Nachdruck unterstrichen, daß das Unglück hier geschehen ist. Und das können wir im Moment wirklich nicht gebrauchen.«

»Ich will sehen, was ich ausrichten kann, Bill, aber es ist unwahrscheinlich, daß sie auf den Teil mit Malik verzichten. Es ist ein Unglück, aber die Zuschauer stürzen sich auf so was. Sie werden in jedem Fall wissen wollen, was passiert ist. Die Sender leben von der Neugier der Leute.«

»Als unsere Partnerin bist du zuallererst *uns* verpflichtet«, stellte Bill in einem endgültigen Ton fest, der keinen Widerspruch zuließ. Für ihn war das Thema damit beendet.

»Wenn Journalisten eine Stellungnahme verlangen, ist die offizielle Antwort in jedem Fall ›kein Kommentar‹«, befahl uns Bill und ging zum nächsten Tagesordnungspunkt über. Direkt nach der Sitzung mußten wir nämlich zu Tanners Begräbnis nach Chicago fliegen. Ich hörte freilich nur noch mit halbem Ohr hin. Mir war klar, daß ich Bills Forderung nicht erfüllen konnte. Der Sender und die Werbepartner hatten ganz andere Interessen.

Nach der Sitzung sprach ich ihn noch einmal an: »Bill, ich verstehe ja, daß du möglichst wenig Staub aufwirbeln willst, aber ich glaube wirklich, daß wir dieser Sache auf den

Grund gehen müssen. Ich rede nicht von einer Fernsehshow – meiner oder sonst einer –, sondern von den Ereignissen hier in unserer Klinik. Wir können uns nicht einfach zurücklehnen und alles unbesehen glauben.«

»Aber es war doch ein Unfall oder etwa nicht? Wir haben uns Maliks Unterlagen genau angesehen, Max, Sally, ich und natürlich die Polizei. Das einzige, was Malik zu sich genommen hat, sind Vitamine und zusätzliche Mineralien. Er war kerngesund. Und du hast den Unfall gesehen.«

»Als er abstürzte, war ich nicht dabei, und außerdem habe ich noch ein paar andere Dinge über ihn herausgefunden, über die wir uns unbedingt unterhalten sollten. Genausowenig dürfen wir diese ominösen Drohungen aus dem Faxgerät ignorieren. Und was ist mit dieser merkwürdigen Frau, die mich angesprochen hat – und mit Arties Selbstmord? Für jeden dieser Vor- und Unfälle gibt es für sich gesehen eine sogenannte rationale Erklärung, aber ihre Häufung beunruhigt mich.«

»Laß mich eins mal klarstellen, Jordan. Mich interessieren nur die Auswirkungen auf die Desert Springs Sports Clinic. Versuch bitte, die Sache nicht zu dramatisieren. Wir haben auch so genug um die Ohren – unter anderem ist wegen Malik noch einiges zu erledigen. Du neigst dazu, dich in Dinge hineinzusteigern, die dich nicht betreffen, und manchmal wachsen sie dir über den Kopf. Diesmal hoffe ich um deinetwillen, daß du dich auf das Relevante konzentrierst. Und als nächstes müssen wir ein Flugzeug erreichen. Bist du reisefertig?«

Ich bin immer reisefertig. Zu Hause habe ich ständig einen gepackten Koffer im Schrank stehen, damit ich nicht unter Druck gerate, wenn es mal schnell gehen muß. Meine Sachen sind dann vielleicht etwas zerknittert, aber zumindest habe ich etwas zum Anziehen, und zur Not kann ich sie mir per FedEx nachschicken lassen, wenn ich sie mal nicht mehr holen konnte.

Auf dem Weg zum Flughafen hielt ich kurz bei mir zu Hause an, bat Winnifred in einer kurzen Nachricht, sich um A.M. zu kümmern, holte meinen Koffer und einen Blazer und brauste weiter. Ich nahm mir fest vor, während des gesamten vierstündigen Flugs zu schlafen. Was Gus' Kommentare betraf, so hatte ich keinerlei Absicht, auch nur einen davon ernst zu nehmen. Seit meinem Unfall glaubte er, mich bevormunden zu müssen, selbst wenn das unnötig und unerwünscht war. Wir waren in ein Verhaltensmuster gerutscht, das sich jetzt nur noch schwer ändern ließ. Ich wußte, daß ich die Grenzen neu festlegen mußte, aber wir hatten ja nie Zeit für unsere Beziehung. Immer galt es einen Flug zu erwischen, einen Klienten zu sprechen, eine Show zu drehen.

Ich mag Chicago, außer natürlich bei Minustemperaturen im tiefsten Winter, wenn ein so eisiger Wind über den Lake Michigan fegt, daß einem die Zähne aufeinanderschlagen. Noch war es nicht ganz so schlimm, doch es war abzusehen, daß uns nichts Gutes erwartete. Ein grauer Himmel hing über einem bleiernen See, als ich am nächsten Morgen zum Fenster meines Zimmers im Drake Hotel hinausschaute.

Friedhofswetter. Ich zog meinen schwarzen Hosenanzug an und hatte die Hand schon am Türgriff, als ich sah, daß jemand eine Nachricht durch den Schlitz geschoben hatte. Auf dem Weg zum Lift öffnete ich den Umschlag. Die Botschaft war von Harrison Barber. Der Sender hatte sein heutiges Programm geändert und brachte die Show mit Jasmine Li und Malik um sieben Uhr Ortszeit.

Ich konnte nichts mehr verhindern. Aber das war mir völlig egal, als ich Tanners verzweifelte Familie sah. Bei Beerdigungen verändert sich zwangsläufig der Blickwinkel. Alle aus Desert Springs, die mit Tanner zusammengearbeitet hatten, gaben ihm von der Zeremonie in der Einsegnungshalle bis zum Grab das letzte Geleit. Da Tanner kein religiöser Mensch gewesen war, wurde kein Gottesdienst, sondern nur eine Gedenkveranstaltung abgehalten, bei der auch Bill eine kleine Ansprache über Tanners unerschöpfliche Energie, seine einfühlsame Art und seinen wohltuenden Einfluß auf so viele Menschen hielt. Danach gingen wir in einer Sportlerbar in der Innenstadt essen. Ich bestellte lediglich eine gebackene Kartoffel mit gedünstetem Gemüse; auf mehr hatte ich keinen Appetit. In dem Moment, in dem das Essen aufgetragen wurde, lief auf dem großen Fernsehbildschirm, der die Bar beherrschte, meine Show an. Ich hörte die Musik zur einleitenden Montage, sah mein Gesicht, das dann mit den Köpfen von Jasmine und Malik überblendet wurde.

Bill und Gus sahen es natürlich auch.

»Ich dachte, wir hätten darüber gesprochen«, sagte Bill leise und legte seine Gabel beiseite.

»Und ich habe gesagt, daß ich nichts dagegen tun kann.«

»O Gott, da ist ja unser Tor!« stöhnte Bill. »Und da prangt unser Name! Für jeden deutlich zu lesen!«

Gus starrte auf seinen Teller hinunter. Ein Muskel in seinem Kiefer zuckte.

»Alle waren begeistert, daß die Show auf unserem Gelände gedreht werden sollte!« rief ich hitzig. Ich war frustriert und wütend, weil ich es anscheinend niemandem recht machen konnte. »Das Problem ist doch nicht, daß die Klinik der Drehort war, sondern daß uns eine Kette von Unglücksfällen verfolgt und keiner sie verhindern kann. Niemand kann etwas dafür. Hört bitte endlich auf, mir die Schuld zu geben.«

»Es war ein schwerer Tag für uns alle«, sagte Gus in sanftem Ton. »Essen wir fertig und gehen dann früh zu Bett. Es ist nicht gut, wenn man Beerdigungen mit Diskussionen über Geschäftliches vermischt.«

Wie auf jeder Geschäftsreise hatten Gus und ich bewußt getrennte Zimmer und gingen auch jeder für sich ins Bett.

In dieser Nacht hatte ich einen beängstigenden Traum. Malik und Jasmine heirateten. Sie trug ein mit Spitzen besetztes weißes Kleid mit Schärpe, er kam ganz in Schwarz. Ich hielt den Brautstrauß während der gesamten Zeremonie, bis sie ihren Bund mit einem Kuß besiegelten. Als sie sich voneinander lösten, war Jasmines Kleid vorne blutgetränkt, sogar am Schleier und an den Fingern ihrer Handschuhe klebte Blut. Ich fuhr entsetzt hoch. Eine Weile begriff ich gar nichts, dann merkte ich, daß das Telefon klingelte. Es war bereits Morgen.

»Glückwunsch!« schrie Harrison Barber aus New York in die Muschel. »Wir haben abgeräumt! Beste Sendezeit. Vierzig Prozent aller Zuschauer! Phänomenal! Weißt du, wie viele Millionen die Show gesehen haben?«

Millionen! Ich nahm die Neuigkeit mit gemischten Gefühlen auf. »Harrison, es freut mich für die Show, aber im Moment bin ich von der Beerdigung gestern noch total deprimiert.«

»Na gut, dann sollte dich die gute Nachricht aufmuntern.«

»Harrison, die Show drehte sich ganz um die Romanze zwischen den beiden. Malik ist tot. Die Leute, die den Sender eingeschaltet haben, sind Leichenfledderer.«

»Es ist eine Sensation. Und sie ist uns gelungen. Es heißt, daß sie jetzt sechs weitere Shows in Auftrag geben wollen. Das ist ein Riesending!«

Ich legte auf. Für mich stand jetzt schon fest, daß eine der besten Nachrichten, die ich je gehört hatte, zugleich auch eine der schlimmsten war. Vielleicht hatte Gus recht, und es war tatsächlich an der Zeit, mich zu entscheiden, wo ich wirklich stehen wollte.

Auf dem Rückflug nach Palm Springs saß ich neben Gus. »Bill wird dich auffordern, die Klinik in Zukunft aus der Show herauszuhalten«, eröffnete er mir. »Er wird dich vielleicht sogar bitten, ganz damit aufzuhören.«

»Ich habe aber ein Recht auf meine Show. Es kann gut sein, daß er eine andere Antwort bekommt, als er erwartet.«

»Weißt du was, ich habe eine Idee. Es gibt eine Möglichkeit, wie du die Show und deinen Beruf unter einen Hut bringen kannst. Du müßtest nur das Konzept der Show geringfügig ändern und knallharte Themen anpacken, wie zum Beispiel die Sportmedizin – die ja dein Spezialgebiet ist –, und die ganze leichte Kost bleiben lassen.«

»Knallharte Themen?«

Gus nickte begeistert. Mir war klar, daß er sich schon länger mit dem Gedanken befaßt hatte. »Vergiß die Nahaufnahmen und den Schnulzenkram! Bring mehr Sachen mit Substanz.«

»Aber Gus, unsere Werbepartner lieben Gesichter, die den Bildschirm ausfüllen, und Schnulzenkram. Schwere Kost wie Sportmedizin interessiert sie nicht. Das ist kein Massenmarkt.«

»Laß mich doch mal ausreden. Mit den Werbepartnern, die mir vorschweben, hättest du kein Problem. BioTech würde deine Show finanzieren. Dafür müßtest du nur über ein paar von ihren Produkten sprechen. Ansonsten bliebe es nach wie vor eine Talk-Show mit aktuellen oder nicht mehr aktiven Athleten, die über ihre Sportart und die damit verbundenen Gesundheitsfragen reden.«

»Das klingt ja ganz nach einem Infomercial in der Art wie abgehalfterte Schauspielerinnen sie für Kosmetikfirmen machen. Für welche Produkte würde ich bei diesem Deal denn konkret sprechen?«

»Die guten.«

»Wie zum Beispiel Duration?«

»Warum nicht?«

»Wie kannst du *Woman/Sport* für zu kommerziell halten, wenn du mir gleichzeitig eine Sendung aufschwatzen willst, bei der ich ständig über bestimmte Produkte reden würde?«

»Es wäre informativ. Viele Ärzte machen ihre Sendungen nach genau diesem Konzept.«

»Ich käme mir vor wie eine Marktschreierin. Und es wäre überhaupt nicht mehr kreativ.«

Gus' Miene verfinsterte sich. »Da haben wir's wieder: Ich mache einen harmlosen Vorschlag, und du fährst mich gleich an. Ich wollte dir doch nur helfen, weil du anscheinend mit aller Macht im Fernsehen bleiben willst. Ich habe mir den Kopf darüber zerbrochen, wie es sich mit deinem Beruf vereinbaren läßt. Manchmal habe ich das Gefühl, du widersprichst mir aus purem Trotz.« Er schlug eine Zeitschrift auf und starrte hinein.

»Es tut mir leid, Gus. Ich wollte dich nicht anfahren. Aber ein Infomercial ist nun mal etwas ganz anderes. Meine Show hatte gestern abend eine phantastische Einschaltquote. Es stimmt ja, daß wir das außergewöhnlichen Umständen verdanken, aber was hätte ich von einer Änderung des Konzepts?«

»Darüber wirst vielleicht nicht du entscheiden«, brummte er, ohne von seiner Zeitschrift aufzusehen.

Wie bei so vielem anderen sollte sich Gus' Prophezeiung als zutreffend erweisen. Am nächsten Tag erhielt ich einen Anruf von meiner Agentin Holly Lister. »Ich habe eine gute und eine schlechte Nachricht für dich«, fing sie an.

»Das wird ja zu einem richtigen Muster. Okay, was ist es?«

»Die vom Sender haben in *Woman/Sport* ein enormes Potential erkannt.«

»Was du nicht sagst. Das war also die gute Nachricht.«

»Richtig, aber nicht für uns. Sie geben dem Magazin jetzt eine bessere Sendezeit, aber … na ja, dein Vertrag als Moderatorin wird nicht verlängert.«

»Was? Warum nicht?« Ich konnte es einfach nicht glauben. »Die Show hat doch eingeschlagen …«

»Eben darum. Damit sie noch besser einschlägt, soll sie jetzt von einer beliebten Schauspielerin moderiert werden.« Sie nannte mir den Namen eines Stars, der mit einer Reihe von Soap Operas berühmt geworden war.

»Aber die hat doch von der Materie überhaupt keine Ahnung. Was weiß die schon über Frauensport?«

»Sie hat gute Einschaltquoten bei den Männern. Bessere als du.«

»Trotzdem, *Woman/Sport* ist eine Show für Frauen.«

»Nicht mehr. Jetzt ist sie zu groß dafür. Sie wollen sie in *Sports/Profile* umtaufen. Es wird mehr ein Magazin sein, das bekannte Sportler in ihrem Privatleben zeigt.«

»Ich kann mir das nicht mehr anhören.«

»Als Tenniskommentatorin wollen sie dich aber behalten. Das geht in Ordnung.«

»Wie nett von ihnen.«

»Es tut mir leid, Jordan, aber so ist das im Fernsehen. Da dreht sich alles um Marktanteile.«

»Die glauben doch, ich habe ihnen diesen einen Toten beschert, und mehr können sie von mir in dieser Saison nicht erwarten.«

»Deine Arbeit gefällt ihnen, Jordan, es ist nur so, daß sie diese Schauspielerin für eine bessere Quotenfängerin halten.«

»Sie sollen mich am Arsch lecken!« Ich knallte den Hörer auf die Gabel.

»*Mädchen!*« japste Winnifred nebenan. Sie erschien in einem lavendelfarben gepunkteten Kleid in der Tür. »Was für eine Sprache!«

»Tut mir leid, Winnifred. Ich habe mich nur aufgeregt. Machen Sie einfach die Tür zu. Dann hören Sie mich nicht, wenn ich noch mal schreie.«

»Nicht nötig, meine Liebe. Ich drehe ganz einfach mein Hörgerät ab, dann kann mich das nicht mehr stören. Aber Ihr Besuch könnte daran Anstoß nehmen.«

»Besuch? Wer?«

Keine Antwort.

»Winnifred? Winnifred?«

Jasmine kam herein. Ihr sonst so schönes Gesicht wirkte eingefallen und schmal, ihr Haar war straff nach hinten gebunden. Sie hatte auf jedes Make-up verzichtet. Gekleidet war sie ganz in Weiß: hautenge Jeans und Steppjacke. »Verzeih mir, daß ich dich so überfalle«, flüsterte sie. »Aber ich mußte einfach kommen. Du hast ihn als letzte gesehen.«

Sie ließ sich auf den nächsten Stuhl fallen und brach in Schluchzen aus.

Ich humpelte zu ihr hinüber und streichelte ihr unbeholfen die Schulter. »Es tut mir so schrecklich leid für dich«, murmelte ich. »Niemand konnte noch etwas tun.«

Sie sah mit tränenüberströmtem Gesicht zu mir auf. »Ich muß es wissen: Hatte er Schmerzen?«

»Nein, das glaube ich nicht.«

Jasmine wischte sich die Augen. Ich konnte sehen, daß sie immer noch den Verlobungsring mit dem Diamanten trug. »Weißt du, ich habe diesen Brief nicht ernst genommen. Das hat wohl keiner. Aber jetzt werde ich den Gedanken nicht mehr los, daß wir uns damit doch hätten befassen sollen.«

»Ich glaube nicht, daß er einer Verschwörung zum Opfer gefallen ist, Jasmine. Dafür gibt es keinerlei Beweise.«

»Na ja, die Autopsie hat ergeben, daß das ... Ding, auf das er gefallen ist, an seinem Tod schuld war.« Sie brachte die Worte kaum über die Lippen. »Aber warum ist er abgestürzt? Du hast ihn als letzte gesehen.« Sie wiederholte sich, als könne sie damit meine Erinnerung an etwas, das ich bisher übersehen hatte, erzwingen.

Schweigen trat ein. »Ich habe schon wieder ein Fax gekriegt«, stöhnte sie schließlich. »Es enthielt einen Nachruf auf Malik aus der *LA Times* und eine handgeschriebene Frage: *Wer wird der nächste sein?* Ich habe das Gefühl, ich werde beobachtet. Oder gejagt. Ich habe Angst, Jordan. Aber ich bin auch furchtbar wütend. Malik hätte sich von so einem Heimlichtuer nichts gefallen lassen.«

»Heimlichtuer?«

»Was denn sonst? Ich frage mich, ob diese Person auch auf dem Berg war, als ihr diesen Lauf gemacht habt. Und dann hat sie euch verfolgt. Und gelauert. Gewartet, bis sie einen von euch allein antrifft.«

Ich ergriff Jasmines Hand und drückte sie fest. »Jasmine, dir wird nichts passieren. Du bist stark. Und du hast Noel Fisher. Paul hat ihn eigens für seine Klienten angeheuert. Bitte Paul, Noel rund um die Uhr für dich abzustellen, bis das Ganze ausgestanden ist. Wir können diese Briefe und Faxe zurückverfolgen und dem Spuk ein schnelles Ende bereiten.«

Sie stieß ein trockenes Lachen aus. »Ich habe Mr. Fisher schon gesehen! Ein Leibwächter ist er wohl kaum.«

»Vertrau mir. Er ist besser als jeder Leibwächter. Ich verdanke ihm mein Leben. Hoffentlich wird das bei dir nie nötig sein, aber ich habe keinen Zweifel, daß er auch dir das Leben retten würde. Ich rufe ihn gleich an.«

»Ich habe die Organisation der Trauerfeier übernommen«, sagte sie abrupt. »Maliks Angehörige – na ja, seine Anwälte – haben seine Mutter bearbeitet, bis sie mir die Vollmacht gegeben hat, alles für sie zu regeln. Das ist jetzt wichtiger als alles andere. In LA, wo er gelebt hat, wird es eine Gedenkzeremonie geben, aber keine Beerdigung. Stattdessen wird er eingeäschert. Das wäre in seinem Sinne gewesen. Feuer und Leidenschaft – so war mein Malik eben, wie die Elemente. So und nicht anders soll es auch jetzt sein.« Sie weinte nicht mehr und sprach ohne zu stocken, als verliehen ihr die eigenen Worte innere Stärke. Jasmine besaß die außergewöhnliche Gabe, in sich selbst Kraft zu finden.

Das Gespräch mit Jasmine hatte mich angestrengt, zugleich aber auch zu neuen Aktivitäten angespornt. Jetzt war ich noch fester entschlossen, herauszufinden, wer die Frau im schwarzen Porsche gewesen war – bevor sie mich wieder aufspürte.

Als allererstes rief ich bei Gale Lieber an. Ich wollte sie um ein möglichst baldiges Treffen bitten. Von ihrem Mann erfuhr ich, daß sie ein Benefizturnier für behinderte Kinder in Hyatt organisierte. Ich vereinbarte ein Gespräch mit ihr in einer Pause zwischen zwei Matches.

Um den Tennisplatz herum herrschte reger Betrieb. Unter den weißblaugestreiften Zeltdächern wimmelte es von Kindern, die mit ihren Eltern gekommen waren. Wie bei jeder Veranstaltung dieser Art sorgten die Kleinen für Schwung auf den Tribünen.

Da Gale zu den Begründerinnen des Turniers gehörte, wurde unser Gespräch permanent unterbrochen. Ständig wollte jemand etwas von ihr wissen oder brauchte ihre Zustimmung zu irgendwelchen Kleinigkeiten. Der Wettkampf wurde auch von einigen Filmstars mit großen Namen unterstützt, und ständig lag ein gutgelauntes Stimmengewirr in der Luft – ein wohltuender Kontrast zu der düsteren Atmosphäre, in der ich die letzten Tage verbracht hatte.

Um Gale nicht allzulange von den Kindern fernzuhalten, kam ich gleich zur Sache. »Was weißt du über Anna Martinez, die Mutter des kleinen Mädchens, das in New York gestorben ist?« fragte ich. »Du hast erwähnt, du hättest bei Artie vorbeigeschaut und die Kleine in seinem Hotelzimmer spielen sehen.«

»Armer Artie«, murmelte Gale. »Ich kann es immer noch nicht fassen. Dann wieder kann ich ihn sogar irgendwie verstehen.« Sie warf mir unter ihrer blauen Schirmmütze einen Blick zu.

»Was meinst du damit?«

»Er war so vernarrt in dieses Kind. Er selbst hatte ja nie eine Familie, weißt du, und ich glaube wirklich, daß es einen großen Teil der Anziehungskraft Annas auf ihn ausmachte. Er hatte die wilden Jahre hinter sich und wollte endlich seßhaft werden. Zumindest hat er das einmal angedeutet. Ich glaube, er konnte sich mit ihr seine Zukunft vorstellen. Als dann das Kind starb, zerbrach alles in Artie. Die Beziehung mit der Mutter ging kaputt, und so wie ich es sehe, gab es für ihn nicht mehr viel, wofür es sich zu leben gelohnt hätte.«

»Hast du jemals mit Anna selbst gesprochen?«

»Einmal, als ich die Autoschlüssel vorbeibrachte. Sie hatte ganz eigene Vorstellungen über das Auto, das Artie bekommen sollte. Den üblichen Turnierwagen – einen Taurus oder so was Ähnliches – wollte sie auf keinen Fall haben. Nein, es mußte etwas Besonderes sein.«

»Was denn?«

»Ich glaube, es war ein BMW-Sportcoupé. Auf alle Fälle was Ausgefallenes. Die Organisatoren waren stinksauer, weil es aus dem Budget finanziert werden sollte. Aber Seranata Aziz tat alles, was Artie ihr sagte, und sie war nun mal unser Zugpferd. Du weißt ja, wie das geht: Wenn er unzufrieden war, dann war auch sie unzufrieden, und wenn sie verstimmt gewesen wäre, hätten wir wirklich ein Problem gehabt. Selbst unter perfekten Umständen ist Aziz nicht pflegeleicht. Wir betrachteten also den Wagen als unsere Versicherungspolice und ließen uns darauf ein.«

»Wer wollte denn nun den Wagen haben – Artie oder Anna?«

Gale winkte einem Mädchen in einem Rollstuhl zu, das sich einen Schläger hinten zwischen die Griffe geklemmt hatte und dem Platz zustrebte. »Schwer zu sagen. Aber weil Artie nie besonders hohe Ansprüche stellte, traue ich mich zu wetten, daß *er* es nicht war.«

»Was für einen Eindruck hattest du von Anna?«

»Sie hielt sich eher im Hintergrund und gehörte nicht unbedingt zu den zentralen Figuren in Arties Umgebung. Sie ist attraktiv, nicht mehr so jung – Anfang Vierzig, schätze ich –, dunkles lockiges Haar, gut gekleidet. Der Typ, der nirgendwo auffällt. Die Kleine sprühte vor Temperament. Sie war hinreißend. Einfach ein Jammer.«

»Schrecklich. Sie hatte es wirklich nicht verdient. Weißt du eigentlich, wo Anna jetzt ist?«

»Klar.«

Ich fuhr zusammen. Irgendwie hatte ich angenommen, Anna Martinez hätte sich verkrochen, um mit ihrem Kummer allein zu sein.

»Sie arbeitet bei diesem Turnier mit. Hat mich vor etwa zwei Wochen angesprochen. Ich hatte gedacht, so unmittelbar nach dem Verlust ihrer Tochter und dann auch noch Arties Tod würde sie sich so etwas nicht antun. Aber sie wollte unbedingt. Manche Leute verarbeiten eben ihren Kummer, indem sie sich in Arbeit stürzen. Vielleicht findest du sie am Pressetisch.«

»Hast du ihre Telefonnummer und Adresse?«

Gale nickte. »Zu Hause im Computer, wenn du sie brauchst.«

»Vielen Dank, Gale.«

Ich bahnte mir einen Weg zum Pressetisch und erkannte in Anna auf Anhieb die Fahrerin des Porsche wieder. Sie trug über der Brust ein Namensschild und verteilte blau eingebundene Pressemappen an eine Gruppe von Sponsoren, unter denen ich zu meiner großen Überraschung auch Trent Byers erkannte.

Trent bemerkte mich sofort. »Jordan! Wie schön, Sie zu sehen!«

Ich näherte mich ihm, ohne Anna aus den Augen zu lassen, die mich offenbar noch nicht entdeckt hatte. »Hallo, Trent. Gehört BioTech auch zu den Sponsoren?«

»Wir haben etwas gespendet, aber nächstes Jahr werden wir auch ein Produkt haben, mit dem wir hier einsteigen können. Ich habe soeben mit Gus über eine speziell für den Jugendmarkt konzipierte Reihe gesprochen, vielleicht so etwas wie verrückte Geschmacksrichtungen in Neonfarben. Das Potential ist eindeutig vorhanden. Fürs erste will ich aber nur sehen, was hier so los ist. Möchten Sie in unsere Loge und später zum Mittagessen mitkommen?«

»Danke, aber ich fürchte, das schaffe ich nicht. Ich bin etwas in Eile.«

»Wie auch immer. Unsere Loge ist dort drüben.« Er zeigte sie mir. »Kommen Sie einfach vorbei.«

Ich ging weiter zu Anna, die mit einem von ihrem Hals herabhängenden Stift irgendwelche Angaben auf einem Clipboard abhakte. Jetzt sah sie mich an. Sie hatte große dunkelgraue Augen, ein langes, spitzes Kinn und einen breiten, geschwungenen Mund. Geschminkt war sie nicht; ihr schwarzes Haar steckte unter einem um die Stirn gewickelten Seidentuch.

»Anna Martinez?« fragte ich.

»Ja. Kann ich Ihnen helfen?«

»Ich glaube, wir haben uns schon mal gesehen. Auf einem Parkplatz.«

Ihr Blick verriet nichts. »Ich kann mich nicht erinnern.«

»Lassen Sie mich Ihnen zuallererst mein aufrichtiges Beileid bekunden. Ich wünschte, ich hätte Ihrer Tochter helfen können. Und ich habe auch Ihr Fax erhalten. Aber ich sah keine Möglichkeit, etwas zu unternehmen.«

Sie nickte. »Ich verstehe. Aber Sie verstehen nichts. Wir müssen miteinander sprechen.«

»Wir können sofort miteinander sprechen. Ich kann aber auch warten, bis Sie Pause machen.«

»Von mir aus gern jetzt. Ich lege nur noch einen Stapel von diesen Broschüren auf den Tisch.«

Sobald sie fertig war, verließen wir den Tennisbereich, durchquerten die kleine Anlage vor dem Hotel und traten in die Lobby, in deren Mitte es ein mit Tischen und Stühlen möbliertes Atrium gab.

»Anna«, fing ich an, »ich möchte Ihnen sagen, daß jeder angesichts dieser Tragödie das größte Verständnis für Sie hat. Aber Ihre Briefe und Faxe machen den Leuten angst. Und was haben Sie eigentlich mit dieser Szene auf dem Parkplatz bezweckt?«

»Die Leute *sollen* auch Angst haben. Vor allem Sie.«

»Das ist nicht richtig, Anna. Vor allem nicht angesichts der Umstände. Zwei Menschen sind letzte Woche gestorben. Wir sind alle furchtbar angespannt.«

»Das waren keine Unfälle!« zischte sie. »Ich habe Sie alle gewarnt.«

»Artie hat Selbstmord begangen. Malik ist abgestürzt.«

»Es hat alles miteinander zu tun. Da bin ich mir ganz sicher. Darum habe ich ja diese Briefe und Faxe geschickt. Mein armes kleines Mädchen ist Opfer eines Komplotts. Die haben sie umgebracht.«

»Anna«, bat ich sie sanft, »sagen Sie mir, wie Sie darauf kommen.«

»Meine Tochter war kerngesund, bevor ich Artie kennenlernte. Ich bin selbst schuld, weil ich sie bei ihm gelassen habe. Dann fing sie an, sich für Tennis zu interessieren, und plötzlich war sie tot. Und Artie auch. Tennis war seine Welt, und jetzt ist er tot. Genau wie Malik. Hockeyspieler sterben nicht. Auch Fußballern geht es bestens. Nur die Tennisspieler und die Leute in ihrer Umgebung erwischt es. Es muß ein Komplott dahinterstecken.«

Diese Frau redete wirres Zeug, aber ich hoffte, es würde ein Licht auf Arties Selbstmord werfen. »Warum ist Artie gestorben?«

»Er wurde in den Selbstmord getrieben. Die Kräfte, die dahinterstecken, haben ihn praktisch umgebracht.«

»Wann haben Sie zuletzt mit ihm gesprochen?«

»Am Tag vor seinem Tod. Er arbeitete an der Promotion eines Produkts. Es war böse. Es hatte mit Tennis zu tun. Darum ist er gestorben.«

»Sie meinen das Mittel von BioTech. Diesen Mann etwa, mit dem Sie vorhin gerade gesprochen haben?«

»Ja. Das ist ein böser Mensch.« Sie beugte sich über den Tisch. »Ich glaube, er ist an diesem Komplott beteiligt. Artie sah es genauso wie ich. Er hat es mir gesagt.«

»Aber Artie hat doch mit ihm zusammengearbeitet.«

»Bis er merkte, daß er in das Komplott verwickelt wurde. Dann wollte er aussteigen.«

»Und was hat es mit der Drohung, die Jasmine erhalten

hat, auf sich? War Ihnen denn nicht klar, was für eine schreckliche Angst Sie ihr damit einjagen würden?«

Anna ließ sich nicht beirren. »Es ist gut, wenn sie Angst hat. Dann hört sie wenigstens auf mich.«

»Mrs. Martinez. Es gibt Leute, die Ihre Aktionen Belästigung nennen würden. Man könnte Sie anzeigen.«

Sie verschränkte abwehrend die Arme vor der Brust. »Ich tue doch niemandem weh. Im Gegenteil, ich erweise der Öffentlichkeit einen Dienst. Sie sollten mir danken. Niemand sollte einen ihm nahestehenden Menschen verlieren müssen. Ich will nichts als Leben retten.«

»Mrs. Martinez«, sagte ich. Es war ein verzweifelter Versuch, ihr Vernunft einzureden. »Ich muß Sie etwas fragen: Haben Sie einen Psychologen aufgesucht oder mit einem ärztlichen Beistand über Ihre Trauer gesprochen?«

»Sind Sie arrogant! Und ich hatte gehofft, Sie würden helfen. Darum habe ich Sie auf dem Parkplatz angesprochen. Aber ein Blick auf Sie hat genügt, und ich wußte Bescheid. ›Weil sie beim Fernsehen ist, meint sie, sie hat die Weisheit gepachtet.‹ Das habe ich in Ihrem Gesicht gesehen, und jetzt sehe ich es wieder. Sie halten mich für verrückt. Mit solchen Gedanken verharmlosen Sie den Tod meiner Tochter. Aber Sie werden schon noch feststellen, daß ich recht behalte. Ihr Ruhm wird Ihr Ruin sein, Jordan Myles. Ruhm, Jugend, Kraft, Talent, Unschuld – nichts bedeutet denen etwas.« Sie wandte sich abrupt ab und entfernte sich. »Ich habe versucht, Ihnen zu helfen, Sie und die anderen zu warnen«, zischte sie mir über die Schulter zu. »Hoffentlich ist es nicht zu spät für Sie.«

Ich sprang auf. »Einen Moment noch, Mrs. Martinez. Ich wollte Ihnen noch sagen, daß Sie zwar Ihre Meinung haben können. Aber Sie müssen damit aufhören, diese Faxe zu verschicken. Ich will Sie um mich, meinen Wagen, meine Partner oder Patienten nicht haben. Sie machen den Leuten angst. Sie belästigen sie. Wenn Sie keine Ruhe geben, werde ich etwas dagegen unternehmen müssen. Und das ist keine leere Drohung.«

Sie musterte mich mit einem mitleidigen Blick. »Sie begreifen überhaupt nichts.« Dann machte sie auf dem Absatz kehrt. Sie stürmte durch die automatische Glastür, drängte einen Pagen, der gerade einen mit Koffern beladenen Wagen ins Hotel manövrieren wollte, zur Seite und rannte weiter zur Tennisanlage.

8

Am Abend kehrte der Fisch in die Klinik zurück, um die Sicherheitsvorkehrungen für Maliks Gedenkfeier in LA vorzubereiten und Jasmine zu bewachen. Ich suchte ihn in der Villa auf, in die er sich von einem der örtlichen Restaurants ein mehrgängiges Menü hatte kommen lassen. Für mich hatte er eine gebackene Kartoffel mit Spinat bestellt.

»Das ist Essen!« verkündete er und schnitt genüßlich ein Stück von seinem Steak ab. »So, jetzt habe ich zwei Wohnsitze, einen am Atlantik, einen am Pazifik. Paul Kessler hat mir ein hübsches kleines Apartment nicht weit von seinem Büro in Brentwood besorgt. Und natürlich behalte ich auch die Wohnung in Brooklyn.« Er ertränkte sein Steak in Ketchup und führte einen Bissen zum Mund. »Schon besser. Du mußt mich mal besuchen und es dir anschauen. Es ist voll möbliert. Ich mußte mir nicht mal eine Gabel kaufen.«

»Das könnte früher klappen, als du glaubst«, erklärte ich. »Ich muß nämlich mit Paul über Anna Martinez sprechen.«

»Über die Mutter, soso.«

»Sie ist übergeschnappt. Ich habe sie heute bei einer Wohltätigkeitsveranstaltung für Kinder gesehen. Sie faselte lauter wirres Zeug von einem Komplott in der Tennisgemeinde und von irgendeiner Gefahr für uns alle.«

»Was wissen wir über sie?« Der Fisch schmierte ein dickes Stück Butter über sein Steak mit Ketchup. »Zu trocken«, kommentierte er, als er meinen fragenden Blick bemerkte.

»Sie war Artie Lutz' Freundin und reiste mit ihm und Aziz' Betreuern. Sie galt bei den Veranstaltern als sehr heikel und scheint eine Schwäche für schnelle Sportwagen zu haben. Wovon sie jetzt lebt oder was sie vor ihrem Verhältnis mit Artie tat, weiß ich nicht. Das müssen wir noch herausfinden. Und ich habe keine Ahnung, wer der Vater des Mädchens sein könnte. Dabei ist das vielleicht nicht ganz unwichtig.«

Der Fisch nickte kauend. »Ich habe sie bereits überprüft. Sie ist eine ganz normale Bürgerin ohne Vorstrafen. Andererseits – und das kann ich gar nicht oft genug betonen – sind gerade solche Leute oft die gefährlichsten. Bei Kriminellen hat man ein bestimmtes Verhaltensmuster. Man kann sie irgendwo einordnen und manchmal sogar ihr Verhalten voraussehen. Aber Otto Normalverbraucher? Es ist ein reines Würfelspiel.«

»Ich habe sie zur Rede gestellt, aber das hat nichts gebracht. Es ist eher noch schlimmer geworden.«

Der Fisch lachte auf. »Du könntest sie in deine Show holen und vor laufender Kamera interviewen.«

»Stimmt, nur haben sie mir meine Show weggenommen.«

Die Gabel des Fisches blieb auf halbem Weg in der Luft hängen. »Nein! Wie konnten sie das machen?«

»Zu viele negative Schlagzeilen über die Klinik wegen der Schidors und Malik, denke ich. Oder vielleicht wollen sie auch nur eine Quotenkönigin, die jedermann kennt und liebt. Typen wie Bill Cosby zum Beispiel haben eine hohe Quotenrate. Leute wie ich tauchen in so einer Skala nur unter ›ferner liefen‹ auf. Also zahlen sie mir eine Abfindung, behalten mich aber weiter als Kommentatorin. Und das ist das Ende meiner steilen Karriere als Moderatorin.«

»Dann ist es wohl ganz gut, daß du deinen Ganztagsjob nicht aufgegeben hast«, merkte der Fisch gelassen an.

»Wenigstens habe ich jetzt ein bißchen mehr Freizeit«, erwiderte ich. »Vielleicht komme ich schon bald nach LA. Dann könnten wir dieser Anna Martinez nachspüren. Die Frau ist eine Zeitbombe und kann jeden Moment explodieren. Und ich stehe zusammen mit deiner neuen Kundin ganz oben auf ihrer Liste.«

Der Fisch seufzte. »Was meinst du mit ›wir‹? Solche Aktivitäten bringen dich doch immer nur ins Krankenhaus. Oder – schlimmer noch – mich.«

»Ich will doch keinen Mord aufklären«, verteidigte ich mich. »Wir müssen nur herausfinden, was diese Frau vorhat. Was ist, wenn sie mitten in der Gedenkveranstaltung irgendwas hochgehen läßt?«

»Hm«, meinte der Fisch schließlich. Er hatte mittlerweile aufgegessen und wischte den Teller mit einem Stück Knoblauchbrot leer. »Ich habe ein Schlafsofa.«

Nach dem Essen fuhr mich der Fisch nach Hause. Die Lichter brannten. Gus war da.

»Hast du A.M. gefüttert?« fragte ich ihn, als A.M. vor mir Männchen machte und um Streicheleinheiten bettelte.

»Ach ... tut mir leid«, antwortete Gus vom Sofa her. Er verfolgte gebannt ein Footballspiel.

Ich ging auf die Terrasse hinaus, auf der ich immer den Futternapf aufbewahrte. Er war noch voll. »Was ist, Mädchen? Keinen Appetit?« Ich beugte mich über das Futter und schüttelte es durch. Dabei fiel mir auf, daß die Kugeln heute ganz anders aussahen als gewohnt. A.M. bekam immer dasselbe Trockenfutter aus Reis und Lammfleisch. Diese Dinger aber waren größer, viel größer.

»Bist du sicher, daß du nicht was Neues für den Hund mitgebracht hast?« fragte ich Gus.

Er schüttelte den Kopf.

»Das hier ist nicht ihr normales Futter.« Ich schnüffelte daran, konnte aber keinen außergewöhnlichen Geruch feststellen. Na gut, vielleicht hatte Winnifred etwas vorbeigebracht, was natürlich ein Fehler war, denn A.M. hatte einen äußerst empfindlichen Verdauungsapparat, der einen Wechsel im Speiseplan nicht gut vertrug. Ich rief Winnifred an.

»Nein, meine Liebe«, erklärte sie. »Heute habe ich mich doch gar nicht um A.M. gekümmert. Haben Sie vergessen, daß mein Maniküretag war? Und dann mußte ich noch die ganzen Rezepte ausschneiden. Heute war doch wieder die Küchenbeilage in der Zeitung.«

»Ach ja, richtig. Trotzdem, vielen Dank, Winnifred.«

Ich legte auf. A.M. führte zu meinen Füßen einen wahren Tanz auf, aber ich wollte den Futternapf nicht auf den Boden stellen. Ich hatte ein ganz merkwürdiges Gefühl bei dieser Sache. So schüttete ich die Pellets in eine Plastiktüte und legte den Napf in die Geschirrspülmaschine. Ich wollte mich in keine Hysterie hineinsteigern, andererseits boten die letzten Ereignisse allen Anlaß zu erhöhter Vorsicht. Ich hielt es für durchaus möglich, daß jemand meinem Hund etwas ins Futter gemischt hatte. Vielleicht war das eine Überreaktion, aber ich wollte es ganz genau wissen. Sobald A.M. betroffen war, ging ich kein Risiko ein.

»Gus«, fragte ich, »meinst du, die Jungs vom BioTech-Labor könnten die Zusammensetzung von Hundefutter analysieren?«

»Sie werden dich für verrückt halten«, brummte Gus. »Was bezweckst du überhaupt damit?«

»Es gefällt mir nicht, daß niemand das Hundefutter auf meine Terrasse gestellt haben will. Meinst du, ich kann es der Abteilung Forschung und Entwicklung bei BioTech schicken?«

»Ich sehe Trent morgen sowieso bei der Präsentation der Werbeagentur und wollte dich schon die ganze Zeit fragen, ob du mitkommen möchtest. Wir können es ihm geben, und er leitet es bestimmt an das Labor weiter. Im Moment ist in der Klinik ja nicht allzuviel los. Wie du selbst bemerkt haben dürftest, hat etwa die Hälfte der Patienten abgesagt. Das ist doch eine gute Gelegenheit, mal wegzufahren – besser auf alle Fälle, als hier herumzusitzen und sich um Malik zu grämen. Außerdem dürfte die Veranstaltung recht interessant werden. Sie haben einige Musiknummern aufgenommen. Es wird ein sehr kreatives Meeting.«

»Ja, warum eigentlich nicht. Ich wollte ohnehin nach LA, weil ich dort was zu erledigen habe.« Meinen geplanten Besuch bei Paul Kessler erwähnte ich vorsichtshalber nicht, und erst recht vermied ich es, ihm zu erzählen, daß der Fisch und ich in Sachen Anna Martinez recherchieren wollten. Genausogut hätte ich Benzin in ein Feuer schütten können.

»Das Treffen ist von eins bis drei. Ich möchte um spätestens zehn hier losfahren, es sei denn, du hast noch mit deiner Show zu tun.«

»Gern.« Ich dachte mir, ich könnte mit Gus fahren, mir das Meeting anhören und dann einen Abstecher zum Santa Monica Airport machen, wo mein Pick-up immer noch stand. »Und meine Show sorgt im übrigen ab sofort für keine Konflikte mehr – ich bin draußen.« Ich zog den Schirm vor dem Kamin weg und schaltete den elektrischen Ofen ein, der brennende Holzscheite simulierte. Echte Scheite im Kamin sind mir natürlich weitaus lieber, aber ich habe nie Zeit, sie ganz verbrennen zu lassen, bevor ich die Wohnung schon wieder verlasse, was – in meiner Einbildung zumindest – zu einem Brand führen könnte.

»Du bist nicht mehr bei der Show dabei? Seit wann?«

»Seitdem feststeht, daß sie Riesenquoten gebracht hat. Ich habe es heute früh erfahren. Sie wollen sie zu einem noch größeren Renner machen und bringen eine bekanntere Zugnummer.«

Gus sah mich mit verständnisvollem Blick an. »Das tut mir leid, zumal ich weiß, wie wichtig dir die Show war. Aber vielleicht hat die ganze Sache auch ihr Gutes.«

»Und das wäre?«

Er forderte mich mit einer Geste auf, mich neben ihn zu setzen. »Diese entsetzliche Verkettung von Todesfällen hat mich nachdenklich gemacht. Dich nicht auch?«

»Allerdings. Aber worauf willst du hinaus?«

»Unsere Prioritäten sind ja wohl seit einiger Zeit ziemlich durcheinandergeraten: Arbeit, Arbeit und noch mal Arbeit.«

»Das war bisher dein Mantra, Gus.«

»Na gut, aber ich will damit sagen, daß es ein Fehler war. Man muß das eigene Glück ins Auge fassen – eine Familie gründen, sich auf Dinge konzentrieren, die man nicht ewig verschieben kann.«

»Ich finde aber, es wäre nicht gerade fair, ein Kind zu bekommen und dann keine Zeit dafür zu haben, weil man ständig an der Karriere bastelt. Ich zumindest würde das nicht wollen. Und du hast zwischen deiner Arbeit in der Klinik, deiner privaten Praxis, BioTech und deinen Besuchern kaum Freiräume.«

Gus ergriff meine Hand. »Du hast recht. Zu genau demselben Schluß bin ich auch gekommen. Was würdest du sagen, wenn ich dir mitteilte, daß ich mit dem Gedanken spiele, mich aus der Klinik zurückzuziehen?«

Ich starrte ihn verdattert an. »Ich würde es nicht glauben. Du hast sie doch zusammen mit Bill aufgebaut. Du hast damit deinen Traum verwirklicht. Wieso solltest du das einfach aufgeben?«

»Manche Dinge sind eben wichtiger. Darum widme ich ja soviel Zeit und Energie der Duration-Serie. Wenn sie sich erst mal durchgesetzt hat, ist sie eine Goldgrube. Jedes Jahr bekomme ich dann regelmäßig Tantiemen. Ich kann mich zurücklehnen und brauche nur noch die Schecks einzulösen. Das ermöglicht es mir, mich auf die Dinge zu konzentrieren, die mir wirklich etwas bedeuten – meine Forschung, meine Bücher und – wenn es soweit ist – hoffentlich auch meine Familie.«

Während er die letzten Worte sprach, breitete sich ein verschmitztes Lächeln auf seinem Gesicht aus. Nun hingen die Worte zwischen uns und verlangten eine Antwort.

Ich schluckte. »Äh, ich hoffe, du bekommst, was du möchtest. Aber in einem gebe ich dir recht: Das, was wir in den letzten Tagen durchgemacht haben, führt mir mal wieder vor Augen, daß jeder von uns nur ein Leben hat und wir nichts davon verschwenden sollten, nicht einmal den kleinsten Teil davon. Aber bist du sicher, daß du dich ohne Klinik nicht langweilen würdest? Sie hat doch einen großen Platz in deinem Leben eingenommen.«

Er machte eine wegwerfende Handbewegung. »Ich habe das alles schon durchdacht. Das Tolle an der Entwicklung und Herstellung von Gütern ist, daß man auf einem Produkt aufbauen kann, sobald man es erfolgreich auf den Markt gebracht hat. Das erste Produkt ist nur der Eckstein eines vielversprechenden Franchiseunternehmens. Das, was wir im Moment machen, erfordert jeden Tag aufs neue unsere ganze Konzentration. Es gibt keine Pause, keine Belohnung. Eine Lizenz für ein Produkt verkaufen zu können, oder besser noch, für eine *Produktreihe*... tja, das ist eine ganz andere Geschichte.« Er hielt inne und legte mir die Chenilledecke, die mir als Couchbezug diente, über die Schulter. »Es ist kalt hier.«

»Wenn ich weggehe, drehe ich immer die Heizung ab. Es dauert eine Weile, bis es warm wird.«

»Sag, Jordan, kannst du dich für meine Pläne erwärmen? Uns beiden winkt eine richtige Zukunft, als Team.«

»Wir waren doch schon immer ein Team. Darum bin ich ja hierhergekommen, Gus, um mit dir zusammenzusein. Das hier ist *unsere* Klinik.« Ich konnte mir nicht vorstellen, daß Gus tatsächlich in Erwägung ziehen sollte, diesen Ort zu verlassen, den er sich mit so großen Mühen geschaffen hatte. Aber es hatte auch eine Zeit gegeben, in der ich seine Idee von genau dieser Klinik als Utopie abgetan hatte. Gus war ein Träumer, doch er hatte die unheimliche Fähigkeit, seine Träume zu verwirklichen – und andere mitzureißen. In vielerlei Hinsicht hatte ich meine jetzige Position nur erreicht, weil er mich an seiner Vision hatte teilhaben lassen. Er hatte mich, eine ehemalige Tennisspielerin mit zerschmetterten Gliedern, bei der Hand genommen und mir beigebracht, mein Leben neu zu erfinden, ihm einen neuen Sinn zu geben. Meine Erfahrung mit ihm hatte mich gelehrt, an Gus' Träumen nicht zu zweifeln. Allein deshalb war mir klar, daß ich mich für seine neuen Projekte eigentlich offener zeigen sollte. Wenn er in Erwägung zog, die Klinik aufzugeben, dann war es höchste Zeit, ihm ernsthaft zuzuhören. Andererseits mußte ich auch an meine eigene Karriere denken. Ich hatte so hart darum gekämpft – erst, um Physiotherapeutin zu werden, und später, um in den Medien Fuß zu fassen. Und jetzt das. Ich fühlte mich überfordert, zumindest im Augenblick, wo soviel über mich hereinbrach. Da wollte ich nicht aus den falschen Gründen eine derart weitreichende Entscheidung treffen.

»Da mir das alles so sehr am Herzen liegt, wünsche ich mir natürlich, daß du daran teilhast, Jordan«, fuhr Gus fort. Er kraulte mir zärtlich den Kopf, und ich schloß die Augen. »Aber ich verspreche dir, ich werde dich nicht unter Druck setzen. Du wirst deine Entscheidung selbst treffen – was du ja ohnehin immer tust.«

»Danke, Gus«, flüsterte ich.

Wir verbrachten die Nacht miteinander.

Die Werbeagentur McMurray and Krone war nur wenige Querstraßen vom Strand von Venice entfernt. Von vorne erinnerte die Konstruktion aus galvanisiertem Stahl eher an einen Hangar als an ein Bürohaus. Tatsächlich hatte das Gebäude früher als Warenlager gedient. Als wir durch den Haupteingang eintraten, fanden wir uns unversehens in einem wuchtigen dreistöckigen Atrium mit Betonwänden wieder. Ein Wasserfall floß so sanft und lautlos wie ein zehn Meter breites Samtband an einer Wand herab, so daß sie fast eigenes Leben anzunehmen schien. Wir stellten uns vor die mit Graffiti vollgesprayte Aufzugtür; von all den darauf prangenden Worten sprang einem sofort SPLITTERNACKT ins Auge.

»Die Agentur soll zur Zeit der letzte Schrei sein«, informierte mich Gus. »Wir haben Glück, daß sie für unser Produkt werben wollen. Es ist nämlich gar nicht so sicher, daß sie einen nehmen. Aber sie wollten sowieso in den Sportmarkt einsteigen und haben auch ein Auge auf Nike geworfen.«

Eine Stimme aus der Sprechanlage dirigierte uns in das im dritten Stock gelegene Konferenzzimmer. Dort kam ich mir vor wie in einem riesigen Speicher mit Böden aus rohem Holz, weißgetünchten Wänden und über Putz verlaufenden Rohren. Die technische Ausstattung war jedoch eindeutig auf dem neuesten Stand. Am einen Ende war ein überdimensionaler Bildschirm in die Wand integriert, und gegenüber befand sich hinter Glas eine geräumige Nische für ein Schalt- und Kontrollpult. Auf einem Kiefernholztisch lag eine atemberaubende Vielfalt von Obst, Käse und mundfertig geschnittenen Gemüsehäppchen bereit. Gus und ich versuchten uns noch zu orientieren, als uns Trent begrüßte. Für dieses Meeting trug er Kleidung, die ihm einen kreativen Touch verleihen sollte: Jeans, T-Shirt, ein sportliches Sakko und Cowboystiefel aus Straußenleder.

Nach der gegenseitigen Vorstellung eröffnete der Kreativdirektor Elvis Krone, ein hochgewachsener Mann mit kurzgeschnittenem platinblonden Haar und Ohrring, die Präsentation. Flankiert von vier Mitarbeitern saß er bereits am Konferenztisch. Trent, Gus und ich setzten uns ans andere Ende.

»Ich will keine lange Vorrede halten«, begann Elvis. »Bei uns soll das Produkt für sich selbst sprechen. Seit dem Erhalt der ursprünglichen Storyboards haben wir sehr viel Arbeit in das Projekt gesteckt. Wir haben auch einige Änderungen vorgenommen. Leider reichte die Zeit nicht mehr, um aus dem Film, den ihr gleich sehen werdet, die Szenen mit Malik rauszuschneiden. Aber ich bin sicher, daß ihr dafür Verständnis haben werdet. Sobald wir Ersatz für ihn gefunden haben, drehen wir selbstverständlich was Neues.

Der vorliegende Film ist nach dem von uns so genannten Flickverfahren hergestellt worden. Wir haben aus Werbestreifen, Matches, Videoaufnahmen und anderen Quellen Elemente geschnitten und zu einem Musiktrack neu zusammengeflickt. Damit bekommt ihr zumindest eine Ahnung vom Rhythmus des Spots, wenn er fertig ist. Dieses Material werden wir in der Endfassung nicht mehr verwenden – wir werden sie von Grund auf neu drehen –, aber es wäre toll, wenn wir ein paar von den Matchszenen behalten könnten. Sie sind einzigartig und lassen sich nicht nachstellen. Immerhin handelt es sich um die Lancierung eines völlig neuen Produkts. Wir müssen aus allen Rohren feuern, um auf dem Markt gehört zu werden. Ein bedingungsloser Angriffskrieg ist angesagt!« Er gab einer hinter dem Schaltpult verborgenen Person ein Zeichen. »Leg los, Luther!«

Das Licht wurde gedämpft, und eine düstere Musik setzte ein. In einer ungemein schnellen Montage gingen im Rhythmus der Melodie Bilder von Tennisspielern ineinander über. Unvermittelt gab es einen Schnitt. Malik erschien und küßte Jasmine. Es war die Szene mit dem Heiratsantrag aus meiner Show. Weiter ging es mit Aufnahmen aus Wimbledon und von den U. S. Open, Bildern von den Schidor-Brüdern bei den French Open, einem Clip von Jasmine bei den Australian Open und einer Aufnahme von Seranata, wie sie ihren Siegerpokal hochstemmte. Dazwischen wurden immer wieder das Produkt selbst und Malik mit dem Drink in der Hand eingeblendet, während ein Sprechchor *»Du-ra-tion!«* rief. Es folgte ein Clip aus meiner Show, in dem ich von der Rolle der richtigen Ernährung im Sport sprach. Am Ende gab es eine Montage von verschiedenen Spielern, bis nur noch Malik übrigblieb. Wie eine Fledermaus schoß er auf die Kamera zu. Zugleich leuchtete am unteren Bildrand in Handschrift *Mach's mit Duration!* auf.

Die Lichter gingen wieder an.

»Natürlich werden wir die letzte Aufnahme und alle anderen, in denen Malik vorkommt, ersetzen«, versprach Elvis. »Ich möchte nicht pietätlos sein, aber wir sind mitten im Casting für eine geeignete Persönlichkeit. Paul Kessler hat uns seine Hilfe angeboten, und wir haben uns auch mit der Global Sports Agency in Verbindung gesetzt. Na ja, das hier ist eben eine Arbeitssitzung. Noch Fragen?«

»Ich habe eine«, meldete ich mich. »Warum ist die Szene mit mir dabei?«

Elvis sah mich verblüfft an. »Sie sind eine unserer Schlüsselpersonen.«

»Ach, wirklich?« rief ich mit einem bösen Blick auf Gus. »Ich muß mir aber erst noch überlegen, ob ich da mitmache, Elvis, ich habe noch nicht zugesagt. Der Film ist großartig, aber mir geht das zu schnell.«

»Gus?« fragte Trent erstaunt.

»Ich dachte mir, es wäre ganz gut, wenn Jordan sich mal im Gesamtkonzept des Spots sehen könnte«, erklärte Gus, den Blick auf mich gerichtet. »Wie du siehst, wirkt das Ganze mit dir als Fachfrau um so glaubwürdiger.«

»Warum stellst *du* dich dann nicht vor die Kamera und sprichst darüber, Gus? Du bist doch mindestens genauso kompetent wie ich.«

»Ich habe nicht so einen großen Namen wie du.«

»Aber du bist Arzt.«

»Zu wissenschaftlich«, mischte sich Elvis ein. »Die Leute wollen keine Medizin einnehmen. Sie wollen die Energie und Kraft von ›*Mach's mit Duration*‹. Er wäre ein toller Gast im Infomercial. Und ihr zwei zusammen würdet die ideale Chemie rüberbringen.«

Das wurde ja immer verwirrender. »Für das Infomercial?« entfuhr es mir. Ich beugte mich zu Gus. »Habe ich dir nicht gesagt, daß ich kein Infomercial machen will?« zischte ich ihm ins Ohr. »Und ich kann mich nicht erinnern, meine Zustimmung zu einem Werbespot gegeben zu haben.«

Meine Verärgerung schien die Leute am Tisch zu verunsichern.

Schließlich versuchte Trent, die Situation zu retten. »Wissen Sie was, Elvis: Gehen wir doch sofort ins Studio und tauschen die Stellen mit Malik aus. Danach geben wir Jordan eine Kopie, damit sie den Spot noch mal zu Hause sehen und sich das Ganze durch den Kopf gehen lassen kann. Die Szene mit dem armen Kerl macht sogar *mir* zu schaffen.« Er räusperte sich. »Der Spot selbst ist großartig, wirklich schön. Aber vielleicht war das Timing angesichts der Umstände nicht ideal.«

Nacheinander verließen alle den Raum. Nur Gus und ich blieben allein am Konferenztisch zurück. Gus trommelte mit den Fingern auf der stählernen Tischplatte herum. »Wie kommt es, daß ich in diesem Werbefilm gelandet bin?« fragte ich.

»Sie haben doch gesagt, daß er noch nicht endgültig ist. Du solltest nur mal eine Vorstellung davon bekommen, wie er aussehen würde.«

»Tja, ich glaube nicht, daß er mir gefällt.«

»Jetzt, da du *Woman/Sport* nicht mehr hast, würde dir etwas Publicity bestimmt nicht schaden. Deine Lage hat sich geändert. Hast du dir das schon mal überlegt?«

»Gus, ich bin keine Verfügungsmasse. Dafür braucht man einen bestimmten Menschentypen, aber als solchen sehe ich mich nicht.«

»Kannst du nicht einmal über deinen Schatten springen und diese Sache als das betrachten, was sie ist: der Aufbau eines Geschäfts – wir zwei zusammen?«

»Gibt es einen bestimmten Grund, warum ausgerechnet ich in diesen Werbespot mußte? Bei Jasmine und Malik kann ich das ja verstehen. Sie waren wirklich ein heißes Paar. Und Seranata auch. Sie ist eine große Spielerin. Aber wie passe ich da rein? Mit solchen Leuten kann ich doch gar nicht mithalten. Es gibt im Tennis viele andere Persönlichkeiten, die weitaus prominenter sind als ich.«

Gus stand auf. »Na gut, vielleicht hast du ja recht. Ohne dein Magazin als Plattform sprichst du die Konsumenten womöglich nicht mehr so an. Das müßte wohl noch getestet werden. Außerdem ist mit Maliks Tod ohnehin alles in der Schwebe. Wir werden die ganze Werbestrategie sicher noch mal überdenken. Komm, gehen wir. Ich fahre dich zu deinem Pick-up. Zum Santa Monica Airport sind es nur fünfzehn Minuten.«

»Ich habe erst noch etwas anderes zu erledigen«, sagte ich.

»Was?«

»Ich muß mit Trent sprechen.«

Wir gingen in die Vorhalle, wo die anderen standen.

»Trent«, sagte ich, »es tut mir leid, daß ich nicht so begeistert geklungen habe. Das alles kam doch etwas überraschend für mich. Ich muß erst noch in Ruhe darüber nachdenken.«

»Natürlich«, sagte er mit einem verständnisvollen Lächeln. »Ich hätte Sie darauf vorbereiten müssen. Vielleicht hätte ich Sie zu ein, zwei unserer Testgruppen einladen sollen. Sie würden Augen machen, wenn Sie wüßten, wie Frauen zwischen zwanzig und vierzig auf Sie reagieren – Sie sind eine außerordentlich populäre Persönlichkeit und gelten in weitaus stärkerem Maß als Autorität und Vorbild als die meisten anderen Sportlerinnen. Man hat nicht vergessen, wie Sie sich von diesem schrecklichen Unfall erholt haben, und respektiert Sie dafür. Sie würden sich freuen.«

»Na ja, das ist ja sehr schmeichelhaft. Sagen Sie, Trent, könnten Sie mir bitte einen Gefallen tun? Es wäre mir sehr wichtig.«

»Selbstverständlich. Was immer Sie wünschen. Wir machen es gleich zur obersten Priorität. Dean!« Er winkte seinen Assistenten zu sich, der sofort herbeisprang. »Hör ihr zu. Und was immer sie will, erledige es.«

Ich zog aus meiner Tasche die Plastiktüte mit dem Hundefutter und reichte sie Dean. »Ich bräuchte so schnell wie möglich eine wissenschaftliche Analyse davon.«

Dean starrte die Tüte entgeistert an. »Was ist das?«

»Entweder *Kibbles 'n Bites* oder *Puring Dog Chow.* Ich bin mir nicht sicher.«

Deans Augenlider klappten zu. Mir war auf Anhieb klar, was er jetzt dachte: daß er in seiner ganzen Karriere noch nie so tief gesunken sei. Doch dann gab er sich einen Ruck. »Ich kümmere mich gleich darum.«

»Aber passen Sie auf, daß niemand davon ißt.«

»Irgendwie kann ich mir nicht vorstellen, daß das schwer sein wird.«

Ich hatte meinen Pick-up auf einem Parkplatz gegenüber einem an die Start- und Landebahn grenzenden kleinen Café mit dem Namen The Spitfire Grill stehen lassen. Und dort hatte ich mich mit dem Fisch verabredet. Nachdem Gus mich hingebracht hatte, setzte ich mich an einen freien Tisch auf der Terrasse, bestellte ein Evian ohne Eis (ich bin nicht unbedingt heikel, aber ich sehe keinen Sinn darin, reines Wasser zu trinken, wenn ich nicht weiß, woher das Eis kommt) und schaute den Flugzeugen zu. Dieser Teil des Flughafens war für Privat-, Geschäfts- und Charterflugzeuge reserviert, und so bekam ich einige Lear-Jets, G-2-Maschinen und sogar einen Pressehubschrauber zu sehen. Bei den Passagieren handelte es sich um die an Flughäfen übliche Mischung von Typen, gelegentlich mal ein Geschäftsmann mit Anzug und Krawatte und auffällig viele Drehbuchautoren in Jeans. Ich nippte an meinem Mineralwasser und versuchte, Ordnung in meine Gedanken zu bringen. Vielleicht hatte Gus ja recht, und ich stemmte mich tatsächlich gegen etwas, das genau das richtige für mich sein konnte oder mir zumindest eine reelle Chance bot. Womöglich war ich jetzt wirklich an einem Wendepunkt in meinem Leben angekommen und mußte mich für etwas völlig Neues entscheiden. Vielleicht sollte ich kürzer treten und mich auf mein Privatleben statt auf die Karriere konzentrieren. Seit ich zum erstenmal einen Tennisschläger in die Hand genommen hatte, klammerte ich den persönlichen Bereich aus. Meine ganze Energie hatte stets bestimmten Zielen gegolten: erst meinem Tennisspiel, später meiner Ausbildung, meiner Arbeit in der Klinik und in letzter Zeit meinem Aufstieg in den Medien. Und im Hinterkopf hatte ich trotz unserer Differenzen wohl immer den Gedanken gehabt, daß Gus und ich eines Tages schon zueinanderfinden würden, weil wir verwandte Seelen waren. Leben und Arbeit waren bei uns so eng miteinander verflochten, daß sie praktisch eins waren. Zwar stritten wir viel, aber die meisten unserer Auseinandersetzungen waren beruflicher Natur. Ich fragte mich, wie es wäre, wenn wir eine rein persönliche Beziehung miteinander hätten, ohne all den übrigen Ballast. Aber vielleicht waren wir selbst der ganze übrige Ballast.

Ich hatte meine zweite Flasche Evian vor mir stehen, als der Fisch auftauchte. Er war mit Hose und Sportjackett in zwei verschiedenen Blautönen gekleidet und trug eine abgewetzte Ledertasche, die er nun auf den Tisch wuchtete. »Tut mir leid wegen der Verspätung«, keuchte er und wischte sich den Schweiß von der Stirn. »Eigentlich wollte ich die Abkürzung an Santa Monica vorbei nehmen, aber statt dessen bin ich auf der Stadtautobahn gelandet. Wenn das einen so gewaltigen Unterschied macht, dann sollten sie es doch auf den Schildern vermerken. Wie auch immer, als der Ozean mir die Weiterfahrt versperrte, mußte ich den ganzen Weg zurückfahren. Aber jetzt bin ich ja da. Und ich habe neue Infos über Anna Martinez.«

»Auf dich ist immer Verlaß.« Ich lächelte, denn ich wußte, daß das noch untertrieben war.

Der Fisch ließ den Verschluß seiner Aktentasche aufschnappen und zog ein gelbes Formular heraus. »Da wäre es. Anna Martinez. Mädchenname Anna Lombardi. Heiratete vor sechs Jahren Leo Martinez, einen Armee-Angehörigen, der bei einer Übung in Texas tödlich verunglückte. Da hatte sie von ihm schon das Kind. Mit ihm zog sie nach LA, wo sie einen Job bei Jake's Luxury Car Rental fand. Dort lernte sie Artie Lutz kennen. Ich denke, daß er einen Wagen mieten wollte und sie gerade im Büro war. Sie haben sich miteinander angefreundet, und schließlich gibt sie ihren Job auf, um mit ihm von Turnier zu Turnier zu reisen. Das Kind nehmen sie mit. Dann stirbt das Kind, und sie gehen auseinander. Ende der Geschichte.«

»Sie hat bei dieser Autovermietung gearbeitet?«

»Fast ein ganzes Jahr lang.«

»Anscheinend hat sie eine Schwäche für hübsche Wagen. Ist sie früher schon mal durch sonderbares Verhalten aufgefallen?«

»Interessant, daß du danach fragst. Nach dem Tod ihres Mannes hat sie die US-Armee verklagt und eine Entschädigung bekommen. Sie ist richtig prozeßsüchtig. Na, zumindest hat sich das für sie ausbezahlt.«

»Damit wäre auch klar, woher sie diese Jemand-muß-dafür-büßen-Mentalität hat. Aber warum diese Flut von Briefen und Faxen, und warum verfolgt sie mich?«

»Das weiß ich im Moment auch nicht. Aber, wie ich immer sage, alles hat seinen Grund – nur kennen wir ihn noch nicht.«

Die Kellnerin brachte uns die Rechnung. Der Fisch zahlte und ließ sich Quittung und Wechselgeld geben. »Ich kann so was von der Steuer absetzen«, brummte er und wollte die

Papiere in die Jackentasche stopfen, als er plötzlich innehielt. »Moment. Schau dir das mal an.«

Auf der Rückseite der Rechnung stand eine Mitteilung:

Gehen Sie zu Hangar 7. Dringend. T.

»T... Trent? Könnte das Trent sein? Was macht er hier? Das ist der Typ von BioTech, mit dem wir vorhin den Termin hatten. Er hat uns schon mal einen Hubschrauber zur Verfügung gestellt, aber ich habe ihn hier nirgendwo gesehen. Er hat auch nichts davon gesagt, daß er zum Flughafen wollte, und dieses Café ist so klein, daß ich ihn kaum hätte übersehen können.«

Der Fisch quetschte sofort die Kellnerin aus, doch sie schwor, daß außer ihr niemand die Rechnung in der Hand gehabt hätte. Andererseits hätte sie sie nicht sofort mitgenommen, und an der Kasse sei es sehr rege zugegangen; jetzt hätte doch die Happy Hour angefangen, und da verlöre man bei den vielen Leuten schon mal den Überblick. Jeder könnte diese Mitteilung geschrieben haben.

»Hm, wo ist dieser Hangar Nummer sieben eigentlich?«

»Einen Augenblick bitte, ich frage einen von den Piloten.« Nach wenigen Minuten kehrte sie zurück. »Über den Parkplatz und dann links. Er ist ziemlich am Ende der Startbahn.«

»Das könnte fast der Hangar sein, in dem die Hubschrauber von BioTech stehen«, mutmaßte ich. »Aber drin war ich nicht. Der Hubschrauber wartete auf der Startbahn.«

Gemeinsam klapperten wir die Hangars ab, die längs der Bahn verteilt waren. Ständig donnerten startende und landende Flugzeuge an uns vorbei. Wir hatten schon fast das Ende der Bahn erreicht, als ich ihn endlich entdeckte. »Das hier ist er!« rief ich. »Nummer sieben. Aber er sieht ganz verlassen aus.«

»Ich gehe mal hinten rum«, brummte der Fisch.

»Irgendwie kommt mir das merkwürdig vor«, meinte ich und trat einen Schritt beiseite, um einen besseren Überblick zu erhalten. Plötzlich hörte ich das Heulen eines startenden Kleinjets näher kommen. Ich hatte das Geräusch noch gar nicht richtig eingeordnet, als das Flugzeug abrupt die markierte Bahn verließ und geradewegs auf mich zuraste. Zeit zum Überlegen blieb mir nicht. Instinktiv wußte ich, daß es keinen Sinn hatte, auszuweichen oder mich zu ducken. Statt dessen warf ich mich zu Boden und drückte mich mit aller Kraft gegen den Asphalt, um mich so flach wie nur möglich zu machen. Die Motoren des Jets kreischten in meinen Ohren, und der Wind blähte mit der Kraft eines Orkans mein T-Shirt auf und riß mir schier die Haare vom Kopf. Wie ein entfesseltes Monster aus einem Alptraum kam das Ding näher und näher, nur um einen Wimpernschlag, bevor es mich und den Hangar zerfetzte, in einem extremen Winkel abzuheben und über meinen Kopf hinwegzudonnern, während ich weiter die Wange gegen die Betonpiste preßte. Dann schwenkte die Maschine so plötzlich, wie sie gekommen war, nach links ab und jagte knapp über dem Dach des Spitfire Grill davon. Nach und nach verebbte der Lärm, zurück blieb eine stinkende Benzinwolke.

Um die Ecke des Hangars kam nun der Fisch gestampft. »Jordan, was war denn das?«

Ich lag mit wild klopfendem Herzen noch immer da. Schließlich setzte ich mich langsam auf. Mein Gesicht war von den Kieselsteinen auf dem Beton zerkratzt und brannte wie verrückt, als ich es betastete. Dann besah ich meine Fingerspitzen. Sie waren blutverschmiert. Ich würde einen häßlichen Schorf davontragen.

»Was ist passiert?« Er blinzelte in den Himmel.

Ich war mir nicht sicher, ob meine Füße mein Gewicht tragen würden. Noch fühlte ich mich schrecklich wackelig. »Ich glaube, er hatte es auf mich abgesehen«, sagte ich mit zitternder Stimme. »Aber wenn er mich erwischt hätte, wäre er auch in den Hangar gerast und selbst dabei draufgegangen. Darum hat er das Ding lieber hochgezogen. Vielleicht bilde ich mir das nur ein, aber so kam es mir vor.«

Langsam gingen wir zum Parkplatz zurück. Vom Lärm der Maschine dröhnten mir nach wie vor die Ohren.

»Glaubst du, daß es dein Freund Trent war?« fragte der Fisch.

»Das kann ich mir nicht vorstellen. Ich weiß nicht, ob er überhaupt fliegen kann. Jemand anderes muß versucht haben, mich hierher zu locken.«

»Wer kann denn schon gewußt haben, daß du hier bist und mit Trent gesprochen hast?«

»Jemand, der an der Besprechung teilgenommen hat und mir bis hierher gefolgt ist. Eine andere Möglichkeit ist ausgeschlossen.«

»War das denn der Jet von BioTech?«

»Ich weiß es nicht. Mit so was kenne ich mich nicht aus. Flugzeug ist für mich Flugzeug.«

»Nun, wozu ist das ein Flughafen?« meinte der Fisch. »Wollen wir doch mal sehen, was der Tower dazu sagt.«

Wir fanden das Verwaltungsgebäude, wo ich mir zunächst in der Toilette mein Gesicht besah. Vorsichtig spritzte ich Wasser auf die Wange und tupfte sie mit einem Papiertuch ab. Vom oberen Wangenknochen bis hinunter zum Kinn sah ich aus wie ein roher Hamburger – eine üble Hautabschürfung, der auch das größte Pflaster nicht gewachsen war. Ich würde es mit Salbe und einem Mullverband versuchen müssen, aber das konnte warten.

Als ich den Fall schließlich dem Flughafendirektor, einem Mann mittleren Alters mit Sportsakko und Krawatte, schilderte, hörte er mir aufmerksam zu und fragte dann: »Waren Sie etwa direkt auf der Startbahn?«

»Nein, wir standen vor dem Hangar Nummer 7.«

»Konnten Sie sich die Nummer des Flugzeugs merken?«

Der Fisch und ich wechselten einen Blick. Er war hinter dem Gebäude gewesen, und ich hatte das Gesicht gegen den Asphalt gedrückt. »Nein«, gab ich zu.

»Es war eine weiße Maschine mit den Motoren hinten an der Seite und einem sehr schlanken Heck«, erklärte der Fisch.

»Wann ist sie gestartet?«

»Etwa um Viertel nach fünf.«

»Lassen Sie mich das mit dem Tower abklären.« Er musterte mein Gesicht. »Alles in Ordnung bei Ihnen?«

»Geht schon. Ich kümmere mich später darum.«

»Meinst du, er hat mir geglaubt?« fragte ich den Fisch, als der Mann gegangen war.

»Das ist gar nicht nötig. Im Tower wird jeder Start registriert.«

Fünf Minuten später kam der Direktor zurück. »Wir hatten eine Cessna Citation, Registriernummer N7864 Tango, die um diese Zeit abgeflogen ist. Sie entspricht in etwa Ihrer Beschreibung. Es war ein Start auf Sicht. Sie hob nach einem Anlauf von tausend Meter bei Höchstgeschwindigkeit in einem 45°-Winkel über dem Golfplatz ab. Um Lärmbelästigung zu vermeiden, mußte sie schnell eine Mindesthöhe erreichen. Der Pilot meldete uns einen vorübergehenden Motorenschaden, der wahrscheinlich schuld daran war, daß die Höhe Ihnen so gering erschien. Das ist sehr bedauerlich, aber ich würde es nicht persönlich nehmen. An Ihrer Stelle würde ich in Zukunft so nahe bei einer Start- und Landebahn keine Sightseeingtour mehr machen. Das ist schließlich nicht der Santa-Monica-Radweg. Vor ein paar Jahren hatte sich jemand in den Kopf gesetzt, er müsse unbedingt in einem Hangar eine Party veranstalten. Nach ein paar Bieren und was weiß ich noch alles hatte ein Typ Krach mit seiner Freundin und ist auf die Bahn rausgerannt, mitten in ein landendes Flugzeug. Der Kopf wurde ihm wegrasiert. Ich will Ihnen keine Angst einjagen, aber so was kann passieren, wenn man leichtsinnig wird.«

Er kam mir vor wie ein Lehrer, der ein Kind tadelt, weil es auf einem Parkplatz gespielt hat. »Ich war nicht auf der Startbahn. Der Pilot hat voll auf mich zugehalten, in der Absicht, mich zu überrollen oder mir zumindest einen Mordsschrecken einzujagen, was ihm auch gelungen ist.«

Er zuckte die Schultern. »Das tut mir leid. Ich kann Ihnen nur raten: Halten Sie sich von der Startbahn fern.«

»Gehört die N7864 BioTech?«

»Nein, es war ein geleastes Flugzeug und gehört Executive Charters. Der Tower hat mir den Namen des Piloten nicht genannt. Aber wenn Sie es wirklich wissen müssen, er steht im Verzeichnis.«

»Ich muß es wirklich wissen.«

»Geben Sie mir Ihre Karte. Ich melde mich bei Ihnen, sobald ich es rausgefunden habe.«

Wir tauschten unsere Visitenkarten aus, dann ging ich. Auf dem Weg zum Auto fragte ich den Fisch, ob er es auch für möglich hielt, daß der Pilot es auf mich abgesehen hatte.

»Ach was. Ein Jet ist als Mordwaffe nicht unbedingt die erste Wahl. Erstens ist er zu groß, als daß man ihn verstecken könnte, und zweitens ist er zu unpraktisch. Wie viele Leute können denn schon mit so was umgehen? Aber was ist mit diesem Trent, der dir diesen Zettel geschrieben haben könnte?«

Ich zog mein Handy und Trents Karte aus der Tasche und rief in seinem Büro an. Er nahm beim zweiten Klingeln ab.

»Hi, Trent, ich bin's, Jordan.« Ich gab mir alle Mühe, einen lockeren Ton anzuschlagen. »Ich habe mich gefragt, ob... Sie schon was über die Hundefutteruntersuchung gehört haben.«

»Noch nicht, Jordan. Der Verkehr war so dicht. Ich bin erst vor einer halben Stunde ins Büro zurückgekommen.«

»Danke, Trent. Ich... war nur neugierig.« Ich schaltete aus. »Offensichtlich hat er dieses Ding nicht geflogen und saß wohl auch nicht drin. Ich weiß, wo seine Firma ist. Im Stoßverkehr hätte er es in der kurzen Zeit nie geschafft, wenn er mir vorher noch zum Spitfire Grill gefolgt wäre.«

»Dann bleiben immer noch tausend andere übrig«, brummte der Fisch. »Na gut, es dürfte ein Kinderspiel sein, den Piloten zu identifizieren. Das steht ja alles im Verzeichnis.«

»Wie wär's mit Anna Martinez?«

»Glaubst du, sie kann einen Jet steuern?«

»Nein. Aber wir wissen, daß sie Nachrichten schreiben kann. Fahren wir doch einfach zu ihr raus. Ich habe ihre Adresse von Gale Lieber bekommen.«

»Und dein Gesicht? Es sieht ziemlich übel aus.«

»Dann halten wir eben kurz an einem Drogeriemarkt und kaufen eine Salbe. Ich werde es überleben.«

9

Laut Gales Adreßbuch lebte Anna Martinez in einem Gästehaus in Westwood unweit der Universität. Das Hauptgebäude gehörte einem europäischen Fußballstar, der nur selten kam, aber dafür ein Heer von Haushälterinnen, Gärtnern und Handwerkern beschäftigte, die Gebäude und

Grundstück das ganze Jahr über pflegten. Von solchen Gästehäusern, die in LA hochbegehrt sind, erfährt man normalerweise nur durch Mundpropaganda und auch das nur in bestimmten Kreisen. Die Miete ist oft spottbillig. In der Regel gibt es auch keinen Vertrag, sondern nur eine mündliche Vereinbarung, daß der Mieter sich um die Haustiere des Eigentümers kümmert, das Anwesen in Schuß hält oder kleinere Erledigungen übernimmt. Jedenfalls war der Fußballstar mit Artie befreundet gewesen, und der hatte das Haus Anna vermittelt.

Vom Hauptgebäude führte eine mit Bougainvileen bewachsene Auffahrt zum Gästehaus. Einen anderen Zugang gab es nicht. Demnach mußte das Häuschen früher eine Garage gewesen sein, was nichts daran änderte, daß es mit einer rosa Gipsmauer und dem von blühenden Rebengewächsen bedeckten Dach ganz reizend aussah. Dahinter lag ein großer Garten mit einem Swimmingpool, der jetzt, in der Nacht, von Scheinwerfern angestrahlt wurde.

Bis auf ein einziges waren sämtliche Lichter gelöscht. Die Haustür stand offen. Als ich nach einmaligem Klopfen einen Blick wagte, sah ich, daß die Vorhänge abgenommen worden waren und sich überall Umzugskartons stapelten.

»Anna?« rief ich. »Anna, ich bin's, Jordan Myles.«

Ich erhielt keine Antwort. »Was hältst du davon?« fragte ich den Fisch.

»Ich denke, sie zieht um.«

»Das sehe ich auch.«

»Vielleicht steht eine Adresse auf einer der Kisten. Kann sein, daß sie schon dort ist.«

Am anderen Ende des Hofs hörte ich eine Tür zufallen. Anna kam aus dem Hauptgebäude gestürzt und rannte mit fliegendem Haar über den Rasen auf uns zu. Trotz der Dunkelheit entdeckte ich etwas Glitzerndes in ihrer Hand.

Der Fisch ließ seine Hand unter das Jackett gleiten. Ich wußte, daß er dort seinen Schulterhalfter trug.

»Anna!« rief ich. »Halt! Ich bin's, Jordan. Ich wollte nicht bei Ihnen eindringen, aber ich muß unbedingt mit Ihnen sprechen!«

Als sie durch den Lichtschein einer der Lampen rannte, erkannte ich, daß der glitzernde Gegenstand eine Heckenschere war. Ich wappnete mich schon für einen Angriff, doch wenige Meter vor mir blieb sie abrupt stehen. »Warum sind Sie gekommen?« fragte sie. Sie trug ein Nachthemd und sah ziemlich zerzaust aus.

»Das ist Mr. Fisher«, sagte ich und deutete auf den Fisch, der die Hand noch immer unter dem Jackett hatte. »Er arbeitet mit mir zusammen. Vor wenigen Stunden hat mich jemand in Lebensgefahr gebracht, und da Sie mich vor einer großen Gefahr gewarnt haben, dachte ich mir, Sie könnten mir vielleicht dabei helfen, den Grund herauszufinden.«

Anna gab einen heiseren Laut von sich. »Ha! Wenn ich es wüßte, hätte ich die Kerle, die mein Kind auf dem Gewissen haben, längst umgebracht!« rief sie und fuchtelte so heftig mit der Heckenschere herum, daß ich unwillkürlich zurückwich. »Verzeihen Sie, aber ich bin mitten im Packen. Ich war nur kurz im Haus drüben, um mir eine Schere für das Klebeband zu besorgen. Ich muß hier raus. Der Mietvertrag lief auf Arties Namen, und jetzt will der Eigentümer das Gästehaus für seine Schwester haben.« Ihre Stimme wurde leiser. »Na gut, von mir aus. Es sind ohnehin zu viele Erinnerungen damit verbunden.«

Der Fisch räusperte sich. »Mrs. Martinez. Eins kann ich mir nicht erklären: Wie kommen Sie darauf, daß hier ein Komplott im Gange ist?«

Sie blitzte ihn wütend an. »Es ist mit gleich klar gewesen. Niemand wollte mir Fragen über den Tod meiner Tochter stellen. Dabei bin ich die Mutter! Sie alle wollten mir nur irgendwelche Pillen aufschwatzen, damit ich Ruhe gebe. Celine war völlig gesund. Sie hatte nie was, nicht mal einen Schnupfen. Ihr einziger Wunsch war, Tennisspielerin zu werden, so wie Seranata. Sie ist aus heiterem Himmel gestorben, und da erzählen die mir plötzlich was von einem Herzproblem! Ein Herzproblem soll das gewesen sein? An irgend etwas ist sie gestorben, aber es war nicht das Herz. Und dann die anderen alle. Die, denen schlecht wurde. Die, die danach gestorben sind. Und Art. Art hat sich umgebracht, weil er nicht in dem Bewußtsein weiterleben konnte, daß ich recht hatte. Jawohl, ich hatte recht. Und ich warne diejenigen unter Ihnen, die an dem Abend damals dabei waren. Sie werden beobachtet, und sie werden gejagt.« Ihr Gesicht verzog sich. »Bitte gehen Sie. Ich muß fertig packen. Die Möbelpacker rücken morgen früh an. Ich stelle meine Sachen in einem Lager unter und ziehe ins Highland Apartment Hotel. Sie können mich dort erreichen.« Sie rauschte an uns vorbei und knallte die Tür zu. Innen gingen mehr Lichter an, dann dröhnte ein Radio los.

Der Fisch deutete stumm auf die Auffahrt und wir gingen.

»Du hattest recht«, sagte er. »Sie ist übergeschnappt. Anscheinend glaubt sie das alles wirklich. Und sie wiederholt sich permanent.«

»Weißt du, das mit diesem verrückten Komplott ist wahrscheinlich an den Haaren herbeigezogen, aber vielleicht ist sie tatsächlich in irgendwas verwickelt. Wer ist jetzt eigentlich bei Jasmine?«

»Einer meiner besten Männer. Sie ist in Sicherheit.«

»Könntest du Anna eine Weile beschatten lassen, wenigstens die nächsten Tage?«

»Klar.«

»Und morgen früh sollten wir mal mit Paul sprechen. Da

werde ich ihn bitten, uns Leute zur Verfügung zu stellen, damit wir der Sache auf den Grund gehen können. Und mit Gus und Bill werde ich auch reden. Ich rufe nachher gleich mal an.«

Der Fisch fuhr voraus, und ich folgte in meinem Pick-up. Vom Wagen aus rief ich im Büro an, um den Anrufbeantworter abzuhören. Zu meiner Überraschung meldete sich Winnifred persönlich.

»Es ist gleich halb sieben!« rief ich in die Muschel. »Sie arbeiten noch so spät?«

»Es ging ja auch ganz schön zu, meine Liebe. Kein Wunder – bei den Neuigkeiten.«

»Was für Neuigkeiten?«

»Dr. Laidlaw hat bekanntgegeben, daß er die Klinik verlassen wird.«

»Was?« Ich fragte mich, ob ich mich verhört hatte.

Winnie plapperte munter weiter. »Er hat Ihnen ja bestimmt schon vorher Bescheid gesagt, aber alle anderen sind wie vom Donner gerührt.«

»Wann hat er das angekündigt?«

»Mr. Stokes hat um fünf eine Versammlung einberufen. Darin hat er Dr. Laidlaws Kündigung vorgelesen. Dr. Laidlaw selbst war nicht anwesend. Ich möchte ja nicht meckern, meine Liebe, aber ich finde, wenn er der Runde eine Kleinigkeit serviert hätte, wäre die Sache viel ruhiger über die Bühne gegangen. Schließlich war es schon nach fünf. Da hätte ein kleiner Happen die Gemüter bestimmt beruhigt, finden Sie nicht auch?« Ihre Stimme war zum Schluß immer lauter geworden.

»Ich höre Sie, Winnifred. Sie brauchen nicht zu schreien. Aber ich muß wohl nachher noch zu Ihnen ins Büro kommen.«

»Soll ich irgendwas für Sie erledigen?«

»Nein, danke, im Augenblick nicht.« Ich legte benommen auf. So fassungslos war ich nicht einmal nach dem Angriff des Jets gewesen. Gus ging also. Angedeutet hatte er es ja, aber so konkret war das noch nicht gewesen. Und Bill hatte auch nichts gesagt. Wie lange hatten die beiden es geheim gehalten? War sich Gus meiner Mißbilligung so sicher gewesen, daß er mich lieber vor vollendete Tatsachen stellen wollte? Hatte am Ende *ich* ihm allen Grund dazu gegeben? Während ich hinter dem Auto des Fischs herfuhr, wurden mir zwei Dinge immer klarer:

Noch nie hatte ich mich so sehr um meine Sicherheit und meine Zukunft gesorgt.

Und noch nie hatte ich mich so allein gefühlt.

10

»Es liegt doch auf der Hand«, sagte der Fisch, als ich auf seiner Couch saß und ohne jede Begeisterung auf die letzten drei Stücke einer Pizza mit der dreifachen Menge Käse starrte, die er aus dem Domino's hatte kommen lassen. Inzwischen war der Käse hart und die Pizza kalt. »Gus Laidlaw wollte dich nicht dabeihaben, als sein Weggang bekanntgegeben wurde. Er wußte, daß du nicht da sein würdest, und legte die Versammlung darum genau auf diesen Termin. Er selbst hielt sich dann auch fern. Keine Ahnung, warum, aber ist das wirklich so wichtig? Tatsache ist nun mal, daß er geht. Es ist sozusagen amtlich.«

»Aber ohne Gus kann ich mir die Klinik gar nicht vorstellen. Er war immer das Rückgrat des ganzen Ladens.« Ich hoffte, nicht allzu larmoyant zu wirken.

»Dasselbe hat man auch über George Washington gesagt.

Aber das Land ist auch ohne ihn zurechtgekommen.« Der Fisch beugte sich über den Tisch und reichte mir ein Stück Pizza. Ich warf es angewidert zurück. Es war so kalt und hart wie ein Toter nach dem Einsetzen der Leichenstarre. »Kann ich den Rest haben? Ich finde nichts schlimmer, als Essen verkommen zu lassen.« Er griff nach dem Pizzastück und schob es sich in den Mund.

»Wähl dir dein Gift selbst. Die organische Diät hast du wohl aufgegeben, was?«

Ich sah mich im Zimmer um. Es war ein typisches Hotelapartment, wie man es wochen- oder monatsweise mietet: brauner Teppichboden, beigegestrichene Wände, eine durch zwei Stufen und ein Holzgeländer abgetrennte Eßecke, hinter der eine kleine Kochnische war. Zur Ausstattung des Wohnzimmers gehörten ein Fernsehapparat, der in einem schlichten Kiefernholzschrank stand, und ein Gasofen mit einem Glasschirm davor. Beigefarbene Vorhänge verbargen eine Schiebetür, die zum Balkon führte, aber nie benutzt wurde. Für den Fisch war das die ideale Umgebung.

»Er wollte, daß ich mich an einem Projekt beteilige, an dem er seit neuestem arbeitet. Ich war mir aber nicht sicher, ob ich mich darauf einlassen sollte. Dabei kann ich nicht sagen, daß die Sache mir nicht gefällt. Ich wußte nur nicht, ob es das richtige für mich ist. Ich glaube, seine Entscheidung stand längst fest. Offenbar war die Sache schon weiter gediehen, als ich ahnte. Wie auch immer, vielleicht wollte er nur nicht, daß ich ihm dreinrede. Er dachte wohl, daß ich versuchen würde, ihn davon abzubringen. Im Grunde ist er ein sehr konfliktscheuer Mensch. Das ist garantiert auch der Grund, warum er bei der Ankündigung nicht selbst dabei war.«

»Hättest du denn versucht, es ihm auszureden?«

»Ich glaube nicht. Er hatte es mir gegenüber ja angedeutet, und ich hatte nie widersprochen. Was er mit seinem Leben macht, ist allein seine Sache. Und es war auch viel Geld im Spiel – eine siebenstellige Summe. Wahrscheinlich zuviel, um sich noch davon abbringen zu lassen.«

Der Fisch nickte bedächtig, während er kaute. »Klingt irgendwie logisch. Vielleicht war es als großzügige Geste gemeint, als er dich zum Mitmachen einlud.«

»Ganz bestimmt sogar. Für die Werbung werden Unsummen ausgegeben.«

»Wieviel verdienen die Stars dabei?«

»Das kommt immer auf die persönliche Ausstrahlung und die Leistung an. Ganz oben findest du Leute wie Tiger Woods, den Golfer. Dem hat Nike sechzig Millionen geboten, da war er gerade mal zwanzig und seit einer halben Minute Profi. Heutzutage gilt bei den Stars alles unter fünfhunderttausend als lachhaft. Und dann kommen auch noch die Vergünstigungen dazu. Ein Sponsor kann dir zum Beispiel einen Wagen schenken, ein Büro zur Verfügung stellen oder dich im firmeneigenen Jet rumfliegen lassen.«

»Wie dem BioTech-Jet.«

»Genau. Einige Stars haben sich zusichern lassen, daß sie, solange der Werbevertrag läuft, nie einen normalen Flug buchen müssen. Die Firma schickt ihnen einfach den Jet.«

»Und das hat dich nicht gereizt?«

»Na ja, es gibt da einige Knackpunkte.«

»Welche?«

»Sie wollten mich lediglich in die Werbung für das Produkt einspannen. Aber Gus, als dem Erfinder, stehen Summen zu, die weit über denen eines Werbevertrags liegen, nämlich eine prozentuale Beteiligung am Profit und ein Anteil am Unternehmen. Darum liegt ihm das natürlich sehr am Herzen. Ich dagegen sollte nur eine Galionsfigur sein. In Infomercials! Ich weiß auch nicht. Vielleicht bin ich zu puristisch, aber ich habe das Gefühl, ich müßte mich für irgendein Produkt verkaufen. Was würden denn meine Patienten von so was halten? Das Geld war zwar verlockend, aber ich nage ja nicht am Hungertuch. Andererseits kam meine Fernsehshow Gus wie ein Ramschverkauf vor, eine Art Prostitution bei Werbekunden.« Mit einem Auflachen fügte ich hinzu: »Zumindest das kann er nicht mehr kritisieren.«

»Er hat dich kritisiert?«

»Er schien ziemlich unter Druck zu stehen. Er war total aufgebracht, als ich mich weigerte, bei ihnen einzusteigen. Darum glaube ich, daß er es mir irgendwie heimzahlen wollte, indem er die Show runtermachte.« Ich seufzte. »Fazit: Wir haben uns in dieser Angelegenheit ziemlich kindisch benommen.«

»Wie soll es jetzt bei dir weitergehen?«

»Ich lasse es auf mich zukommen. Es besteht ja auch kein dringender Handlungsbedarf. Zuallererst muß ich mich um meine Patienten kümmern und bin bis zum Herbst ausgebucht. Danach werde ich die Situation neu bewerten.«

Der Fisch nickte und streckte sich auf der Velourscouch aus. »Abwarten und Tee trinken. Das ist in der Regel eine narrensichere Strategie.«

»Ich weiß, daß ein solches Angebot eine tolle Sache ist. Und es gibt zig Sportler und bekannte Persönlichkeiten, vor allem unter den Frauen, die es mit Handkuß annehmen würden. Es sollte mir eine Ehre sein. Aber ich bringe etwas mehr mit als nur meine Beziehung mit Gus. Immerhin war ich eine Weltklassespielerin, bin jetzt Physiotherapeutin und eine anerkannte Fernsehkommentatorin. Ich habe eine ganze Latte von eigenen Leistungen vorzuweisen; die müssen doch auch etwas zählen.« Ich gab ein Selbstvertrauen vor, das ich gar nicht hatte.

»Bingo!« rief der Fisch.

»Was?«

»Du hast es gerade gesagt.«

»Was habe ich gesagt?«

»Warum er so schäbig reagiert. Er kann dich nicht ersetzen. In vieler Hinsicht bist du eine Klasse für dich. Ist dir jemals der Gedanke gekommen, daß er *dich* braucht?«

Ich lachte. »Gus braucht nichts und niemanden.«

»Vielleicht. Vielleicht aber doch. Vielleicht will er auch nur Gesellschaft haben, während er all die Millionen scheffelt; jemanden, der ihn beim Einkaufen begleitet.«

»Nun, ich werde es bald erfahren.«

Der Fisch stemmte sich hoch, zerknüllte die leere Pizzaschachtel und trug sie in die Küche. »Ich fühle mich nicht wohl, wenn ich in deiner Gegenwart esse und du zuschauen mußt. Meine Mutter würde mir schlechte Manieren vorhalten. Hast du wirklich keinen Hunger? Warte, ich habe eine Kleinigkeit im Kühlschrank, die dir bestimmt schmecken wird.« Ich hörte, wie die Kühlschranktür aufging und wieder zufiel. Wenig später kam der Fisch zurück. In seiner Hand trug er einen Pappteller, auf dem nichts als ein Salatkopf lag, in der anderen hatte er eine Flasche mit italienischem Dressing und eine Plastikgabel. »Es ist angerichtet, Madame«, verkündete er und stellte den Salat im Stil eines vornehmen Obers vor mir ab. »Du mußt was essen, sonst fällst du noch vom Fleisch.« Er riß von einer an der Wand hängenen Papierrolle ein Stück ab und breitete es auf meinem Schoß aus. »Weißt du«, erklärte er, »ich hatte mal einen Leguan. Der aß genau dasselbe zu Mittag – Salat. Salat und eine Glühbirne, die ihn warmhielt, mehr brauchte er nicht. Hast du dir schon mal überlegt, daß deine Eßgewohnheiten viel mit prähistorischen Zeiten zu tun haben?«

»Mich stört das nicht«, erwiderte ich. »Ich kann mich aber auch nicht erinnern, jemals Höhlenmalereien von verfetteten Leuten gesehen zu haben.« In Gedanken war ich jedoch bei Anna. Während unseres Besuchs war ich den Eindruck nicht losgeworden, jemand sei bei ihr. Allerdings war es eben nur ein Gefühl gewesen. »Fisch, glaubst du, daß Anna vorhin allein war?«

»Ich habe außer ihr niemanden gesehen, wenn du das meinst. Warum?«

»Ich weiß nicht. Irgendwie hatte ich so ein Gefühl, daß jemand da war und uns beobachtete. Einmal glaubte ich sogar zu sehen, wie sich ein Vorhang bewegte, aber vielleicht habe ich es mir nur eingebildet. Es war ja dunkel …« Doch während ich das sagte, wuchs meine Überzeugung, daß dort wirklich jemand gewesen war. Mein Blick war schon immer schnell und scharf gewesen. Das war auch einer der Gründe für meinen Erfolg im Tennis. Ich registriere aus den Augenwinkeln Kleinigkeiten, manchmal auch unterbewußt, wie zum Beispiel einen mit hundertdreißig Stundenkilometern auf mich zufliegenden Ball oder eben eine hinter einen Vorhang zurückweichende Gestalt.

»Wenn du glaubst, etwas gesehen zu haben, dann wette ich mein ganzes Geld darauf, daß da wirklich etwas war«, brummte der Fisch. »Die Frage ist nur, wer oder was. Und wozu sollte dort jemand herumschleichen?«

Es wurde spät, und bei mir machte sich die Erschöpfung bemerkbar. »Ich halte es so, wie Scarlett O'Hara immer gesagt hat: Ich denke morgen darüber nach.« Wie um meine Worte zu bekräftigen, gähnte ich herzhaft und streckte mich.

Der Fisch deutete auf sein Schlafzimmer. »Du schläfst dort drüben. Ich habe das Bett frisch beziehen lassen. Ich selber lege mich hier aufs Sofa. Du kannst auch gerne das Telefon benutzen.«

»Ich versuche mal, Gus zu erreichen.« Ich wählte seine Nummer, aber niemand nahm ab. Nicht einmal der Anrufbeantworter schaltete sich ein. Wahrscheinlich wollte er nach der Bekanntgabe seiner Kündigung nicht von Anrufen überschwemmt werden. Ich legte auf und wählte meine eigene Nummer, um die Nachrichten für mich abzuhören. Der Chef des Sicherheitsdienstes am Santa Monica Airport hatte sich bei mir gemeldet. Ihm zufolge handelte es sich bei der Maschine, die mich angegriffen hatte, tatsächlich um ein Charterflugzeug, doch es liege vom Piloten eine Meldung vor, wonach er wegen eines plötzlich vor ihm auftauchenden Vogelschwarms zu einem Ausweichmanöver gezwungen worden sei. Diese Reaktion sei absolut gerechtfertigt und würde keinerlei Untersuchungen nach sich ziehen. Gäbe es dazu noch Fragen?

Ich hatte jede Menge Fragen und wollte sie gleich morgen auch stellen.

Der Morgen *chez* Fisch brachte auf dem Weg zu Pauls Büro die unvermeidlichen Abstecher zu einem Egg McMuffin und einem Dunkin' Donuts mit sich. Paul arbeitete in einem modernen Gebäude im El Camino, einer schattigen Allee in der Nähe des Wilson Boulevard und in Sichtweite des eisernen Rokokotores des Wilshire Hotels. In diesem Viertel ballte sich förmlich die Macht von Beverly Hills, residierten hier doch einen Katzensprung vom Rodeo Drive entfernt mehrere große Anwaltskanzleien und zwei oder drei der Megamanager von Topstars.

Die kühle Marmorkonstruktion war eine Huldigung an Pauls Erfolg. Sie stand da wie eine neuzeitliche Festung, realisiert von einem Architekten von Leichenhallen. Das Gebäude war ein einheitlicher massiver Block aus edlem fleischfarbenen Marmor. Die Fenster waren hohe, schmale Schlitze, so daß man meinen konnte, die Arbeit, die dahinter geleistet wurde, sei streng geheim und jeder Einblick müsse um jeden Preis verhindert werden. Laut Gerüchten hatte Paul, dem seine Gespräche und Abschlüsse gar nicht vertraulich genug sein konnten, ein ultramodernes Chiffriersystem installiert, das die Telefongespräche auf dem gesamten Gebäude bis zur Garage verschlüsselte und den Handyverkehr in der Nachbarschaft vollständig durcheinanderbrachte.

Eine Empfangssekretärin mit schnurlosem Kopfhörer über den Ohren kündigte uns in Pauls Büro an, woraufhin sein Assistent, ein junger Mann, ebenfalls mit Kopfhörer, den er sich wie eine Art elektronische Krawatte um den Hals gehängt hatte, herauskam und uns ins Allerheiligste geleitete.

Pauls Büro war riesig und nur mit dem Nötigsten möbliert. Außer einer einzigen Blume in einer Vase, einer Calla, gab es weder Bilder noch Pflanzen. Keinerlei Papier verunzierte die Granitplatte des Schreibtischs.

»Sie haben also den Leiter meines Sicherheitsdienstes zu Rate gezogen«, sagte Paul in vorwurfsvollem Ton. »Was wollen Sie?« Er deutete auf die Couch, die gegenüber einem riesigen Salzwasseraquarium stand. Darin zog zwischen bunten Korallen ein einzelner grauer Hai im Zickzack langsam seine Kreise. »Das ist Adolf. Ist doch was, oder? Er ist ein Teufelskerl. Hat alle andern gefressen: den Meerengel, die kleinen Leuchtfische, die Tintenfische und sogar den Aal.«

»Ich dachte, die Fische in solchen tollen Aquarien seien friedlich und einfach nur schön«, meinte ich.

»Schönheit existiert nur im Auge des Betrachters«, entgegnete Paul fröhlich. »Ich habe ihnen zwei Wochen lang jedes Futter vorenthalten, um zu sehen, was passiert. Tja, der Beste hat überlebt. Mein Freund Adolf hat aufgeräumt. Er muß ein Nachtjäger sein, denn bei Tag war es immer so friedlich im Aquarium, daß ich dachte, was soll's, da passiert doch nichts. Aber kaum hatten wir am Abend das Büro verlassen, ging es los. Und am nächsten Morgen waren es ein, zwei Fische weniger. Hier und da trieb vielleicht noch ein Flossenstück rum. Ich habe die Verluste in unserer internen E-Mail durchgegeben. Jeder bekam es mit. Es war Natur pur. Killerinstinkt. So ähnlich wie mein Geschäft.« Er grinste. Er besaß perfekte Zähne, wie sie kein Mensch von Natur aus hatte.

»Eine Art römisches Amphitheater unter Wasser im Kleinformat«, meinte ich. »Und ich selbst hasse es ja auch, zu verlieren.«

»Genau! Die Beziehung zwischen Jäger und Opfer hat mich schon immer fasziniert. Und Sie müssen es ähnlich sehen, Jordan, wo Sie sich doch in so vielen Wettkämpfen durchgesetzt haben.«

»Ich sehe sportliche Wettkämpfe aber nicht als Raubzüge an«, widersprach ich.

Paul schenkte drei Gläser Eiswasser ein. »Ich glaube, der Killerinstinkt ist in uns allen erhalten geblieben, in verschieden starker Ausprägung. Diejenigen unter uns, die einfach gewinnen müssen, die sich jeder Läuterung widersetzen, wie unser Freund Adolf, ein Spitzensportler oder ein Geschäftsmann, der einen tollen Auftrag an Land gezogen hat, haben diesen Instinkt schlichtweg zu etwas Höherem entwickelt; man kann auch sagen, auf dieser Stufe ist er zu einem besonderen Talent geworden.« Er reichte mir ein Glas. »Die Grenzen sind jedenfalls fließend.«

»Es gibt aber auch eine Kehrseite«, entgegnete ich. »Wenn dieser Instinkt abartig oder schädlich ist, müssen die verantwortungsbewußten Mitglieder einer Gemeinschaft Schutzmaßnahmen ergreifen. Da sind wir doch sicher einer Meinung. Deswegen möchte ich Ihnen auch vorschlagen, daß wir uns zusammenschließen, um gemeinsam eine Lösung im Fall Anna Martinez zu finden.«

Er zuckte die Schultern. »Was kann ich denn schon tun? Sie gehört nicht zu meinen Klientinnen. Ich habe keinen Einfluß auf sie.«

»Trotzdem sollten Sie sie ernst nehmen, Paul. Sie macht auch Ihren Klienten angst. Sie ist instabil und unberechenbar. Es ist nicht ausgeschlossen, daß sie eine fixe Idee entwickelt und jemanden verfolgt. Das kann zu tragischen Folgen führen.«

Der Fisch nickte. »Ich möchte die Maßnahmen zu Jasmines Schutz ausweiten, bis die kritischste Zeit mit dem Gedenkgottesdienst für Malik zu Ende ist. Möglicherweise ist auch noch eine zweite Partei beteiligt, die diese Frau aufwiegelt, um Unruhe zu stiften.«

Paul sah ihn stirnrunzelnd an. »Was hätte das für einen Sinn?«

»Anna Martinez' Verunsicherung ließe sich vorzüglich für persönliche Zwecke mißbrauchen.«

»Wer würde schon von so was profitieren?«

»Jemand könnte zum Beispiel darauf aus sein, Jasmine derart einzuschüchtern, daß sie Spiele verliert oder ganz aufhört.«

Paul hob die Augenbrauen. »Sie glauben, daß so etwas im Gange ist?«

»Ich weiß es nicht. Ich müßte der Sache nachgehen.«

»Und welche Rolle spielen Sie in dieser Angelegenheit, Jordan?«

»Nun, die Stimmung in der Sportklinik ist im Moment nicht die beste. Maliks Tod ist immer noch ein einziges Rätsel. Außerdem macht uns die Sache mit den Schidors und Tanners Tod zu schaffen. Zu allem Überfluß hat jetzt auch noch Gus gekündigt.«

»Das habe ich schon gehört.«

»Schlechte Nachrichten machen schnell die Runde. Der nächste Schlag würde uns den Rest geben. Und ich bin persönlich betroffen: Tennis ist mein Spezialgebiet, und gerade da sind alle medizinischen Probleme aufgetreten. Ich muß unsere Behandlungsmethoden überprüfen, klären, ob die Versorgung unserer Klienten stimmt und ob wir sie ausreichend schützen. Wenn Jasmine auf unserem Gelände und unter unserer Aufsicht etwas zustößt, hafte ich persönlich dafür. Ich möchte die Gefahr erkennen und beseitigen.«

Paul lehnte sich in seinem übergroßen Ledersessel zurück. »Das sind ja hehre Worte, aber sie kommen etwas zu spät. Lassen Sie es mich gleich auf den Punkt bringen: Mein Klient, ein Weltklasseathlet auf dem Höhepunkt seiner Karriere, stirbt nach einem kleinen Ausflug, den sogar meine Großmutter mühelos bewältigt hätte. Und Sie haben ihn zu diesem Ausflug veranlaßt.«

Ich gab keine Antwort. Er hatte ja recht. Paul war noch nicht fertig: »Alle nötigen Sicherheitsmaßnahmen hätten getroffen werden müssen, bevor der erste Patient den Fuß über die Schwelle Ihrer Klinik setzte. Und jetzt erwarten Sie, daß ich die Mittel meines Unternehmens« – er zeigte mit dem Kinn auf den Fisch – »dafür einsetze, um Sie herauszupauken.« Er seufzte. »Ihnen ist doch sicher bekannt, daß Maliks Angehörige eine Klage gegen die Desert Springs Sports Clinic wegen fahrlässiger Tötung vorbereiten.«

»Nein, davon wußte ich nichts.«

»Nun, es ist kein Geheimnis. Ich gehe davon aus, daß das einer der ausschlaggebenden Gründe für Gus Laidlaws Entscheidung war, sich zurückzuziehen. Bill Stokes ist ein kluger Kopf. Er konnte Gus nicht mehr an Bord brauchen. Besser, er opferte einen, bevor das ganze Schiff unterging. Das mit der Kündigung ist ein bißchen zu passend.«

»Ich glaube absolut nicht, daß das so stimmt!« rief ich hitzig.

Paul winkte mit einer wegwerfenden Handbewegung ab. »Wie auch immer, ich bin zu folgendem Schluß gekommen. Fisher, Sie haben meine Ermächtigung, nach eigenem Ermessen für Jasmines Schutz zu sorgen. Ich erteile Ihnen aber nicht die Vollmacht, einen Teil der Mittel im Namen der Desert Springs Sports Clinic zu verwenden. Die können einen eigenen Sicherheitsdienst beauftragen. So einfach ist das. Ich bin gewiß nicht hartherzig, Jordan. Es ist eine rein geschäftliche Entscheidung.«

Der Fisch nahm es mit einem knappen Nicken zur Kenntnis. Ich wußte allerdings, daß er wie immer das tun würde, was *ihm* in den Kram paßte. Die Frage war nur, welche Absicht Paul verfolgen mochte. Er hatte für alles stets einen konkreten Grund.

Unvermittelt tätschelte Paul mir die Schulter. »Ich weiß, daß ihr jetzt eine schwere Zeit durchmacht«, meinte er jovial. »Sie haben mein vollstes Verständnis. Wissen Sie, jetzt, wo Gus geht, könnten Sie sich vielleicht überlegen, ob Sie nicht auf einer formalen Basis mit uns zusammenarbeiten möchten.« Er lehnte sich wieder lässig zurück. »Eine Art Partnerschaft erschiene mir sinnvoll.«

Ich blinzelte zum Haifischbecken hinüber. Als er das Wort »Partnerschaft« in den Mund genommen hatte, war mir ein Licht aufgegangen. Pinocchio konnte man nichts unbesehen glauben. Paul Kessler wollte weder der Klink helfen, noch strebte er eine Partnerschaft an. Vieles sprach dafür, daß er uns in eine Lage bringen wollte, in der uns nichts anderes übrigbliebe als ein Verkauf – an ihn. Selbstverständlich zu einem Vorzugspreis.

»Ich werde darüber nachdenken und es Bill unterbreiten.« Ich brachte ein Lächeln zuwege. Aber da ich Verdacht geschöpft hatte, fragte ich mich unwillkürlich: Hatte er auch bei dieser Klagedrohung die Hände im Spiel?

Sobald wir Paul verlassen hatten, zog ich den Fisch ins Vertrauen.

»Kann sein«, meinte er. »Ich weiß, daß er einen vollständigen Bericht über sämtliche Vorgänge in der Klinik haben will, egal wie banal die Details erscheinen mögen. Typen wie er betrachten Information als Macht.«

»Er hält Gus' Weggang für eine Schwächung«, ergänzte ich. »Und darin gleicht er seinem Hai: angreifen, wenn er ein Zeichen von Schwäche wittert.«

Der Fisch nickte. »Du scheinst die Augen wirklich offen zu haben.«

»Ich hätte es nie für möglich gehalten, daß jemand es auf die Klinik abgesehen haben könnte. Aber Gus muß seine Anteile verkaufen. Der Aufsichtsrat wird darauf bestehen.«

Ich fragte mich, wie hoch Gus' Anteile eingeschätzt wurden und ob ich sie selbst erwerben konnte. Bill beurteilte die Lage bestimmt genauso. Vielleicht schafften wir es ja gemeinsam, unerwünschte Außenseiter fernzuhalten. Aber das war im Moment noch Zukunftsmusik. Es war jetzt höchste Zeit, daß ich in die Klinik zurückkehrte und mit Gus sprach. Zuvor wollte ich jedoch noch einmal am Flughafen vorbeischauen und mehr über diesen Jet in Erfahrung bringen.

»Ich denke, ich werde unsere Freundin Anna noch eine Weile im Auge behalten«, erklärte der Fisch. »Ruf mich von Palm Springs aus an und halte mich auf dem laufenden. Nächste Woche ist in Santa Monica die Gedenkfeier für Malik. Kommst du auch?«

»Natürlich.«

Wir machten aus, daß wir uns danach treffen würden.

Ich parkte direkt vor dem Verwaltungsgebäude, fuhr mit dem Aufzug in den zweiten Stock und stürmte durch die Pilotenbar zum Büro des Sicherheitsdienstes. Die Tür war verschlossen, doch einen Raum weiter traf ich einen Mann an.

»Kann ich Ihnen helfen?« fragte er.

»Eigentlich hatte ich gehofft, jemand könnte mir nähere Informationen über ein Flugzeug geben, mit dem ich gestern abend eine merkwürdige Begegnung abseits der Startbahn hatte.«

»Treten Sie ein.« Er reichte mir seine Visitenkarte und stellte sich als Carl Waters, Umweltbeauftragter, vor. »Ich regle Lärmfragen«, erklärte er und setzte sich wieder hinter seinen grauen Metallschreibtisch. Carl war ein grauhaariger Herr mittleren Alters und hatte eine sympathische, lockere Art.

Ich schilderte ihm meinen Fall. »Gibt es eine Möglichkeit, Näheres über dieses Flugzeug in Erfahrung zu bringen?« endete ich.

»Nun, wenn ein Verstoß vorläge, wäre er bei der Flugaufsichtsbehörde vermerkt.« Er zückte einen Stift. Nachdem ich ihm die Uhrzeit und die Registriernummer des Flugzeugs genannt hatte, beugte er sich über seine Akten. »Interessant. Hier ist ein Anruf von heute morgen verzeichnet. Ein Anwohner hat sich beschwert, daß ein Jet viel zu tief und viel zu laut über sein Haus hinweggedonnert sei. Seine Zeitangabe deckt sich mit der Ihren. Wenn Sie etwas Geduld haben, schaue ich im Computer nach und gebe die Registriernummer ein. Danach kann ich mir vom Kontrolltower die Bänder mit den Mitschnitten der Funksprüche holen; die geben uns Auskunft darüber, ob sich beim Start etwas Ungewöhnliches ereignet hat.«

»Sie haben eine Aufzeichnung vom Start?«

»Klar. Jeder Start wird auf Band aufgenommen. Anhand

der Registriernummer können wir die Herkunft der Maschine ermitteln; und wenn es sich um ein örtliches Flugzeug handelt, kann ich von der Verwaltung in Erfahrung bringen, wo es zuletzt gewartet wurde, wem es gehört und wer der Pilot war. Falls tatsächlich wegen Tiefflugs gegen die Lärmverordnung verstoßen wurde, muß ich dem Eigentümer ohnehin eine schriftliche Verwarnung erteilen.«

»Wie lang brauchen Sie dafür?«

»Wenn das Flugzeug hier registriert ist, etwa eine halbe Stunde.«

So wartete ich in der Pilotenbar und sah den Maschinen beim Starten und Landen zu. Schließlich steckte Carl den Kopf durch die Tür. »Mrs. Myles? Ich habe etwas für Sie.«

Ich eilte zu ihm zurück.

»Ich habe die Bänder abgehört und die Aufzeichnungen durchgesehen. Demnach hat der fragliche Jet, eine Cessna Citation N7864 beim Abflug von Startbahn 21 um fünf Uhr fünfzehn nicht die normale Startgeschwindigkeit erreicht. Der Pilot meldete, ein entgegenkommender Vogelschwarm hätte ihn zum Ausweichen gezwungen – eine Entscheidung, die durch die Sicherheitsbestimmungen gedeckt ist. Wenn Vögel von einem Motor angesaugt werden, kann das einen Absturz zur Folge haben, verstehen Sie? Darum liegt kein Grund vor, dem Piloten Fehlverhalten vorzuwerfen. Es steht mir auch nicht zu, auf eigene Faust weiterzuermitteln. Ich müßte die Flugaufsichtsbehörde einschalten und ...«

»Moment mal, Carl. Soll das heißen, daß ein Flugzeug einem Menschen fast den Kopf abrasieren kann und keiner dazu Stellung nehmen darf?«

»Wenn ein Pilot eine sicherheitsrelevante Entscheidung trifft, sind mir die Hände gebunden. Die Sicherheit hat Vorrang. Ein Pilot ist berechtigt, Hindernissen in der Flugbahn auszuweichen.«

»Woher wollen Sie wissen, daß der sogenannte Vogelschwarm wirklich existierte?«

»Wir wissen es nicht. Aber warum sollte jemand so etwas erfinden?«

»Woher kam das Flugzeug?«

»Nun, das konnte ich herausfinden. Es ist hier gemeldet und ist Eigentum der Jetstream Air, einer der vier Gesellschaften mit einem eigenen Büro auf dem Flughafengelände.«

»Und wer war der Pilot?«

»Das müssen Sie die Gesellschaft fragen. Das Büro ist auf der anderen Seite des Flughafens neben dem Terminal für Geschäftsflüge.«

Ich bedankte mich und fuhr zur Nordseite hinüber, parkte vor dem Luftfahrtmuseum und eilte in den Terminal. Es war derselbe, in dem Gus und ich für den Flug mit dem BioTech-Helikopter abgefertigt worden waren. Das Büro von Jetstream war gleich das erste hinter dem Eingang. Eine hochgewachsene schlanke Rothaarige mit sehr kurzem Faltenrock, tailliertem Blazer und hochhackigen Schuhen, die sie noch größer erscheinen ließen, trat mir entgegen.

»Haben Sie einen Termin?« wollte sie wissen. Ihr Make-up war perfekt.

»Ich wollte nur ein paar Fragen über ein zu Ihrer Flotte gehörendes Flugzeug stellen.«

»Dann empfehle ich Ihnen, einen schriftlichen Antrag mit sämtlichen relevanten Informationen einzureichen. Jemand wird sich mit Ihnen in Verbindung setzen.«

»Es ist nur eine kurze Frage ...«

»Wir haben im Moment sehr viel zu tun. Sie müssen sich einen Termin geben lassen.« Sie bedachte mich mit einem mechanischen Lächeln.

»Sunday, Telefon.« Jemand reichte ihr einen Hörer. Damit war unser Gespräch beendet.

Sunday! Den Namen kannte ich doch. Hieß nicht auch die Pilotin des BioTech-Jets so? Der Name war so ungewöhnlich, daß ich gestutzt hatte, als Gus ihn einmal nebenbei erwähnt hatte. Ich wartete, bis sie auflegte.

»Sind Sie Sunday?«

»Ja.«

»Fliegen Sie nicht den BioTech-Jet?«

»BioTech mietet gelegentlich einen unserer Jets, und manchmal fliege ich ihn, ja.«

»Haben Sie gestern nachmittag um fünf Uhr die Citation geflogen?«

»Nein, gestern abend hatte ich frei. Das muß ein Kollege gewesen sein.«

»Wissen Sie seinen Namen?«

»Ich bin mir nicht sicher. Warum fragen Sie?«

»Wo kann ich Ihren Chef erreichen?«

»Mr. Altone fliegt heute geschäftlich nach Frankreich und kommt erst in einer Woche zurück.«

Ich drückte ihr meine Visitenkarte in die Hand. »Bitte richten Sie ihm aus, er möge mich anrufen.«

»Gern«, sagte sie. »Aber es ist wirklich besser, wenn Sie Ihre Fragen schriftlich einreichen. Und seien Sie exakt. Je mehr Einzelheiten Sie angeben, desto genauer können wir antworten.«

»Ach Gott, das tut mir leid, aber ich habe nicht mitgeschrieben, als mich der Mensch, der meiner Meinung nach ein Pilot von Ihnen war, gestern fast über das ganze Rollfeld verteilt hätte.« Ich nahm an, daß sie *diese* Botschaft garantiert ausrichten würde.

»*Was?*«

»Er wird wissen, was ich meine.« Ich wandte mich ab und rauschte in die Lounge für die Geschäftsreisenden. Um einen Tisch herum standen große, bequeme Lederstühle, von denen aus man die Startbahn beobachten konnte. In einem davon saß Gus. Bekleidet war er mit Seidenhose und weißem Hemd; keine Krawatte; sein Sportsakko hing über der Lehne.

Nun kam Sunday herein, setzte sich zu ihm auf die Armlehne, und sie wechselten ein paar Worte. Wahrscheinlich bestätigt sie seinen Rückflug, dachte ich. Mittlerweile war er bestimmt ein Stammkunde im Firmenjet. Da er kein Gepäck dabeihatte, war er vermutlich nur gekommen, um mit dem Labor etwas zu besprechen oder seinen neuen Vertrag auszuhandeln.

Ich ging hin und tippte ihm auf die Schulter. »Gus, hi. Kommst du oder reist du ab?«

Er wirbelte herum. »Jordan! Ich … ich plane die nächsten Flüge. BioTech hat für die nächsten Wochen ein sehr ehrgeiziges Reiseprogramm mit mir vor. Da wollte ich rausfinden, wie sie mich in den Flugplan einbauen können.« Er stand auf und deutete mit dem Kinn auf Sunday. »Das ist Sunday Stanley, eine unserer Pilotinnen. Sunday, darf ich dir Jordan Myles, meine Partnerin, vorstellen?«

»*Ex*-Partnerin«, korrigierte ich.

»Sunday, ein Problem!« schrie jemand aus dem Büro.

»Wir kennen uns schon. Entschuldigen Sie bitte.« Sie schlüpfte mit einem höflichen Lächeln hinaus.

»Sieht so aus, als hätten wir einiges zu besprechen«, sagte ich. »Hast du ein paar Minuten Zeit?«

»Klar«, meinte Gus leichthin. »Sieht so aus, als hätte ich alle Zeit der Welt.«

11

»Ich wünschte, ich hätte es dir sagen können«, murmelte Gus. Wir hatten das Flughafengebäude verlassen und saßen im Spitfire Grill, um uns auszusprechen. »Ich wollte dich nicht überrumpeln, aber es ist nun mal so, daß ich mich zu strenger Geheimhaltung verpflichtet hatte. Selbst dir zuliebe konnte ich nicht vertragsbrüchig werden. Bill und die Mitglieder des Aufsichtsrates befürchteten Verluste für die Klinik, ja, sogar den Ausstieg von Investoren, wenn die Nachricht vorzeitig bekannt würde. Und da du neuerdings so eng mit den Medien verbandelt bist, war das Thema ein heißes Eisen. Wie auch immer, ich konnte ihre Argumente verstehen und stimmte ihren Bedingungen zu.« Er beugte sich vor und legte die Hand auf die meine. »Das verstehst du doch hoffentlich.«

»Ich verstehe. Es ging ums Geschäft.« Trotzdem hätte ich mir gewünscht, er hätte es mir früher gesagt. Mich verletzte die Vorstellung, daß Bill und vor allem Gus den Verdacht hegen konnten, ich würde eine solche Story im Fernsehen ausschlachten wollen. »Was hast du jetzt vor?« fragte ich. »Bleibst du in Palm Springs?«

»Natürlich. Dort bin ich ja zu Hause. Ich behalte meine Wohnung, auch wenn ich jetzt eine zweite in LA brauche. Bis das Produkt auf dem Markt eingeführt ist, werde ich hin und her pendeln müssen.«

»Und dann?«

»Das kommt auf den Erfolg von Duration an.«

Ich spielte mit meinem Glas und zeichnete mit den Fingern Spuren in die Kondensschicht. »Es freut mich, daß du das tust, was du für richtig hältst, aber es wird eine Zeit dauern, bis ich mich daran gewöhnt habe. Die Klinik ohne dich ...« Ich seufzte. »Ich weiß nicht, warum ich dachte, es würde sich nie etwas ändern. Ich habe mich in einem Gefühl von Sicherheit gewiegt und wohl geglaubt, wir säßen zusammen in einer Art Zeitkapsel.«

»Aber, Jordan, du hast die Zeitkapsel doch als erste aufgebrochen, als du zum Fernsehen gegangen bist.«

»Ich bin aber immer noch eng mit der Klinik verbunden. Sie ist mein Stützpunkt. Ohne sie könnte ich all die anderen Dinge wahrscheinlich gar nicht unternehmen. Du hast mehr Mut als ich, Gus. Du hast dich abgenabelt. Ich wäre dazu nicht in der Lage. Ich würde es auch nicht wollen.«

»Man muß seine Prioritäten setzen«, verkündete Gus. »Ich habe mir einfach mal klargemacht, was ich im Leben noch alles will.«

»Was hast du mit deinem Anteil an der Klinik vor?« fragte ich. »Vermutlich wird darüber bereits heftig spekuliert, und ich bin wahnsinnig neugierig.«

»Tja, ich werde meinen Anteil verkaufen. Sonst wäre mein Kapital zu langfristig gebunden. Bei einem neuen Unternehmen ist aber alles möglich. Im Fall des Falles möchte ich liquide sein.«

»Heute habe ich Paul Kessler gesehen. Ich habe den Verdacht, er möchte dir deinen Anteil abkaufen und sich auf diese Weise fette Gewinne mit der Klinik sichern.«

»Will er das?« schmunzelte Gus. »Das wundert mich nicht. Paul hätte gern das ganze Universum unter seiner Kontrolle.«

Bei mir schrillten sämtliche Alarmglocken. »Aber du wirst doch nicht an ihn verkaufen, oder?«

»Nein, meine Anteile gehen dorthin, wo ich sie im Auge behalten kann.«

»Und das heißt?«

»Zu BioTech. Die Gesellschaft hat eingewilligt, mich rauszukaufen.«

»Was? Und Bill ist einverstanden?«

»Er hat nichts dazu zu sagen. Ich mußte ihn nicht um seine Einwilligung bitten.«

»Mich offenbar auch nicht.«

»Bitte, Jordan, werd jetzt nicht kindisch.«

Ich beugte mich weit vor, als könne ich damit den Abstand zwischen uns aufheben.

Gus berührte meine Wange dort, wo ich sie mir an der Startbahn aufgekratzt hatte. Sie war jetzt überall mit Schorf bedeckt. »Was ist mit deinem Gesicht passiert?«

»Eine Begegnung der unerfreulichen Art. Hör zu, Gus. Ich weiß, daß es um Geschäfte geht, aber diese Leute sind Außenseiter. Überleg dir doch, was du dem Bestand der Klinik zumutest.«

»Glaub nicht, daß ich nicht schon seit Monaten genau darüber nachdenke. Stellen wir uns den Fakten. Der Klinikbetrieb verursacht ungeheuer große Fixkosten, und wir sind seit jeher ständig am Rande der Zahlungsunfähigkeit. Da brauchen wir nur noch ein bißchen schlechte PR, dann schreiben wir endgültig rote Zahlen. Entweder das, oder wir sind auf Gedeih und Verderb Bills Bank ausgeliefert. Vom Betrieb einer Klinik habe ich eine andere Vorstellung. Ein Teilhaber, der über ausreichende Mittel verfügt, könnte eine Bereicherung bedeuten.«

»Paul Kessler wirft vielleicht auch seinen Hut in den Ring. Er wirkte ziemlich entschlossen.«

Gus' Augen verengten sich. »Es wird zweifellos nicht ohne eine Neustrukturierung abgehen. Du hast eine Stimme in der Klinik, Jordan. Nutze sie.«

»Ich setze mich nicht gern für etwas ein, an das ich nicht glaube.« Ich hatte das Gefühl, in einer Zwickmühle zu stecken. Keiner der möglichen Auswege erschien mir verheißungsvoll.

»Nun, der Status quo läßt sich nicht länger erhalten. Du wirst dich zu einer Veränderung entschließen müssen.«

Wieder überlegte ich, ob ich das Geld selbst aufbringen sollte. »Gib mir nur etwas Zeit«, bat ich ihn. »Ich möchte mir die Optionen durch den Kopf gehen lassen.«

»Das läßt sich machen«, antwortete Gus. »Bis dahin kannst du dir vielleicht auch überlegen, ob du mit mir kommen willst.« Bevor ich etwas erwidern konnte, hob er die Hand. »Zieh jetzt aber bitte keine übereilten Schlüsse. Ich meine nicht, daß du die Klinik verlassen, sondern nur in Sachen Duration eine neue Allianz eingehen sollst. Hör dir das Angebot an, Jordan. Sie sind bereit, dir eine Million Dollar für deine Mitarbeit an einem Infomercial zu zahlen. Eine solche Summe könnte gerade in einer Situation wie dieser sehr viel wert sein.«

»Eine Million Dollar?« Ich frage mich spontan, wie viele von Gus' Anteilen mir dieser unverhoffte Segen bescheren würde. Genauso schnell überlegte ich, warum BioTech soviel zu zahlen bereit war. Wenn sie jetzt schon eine Million auf den Tisch legten, war das wahrscheinlich nur das erste Angebot. Ich konnte vermutlich noch mehr herausholen, vor allem dann, wenn ich einen geschickten Anwalt oder Agenten mit den Verhandlungen betraute. Ich wußte, daß ich einen bekannten Namen hatte, aber soviel Geld für eine einzige Produktwerbung hätte ich nicht für möglich gehalten. In meiner Zeit im Tenniszirkus hatte ich nur einen Vertrag mit einem Sockenhersteller gehabt, und der war nicht mal sechsstellig gewesen. Eine solche Summe schlug man nicht einfach aus.

»Du mußt verstehen, daß das Spiel sich verändert hat, Jordan. Es geht nicht mehr ausschließlich um Sport. Integriertes Marketing ist gefragt. Sport, Produkte, Spielorte, Stars, Unterhaltung – das alles verschmilzt zu einem Ganzen, das größer ist als die Summe der Teile. Darum bringen sie jetzt Persönlichkeiten aus dem Sport ins Kino und Filme in Freizeitparks. Darum ist so was wie Nike viel mehr als ein Schuh. Wir erleben eine Synergie, und jeder will daran teilnehmen.«

»Will ich das?«

»Na ja, wenn du echtes Geld verdienen willst, dann dort. Und mit deiner Show bist du ja auch schon halb dabei.«

»Mit meiner ehemaligen Show, meinst du.«

»Trotzdem bleibt sie mit deinem Namen verbunden.«

Darauf antwortete ich zunächst nichts. Ich dachte an meine Liebe zum Tennis – eigentlich zu jeder Sportart – und an meine Arbeit. »Das, was du da sagst, ist gar nicht so abwegig, trotzdem finde ich, muß man irgendwo seine Grenzen ziehen«, meinte ich schließlich.

»Meine Rede«, erwiderte er. »Und diese Grenzen verschwimmen mehr und mehr.«

»Eine Million Dollar?« wiederholte ich, um auszuprobieren wie sich die Worte auf den Lippen anfühlten. »Wirklich?«

»Wirklich. Natürlich liegt die Entscheidung allein bei dir, aber ich sehe keinen Grund, warum du nicht akzeptieren solltest. Ich kann dich nicht verstehen, Jordan. Statt das Ganze als einen simplen Geschäftsvorgang zu betrachten, tust du so, als müßtest du dich vor Betrügern schützen. Wenn du das Angebot ausschlägst, treten sie eben an Chrissie oder sonst wen heran. Und zwar ziemlich bald, könnte ich mir vorstellen.«

»Ganz schön viel Aufhebens um einen kleinen Drink«, bemerkte ich spitzzüngig. Es war mir einfach so herausgerutscht. Im selben Atemzug wurde mir aber schon klar, daß das ein Fehler war. Gus' Miene nahm einen harten Zug an, seine Mundwinkel strafften sich. Genausogut hätte ich ihm sagen können, er hätte einen kleinen – nun, man kann sich ja einen geeigneten Teil der Anatomie des Mannes denken.

»Es ist nicht irgendein ›kleiner Drink‹«, entgegnete er jede Silbe betonend, als träufelte er sie auf einen Löffel. »Es ist ein Millionenprojekt. Aber du bist ja so sehr auf dich selbst fixiert, daß du nichts von dem, was ich dir die ganze Zeit zu sagen versuche, mitbekommen hast. Es ist wirklich traurig, daß du so unflexibel bist. Du siehst eine Chance nicht einmal dann, wenn sie dich an den Schultern packt und schüttelt. Und du hast es verlernt, mich oder andere zu unterstützen; Hauptsache, *du* kommst über die Runden. Ich mache dir einen Vorschlag: Nimm mal etwas Abstand von dir selbst und schau dich an. Vielleicht siehst du dann, was mit dir los ist.«

Er zahlte schweigend die Rechnung.

Nach einer langen Pause fand ich schließlich wieder Worte: »Du weißt, daß Menschen krank geworden und einige unserer Patienten und Freunde gestorben sind. Das muß einen bestimmten Grund haben. Ein Kind ist tot. Eine Mutter ist übergeschnappt. Wir werden mit wilden Todesdrohungen bombardiert. Und die Klinik steht im Mittelpunkt all dieses Wahnsinns. Bisweilen gibt es Wichtigeres als Geld.« Ich nahm meine Tasche und hängte sie mir über die Schulter.

»Und wie immer stürzt sich Jordan Myles, die kleine Detektivin, in etwas, das eigentlich Sache der Polizei sein sollte«, spottete Gus und steckte das Wechselgeld ein. Sein Blick ging an mir vorbei ins Leere. Ich starrte auf seine langen Beine und seine Stiefel und dachte daran, wie gut wir uns früher verstanden hatten.

»Bevor du gehst, was verbindet dich eigentlich mit Sunday Stanley, der Pilotin?« fragte ich unvermittelt.

Endlich sah Gus wieder mich an. »Nichts Besonderes. Sie fliegt eben den BioTech-Jet. Warum?«

»Du schienst vorhin ziemlich vertraut mit ihr zu sein, das ist alles. Ich war dort, weil ich mir Informationen über einen ihrer Piloten verschaffen wollte. Sie haben nämlich ein total verantwortungsloses Mitglied in ihrer Belegschaft. Dieser Pilot, wer immer es sein mag, wollte angeblich einem Vogelschwarm ausweichen, aber in Wirklichkeit hätte er – oder sie – mir gestern fast den Kopf abrasiert.«

»Warst du etwa auf der Startbahn?«

»Nahe bei der Startbahn.«

»Zu nahe, würde ich sagen. Ich werde Sunday darauf ansprechen, wenn ich sie das nächste Mal sehe. Aber wenn du dich in der Nähe einer benutzten Startbahn aufhältst, brauchst du dich über solche Unfälle nicht zu wundern. Genau das habe ich vorhin gemeint. Laß dir doch mal was sagen.«

»Wahrscheinlich hast du recht. In Zukunft bleibe ich zu Hause und knüpfe Teppiche. Vielleicht krieg ich in fünf Jahren einen Afghan hin.«

Ein Jet donnerte vorbei und stieg in einen dunstigen Himmel auf, der so trübe wie Spülwasser war.

»Wenn es dich beruhigt, kann ich Sunday ja bitten, der Sache persönlich nachzugehen. Aber was willst du denn tun? Einen Schwarm Möwen verhaften?«

Ich mußte lachen. »Man kann nie wissen. Einige sehen wirklich ganz schön teuflisch aus. Vor allem, wenn man am Strand sitzt und ein Sandwich in der Hand hält.«

»So gefällst du mir schon besser«, meinte Gus grinsend. »Ich hatte schon befürchtet, du hättest deinen Humor verloren. Wo hast du denn dein Auto stehen?«

»Praktisch gegenüber. Ich fahre nachher in die Klinik zurück.«

Er nickte. »Dann sehen wir uns bei der Gedenkfeier. Ich muß heute noch was in LA erledigen, weiß aber nicht, wie lange das dauert. Aber laß dir bitte noch mal durch den Kopf gehen, was ich dir vorhin gesagt habe. Es gibt keinen Grund, warum wir bei dieser Sache nicht an einem Strang ziehen sollten. Und auch sonst. Punkt. Sehen wir es als einen Neuanfang an.« Er zog mich an sich. Einen Moment lang glaubte ich tatsächlich, wir könnten alles, was wir einmal zusammen gehabt hatten, Stück für Stück zurückholen.

»Ich werde es versuchen«, flüsterte ich. »Vielleicht hast du ja recht.«

Den größten Teil der Heimfahrt verbrachte ich am Autotelefon. Und die ganze Zeit hallten Gus' Worte in mir nach. Ich konnte tun, was ich wollte, ständig geisterte mir dieses Millionenangebot durch den Kopf. Zwanzig Meilen hinter LA erreichte ich endlich meinen Steuerberater und befragte ihn zunächst nach den Konsequenzen eines derart hohen Honorars, bevor wir meine Pläne für den Erwerb von Gus' Anteilen erörterten.

Als ich mein Wohnzimmer betrat, fand ich A. M. auf Winnifreds Schoß vor, wo sie es sich gefallen ließ, daß ihr diese Frau die Zehennägel anmalte.

»Winnifred, was um alles auf der Welt tun Sie da?« Ich warf meine Tasche in die Ecke und stürzte auf sie zu, um meine arme A. M. zu erlösen.

»Psst, meine Liebe«, tadelte mich Winnifred. »So ein wunderschönes kleines Ding verdient es, von Zeit zu Zeit herausgeputzt zu werden.«

A. M. legte den Kopf schief und gab ein leises Winseln von sich. Dann machte sie Anstalten, aufzustehen, doch Winnifred zog sofort einen Hundekuchen aus einem Glas und wedelte damit vor ihrer Nase herum. A. M. fraß ihn auf und legte sich zufrieden in Winnifreds Schoß zurück.

Meine Assistentin sah über das glitzernde Brillengestell

hinweg zu mir auf. »Sie haben mir doch aufgetragen, mich um sie zu kümmern.«

»Ja, schon. Na gut, von mir aus. Dann hat sie eben pinklackierte Nägel.« Ich hatte Wichtigeres um die Ohren als Pediküre für Hunde.

»Doch nicht pink, meine Liebe. Das ist passé. Sie sind blau.«

»Dann eben blau. Ich habe einen Hund mit blauen Zehennägeln.«

Winnifred ergriff eine Pfote mit blaulackierten Nägeln und winkte mir damit. »Sind wir nicht schön? Genau wie Madonna!«

Ich versuchte, nicht hinzusehen.

»Nur eins noch, meine Liebe.«

»Was denn, Winnifred?«

»Könnte ich ein Weilchen bei Ihnen bleiben? Oder würde ich Ihnen damit Umstände machen?«

»Nein, überhaupt nicht. Aber warum fragen Sie?«

»Ich habe heute einen ziemlich beängstigenden Anruf im Büro erhalten und möchte im Moment wirklich lieber nicht allein sein.«

»Beängstigend?«

»Und ob, meine Liebe. Ich will Sie nicht aufregen, aber jemand hat ins Telefon geflüstert, daß ich ein häßliches Ende finden könnte, wenn ich mich nicht in acht nehme.« Sie biß sich auf die Lippe.

Ich setzte mich zu ihr und legte den Arm um sie. »Winnifred, das tut mir schrecklich leid! Der Anruf war bestimmt für mich. Diese Angelegenheit ist total außer Kontrolle geraten. Vielleicht sollten Sie sich ein paar Tage frei nehmen, bis sich die Gemüter beruhigt haben. Am besten, Sie verreisen. Sie könnten Ihre Schwester in Toronto besuchen.« Nach der Tragödie mit Tony mußte ich mein Möglichstes für Winnifreds Sicherheit tun. Mit einem Schlag war ich schrecklich aufgeregt. Die arme Frau war so lieb und hilflos. Wahrscheinlich ahnte sie noch nicht einmal, in welcher Gefahr sie schwebte, geschweige denn, wie sie sich schützen sollte.

Winnifred reckte entschlossen das Kinn in die Höhe und strich sich über ihre gepunktete Haarschleife. »Die werden mich kennenlernen«, schwor sie mit bebender Stimme. »Ich habe die Polizei gebeten, an sämtlichen Leitungen Fangschaltungen anzubringen. Wenn dieser Anruf noch mal kommt, dann wissen wir genau, wer dahintersteckt. Und außerdem habe ich immer noch meinen Colt.«

»Was?« Genausogut konnte man sich Bambi – oder Bambis Großmutter – mit einer Uzi vorstellen.

»Einen klitzekleinen Colt. Nur für den Fall der Fälle. Ich habe ihn in der Handtasche, neben dem Lippenstift.«

»Mein Gott, ein Colt!« Ich hätte Winnifred im ganzen Leben nichts Bedrohlicheres als eine Stricknadel zugetraut.

»Es ist nichts Schlimmes, meine Liebe.« Sie bückte sich und zog einen kleinen Revolver aus der Tasche. »Ein Smith & Wesson, Kaliber .38. Fünf klitzekleine Kugeln passen rein. Ich habe ihn bei meinem letzten Chef ständig mit mir geführt. Er legte großen Wert auf Sicherheit.«

»Tun Sie mir nur einen Gefallen, Winnifred. Sie können gern bei mir übernachten. Das Schlafsofa im Gästezimmer ist frisch bezogen. Aber bitte stecken Sie Ihren klitzekleinen Revolver wieder ein. Und bitte lassen Sie sich das mit dem Besuch bei Ihrer Schwester durch den Kopf gehen. Ich zahle Ihnen auch den Flug.«

Sie strahlte mich glückselig an. »Was immer Sie sagen, meine Liebe. Aber wenn diese Leute, die uns bedrohen, ihr häßliches Gesicht in unserer Nähe zeigen, dann puste ich sie weg.« Sie strich ihren Rock glatt und faltete friedlich die Hände.

»Überlassen wir das lieber den Haudegen in den Actionfilmen. Und eigentlich halte ich es für klüger, wenn ich diesen Revolver für Sie aufhebe.« Winnifred sah so schlecht, daß sie ein Ziel höchstens aus einem Zentimeter Abstand getroffen hätte. Und selbst dann hätte sie wohl eher A. M. oder mich erschossen.

Mit einem schicksalsergebenen Seufzer reichte sie mir die Waffe. Das Ding in meiner Hand fühlte sich grauenvoll an. »Aber gehen Sie vorsichtig damit um«, mahnte sie.

»Ich war früher Sportschützin und werde bestimmt gut aufpassen.« Ich wickelte den Revolver in ein T-Shirt und stopfte ihn in meinen Rucksack. Mein vorrangiges Ziel war es jetzt, ihn schleunigst aus dem Haus zu schaffen.

»Meine Liebe?«

»Ja, Winnifred?«

»Essen Sie etwas. Ich habe eine Kleinigkeit für Sie in den Kühlschrank gelegt. Er sah so furchtbar leer aus.«

»Was ist es denn?«

»Ein Stück Käsekuchen.«

»Danke schön. Klingt toll, aber ich habe keinen Hunger.«

»Möchten Sie dann nicht wenigstens den blauen Nagellack an sich ausprobieren? Er ist wirklich hübsch.«

»A. M. und ich können doch nicht im Partnerlook rumlaufen. Winnifred, wollen wir Ihr Zimmer herrichten?«

Nachem ich Winnifred versorgt hatte, ging ich in mein eigenes Zimmer und rief bei Bill an. Seine Frau nahm ab.

»Wir haben Gäste zum Dinner«, sagte Evie. »Kann es warten?«

»Sicher. Sag Bill, daß ich morgen zu ihm ins Büro komme.« Ich legte auf und erledigte mal wieder ein bißchen Papierkram. Nach einer Weile genehmigte ich mir ein Bad, schaltete dann den Fernseher ein und lackierte meine Zehennägel blau.

Am nächsten Morgen traf ich Bill auf dem Parkplatz. Er hatte die neueste Ausgabe des *Wall Street Journal* unter dem Arm.

»Es steht schon im *Journal*«, ächzte Bill an Stelle einer Begrüßung.

»Was denn?«

»Die Meldung über Gus' Kündigung.«

»Na, das ist ja eine gute Nachricht«, sagte ich sarkastisch und beschleunigte meine Schritte. Ich kenne keinen Menschen, der so schnell geht wie Bill. »Die Zeitungen haben es wohl schon lange vor mir erfahren.«

Bill blieb abrupt stehen. »Jordan, ich weiß, was für ein enges Verhältnis du zu Gus hattest, aber es war seine persönliche Entscheidung. Und wir haben nun mal strenge Geheimhaltung vereinbart. Es überrascht mich nicht, daß dir die Art und Weise, wie das gehandhabt wurde, nicht gefällt – mir war klar, daß dich das treffen würde, und ich verstehe dich nur zu gut –, aber anders wäre es nicht gegangen.«

»Gut, Bill, das akzeptiere ich.« Wir begrüßten den Portier mit einem Nicken. »Aber wie geht es jetzt weiter?«

»Laß uns das in meinem Büro bei einer Tasse Tee besprechen. Und dann möchte ich dir auch etwas zeigen.«

In seinem Büro zog Bill als erstes seine Windjacke aus und setzte Teewasser auf. »Die Ereignisse haben sich in den letzten Tagen überschlagen, Jordan. Da ist es nicht leicht für dich, auf dem laufenden zu bleiben, wenn du nicht ständig hier bist. Aber du bist eine der ersten, die das hier zu sehen bekommt.« Er deutete auf den Tisch vor der Fensterwand. Darauf war etwas ausgebreitet, das allerdings von einer Plane zugedeckt war. »Komm nur näher.«

Vorsichtig entfernte Bill die Plane und enthüllte ein Modell der Desert Springs Sports Clinic. Nur war das nicht unsere Klinik, sondern eine viel größere Anlage. »Ich verstehe nicht ganz«, murmelte ich.

»Das ist das Modell einer ins Auge gefaßten Erweiterung. Dies hier ist unsere ursprüngliche Klinik.« Er deutete auf die Gebäude in der Mitte. »Und das dort ist ein Entwurf für die Zukunft. Das soll das Hotel sein. Die Bungalows sind links neben den Tennisplätzen. Das Heilbad grenzt direkt an die Kletterfelsen an...«

»Moment mal. Wer hat wann mit diesen Ausbauplänen begonnen?« Ich starrte auf das Modell. Soweit ich das beurteilen konnte, wirkte die Klinik darin eher wie eine Art Disneyland als wie eine seriöse Behandlungsstätte. »Wer hat das ausgebrütet?«

»Wie gesagt, es ist nur ein Konzept. Und noch steht ja überhaupt nichts fest. Aber unser Ziel ist es, den Betrieb von der ausschließlichen Behandlung von Sportlern auf eine mehr an der Allgemeinheit orientierte Klinik zu erweitern. Auf diese Weise könnten wir auch profitabler arbeiten.«

»Ach, jetzt verstehe ich: Hundertschaften von Patienten in Bademänteln schwärmen über das Gelände zu Massage und Unterwassergymnastik. Wie *abscheulich*!«

»Aber das Grundkonzept wird dir vielleicht gefallen. Dieser Plan schließt ja die Behandlung von Profisportlern nicht aus; er verbreitert lediglich unsere Basis.«

Ich glaubte, Trent reden zu hören. Wenn ich es genau bedachte, klangen neuerdings immer mehr Leute wie Trent.

»Wir stehen in einem harten Wettbewerb, Jordan.« Bill setzte sich auf die Couch und forderte mich mit einer Geste auf, neben ihm Platz zu nehmen. »Im Moment haben wir nur ein winziges Stück vom Kuchen. Gut, wir behandeln die meisten Spitzensportler, aber es gibt nun mal nur eine begrenzte Anzahl davon. Das Reservoir wird in absehbarer Zukunft nicht größer. Folglich müssen wir uns eine breitere Grundlage schaffen. Diese Logik ist so einfach wie bestechend. Mehr noch, wir verlieren dabei überhaupt nichts. Die

Profisportler können wir trotzdem behalten. Ich sehe keinen Grund, warum sie uns weglaufen sollten. Halte dir doch nur vor Augen, was für eine einzigartige Klinik wir haben werden.«

»Es ist dann nur einfach alles anders«, erwiderte ich.

Wie ich zugeben mußte, ließ sich Bills Argumenten eine gewisse Logik nicht absprechen. Es stimmte tatsächlich, daß Sportmedizin und Training sich längst nicht mehr auf den Profibereich beschränkten. Selbst die Wochenendjogger haben inzwischen Schuhe, mit denen sie auch bei den Olympischen Spielen laufen könnten, und Tennisspieler, die erst noch die Grundtechniken lernen müssen, bestellen sich bereits handgefertigte Schläger. Und dann die Kleidung! Es ist völlig egal, ob man Mann oder Frau ist, ob man den Tennisschläger halten, den Golfschläger schwingen oder den Baseball treffen kann, jedermann kann sich wie ein Champion ausstaffieren. Um ein »Sportler« zu werden, bedarf es nichts als einer Kreditkarte und einer Fahrt ins nächste Einkaufszentrum. Training und Therapie sind insofern eine natürliche Erweiterung. Jeder Sportclub, der auf sich hält, hat bereits eine Kletterwand, Skisimulatoren, Geräte zur Bestimmung der Blutfettwerte und tausend andere höchst komplizierte Apparaturen für alle, die sich vielleicht einmal pro Woche körperlich betätigen wollen. Ich nahm an, daß bald die ersten Freizeitsportler zu uns kommen und die Weitung ihrer Pupillen analysieren lassen würden, um der absoluten Topform vielleicht noch einen Millimeter näher zu kommen. Und da schlug Bill vor, wir sollten solche »Athleten« mit offenen Armen empfangen.

Er reichte mir einen dicken Ordner. »Der gesamte Projektentwurf ist darin erläutert«, erklärte er. »Schau ihn dir an, dann sprechen wir noch mal darüber. Mir ist sehr an deiner Meinung dazu gelegen. Es versteht sich von selbst, daß wir nichts ohne die Zustimmung aller Partner unternehmen.«

»Das bringt mich auf den nächsten Punkt, Bill«, sagte ich. »Was wird aus Gus' Anteilen? Soviel ich weiß, muß er rausgekauft werden.«

Er nickte. »Stimmt. Wenn ein Partner die Gesellschaft verläßt, muß er seine Anteile verkaufen.«

Ich sah ihn besorgt an. »Kann irgendein Außenseiter sie erwerben?«

»O nein, da besteht keinerlei Gefahr!« lachte Bill. »Laut der Satzung dürfen Anteile nur an Partner verkauft werden. Und die Partner stimmen über den potentiellen Käufer ab.«

»Schön. Dann fühle ich mich schon viel beruhigter.«

»Eine feindliche Übernahme brauchst du nicht zu befürchten, Jordan, falls dich das bedrückt.«

Durch das Panoramafenster sah ich Jasmine vorbeigehen. Sie trug eine Sonnenbrille. Den Kragen ihrer Windjacke hatte sie hochgeschlagen, und ihre Hände steckten in den Taschen ihrer schwarzen Jeans.

»Jasmine ist noch da?« fragte ich.

»Ja. Wir fliegen morgen alle gemeinsam zu Maliks Gedenkgottesdienst in LA. Er soll auf dem Strand von Malibu stattfinden, dort, wo sie sich trauen lassen wollten.«

»Das klingt ja nach einem Druck auf die Tränendrüsen«, meinte ich. »Wer ist ›wir‹?«

»Nun, Jasmine und ihre Mutter, Evie und ich natürlich, Ginny, und du bist auch eingeladen. Die von BioTech lassen uns in einem eigenen Jet abholen. Gus hat das mit ihnen geregelt. Ich habe ihnen gesagt, daß du mitkommst.«

»Klar.«

»Wir treffen uns morgen um halb neun auf dem Parkplatz.«

Als ich Bills Büro verließ, sah ich Jasmine weit unten auf den Swimmingpool zulaufen. Sofort sprintete ich los.

»Wie geht es dir?« fragte ich sie, sobald ich sie eingeholt hatte. Sie wirkte blaß und abgemagert; ihre Wangenknochen traten deutlich hervor.

»Im Moment hänge ich ziemlich in der Luft.« Sie brachte ein mattes Lächeln zuwege. »Ursprünglich wollte ich eine Runde schwimmen. Aber das Wasser ist zu kalt.«

Mir fiel auf, daß sie noch immer den Verlobungsring mit dem Diamanten trug.

»Es ist kaum zu fassen, daß ich jetzt statt einer Hochzeit eine Beerdigung plane. Die Braut trug Schwarz, heißt es doch irgendwo, richtig?«

»Quäl dich nicht so. Das wäre nicht in seinem Sinne.«

»Ich habe eine Entscheidung getroffen«, erklärte sie. »Sobald das Ganze vorbei ist, spiele ich wieder Tennis. Diesmal habe ich vor, richtig zu spielen und nicht nur so zu tun, als ob. Früher war mein Spiel weder Fisch noch Fleisch, aber jetzt will ich ihm zuliebe gewinnen. Er hat immer alles gegeben. Und das schaffe ich auch.« Sie sagte es mit leidenschaftlicher Stimme. Unvermittelt ergriff sie meine Hand. Ihre Nägel bohrten sich in meine Handfläche. »Willst du mir helfen?« flüsterte sie. »Willst du?« Ihre Augen waren hinter der Sonnenbrille nicht zu sehen.

»Wenn ich kann«, versprach ich.

Am nächsten Morgen buchte ich per Fax für Winnifred einen Flug nach Toronto, sagte ihr noch, sie solle A.M. der Haushälterin bringen, dann traf ich Bill, Jasmine und die anderen auf dem Parkplatz und fuhr gemeinsam mit ihnen nach Palm Springs zum Flughafen. Zu meiner Überraschung warteten dort auch Paul Kessler und der Fisch. Kessler legte den Arm um Jasmines Schulter und redete mit leiser Stimme auf sie ein.

»Wir sind in der Morgendämmerung hergeflogen«, erklärte mir der Fisch. »Er wollte nicht, daß sie die Reise alleine macht.«

»Von ›allein‹ kann wohl kaum die Rede sein«, sagte ich.

»Ist ja nur eine Geste. Haben die vom Flughafen sich gemeldet?«

»Offiziell war es ein Vogelschwarm. Das war alles, was sie als Erklärung anboten.«

Wir setzten uns in Bewegung. Der Fisch musterte den Jet. »Kommt er dir bekannt vor?«

»Hm, *sie* auf alle Fälle.« Am Fuß der Gangway stand mit maßgeschneidertem Hosenanzug und ihrem straff nach hinten gebürsteten roten Haar Sunday Stanley. Sie sah aus, als hätte sie sich sogar die Augenbrauen gekämmt und sei im Begriff, zu einem edlen Dinner im Vier Jahreszeiten aufzubrechen. Als wir an Bord gingen, nickte sie mir zu.

Hatten zuvor noch alle durcheinandergeredet, so dämpfte im Flugzeug jeder die Stimme. Ich lehnte mich in meinem Sitz zurück, schnallte mich an und schloß die Augen. Nach – wie mir schien – nur wenigen Minuten, tippte mir jemand auf die Schulter. War ich etwa noch vor dem Start eingeschlafen und hatte vom Flug gar nichts mitbekommen? Ich schlug die Augen auf. Über mir stand Sunday.

»Miss Myles, entschuldigen Sie bitte, aber wir verlassen das Flugzeug.«

»Was?«

»Ich muß Sie alle bitten, auszusteigen.«

Ich löste meinen Gurt und beugte mich vor. »Warum? Gibt es ein Problem?« Ein Blick auf den Gang bestätigte mir, daß die anderen bereits im Gänsemarsch zum Ausgang strebten. Durch das Fenster sah ich, wie der Fisch und Paul Kessler Jasmine eilig über die Startbahn eskortierten.

»Wahrscheinlich nicht, aber bitte verlassen Sie die Maschine so schnell wie möglich.«

»Wollen Sie mir nicht den Grund verraten?«

Sie runzelte die Stirn. »Es ist mir nicht gestattet, über diese Situation zu sprechen. Ich muß darauf bestehen, daß Sie das Flugzeug verlassen. Sofort.« Sie machte auf dem Absatz kehrt und stolzierte ins Cockpit zurück.

Mir blieb nichts anderes übrig, als den anderen zu folgen. Kaum im Freien, rannte ich los und holte den Fisch, Paul und Jasmine bald ein. Jasmines Augen waren rot und geschwollen. Sie hatte geweint, und so wie es aussah, konnte sie jeden Moment erneut in Tränen ausbrechen. Paul hatte den Arm schützend um ihre Hüfte gelegt, und sie hatte den Kopf gegen seine Schulter sinken lassen.

»Was ist los?« fragte ich den Fisch im Flüsterton.

Hinter der Sonnenbrille ließ er den Blick über das Gelände schweifen. »Bombendrohung«, sagte er leise. »Aber wir wollen eine Panik vermeiden. Behalte es also für dich. Jemand hat am Santa Monica Airport angerufen.«

»Konnte der Anruf zurückverfolgt werden?«

»Ging nicht. Hat gleich wieder aufgelegt.« Er hielt für Paul und Jasmine die Tür zum Terminal auf.

»Mein Gott. Und jetzt? Warten wir, bis sie das Flugzeug durchsucht haben?«

»Nein. Sie werden es zwar durchsuchen, aber wir fliegen nicht mehr damit. Paul hat schon eine andere Maschine gechartert. Wir können in wenigen Minuten an Bord gehen. Das heißt, nachdem sie unser Gepäck mit Spürhunden und Metalldetektoren überprüft haben.«

»Immer diese Bombendrohungen«, stieß ich wütend hervor. »Wann hören wir endlich auf, sie ernst zu nehmen?«

»Nie. Die, die wir ignorieren, jagt uns in die Luft.«

»Arme Jasmine. Sie ist am Ende.« Ich sah, wie Paul sie an

sich drückte und ihre Hand streichelte. Jasmine schien ganz benommen zu sein. Sie stand stocksteif da, die Augen starr nach vorne gerichtet, ihr Gesicht eine Maske.

Dann wurden wir einzeln von Sicherheitsbeamten befragt. Hatten wir unsere Sachen selbst eingepackt? Hatte uns jemand angesprochen, bevor wir an Bord gegangen waren? Kannten wir jemanden, dem wir eine Bombendrohung zutrauten? Was hatten wir in LA vor? Ein Beamter filzte mein Gepäck Stück für Stück. Nach etwa einer Stunde durften wir schließlich die Ersatzmaschine besteigen.

Der Flug verlief ohne Zwischenfall. Diesmal versuchte ich jedoch nicht mehr zu schlafen. Ich war beim Start zu nervös. Wieder einmal mußte ich an Tony und die Explosion denken, die ihn das Leben gekostet hatte. Auch um Malik kreisten meine Gedanken.

Am Santa Monica Airport stand ein Limousinenkonvoi bereit, der uns nach Malibu bringen sollte, eine Fahrt, die auf dem Pacific Coast Highway um diese Tageszeit etwa dreißig Minuten dauert. Es war ein frischer Frühlingstag. Die Hügel waren mit leuchtendbunten Blumenteppichen gesprenkelt. Die Strände lagen verlassen da, aber ich konnte Surfer in ihren Trockenanzügen über das in der Sonne glänzende Meer rauschen sehen. Über den Wellen schwebten Schwärme von Wasservögeln.

Wir erreichten den Cliffside Drive, passierten das Tor zu Paul Kesslers Grundstück und stiegen vor seiner imposanten, im spanischen Stil erbauten Villa aus. Paul ging mit Jasmine am Arm voran. Der Weg führte am Haus vorbei und endete vor einer langen Steintreppe, die fast senkrecht zu einem weiten Sandstrand hinunterführte. Jasmine hatte sich im Flugzeug umgezogen und trug jetzt ein schlichtes schwarzes Kleid, dazu passende Sandalen und einen schwarzen Hut, der im Flugzeug auf dem Sitz neben ihr gelegen hatte.

Am Strand warteten an die fünfzig Trauergäste. Ich entdeckte eine Abordnung aus der Klinik, Ginny Jennings und ein paar bekannte Gesichter von BioTech, angeführt von Trent. Um Jasmine, ihre Mutter und Paul bildete sich schnell ein Kreis, Freunde und Verwandte von Malik, wie ich vermutete, viele von ihnen mit tränenüberströmtem Gesicht. Gus stellte sich neben mich und ergriff meine Hand. Er deutete auf eine hochgewachsene, stolze Schwarze, deren Gesicht wie erstarrt wirkte. »Das ist Doris Evans, Maliks Mutter«, erklärte er.

Der Gottesdienst war kurz: die Ansprache eines Priesters, eine zweite von Jasmine, ein Lied, das ein Gitarrist vorspielte. Paul fand ein paar Worte über Malik, sein vielversprechendes kurzes Leben und seine Liebe zu Jasmine. Zum Schluß warf Jasmine einen mit einem schwarzen Band zusammengebundenen Strauß Wiesenblumen ins Meer. Wir standen da und sahen dem immer weiter ins Meer hinaustreibenden Blumen nach, bis sich eine gewaltige Welle heranwälzte und sie im weißen Schaum verschwanden. In diesem Augenblick tauchten sechs Delphine auf. Ihre großen, dunklen Körper schlängelten sich anmutig durch die Brandung, ihre Flossen durchstießen immer wieder die Oberfläche. In einer Entfernung von vielleicht fünf Metern schwammen sie parallel zum Strand in Richtung Zuma Beach. Als wir nichts mehr von ihnen sehen konnten, stiegen wir die steilen Stufen hinauf und gingen zu einem leichten Imbiß in Pauls Villa.

Das Haus war eine sensationelle Huldigung an Pauls finanzielle – wenn auch nicht geistige – Potenz. Während die meisten der Villen an der Küste von Malibu auf ihrem zig Millionen teuren Grund eng beieinanderstanden, besaß Paul ein großzügiges, von Landschaftsarchitekten angelegtes Grundstück, das auf der einen Seite durch eine Tennisanlage und auf der anderen durch einen Pferdestall und eine Reitbahn von den Nachbaranwesen getrennt war. Riesige, zehn Meter hohe bogenförmige Glastüren mit Mahagonirahmen, die einen atemberaubenden Blick aufs Meer boten, führten auf eine von Blumen gesäumte Terrasse. Die Einrichtung stellte eine Mischung aus klassischer Moderne und altem indianischen Stil dar. Vor allem die Teak- und Mahagonimöbel mit ihren geschwungenen Linien und die Rohrstühle verliehen dem Haus ein leicht exotisches Flair. An allen Wänden hingen indianische Schnitzereien, und auf jedem Tisch stand ein gewaltiger Korb voller Muscheln, Treibholz und Strandsteinen. An einer der Längswände erstreckte sich eine Bar aus unbearbeitetem Holz, an der zwei Kellnerinnen mit hochgeschlossener weißer Bluse und schwarzer Weste bedienten.

Paul stellte sich zu Gus und mir. »Tun Sie sich keinen Zwang an, schauen Sie sich ruhig um«, lud er uns ein. »Sie wollten mal einen Artikel über das Haus im *Architectural Digest* bringen, aber wie ich dem Redakteur, der mich anrief, erklärte, ist es nichts für sie. Allein schon, weil es nicht groß genug ist. Das Hauptgebäude nimmt gerade mal tausend Quadratmeter ein. Für mich reicht das, aber es ist immer noch eher bescheiden.« Er beugte sich zu mir. »Ich lasse mich so schnell zu nichts hinreißen, doch allein der Kamin im Gästezimmer hat fünfzig Riesen gekostet. Er ist aus blauem brasilianischen Marmor. So was hat nicht einmal Barbra. Und sämtliche Fenster lassen sich natürlich elektronisch bedienen.«

»Natürlich.«

»Und dann die Bäder ›für sie‹ und ›für ihn‹: Sie müssen mal in die Schränkchen schauen – sie sind innen mit haltbar gemachter Lachshaut bezogen. Tolle Sache, sag' ich Ihnen. Natürlich wohnt hier keine ›sie‹ – noch nicht.« Er sah quer durch das Zimmer zu Jasmine hinüber und nippte an seinem Wein.

»Wirklich beeindruckend«, mußte ich zugeben. Gleichzeitig beobachtete ich ihn dabei, wie er Jasmine anstarrte, als wäre sie irgendein Feingebäck im Schaufenster eines Konditors. Ohne unsere Blicke zu bemerken, hielt sie die Hand ihrer Mutter und sprach leise mit ihr. Ich fragte mich, ob sie gut beraten war, wenn sie in diesem Haus übernachtete. Aber wenigstens wäre ja der Fisch zur Stelle.

»Tja, ich muß mich unters Volk mischen«, murmelte Paul und zog ab.

»Fünfzigtausend für den Kamin im Gästezimmer«, ächzte Gus merklich beeindruckt. »Und hat er *Lachshaut* gesagt?«

Der Fisch gesellte sich zu uns, und wir verfolgten gemeinsam, wie Paul einem anderen Trauergast von der Fensterelektronik vorschwärmte. »In Szene setzen kann er sich«, brummte er.

»Er ist wie die Kakerlaken«, meinte ich. »Eine dieser Lebensformen, die sogar die Atombombe überstehen würden.«

Der Fisch warf einen prüfenden Blick durch den Raum. »Zumindest hat es bislang keinen Ärger gegeben. Die Sache im Flugzeug hat mich doch etwas beunruhigt, aber anscheinend war da ein Amateur am Werk.«

Gus nickte. »Stimmt, bislang ist es alles in allem glatt über die Bühne gegangen.«

Unterdessen hatte der Fisch das Buffet entdeckt. Sein Blick verweilte sehnsüchtig auf den Bergen von Krabben, Austern, Muscheln und Garnelen. »Ich habe ja auch fünfzehn Leute in der Umgebung postiert«, verkündete er. »Denen entgeht nichts. Nicht mal der Präsident der Vereinigten Staaten hat einen so guten Schutz.«

»Ich habe aber überhaupt niemanden gesehen!«

»Das ist ja der Witz an dem Ganzen.«

In diesem Augenblick winkte Trent Gus zu sich, der sich auch sofort mit einer Entschuldigung entfernte.

»Zu deiner Freundin Anna Martinez«, sagte der Fisch.

»Ja?«

»Sie geht nach Florida. Hat einen Job bei der Sportmodenfirma Filament bekommen.«

»Na, Gott sei Dank. Vielleicht fängt sie jetzt ein neues Leben an.«

»Es ist ein ziemlich guter Job«, meinte der Fisch. »Über hunderttausend im Jahr. Ein verdächtig guter Job.«

»Wirklich? Na ja, ein bißchen Glück hat die Arme auch mal verdient. Aber wenn sie in Florida ist, wer steckt dann hinter der Drohung am Flughafen?«

»Da gibt es endlos viele Möglichkeiten.«

Ich sah zu Jasmine hinüber. Paul Kessler hatte sie mit Beschlag belegt und saß jetzt mit ihr auf einem kleinen Balkon über dem Wohnzimmer. Eine knackige Blondine in schwarzem Hosenanzug brachte ihnen ein Tablett mit Häppchen und Drinks. Ich wandte mich wieder dem Fisch zu. »Apropos, noch eine Kleinigkeit, die dich interessieren wird: Meine Sekretärin hat eine Drohung bekommen.«

»Nein, wirklich? Fred? Jemand hat Fred bedroht?« Er schmunzelte. »Möge Gott ihm beistehen.«

»Ich habe ihr ein Ticket nach Toronto besorgt. Es ist zum Verrücktwerden.«

Gus kehrte zu uns zurück. Für mich hatte er ein Glas Mineralwasser dabei; ohne Eis, so wie ich es mag. Ich hatte noch keinen Schluck trinken können, als Paul sich über die Brüstung beugte und mich aufforderte, nach oben zu kommen. Nun war ich an der Reihe, mich bei meinen Gesprächspartnern zu entschuldigen.

»Es war eine sehr schöne Trauerfeier, Jasmine«, sagte ich, als ich oben ankam.

»Die Hochzeit wäre noch schöner gewesen«, erwiderte sie traurig. »Aber darüber muß ich hinweg. Paul und ich haben miteinander über die Zukunft gesprochen. Im April feiere ich auf Hilton Head mein Comeback.«

»Das klingt wunderbar! Dann hast du ein paar Monate Zeit, zu deinem Spiel zurückzufinden. Es hätte auch wenig Sinn, die Sache zu überstürzen.«

Paul rieb Jasmines Schulter. »Sie schlägt sich prima. Sie ist ein tapferes Mädchen. Ein wahrer Champion eben.«

»Sie hat mich gebeten, mit ihr zu arbeiten ...«

Paul hob abwehrend die Hand. »Alles zu seiner Zeit. Im Moment braucht sie vor allem Tapetenwechsel. Ich kann nicht zulassen, daß sie nach Desert Springs zurückgeht, wo – *das* – geschehen ist. Noch nicht. Das verstehen Sie sicher. Da wäre sie überfordert. Darum wird Jasmine fürs erste bei mir bleiben.«

»Bei Ihnen?«

»Warum nicht? Ich habe vier Tenniscourts – zwei davon Hartplätze –, einen Gymnastikkeller, alles, was man so braucht. Sie kann ins Hauptgebäude einziehen. Ich werde solange in der Stadt wohnen. Auf diese Weise können wir auch am besten für ihre Sicherheit sorgen. Mr. Fisher hat ein Schutzsystem nach dem neuesten Stand der Technik entwickelt. Wir werden auch ihre Trainerin hier unterbringen. Es wird Jas guttun, direkt am Meer zu leben.« Er tätschelte ihr die Schulter.

»Ich werde mich auf mein Spiel konzentrieren und nichts sonst an mich heranlassen«, erklärte Jasmine. »Auf diese Weise stehe ich das Ganze am ehesten durch.«

»Ich weiß, wovon du redest«, sagte ich. Und das waren keine leeren Worte. Genauso hatte ich mich auch gefühlt, als ich nach meinem Absturz die neue Qualifikation erworben hatte.

»Ich werde auf Hilton Head gewinnen«, fügte sie entschlossen hinzu. »Paul will eine neue Trainerin für mich engagieren, und dann werde ich in den nächsten Monaten ausschließlich auf einem Hartplatz arbeiten. Das wird mich auch ablenken. Und den Sieg werde ich Malik widmen.«

Nun, unmöglich war das nicht. »Diesen Sieg wünsche ich dir von ganzem Herzen«, sagte ich.

»Ich habe auch schon mit seiner Mutter gesprochen. Wir wollen in Maliks Namen eine Stiftung einrichten. Damit soll Kindern geholfen werden, die mit dem Tennisspielen anfangen. Das hätte ihm sicher gefallen.«

»Ganz bestimmt«, bestätigte ich, und wir umarmten uns.

»Paul ist so lieb«, fuhr sie fort. »Ich weiß nicht, wie ich es ohne ihn geschafft hätte. Alles Geschäftliche kann ich getrost ihm überlassen. Das erlaubt es mir, mich voll auf mein Spiel zu konzentrieren. Sag, könntest du vielleicht hierherkommen und hier mit mir arbeiten? Dann könnten wir das Programm fortführen, das wir in Desert Springs begonnen haben, bevor das andere passierte.«

»Es läßt sich sicher was arrangieren. Ich muß nur in meinen Terminkalender sehen.«

Ich ging wieder nach unten, wo Gus mit meinem Mineralwasser wartete. Er war ganz aufgeregt.

»Jordan, ich muß dir was sagen. Ich habe es soeben von Trent erfahren. Erinnerst du dich noch an das Hundefutter, das du Dean gegeben hast?«

»Klar.«

»Trent hat es inzwischen untersuchen lassen. Ich muß gestehen, wir haben der Sache keine Bedeutung beigemessen – na ja, es war schließlich nur Hundefutter, und der Verdacht erschien uns abwegig. Aber dann haben sie ihn gestern irgendwann nach unserem Gespräch angerufen. Das Futter war tatsächlich vergiftet. Wenn A.M. es gefressen hätte, wäre sie jetzt wahrscheinlich tot.«

»Himmel! Ist das dein Ernst?«

»Leider, ja.«

»Gott sei Dank ist Winnifred jetzt aus der Schußlinie«, seufzte ich.

Unverzüglich winkte ich den Fisch zu mir, um ihm die Neuigkeit mitzuteilen, aber mir fiel sofort auf, daß er leichenblaß war. »Fehlt dir was?« fragte ich ihn besorgt.

»Mir doch nicht. Warum fragst du?« Sein Ton war lässig, doch seine Lider flatterten. Im nächsten Moment kippte er nach vorne, direkt auf mich und riß mich mit sich zu Boden.

Ich versuchte mich zu bewegen, war aber unter fast drei Zentnern Gewicht praktisch begraben und bekam kaum noch Luft. Schließlich wälzte ihn jemand zur Seite. Benommen hievte ich mich auf die Knie. Das Gesicht des Fischs sah aus wie Wachs, er schien um Luft zu ringen. Geistesgegenwärtig kniete sich Gus über ihn, riß sein Hemd auf und begann eine Herzdruckmassage. Ich beugte mich nun über den Kopf des Fischs, hob sein Kinn und fing an, ihn im Wechsel mit Gus' Kompressionsstößen durch den Mund zu beatmen. Was dem Fisch zugestoßen sein mochte, war mir ein Rätsel, aber im Moment war das nebensächlich. Jetzt mußten wir alles daran setzen, ihn bis zum Eintreffen des Rettungsdienstes am Leben zu erhalten. Dank Pauls ultramodernem Alarmsystem trafen die Sanitäter binnen Minuten ein.

»Die Atemwege sind noch nicht frei«, meldete einer. Sie arbeiteten fieberhaft daran, ihn zu stabilisieren und legten ihm eine Infusion, ohne die künstliche Beatmung zu unterbrechen. Ich blieb die ganze Zeit beim Fisch, während sie ihn auf eine Bahre legten und in Windeseile zum draußen wartenden Krankenwagen trugen.

Im Haus herrschte Totenstille. Nur Jasmine, die noch immer auf dem Balkon stand, stieß unablässig gellende Schreie aus. Ich hatte ihr Kreischen noch im Ohr, als der Rettungswagen nach LA zum nächsten Krankenhaus raste.

12

Ich saß auf einem harten Plastikstuhl im Wartesaal vor der Notaufnahme wie auf glühenden Kohlen. Was war da nur passiert? Eine Schreckensvorstellung nach der anderen schoß mir durch den Kopf: Gift, eine mysteriöse Epidemie – ständig neue Schreckensmeldungen in dieser anscheinend endlosen Litanei von Erkrankungen, die alle irgendwie mit unserer Klinik und der Tenniswelt zusammenhingen. Andererseits war der Fisch ein zäher Bursche – ich hatte gesehen, wie er in Paris brutalste Schläge überlebt hatte, die fast jeden normalen Menschen getötet hätten. Die Frage war nur: Wie viele Leben hat ein Mensch?

Endlich ging die Flügeltür auf, und ein Arzt winkte mich zu sich. »Eine allergische Reaktion«, verkündete er.

»Eine Allergie? Worauf?« Daß der Fisch eine Allergie haben sollte, war mir neu. Andererseits lernte ich bei ihm nie aus. Immer wieder mußte ich feststellen, daß er mehr unbekannte als bekannte Seiten hatte.

»Den Jodwerten im Blut nach zu urteilen«, fuhr der Arzt fort, »muß sich Mr. Fisher den halben Fischbestand des pazifischen Ozeans einverleibt haben. Er hat einen anaphylaktischen Schock erlitten – eine extreme allergische Reaktion. Die Gefäße sind schlagartig angeschwollen, so daß sich seine Luftwege buchstäblich verschlossen haben. Darum konnte er nicht mehr atmen. Es war ein Glück, daß der Rettungsdienst so schnell eintraf, denn in Fällen wie diesen ist künstliche Beatmung nutzlos. Da helfen nur Medikamente, und auch nur dann, wenn sie schnell verabreicht werden. Als er zu sich kam, berichtete mir Mr. Fisher, daß er in der Tat gegen Meeresfrüchte allergisch ist. Er hat sein Schicksal schlichtweg herausgefordert.«

Ein anaphylaktischer Schock ist eine ernste, ja lebensbedrohliche Reaktion des Organismus, die sich in unkontrollierten internen oder externen Schwellungen äußert. Doch mir fiel ein Stein vom Herzen, als ich endlich eine rationale Diagnose erfuhr. »Wie geht es ihm?« fragte ich.

»Wir mußten ihm das Serum direkt ins Herz spritzen, aber er hat reagiert. Die Schwellung geht zurück. Er ist noch schwach, aber er ist über den Berg. Sie können zu ihm gehen, wenn Sie möchten.« Er führte mich in den Behandlungsraum, in dem der Fisch hinter einem grünen Vorhang in einer Kabine lag. »Wir können ihn bald nach Hause schicken. Allerdings nicht ohne eine Packung Prednison, einen EpiPen und die strikte Anweisung, sich von Meeresfrüchten fernzuhalten.« Er sah den Fisch streng an. »Haben Sie das gehört«

Der Fisch brachte ein mattes Lächeln zuwege. »Dem Tod von der Schippe gesprungen«, murmelte er mit belegter Stimme.

»Wie hast du das nur angestellt?« fragte ich ihn kopfschüttelnd.

»Ich habe nur versucht, mich an meine Diät zu halten. Und Meeresfrüchte stehen auf eurem Speiseplan.«

»Wie viele?«

»Keine Ahnung.« Sein Kopf rollte zur Seite. »Ich habe ein paar Krabbenscheren genascht, als das Buffet aufgebaut wurde. Nur als kleine Vorspeise.«

»Was heißt ein paar?«

Der Fisch schloß die Augen. »Vielleicht dreißig. Und ein paar Garnelen als Dreingabe.«

»Mein Gott, du hättest dich fast umgebracht!«

Er leckte sich die Lippen. »Sie wären es wert gewesen. Solche Krabben bekommt man in Long Island nicht zu sehen.«

»Und außerdem hast du mir und allen anderen einen Mordsschrecken eingejagt. Jasmine mußte sediert werden.«

Der Fisch zog sich mühsam hoch. »O nein! Armes Mädchen. Das ist ja furchtbar. Ich spreche gleich mit ihr.«

Ich drückte ihn sanft auf die Matratze zurück. »Du bleibst, wo du bist. Du hast eben erst sehr starke Medikamente bekommen und bist noch nicht stabil.«

Er nickte gehorsam.

»Die sollten dich ans Bett ketten und zu deinem eigenen Besten deine Nahrungszufuhr beaufsichtigen. Sie könnten dein Essen zu einem Brei verrühren und dir durch eine Röhre zuführen, damit nichts Falsches reinkommt, aber dank der Wunder der modernen Medizin wirst du heute noch entlassen. Ich bestelle dir ein Taxi und begleite dich zu deiner Wohnung.«

Erneut versuchte der Fisch, sich aufzusetzen. »Aber Jasmine …«

»Ich lasse ihr ausrichten, daß es eine Allergie war und du dich erholt hast.« Ich setzte mich auf die Bettkante. »Sie hat sich nicht zu Unrecht Sorgen gemacht, weißt du. Langsam wird die Lage kritisch. Jemand hat sich auf meine Terrasse geschlichen und vergiftetes Hundefutter hingestellt. Trent hat es analysieren lassen.«

Der Fisch richtete sich mühsam auf. »Wie kann man sich bei euch Zutritt verschaffen?«

»Tja, die Siedlung ist hermetisch abgeschlossen und wird rund um die Uhr bewacht. Ich zermartere mir schon die ganze Zeit das Hirn. Darum habe ich ja auch Winnifred in Urlaub geschickt. Nach der Katastrophe mit Tony…«

»Das ist das klassische Muster«, unterbrach mich der Fisch. »Es ist wie bei konzentrischen Kreisen. Am Anfang sind sie weit vom Zentrum entfernt, aber dann werden sie immer kleiner und nähern sich ihm.« Er starrte mich mit hervorquellenden Augen an. »Mein Gott, ich fühle mich so überdreht.«

»Das sind die Medikamente. Die Ärzte mußten schließlich einen Kickstart mit dir veranstalten. Aber das läßt bald nach.«

Ich beugte mich über den Fisch. Das Haar stand ihm zu Berge und entblößte eine kahle Stelle, über die er es sonst immer kämmte. Ich mußte unwillkürlich an einen zerrupften Vogel denken. Gleichwohl zwang ich mich, beim Thema zu bleiben. »Und was passiert, wenn diese Kreise den Mittelpunkt erreichen?«

»Es gibt nur eins: Wir dürfen es nicht soweit kommen lassen. Vorbeugen ist in jedem Fall besser als heilen.«

»Na, wenigstens wissen wir, wer hinter deinem Umweg hierher steckt«, sagte ich. »Du selbst.«

Der Fisch ließ den Kopf hängen. »Ich habe meine Lektion gelernt, das schwöre ich bei Gott«, gab er kleinlaut zu.

»Gut.«

»Von jetzt an ernähre ich mich nur noch von den großen vier: Domino's Pizza, Dunkin' Donuts, Micky D's und Taco Bell.«

»Wann, hat der Arzt gesagt, darfst du wieder arbeiten?«

»Ab morgen, kein Problem.«

»Dann zieh dich an«, befahl ich ihm. »Wir gehen.«

Als ich vor der Tür auf den Fisch wartete, tauchte vor meiner Nase jäh eine Plastiktasse mit Kräutertee auf. Ich sah auf und erkannte Gus.

»Wie geht es ihm?«

»Gut. Es war eine Allergie. Er wird schon wieder entlassen.« Ich nahm die Tasse dankbar entgegen. Meine Kehle war ganz ausgetrocknet, und es tat gut, die warme Tasse in den Händen zu spüren. »Ich bringe ihn heim.«

»Alle machen sich schreckliche Sorgen«, sagte Gus. »Laß mich euch beide zu Fishers Apartment bringen. Wir können ihn versorgen und dann gemeinsam weiterfahren. Es ist schon spät. Wie wolltest du nach Hause kommen?«

»Darüber hatte ich noch nicht nachgedacht.«

»Ich habe ein Zimmer im Bel Air reserviert. Wir können dort essen und übernachten.«

In diesem Moment kam der Fisch aus dem Behandlungsraum. Sein Hemd stand am Kragen offen, und die Krawatte hatte er sich lose um den Hals gehängt. »Hi, Doktor«, sagte er an Gus gewandt. »Tut mir leid, wenn ich die Truppe erschreckt habe.«

Vor dem Krankenhaus stand mit laufendem Motor eine schwarze Limousine. Als wir ins Freie traten, sprang sofort ein uniformierter Chauffeur aus dem Wagen und hielt uns die Tür auf.

»Dein Wagen, Gus?«

»Trent hat ihn mir zur Verfügung gestellt. Für sich und seine Begleiter hat er einen anderen angefordert.«

»Die machen alles in großem Stil«

»Nun ja, es ist eine andere Welt.«

»Kein Vergleich mit meiner Ankunft«, krächzte der Fisch. Er betrachtete die feingeschliffenen Kristallkaraffen in der Bar und den Farbfernseher, der in eine Holzkonsole integriert war. »Ich muß vorangekommen sein.«

Wir brachten den Fisch nach Hause, dann preschten wir den Sunset Boulevard hinunter, passierten das Tor zu dem exklusiven Wohnpark Bel Air und fuhren die Stone Canyon

Road entlang zum Bel Air Hotel. Das Hauptgebäude schimmerte in einem sanften pinkfarbenen Ton zwischen den subtropischen Pflanzen hindurch. Wir meldeten uns an und wurden in eine kleine, aber schicke Villa geführt, die ein Wohnzimmer mit Kamin, ein Schlafzimmer mit Himmelbett und ein luxuriöses Marmorbad aufwies. Im Kamin brannte bereits ein Feuer.

Nach einem ausgiebigen Schaumbad schlüpfte ich wieder in meinen schwarzen Hosenanzug, verzichtete aber auf den Blazer. Dann suchten wir den Speisesaal auf und speisten draußen auf der Terrasse unter einem mit Wein und Blumen bewachsenen Spalier im Licht flackernder Kerzen. Gus bestellte uns einen angenehmen Wein dazu, und zum erstenmal seit langem konnte ich fühlen, wie ich mich entspannte.

»Wußtest du von den Plänen, die Klinik in ein Kurbad für die Allgemeinheit umzubauen?« fragte ich Gus. »Ich habe das Modell gesehen. Das Projekt ist ganz schön ehrgeizig, finde ich.«

Gus nickte. »Ich weiß. Das könnte ein großes Geschäft werden, wenn man es richtig anpackt.«

»Aber dann würde sich doch alles ändern. So eine Kurklinik könnte die Sportler vertreiben, dabei sind sie schließlich der Grundpfeiler unseres Geschäfts.«

Weil der Salat gebracht wurde, antwortete Gus nicht gleich. »Weißt du, Jordan«, sagte er dann, »Veränderungen können eine enorme Chance bedeuten. Das Ende deiner Tenniskarriere war gleichzeitig die Chance zu einem Neuanfang, auch wenn du es damals nicht so gesehen hast. Aber im nachhinein mußt du doch zugeben, daß es gut so war, oder?«

»Ja, klar. Wäre ich im Tenniszirkus geblieben, wäre ich jetzt eine ausgebrannte Spielerin auf der Suche nach etwas Neuem.«

»Und jetzt hast du eben die Chance, in deinem Leben wieder einen Schritt voranzukommen.«

»Du meinst das mit BioTech?«

Gus lächelte. »Nein, ich meine mich. Ich dachte mir, daß wir vielleicht übers Heiraten reden sollten.«

Meine Gabel blieb auf halbem Weg zu meinem Mund stecken und fiel mit einem Klirren auf den Teller zurück. »Heiraten?«

»Na ja, das ist doch nichts Außergewöhnliches. Eigentlich wollte ich dich erst später fragen, in einem passenderen Moment, aber jetzt ist mir klargeworden, daß es *den* passenden Zeitpunkt nie gibt. Überleg dir doch nur, was für ein Team wir abgäben, Jordan. Wir würden zusammenarbeiten und leben; wir wären echte Partner.«

Ich starrte ihn entgeistert an. »Heiraten«, wiederholte ich, wie um den Klang des Wortes zu testen.

»Deine letzte Ehe hat nicht geklappt, ich weiß, aber damals warst du einfach zu jung. Jetzt weißt du, wer du bist und was du willst. Und bei mir ist es nicht anders.« Er schob einen kleinen Umschlag über den Tisch. »Ich erwarte deine Antwort ja nicht sofort. Denk darüber nach. Und bis dahin kannst du das da tragen.«

Ich öffnete den Umschlag und zog ein zartes, mit Amethysten, meinen Lieblingssteinen, besetztes Goldarmband heraus. Es glitzerte im Kerzenlicht. Gus nahm es mir aus der Hand und legte es mir an. »Es ist viktorianisch«, erklärte er. »Es paßt zu dir, finde ich.«

Ich betastete es ehrfürchtig. »Es ist wunderschön.« Dann beugte ich mich über den Tisch und küßte ihn. In diesem Moment erschien mir eine Ehe mit Gus als das Natürlichste der Welt. Doch irgendwie fühlte ich mich immer noch nicht bereit. »Du weißt, wieviel du mir bedeutest«, sagte ich, »aber kann ich noch etwas Bedenkzeit haben?«

»Aber natürlich. Das hatte ich sogar erwartet. Spontane Entschlüsse sind nicht deine Sache. Wenn du auf der Stelle ja gesagt hättest, wäre ich wahrscheinlich vor Überraschung umgefallen, und du hättest den nächsten in die Notaufnahme bringen müssen.« Wir mußten beide lachen. »Aber du denkst darüber nach, ja?«

»Und wie ich denke!«

»Schön. Fortsetzung folgt.«

Ich hob mein Weinglas. »Auf die Fortsetzung.« Ein Teil von mir wünschte, ich hätte ihm auf der Stelle und ohne Vorbehalte mein Jawort gegeben, mich fest gebunden und wäre losgerannt, um mir ein weißes Kleid und einen Schleier zu kaufen. Aber eine Bindung mit Gus bedeutete nun mal mehr als eine Partnerschaft mit einem Mann; sie bedeutete einen völlig neuen Lebensstil. So war eben seine Art. Vor Jahren, als es mit dem Tennis vorbei gewesen war, hatte ich von heute auf morgen das einzige Leben aufgegeben, das ich mir für mich hatte vorstellen können. Unvermittelt mit einer ungewissen Zukunft konfrontiert, war ich zu benommen gewesen, um meine eigene Welt für mich zu entwerfen. Folglich hatte ich das Paket, das Gus mir bot, mit allem Drum und Dran an mich gerissen. Damals erlebten wir auch in unserer Beziehung die schönste Zeit, denn es gab nie Konflikte. Er bestimmte, ich war lediglich eine Mitläuferin. Doch wenigstens war mir das Gelände vertraut. Sein Traum war auch mein Traum gewesen. Jetzt, da wir uns in unterschiedliche Richtungen entwickelt hatten, war das freilich nicht mehr der Fall. Sein neuer Lebensstil, ein Kaleidoskop aus Millionengeschäften, Limousinen und luxuriösen Extras, war mir fremd. Ich hätte mir einreden müssen, daß das alles eines Tages auch meine Welt sein könnte, falls wir heirateten, doch im Augenblick konnte ich das nicht. Wenn Duration erst mal eingeführt und die Werbekampagne vorüber war, würde es wahrscheinlich ruhiger zugehen. Vielleicht bekam ich bis dahin auch ein präziseres Bild von einer Zukunft mit Gus. Außerdem, so sagte ich mir, geschahen im Moment einfach zu viele schlimme Dinge. Ich wollte nicht, daß mein Leben in diesem Strudel von Katastrophen mit nach unten gerissen wurde. Es gab wirklich jede Menge Gründe, abzuwarten.

Aber keinen Grund, diesen Abend nicht zu genießen. Gus und ich aßen, tranken und redeten, bis es nichts mehr zu sagen gab. Dann gingen wir auf einem nach Blüten duftenden Weg in unsere Villa zurück, wo uns ein heimelig prasselndes Holzfeuer empfing, das Bett mit teuren, flauschigen Laken bezogen war, auf jedem Nachttisch ein Tablett mit feinem Gebäck und Pralinen bereitstand und eine Flasche Wein in einem Kühler auf uns wartete. Und so erlebten wir trotz des Schocks und der Trauer an diesem Tag eine wunderschöne Nacht.

Am nächsten Tag flog der BioTech-Jet mit mir als einziger Passagierin nach Palm Springs zurück. Sunday Stanley war die Pilotin. Als ich an Bord ging, ergab sich die Gelegenheit zu einem kurzen Gespräch.

»Wie ist es nach dieser Bombendrohung weitergegangen?« erkundigte ich mich. »Haben sie rausgefunden, wer dahintersteckt?«

»Ich habe nichts gehört. Wenn sie diesen Menschen je stellen, landet er wohl im Gefängnis. Man hält die Leute in der Luftfahrt nicht ungestraft zum Narren. Da wird jede Drohung ernstgenommen. Natürlich kann es auch nur ein dummer Scherz gewesen sein. So was erleben wir immer wieder mal.«

»Apropos Scherz, hat man inzwischen mehr über den Piloten in Erfahrung gebracht, der mir neulich die Haare abrasieren wollte?«

»Bis jetzt nicht. Soviel ich weiß, ist er außer Landes. Ich bin aber sicher, daß er zu einem Ausweichmanöver gezwungen war. Ich würde mir deswegen keine Gedanken machen. An Flughäfen gibt es ständig Vorfälle aus Gründen, die mit den Maschinen und nichts mit den Menschen am Boden zu tun haben. Wir haben Wichtigeres um die Ohren, als uns wegen so etwas den Kopf zu zerbrechen – Fliegen zum Beispiel.«

»Sie fliegen also nicht ausschließlich für BioTech? Sind Sie auch für ein anderes Unternehmen tätig?«

»Doch, ich fliege exklusiv für BioTech. Aber man braucht immer mehr als einen Piloten. Sie müssen die Abfertigungszeiten mit berücksichtigen, und manche der Flüge gehen ja sehr weit. Letzte Woche mußte ich diese Maschine zum Beispiel nach Florida fliegen. Das dauert fünf Stunden. Da kann ich sie nicht einfach auftanken lassen, wieder ins Cockpit klettern und zurückfliegen. Das wäre ein Verstoß gegen die Vorschriften. Wenn BioTech nach so einem Flug gleich wieder einen Jet braucht, müssen sie einen anderen Piloten einsetzen, der für mich übernimmt. Ich würde dann in einer Chartermaschine nach LA zurückfliegen.«

»Ich verstehe. Machen Sie öfter solche langen Flüge?«

»Nun, Florida steht ziemlich oft auf dem Flugplan. Außerdem haben sie noch Büros in einigen Städten an der Ostküste. O ja, die fliegen wir häufig an. Aber das stört mich nicht. Ich bin gern unterwegs. In einem Schreibtischjob würde ich mich zu Tode langweilen.«

»Ich kann Sie gut verstehen«, sagte ich.

Nun verzog sich Sunday ins Cockpit, um die Vorbereitungen für den Flug zu treffen, während ich auf einem der bequemen burgunderroten Ledersitze Platz nahm und einen Teil des Materials über das neue Produkt las, das Gus mir in die Hand gedrückt hatte. Als wir abhoben, sah ich zum Fenster hinaus. Von hier aus war eindeutig zu erkennen, daß die Maschine, die gestern auf mich zugerast war, schon sehr scharf abgebogen sein mußte, um mir derart nahe zu kommen.

Ich blätterte in dem Ordner auf meinem Schoß weiter. In einer der Klarsichthüllen entdeckte ich eine Hochglanzbroschüre mit einer Abbildung der Duration-Packung mit Drink, Energieriegel und dem Vitamin-Mineralien-Präparat. Ich nahm das Heft heraus. Auf fast jeder Seite stieß ich auf die Erklärung eines berühmten Sportlers, unter anderem auch Malik. Das alles mußten sie jetzt neu drucken, dachte ich. Ich klappte die Broschüre zu und zog einen Bogen mit Informationen über BioTech heraus. Der war offenbar für die Presse und mögliche Werbepartner gedacht. Bald stellte ich fest, daß die Gesellschaft um einiges größer war, als ich angenommen hatte. Sie hatte zehn Tochterfirmen, aber der einzige Name, mit dem ich etwas anfangen konnte, war der eines Textilherstellers. Gerade wollte ich den Bogen in den Ordner zurückstecken, als mir ein anderes Unternehmen ins Auge stach: Filament. Die Filament-Gruppe, Erzeugung und Vertrieb von Sportartikeln, mit Sitz in Boca Raton, Florida. *Filament.* So hieß doch die Firma, für die Anna Martinez neuerdings arbeitete. Die Filament-Gruppe. Das mußte ich erst mal verdauen. Anna Martinez hatte einen Job bei einer Tochter von BioTech gefunden. Offenbar waren diese Zusammenhänge nicht einmal dem Fisch klar. Konnte es am Ende sein, daß Anna Martinez diesen Job nicht selbst gefunden, sondern vielmehr von BioTech *bekommen* hatte? Hatten die sie angeworben und nach Florida versetzt? Aber was hätten sie davon?

Als das Flugzeug bald darauf landete, steckte ich den Kopf ins Cockpit. »Es war ein sehr angenehmer Flug.«

»Danke.«

»Sie haben doch vorhin von Flügen nach Florida gesprochen – gehen die zufällig nach Boca Raton?«

Sunday, die den Kopfhörer noch nicht abgenommen hatte, drehte sich um. »Das ist eins unserer Ziele.«

»Wer fliegt da so mit?«

»Aber, Miss Myles, Sie wissen doch: Es steht mir nicht zu, mich zu den Angelegenheiten meines Arbeitgebers zu äußern. Doch man wird Ihnen sicher bereitwillig Auskunft geben, wenn Sie sich an die zuständige Stelle wenden. Wenn Sie mich bitte jetzt entschuldigen würden. Ich muß mich um meinen Flugplan kümmern.« Sie wandte sich ab und machte sich an ihren Instrumenten zu schaffen.

Ich fuhr geradewegs zu meinem Büro. Dort saß zusammen mit A. M., die es sich auf ihrem Schoß bequem gemacht hatte, Winnifred am Schreibtisch und starrte die vierfach vergrößerten Buchstaben auf dem Computerbildschirm an. »Winnifred! Sie sollten doch in Kanada sein!«

»Na ja, meine Liebe, wir hatten soviel Arbeit. Die Post macht keine Pause, nur weil man nicht da ist, wissen Sie? Und diese Faxe! Wenn es eine gräßliche Erfindung gibt, dann das Faxgerät.« Sie ließ den Text auf dem Bildschirm vorscrollen.

»Winnifred, was soll ich nur mit Ihnen machen? Ist Ihnen denn nicht klar, in welcher Gefahr Sie womöglich schweben? Ich kann nicht zulassen, daß Ihnen was geschieht.« Bei der Erinnerung an Tony schoß mir ein jäher Schmerz durch die Brust. »Bitte, bitte, fliegen Sie zu Ihrer Schwester.«

Winnifred sah zu mir auf. »Meine Liebe, ich bin eine alte Frau. Ich habe mein Leben immer so geführt, wie ich es für richtig gehalten habe, und beabsichtige nicht, jetzt noch etwas daran zu ändern.« Sie reckte herausfordernd das Kinn. »Sie werden mich schon feuern müssen, wenn Sie wollen, daß ich gehe. Aber Sie wissen doch, daß ich ein fürchterliches Problem mit den Ohren habe und die Kündigung gar nicht hören würde. So, und das ist mein letztes Wort.« Sie wandte sich wieder dem Bildschirm zu.

Ich stellte mich neben sie und umarmte sie. »Was soll ich nur mit Ihnen machen?« seufzte ich.

»Arbeiten Sie. Wir sind im Verzug. Laufen Sie zu Ihrem Schreibtisch und besetzen Sie die Geschütze.« Sie schickte mich mit einer Handbewegung weg.

So verzog ich mich in mein Büro. Auf dem Schreibtisch lag ein kleiner Bund frischer Veilchen, meine Lieblingsblumen. Ich brauchte nicht zu fragen, woher sie stammten. Gus hatte mir schon zweimal zu besonderen Gelegenheiten Veilchen geschickt – als ich aus dem Krankenhaus entlassen wurde und an dem Tag, als ich als Partnerin in die Klinik eintrat. Ich wußte, daß Veilchen zu dieser Jahreszeit schwer zu bekommen waren. Gus hatte sie von irgendwoher einfliegen lassen müssen. Ich nahm den Strauß in die Hand und streichelte die samtigen Blüten. Ihr lila Ton paßte genau zu den Edelsteinen auf meinem Armband.

Nun, als erstes wollte ich mehr über die Filament-Gruppe in Erfahrung bringen. Ich sprach eine Nachricht auf den Pager des Fischs, dann begann ich meine Nachforschungen im Internet. Tatsächlich stieß ich auf Dutzende von Eintragungen. Aus einem Artikel im *Forbes Magazine* erfuhr ich, daß die Gesellschaft das Konzept »von Frauen für Frauen« eingeführt hatte, indem sie ausschließlich von Designerinnen entworfene Modelle für Profisportlerinnen hergestellt und sich auf diese Weise als einzigartig positioniert hatte. Das war interessant, aber nicht erhellend. Ich lud mir eine vier Wochen alte Ausgabe des *Wall Street Journal* herunter. Deren Artikel befaßte sich mit Gerüchten, wonach »die private Filament-Gruppe bald an die Börse gehen könnte«. Ich ackerte mich noch durch drei oder vier Beiträge mehr, als ich auf den *Miami*

Herald stieß. Meine Augen klebten förmlich am Monitor, als Trents Name dort auftauchte. Er wurde mit dem Ausspruch zitiert, BioTech sei »eine dimensionalisierte Organisation mit Kopf, Herz und Gliedern und insofern vergleichbar mit dem menschlichen Körper« – typisch Trent –, und die Filament-Gruppe würde in Zukunft als die »Beine« des Konzerns fungieren. Diesen Satz mußte ich noch mal lesen, weil mir nicht klar war, worin der Zusammenhang zwischen BioTech und Filament bestand und warum Filament für BioTech so wichtig sein sollte, daß er es gleich als Beine bezeichnete. Natürlich konnte das auch PR-Wortgeklingel sein, aber ich hatte immer noch Anna Martinez mit ihrem sechsstelligen Gehalt im Hinterkopf. Wie der Fisch vorausgesagt hatte, zogen sich die konzentrischen Kreise allmählich zusammen.

Als der Fisch zurückrief, klärte ich ihn sogleich auf. »Heute habe ich was dazugelernt«, schloß ich. »Was weißt du über die Filament-Gruppe? Und kannst du rausfinden, was Anna Martinez damit zu tun hat und wie sie dort reingekommen ist?«

»Diese Gesellschaft hat mehr Arme als ein mutierter Polyp«, meinte der Fisch. »Ich klemme mich dahinter. Das mit Anna Martinez sieht nicht unbedingt nach einem Zufall aus.«

»Meine Rede.«

»Ich besorge mir ihre Unterlagen und melde mich dann bei dir. Laß mich anrufen; im Büro bin ich nicht zu erreichen.«

»Wo bist du denn?«

»Immer noch in Malibu. Kessler hat mich an Jasmine drangehängt. Selbst wenn sie sich nur die Haare kämmt, kommt das in meinen Bericht.«

»Ich weiß, daß jetzt überall die Angst umgeht, aber findest du das nicht auch etwas übertrieben?«

»Schon. Aber du kennst Kessler ja. Außerdem ist es kein schlechter Beobachtungsposten. Man bekommt so einiges Interessantes mit.«

»Wie zum Beispiel?«

»Zum Beispiel scheint Kessler scharf auf dieses Mädchen zu sein. Er hat ihr tatsächlich das Haus zur Verfügung gestellt und beim Floristen so etwas wie einen Dauerauftrag eingerichtet. Er schickt ihr täglich frische Blumen. Und schenkt ihr Schmuck.«

»Klingt ja sehr romantisch«, knurrte ich. Von Paul Kessler war bekannt, daß er sich an jede Frau im Tenniszirkus heranmachte. Wenn er jetzt auch versuchte, Jasmine seiner Liste hinzuzufügen, überraschte mich nur die Geschmacklosigkeit bei der Wahl des Zeitpunktes. »Trainiert sie?«

»Klar. Und wie. Sie haben eine neue Trainerin angeheuert. Und jetzt kommt auch Billie Jean King für eine Woche. Ich habe den Terminkalender. Jasmine geht schon ein paar Tage früher nach Hilton Head, um dort zu trainieren.«

»Glaubst du, daß Anna Martinez hinter der Bombendrohung steckt?«

»Sie ist doch in Florida.«

»Sie hätte ja auch von dort aus anrufen können. Weder im Flugzeug noch im Gepäck der Leute ist was gefunden worden, oder?«

»Richtig. Irgend jemand wollte einfach Angst verbreiten. Aber der Sicherheit halber wird das gesamte Flughafenpersonal verhört.«

»Ich bin fest davon überzeugt, daß das zu einem größeren Plan gehörte. Die Frage ist nur, zu was für einem.«

»Darüber kannst du auf dem Weg hierher nachdenken.«

»Was soll das heißen?«

»Du wirst bald von Kessler hören. Jasmine möchte, daß du ihr beim Training hilfst.«

In diesem Moment kam Winnifred herein und hielt mir ein Fax unter die Nase. Es stammte von Paul. Wie der Fisch angekündigt hatte, bat er mich, nach Malibu zu kommen und Jasmines Training auf Hilton Head abzustimmen. »Stimmt«, meldete ich. »Da ist es schon. Er hat ein Fax geschickt.«

»Kommst du?«

Darüber brauchte ich nicht nachzudenken. »Ich tue es aus zwei Gründen«, sagte ich. »Erstens schulde ich es Jasmine, ihr wieder auf die Beine zu helfen. Zweitens hat Jas es verdient, aus Kesslers Klauen befreit zu werden. Dieser Kotzbrocken.«

»Du könntest sein nächstes Ziel sein.«

»O ja, bitte!« Ich legte auf und gab Winnifred das Fax zurück. »Rufen Sie bitte Kessler an und richten Sie ihm aus, daß ich in zwei Tagen runterfahre. Im Moment kann ich einfach keine Flughäfen mehr sehen.«

Winnifred nickte und legte einen Stapel Briefe vor mir ab. Heute war bei ihr Pink angesagt. Und mit einem farblich auf ihr gepunktetes Kleid abgestimmten Fingernagel pochte sie auf das oberste Papier. »Das hier ist von Ihrem Sender. Sie wollen, daß Sie das Turnier auf Hilton Head kommentieren. Ihr Freund Harrison hat übrigens angerufen, als Sie bei der Beerdigung waren. Aber ich hielt es für unschicklich, ihn zu Ihnen durchzustellen.«

Ich hegte den Verdacht, daß der Sender ganz besonders an meinem Kontakt zu Jasmine interessiert war. Und die Tatsache, daß Paul sie für sich in Beschlag genommen hatte, machte sie zu einem noch begehrteren Objekt für die Medien. Wahrscheinlich hofften sie, dank mir ein exklusives Interview zu ergattern. Aber zu diesem Spiel gehörten zwei. Auch ich konnte den Sender benutzen. Mir war klar, daß ich meinen letzten Einfluß verlöre, wenn ich mich aus dem Fernsehen zurückzog. »Sagen Sie ihm, daß er auf mich zählen kann.«

In der nächsten Stunde befaßte ich mich mit Bills Dossier über die Pläne zur Umwandlung der Klinik in ein Kurbad, kombiniert mit einem Sportzentrum. Die erste Hälfte zeigte eine hervorragend gemachte Graphik der Anlagen, wie sie nach dem Ausbau aussehen würden. Auf drei Seiten wurden die Räumlichkeiten des Hotels mitsamt Teppich- und Tapetenmustern dargestellt. In der zweiten Hälfte wurde auf zwanzig Seiten das neue Konzept geschildert sowie eine Übersicht der Kosten und erwarteten Profite innerhalb von fünf beziehungsweise zehn Jahren aufgestellt. Ich mußte zugeben, daß hier wirklich Profis am Werk gewesen waren. Mit den Zahlen konnte ich zwar nichts anfangen, aber ich nahm an, daß sie Gewinne auswiesen, denn sonst wären sie wohl kaum aufgeführt worden. Beim Studium der Pläne vermochte ich freilich nicht zu erkennen, wie meine Person noch in dieses Konzept reinpassen sollte. Auch wenn eine ganze Seite einem sogenannten Profisportprogramm gewidmet war, kam es mir eher wie eine Fußnote zum ausgedehnten Hotelkomplex und dem Merchandising vor. Plötzlich hatte ich das Gefühl, Blei in den Händen zu halten. Vielleicht war das Fernsehen jetzt doch das richtige für mich. Oder Gus. Ich betrachtete das Armband mit den Amethysten.

Nach der Arbeit unternahm ich mit Ginny Jennings eine Fahrradtour. Wir fuhren in die Wüste hinaus, die trotz der wenigen Farben wunderschön war. Auf ihre Weise schien sie mit ihrem kühlen, staubgrauen Einerlei den Himmel widerzuspiegeln.

»Das ist ja toll – aber gehst du darauf ein?« fragte Ginny, als ich ihr das Armband zeigte. »Willst du ihn wirklich heiraten?«

»Ich weiß es nicht«, gab ich zu. »Ich will nicht in eine Ehe hineinschlittern, nur weil sonst nichts klappt. Das wäre ein ganz schlechter Grund.«

»Natürlich. Aber es ist ja auch nicht so, als ob du dich da Hals über Kopf reinstürzen würdest. Ihr seid seit Jahren mal mehr, mal weniger zusammen. Und wenn es enger wurde, hat sich bisher jedesmal einer von euch zurückgezogen. Im Grunde läuft es auf eine Frage hinaus: Was hast du mit deinem Leben vor? Was willst du für dich persönlich erreichen?«

»Mit Tennisspielerinnen arbeiten.«

»Ich höre darin weder ›Familie‹ noch ›Bindung‹.«

Ich seufzte. »Tennis ist für mich immer noch das Wichtigste. Ich will den Leuten helfen, ihr Spiel zu verbessern; ich will sie interviewen; ich will einfach in der Welt bleiben, in der ich groß geworden bin. Das ist meine Familie, mein Leben und die einzige Welt, die ich je kannte. Ich kann mir nicht vorstellen, jemals so sehr gebunden zu sein, sei es an einen Partner, sei es an ein Produkt. Vielleicht bin ich egoistisch und kleinkariert. Aber in der Klinik habe ich das Gefühl, eine Familie, ein Zuhause zu haben. Ich hänge mit Herz und Seele daran und will sie jetzt nicht verlieren. Ich möchte Gus' Anteile erwerben und mich dafür einsetzen, daß alles so bleibt, wie es ist.«

»Ich habe gehört, daß seine Anteile schon vergeben sind.«

»Das ist nicht möglich. In den Statuten ist festgeschrieben, daß nur Partner sie kaufen dürfen.«

»Na ja, beim Geldauftreiben bekommt man so einiges mit. Ich spreche viel mit Vertretern der Finanzwelt, weißt du, und die haben ihre eigenen Quellen. Das funktioniert fast wie Urwaldtrommeln. Angeblich steht sogar schon ein Angebot.«

Ich bremste abrupt und kam schlitternd zum Stehen. »Ist das dein Ernst? Wer hat dieses Angebot gemacht?«

Ginny wendete und radelte zu mir zurück. »Jemand von BioTech. Sie haben irgendeinen Dreh vor, heißt es.«

»Das wird ihnen nicht gelingen«, beharrte ich. »Außenseiter haben kein Recht, Anteile zu erwerben.«

»Statuten können bekanntlich geändert werden, wenn der Aufsichtsrat sich dafür entscheidet.«

Ich fühlte mich auf einmal verraten. Ohnmächtige Wut stieg in mir auf. »Was hat BioTech vor? Unser Geschäft geht sie nichts an.«

»Ich würde sagen, sie setzen alles daran, es zu ihrem Geschäft zu machen. Oder siehst du das anders?«

»Sei mir nicht böse, Gin, aber ich muß sofort zurück.«

Wir kehrten um, und ich ging schnurstracks und ohne mich vorher umzuziehen zu Bills Büro. Ich war schweißgebadet und duftete wohl auch nicht gerade sehr ansprechend, aber das war mir egal.

»Er gibt im Moment einer europäischen Zeitschrift ein Interview«, beschied mich Kim, seine Sekretärin. »Möchten Sie später noch mal wiederkommen?«

»Nein, ich warte.« Ich bezog vor der Tür Stellung und marschierte im Flur auf und ab. Kaum hatte ich den Interviewer gehen sehen, war ich schon wieder im Vorzimmer und stürmte, ohne Kim höflich um eine Anmeldung zu bitten, an ihrem Schreibtisch vorbei in Bills Büro.

»Was wird hier gespielt, Bill?« fuhr ich ihn an. »Gus' Anteile sollen an einen Außenseiter verkauft werden?«

Bill zog eine Augenbraue hoch, als ich mich in Radlershorts und total zerzaust vor ihm aufbaute. »Jordan! Ich sehe keinen Grund, daß du hier so rumschreist. Bitte mäßige dich, dann können wir vielleicht ein vernünftiges Gespräch führen.« Bill war wie immer eiskalt. Sein Gesicht verriet keine Regung. Er hätte einen erstklassigen Pokerspieler abgegeben. »Erstens: Du bist falsch informiert worden. Kein

Außenseiter kauft sich bei uns ein. Ich dachte, wir hätten das längst besprochen.«

»Wirklich?« Ich stand da wie ein begossener Pudel. Langsam zog ich mir die Radlerhandschuhe aus und stopfte sie in die Tasche.

»Wenn du dich setzt, gehe ich gerne alles mit dir durch.«

Ich hockte mich auf die Sofalehne und zwang mich, nicht ungeduldig mit dem Fuß auf den Boden zu pochen.

»So ist es schon besser. Hast du die Unterlagen, die ich dir gegeben habe, gelesen?«

»Ja. Ich fand sie sehr ... professionell.«

»Nun, die Vorteile liegen auf der Hand. BioTech wird ein Angebot auf den Tisch legen, um bei uns einsteigen zu können. Das würde eine größere Finanzspritze für uns bedeuten, und deren Segnungen brauche ich dir wohl nicht zu erläutern. Sollte es so kommen, würde Gus' Teilhaberschaft nicht erlöschen, sondern nur ruhen. Seine Anteile blieben folglich in seiner Hand.«

»Oder jemand würde sie ihm abkaufen«, merkte ich an. »Trent zum Beispiel. Oder ein anderer von den Haien, mit denen er zusammenarbeitet.«

»Du meinst unsere neuen Partner.«

»Nenn sie, wie du willst.«

»Weißt du, Jordan, du bist eine schreckliche Puristin. Das ist eins der Dinge, die ich an dir bewundere. Aber die ganze Entwicklung bringt doch auch dir nur Vorteile. BioTech schwimmt in Geld. Und sie bieten uns ungeahnte Expansionsmöglichkeiten. Der Wert unserer Anteile wird in die Höhe schnellen! In ein paar Jahren können wir an die Börse gehen. Weißt du, wieviel Geld das bedeuten würde?«

»Im Prinzip hast du wohl recht, Bill, aber ich frage mich, ob sich damit nicht alles ändert.«

Bill lächelte. »Das stimmt. Es könnte sich etwas ändern. Aber sind Veränderungen denn immer etwas Schlechtes?«

»Ich nehme an, daß der Aufsichtsrat sich eingehend damit befassen wird.«

»Glaubst du, wir würden sein Urteil vorwegnehmen? Ich weiß, daß Veränderungen Unannehmlichkeiten mit sich bringen, und kann nicht behaupten, daß ich nicht nervös wäre. Aber eines ist sicher: Niemand peitscht diese Sache durch. Die Pläne müssen gründlich diskutiert werden, und nach Hilton Head müssen alle Teilhaber darüber abstimmen. Die Fakten kommen komplett auf den Tisch, und wir werden genug Zeit haben, die anderen Mitspieler kennenzulernen. Du erhältst Gelegenheit, deinen Standpunkt vorzubringen, das verspreche ich dir. Bis dahin ist aber alles streng vertraulich und vorläufig.«

Ich nickte. Richtig erleichtert war ich allerdings nicht. Es hätte schon sehr viel Naivität dazu gehört, zu glauben, daß die Aussicht auf hohe Gewinne die anderen nicht zum Zugreifen verlocken würde. Und was ich von Trent und Konsorten gesehen hatte, wirkte auch nicht gerade so verheißungsvoll, daß ich mich mit ihnen hätte einlassen wollen. Ich bezweifelte, ob ich mich zur Geschäftemacherin eignete. Abgesehen davon wurde unsere Arbeit noch immer von diesen Drohungen, Todesfällen und merkwürdigen Vorfällen überschattet. Es war, als laste ein Fluch auf uns. Und irgendwie kam mir dieses Fusionsangebot vor wie ein weiteres Glied in einer Kette von Ereignissen, von denen ich wünschte, sie wären nie geschehen.

13

Ich fuhr von Palm Springs direkt nach Malibu. Auf meinen üblichen Abstecher nach LA verzichtete ich, denn ich wollte die Arbeit mit Jasmine unverzüglich beginnen, um ihretwillen genauso wie um meinetwillen. Die Seeluft tat mir wie immer gut, und ich hoffte, beim intensiven Training würde ich einen freien Kopf bekommen. Eigentlich gab es nur eine Ablenkung: Winnifred. Da sie sich hartnäckig weigerte, zu ihrer Schwester zu fliegen, und ich mich zu Tode gesorgt hätte, wenn sie allein in der Klinik zurückgeblieben wäre, hatte ich keine andere Lösung gesehen, als sie mitzunehmen. Das Haus in Malibu war umzäunt und bewacht, und außerdem konnten der Fisch und ich auf sie aufpassen. Für mich bot das den Vorteil, daß sie sich um A. M. kümmerte, während ich mit Jasmine arbeitete. Und Paul hatte mir versichert, daß er nichts dagegen hatte, wenn ich meine Sekretärin mitbrachte.

So trafen wir zu dritt – Winnifred, A. M. und ich – bei Pauls Anwesen ein und meldeten uns über die Sprechanlage an. Sogleich ging das Tor auf. Ein junger Wärter in Bluejeans lotste uns in die Garage, wo wir den Wagen und unser weniges Gepäck stehenließen. »Ich bin Jimmy«, stellte sich der junge Mann vor. »Sie bekommen die Sternwartensuite, Miss Myles.« Er wandte sich um und ging voran zum Haus.

»Sternwarte?«

Lächelnd warf er mir einen Blick über die Schulter zu. »Mr. Kessler ist Hobbyastronom.«

»Wirklich?« Meines Wissens waren die einzigen Sterne, für die Paul sich interessierte, die Stars in den Sportmagazinen und Boulevardzeitungen.

»Doch, doch«, fuhr Jimmy fort. »Ich selbst studiere

Astronomie an der Uni. Er hat ein mit allen Schikanen ausgestattetes Observatorium mit Fernrohr der Sonderklasse – ganz schön beeindruckend, das Ganze. Den letzten Kometen haben wir an der Küste vor allen anderen entdeckt. Und um die Sternwarte herum hat er eine komplette Wohnung eingerichtet, inklusive Küche und Sauna. Es wird Ihnen bestimmt gefallen.«

»Ich würde ja nicht mal die Milchstraße erkennen!« lachte ich.

»Na ja, Mr. Kessler benutzt das Observatorium auch nicht sehr oft«, erklärte Jimmy und öffnete die Haustür mit einer Chipkarte. Den vorderen Bereich mit dem Wohnzimmer kannte ich bereits von der Trauerfeier her. Wir durchquerten es und erreichten einen anderen Flügel mit Blick aufs Meer. Am Ende eines Korridors führte eine direkt unter einem Oberlicht gelegene Wendeltreppe ins nächste Stockwerk. »Die Sternwarte ist ganz oben«, sagte Jimmy. »Aber wenn Sie nicht gerade den Himmel beobachten, werden Sie sich in diesen drei Räumen aufhalten. Die Sauna schließt sich ans Bad an. Dort finden Sie alles, was Sie brauchen: Bademäntel, Hausschuhe, Fön. Und der Kühlschrank ist auch voll. Es ist sogar Hundefutter da. Ich bringe Ihnen nur noch Ihr Gepäck ins Schlafzimmer.«

»Vielen Dank, Jimmy.«

»Ist das nicht süß?« rief Winnifred entzückt, ohne sich vom Ozean losreißen zu können, auf den die Glaswand einen uneingeschränkten Blick bot. Mit einem zufriedenen Seufzer versank sie in einem der watteweichen Sofas und nahm ihre Stickerei zur Hand, während A. M. schnuppernd auf dem Sisalteppich hin und her lief. »Ich werde es mir erst mal bequem machen«, erklärte Winnifred. »Lassen Sie sich nicht von mir in der Arbeit stören, meine Liebe.«

Jimmy räusperte sich. »Jasmine wartet am Tennisplatz.«

So folgte ich ihm wieder durch den Hauptflügel mit den hohen Wänden, und wir traten durch eine Seitentür ins Freie. Die Courts waren von den stufenweise nach unten führenden Terrassen aus gut zu überblicken. Jasmine übte gerade mit einer Partnerin Rückhandschläge. Als sie mich erkannte, winkte sie mir zu, legte den Schläger beiseite und lief mir entgegen.

»Ich bin ja so froh, daß du da bist, Jordan. Ich müßte mich auf mein Spiel konzentrieren, aber seit der Trauerfeier schaffe ich das einfach nicht mehr.« Sie ließ sich niedergeschlagen auf einen Liegestuhl sinken.

»Wie lange übst du am Tag?«

»Sechs Stunden. Wenigstens beschäftigt es mich.«

»Sechs Stunden? Jasmine, zuallererst wirst du dein Pensum einschränken.«

»Einschränken? Aber ...«

»Vergiß nicht, was ich dir in Desert Springs gesagt habe. Du mußt *alle* Muskeln entwickeln und ein ausgewogenes Verhältnis finden. Wir werden das Training variieren. Das hier ist der ideale Ort dafür.«

»Wie du meinst. Was genau hast du vor?«

»Wir können am Strand zum Beispiel Sprintübungen im Sand machen. Wir werden die Kajaks benutzen. Wir werden schwimmen. Paul hat einen Basketballkorb, wie ich sehe – wir werden also gegeneinander spielen, natürlich wettkampfmäßig. Vielleicht können wir auch ein bißchen reiten. Na, wie klingt das für den Anfang?«

»Nach Spaß.« Sie lächelte mich an. »Ich wußte doch, daß es eine gute Sache ist, dich zu holen. Glaubst du, ich kann auf Hilton Head gewinnen?«

»Ich mache keine Versprechungen, Jasmine. Wir werden hart arbeiten. Aber letztlich liegt der Sieg in deinen Händen – und in denen deiner Gegnerin. Wenn ich etwas in all den

Jahren beim Tenniszirkus gelernt habe, dann nie Voraussagen zu treffen. Du mußt jetzt durch eine schwere Phase, das weiß ich nur zu gut. Aber eins kann ich dir sagen: Manche Leute meinen, Siege im Tennis seien zu neunzig Prozent eine mentale Angelegenheit. Da ist was dran. Ohne Selbstvertrauen erreicht man nie das Niveau, zu dem der Körper fähig ist. Meine Arbeit mit dir spielt sich im physischen Bereich ab, aber die seelische Einstellung hängt von dir ab. Du hast ein festes Ziel: das Turnier zu gewinnen. Es ist aber nun mal so, daß niemand den Ausgang eines Matchs vorherbestimmen kann. Was man bestimmen kann, das ist die eigene Leistung – indem man hundert Prozent gibt – und die Fähigkeit, stark und zuversichtlich zu wirken und auch zu sein, selbst wenn es auf dem Platz draußen eng wird. Das ist realistisch. Das läßt sich erreichen. Und eins kann zum anderen führen. Laß uns daran arbeiten.«

Jasmine nickte eifrig. »Wann fangen wir an?«

»Wie wär's mit heute? Zieh doch gleich deine Joggingschuhe an.«

Ich lief ins Haus zurück, fand meinen Weg in die Sternwarte, schlüpfte eilig in Shorts, T-Shirt und Windjacke und hängte mir die Stoppuhr um den Hals. Als ich aus dem Bad kam, hockten der Fisch und Winnifred im Wohnzimmer zusammen und plauderten.

Der Fisch sah zu mir auf. »Fred hat mir gerade erzählt, daß du dich verlobt hast.«

Ich funkelte sie giftig an. »Dann ist Fred einer Fehlinformation aufgesessen.«

»Aber, meine Liebe, das ist doch der nächste logische Schritt. Schließlich werden auch Sie nicht jünger.«

»Gott sei Dank.«

»Ich habe Neuigkeiten für dich, über die Filament-Gruppe«, meldete der Fisch.

»Und Anna Martinez?«

»Richtig. Vertraulich natürlich. Laut der Akte wurde sie von Dr. Laidlaw wärmstens empfohlen.«

»Was?«

»Du hast dich nicht verhört. Dr. Gus persönlich hat seine Beziehungen spielen lassen, um sie dorthin zu vermitteln. Sie arbeitet in der Public-Relations-Abteilung. Qualifiziert ist sie zwar nicht, aber sie wurde trotzdem sofort eingestellt.«

»Dafür muß es doch einen Grund geben.«

»Es gibt für alles einen Grund. Wir kennen ihn nur noch nicht.«

»Das wird sich bald ändern, glaub mir.« Ich griff nach dem Telefonhörer und wählte die Nummer von Gus' Büro in der BioTech-Zentrale. Er war gerade in einer Sitzung. »Dann holen Sie ihn raus!« bellte ich in die Muschel. »Ich bin Jordan Myles, und es ist dringend!«

»Jordan.« Gus war sofort dran. »Was ist so dringend? Wo bist du?«

»In Paul Kesslers Haus in Malibu. Bei Jasmine.«

»Ich könnte runterkommen und mich mit dir zum Essen im Granita treffen.«

»Ich rufe nicht an, um mich zum Essen zu verabreden. Ich muß etwas wissen. Was ist das für eine Geschichte mit Anna Martinez?«

»Was soll mit ihr sein? Ich habe dafür gesorgt, daß Trent sie woanders unterbringt. Jetzt ist sie in Florida.«

»Das weiß ich. Aber warum?«

»Sie hat dich und alle anderen verrückt gemacht. Es war ein psychologischer Trick, Jordan. Bevor wir hier eine ständige Quertreiberin haben, eine Hysterikerin genauer gesagt, habe ich mir als Fachmann gesagt: Geben wir der armen Frau doch einen neuen Lebensinhalt. Es steht weiß Gott nicht in unserer Macht, ihr ihre Tochter zurückzugeben, aber immerhin hat sie die Chance zu einem Neuanfang. Hoffentlich hat es jetzt ein Ende mit den Drohungen und dem hysterischen Getue. Es ist Zeit, eine neue Seite aufzuschlagen.«

»Das hast du nie erwähnt, Gus.«

»Wozu auch? Du hast genug um die Ohren. Und sie scheint sich dort gut eingearbeitet zu haben. Zumindest habe ich nichts Gegenteiliges gehört.«

»Dann spielst du jetzt also schon Gott. Hast du zufällig auch bei ihr vorbeigeschaut, als sie ihre Umzugskartons gepackt hat?«

»Fangen wir nicht damit an. Treffen wir uns zum Essen im Granita?«

»Na gut. Aber es sind noch sehr viele Fragen offen. Und sie sind in meinen Augen alles andere als leicht zu beantworten. Diese Frau hätte Hilfe gebraucht und keine Berufsberatung. Sie ist doch keine Schachfigur, die man einfach herumschiebt.«

»Ich bin der Psychologe, falls du das vergessen haben solltest.«

»Das habe ich nie bezweifelt.« Dennoch fragte ich mich insgeheim, ob vielleicht Gus neulich bei Anna Martinez hinter dem Vorhang gestanden hatte.

»Dann bis heute abend. Um acht im Granita.«

Ich legte auf.

»Es stimmt also?« fragte der Fisch, der meinen Anteil am Gespräch aufmerksam verfolgt hatte.

»Ja, du hattest recht. Und Gus hoffentlich auch. Hoffentlich hat sich das Problem wirklich damit erledigt, ihr woanders einen Job zu verschaffen.«

»Damit ist aber die Bombendrohung am Flughafen immer noch nicht geklärt«, brummte der Fisch.

»Vielleicht gehört sie einem internationalen Syndikat an«,

schlug Winnifred vor, die sich am Panorama gar nicht sattsehen konnte.

»Sie hätte von überall aus anrufen können«, meinte ich. »Sie sehen einfach zu viele Thriller im Fernsehen, Winnifred. Trotzdem lasse ich mich nicht davon abbringen, daß ein Ortswechsel nichts an der Denkweise eines Menschen ändert, vor allem dann, wenn er am Überschnappen ist. Gus sollte das eigentlich wissen. Er ist schließlich der Psychologe hier, wie er mir gerade eben vorgehalten hat. Aber jetzt müßt ihr mich entschuldigen. Ich gehe mit Jasmine am Strand joggen.«

Der Fisch stand auf. »Ich komme mit.«

Ich starrte ihn entgeistert an. »Bitte! Du hältst uns nur auf.«

»Ich habe schließlich den Auftrag, Jasmine zu beschützen.«

»Wenn du versuchst, mit uns Schritt zu halten, kippst du in Kürze um, und wir müssen dich gleich wieder ins Krankenhaus bringen. Tu mir einen Gefallen und schau uns vom Fenster oder vom Balkon aus zu, okay?«

Der Strand war fast menschenleer, als Jasmine und ich am Rand des Wassers über den harten Sand des Point Dume Beach in Richtung Zuma liefen. Vor dem verlassenen Turm der Strandwache wusch ein einsamer Rettungsschwimmer in roten Shorts seinen gelben Pick-up. Die Buden und das Restaurant waren bis zur Invasion der Sonnenanbeter im Sommer verriegelt und verrammelt. Auf den Klippen über uns standen Seite an Seite Villen mit einem Ausblick, der für sich allein schon Millionen gekostet haben mußte. Nach unserer Rückkehr gab es auf der Terrasse ein leichtes Mittagessen mit Spaghetti. Am Nachmittag wollten wir Kajak fahren. Weil aber die Treppe zu steil war, um die Kajaks zum

Wasser hinunterzutragen, bat ich Jimmy, sie mir in Pauls Lieferwagen hinzubringen.

»Bist du schon mal Kajak gefahren?« fragte ich Jasmine.

»Nein. Es macht bestimmt Spaß, aber meinst du nicht auch, daß das Wasser vielleicht zu kalt ist?«

»Mr. Kessler hat in den Umkleidekabinen Trockenanzüge jeder Größe für seine Gäste«, beruhigte Jimmy sie. »Darin bleiben Sie einigermaßen warm.«

»Dann sind höchstens noch die Brecher ein bißchen knifflig«, meinte ich. »Und wenn wir sie hinter uns gelassen haben, müssen wir darauf achten, daß wir nicht in den Seetang geraten. Du brauchst mir nur zu folgen. Ach ja, und steh im Boot nicht auf.«

Bald paddelten wir friedlich die Küste entlang. Es war ein Genuß, im Meer vor diesem herrlichen Panorama zu trainieren. Nach zwei Stunden kehrten wir an Land zurück, zogen uns um und spielten noch eine Runde Basketball. Als es dunkel wurde, ließen wir es für heute gut sein.

»So wird es in den nächsten Tagen weitergehen«, erklärte ich. »Zuallererst arbeiten wir mit Gewichten, später übst du Tennis mit deiner Trainerin, aber nur am Vormittag. Nach dem Mittagessen gibt es im Wechsel Klettern, Kajak, Schwimmen, Laufen, Basketball und was mir sonst noch einfällt. Wenn das Turnier näher rückt, konzentrieren wir uns zunehmend auf Tennis, aber im Moment brauchst du möglichst viel Abwechslung. Du mußt dein Handgelenk mit verschiedenen Methoden kräftigen und nicht nur mit bloßen Aufschlägen.«

»Soll ich dir was sagen? Ich freue mich darauf!« rief Jasmine und warf ihre Haare zurück. »Ich kann es kaum glauben. Eine Zeitlang dachte ich, ich würde mich nie wieder für etwas interessieren. Danke!«

»Bedank dich jetzt noch nicht. Wir haben einen Haufen Arbeit vor uns.«

Am Abend traf ich mich mit Gus im Granita, einem Restaurant in einem unscheinbaren Einkaufszentrum, das trotz seiner Lage bei den Berühmtheiten von Malibu hochbegehrt war. Es war unaufdringlich, hatte aber Pfiff. Vor allem in den Sommermonaten war dort kaum ein Platz zu bekommen, heute aber waren bei meiner Ankunft nicht viele Tische belegt.

Gus steuerte auf meinen Platz zu, gab mir einen flüchtigen Kuß und bestellte eine Flasche Wein für uns.

Ich kam sofort auf mein Hauptanliegen zu sprechen. »Wir sind also wieder Partner. Bill hat mir vom BioTech-Angebot erzählt.«

»Darüber muß immer noch der Aufsichtsrat entscheiden.«

»Aber so wie es aussieht, geht die Sache durch. Das scheint ja auch ganz in Bills Sinn zu sein.«

»Und was sagst du dazu?« fragte Gus.

»Ich weiß nicht, was ich will, außer daß ich befürchte, daß aus der Klinik so was wie Disneyland wird, wenn sie ein Kurbad daraus machen.«

»Wenig wahrscheinlich«, lachte Gus. »Aber angesichts der finanziellen Alternativen wäre das tatsächlich das Beste für uns alle. Und wenn du mir bei der Promotion von Duration hilfst, sind auch alle Interessenkonflikte aus dem Weg geräumt. Ich bin sogar sehr zuversichtlich, daß auf jeder Packung eine Empfehlung der Desert Springs Sports Clinic stehen wird. Und die Klinik wird natürlich auch an den Gewinnen beteiligt.«

Ich nippte an meinem Wein und musterte Gus, der den Korken betrachtete. »Eine große glückliche Familie.«

»Sieh dir doch nur Nike an. Die haben die Produkte, Athleten als Werbeträger und eigene Verkaufshäuser. Das ist Marketing wie aus dem Lehrbuch.«

»Synergie.«

»Richtig. Wir zwei geben ein tolles Team ab. Und sind wir erst mal verheiratet – Verzeihung, ich will dich nicht unter Druck setzen –, sollten wir heiraten, wären wir die größten Anteilseigner.«

»Zusammen, meinst du.«

»Genau. Wir bilden einen Machtblock.«

»Ah, also das, was ich schon immer sein wollte – ein Machtblock. Aber eigentlich wollte ich mich eher als Braut sehen, Gus. Ich dachte, wir würden über eine Hochzeit sprechen und nicht über eine Fusion.« Ich fummelte an meinem Armband herum.

»Unsere Arbeit und unser Leben haben seit jeher nebeneinander existiert, Jordan. Das ist das Wesen unserer Beziehung.«

»Weißt du was? Ich will kein Teil eines Blocks sein. Und ich werde wahrscheinlich gegen diese Fusion stimmen. Genauer gesagt: Ich werde alles tun, um sie zu verhindern.«

Er starrte mich an. »Und was wird aus uns?«

»Ich dachte, wir hätten eine Beziehung und keinen Geschäftsvertrag. Wenn wir heiraten, dann aus den richtigen Gründen, zumindest wenn es nach mir geht. Das, was sich zwischen uns abspielt, sollte nichts mit meinen geschäftlichen Entscheidungen zu tun haben – oder deinen.«

»Äh, natürlich nicht, aber Leben und Arbeit sind doch bei uns beiden eng miteinander verflochten. Bilderstürmerei wäre im Moment wirklich absolut fehl am Platz. Wir stehen vor großen Entscheidungen.«

»Was du nicht sagst.«

»Wir müssen unsere Zukunft ins Auge fassen: Wir haben die Chance, etwas gemeinsam aufzubauen, Jordan.« Mit einem wehmütigen Lächeln schüttelte er den Kopf. »Manchmal habe ich das Gefühl, du widersprichst mir aus Prinzip, nur um Ordnung in deinem Kopf zu schaffen.«

Darauf trat Schweigen ein. »Das ist möglich«, gab ich nach einer Weile zu. »Aber ich weiß immer noch, was ich denke und was ich will.«

Gus winkte dem Kellner und wandte sich dann wieder an mich. »Übrigens, nur um dich zu beruhigen, ich habe ein paar Anrufe getätigt und mich über Anna Martinez erkundigt.«

Ich sah von der Speisekarte auf. »Und?«

»Es geht ihr gut. Sie hat den Umzug offenbar problemlos bewältigt und schlägt sich prima in ihrem neuen Job. Natürlich ist es noch zu früh für ein Fazit, aber die Anzeichen sind durchaus positiv.« Er legte seine Speisekarte beiseite. »Ich werde wohl den Lachs nehmen.«

»Mir reicht eine Vorspeise. Ich muß morgen früh aufstehen und mit Jasmine ein enormes Pensum durchnehmen.« Ich beschrieb ihm den Tagesablauf, kam aber unweigerlich auf mein Hauptanliegen zurück. »Eins geht mir nicht aus dem Kopf, Gus. Wenn Anna sich so gut schlägt und nicht hinter dieser Bombendrohung steckt, wer war es dann?«

»Das könnte so ziemlich jeder gewesen sein. Du beziehst das alles viel zu sehr auf dich – wie kommst du nur immer darauf? Es gibt eine ganze Reihe von Leuten, die nicht allzu gut auf Trent zu sprechen sind. Jeder von ihnen könnte es gewesen sein. Vor wenigen Monaten hat er rationalisiert und einen großen Teil der Belegschaft entlassen. Nach solchen Maßnahmen sind schon ganz andere Dinge geschehen. Da werden einige böse, flippen vielleicht sogar regelrecht aus. Manche reichen Klage wegen angeblicher Belästigung ein oder machen Telefonterror. Du weißt schon, diese Typen eben, die nicht einsehen, warum ihre Jobs gestrichen wurden, aber die Chefetage sich weiter einen Jet leistet. Durchaus möglich, daß einer davon diesen Drohanruf beim Flughafen gemacht hat. Ich werde Fisher bitten, zu recherchieren, wer in der letzten Zeit entlassen wurde.«

»Fisher glaubt, all diese Dinge seien konzentrische Kreise, wie er das nennt, die irgendwie zusammengehören.«

»Der Fisch war zu lange bei der CIA. Das hier hat nichts mit dem kalten Krieg zu tun, es ist schlichte Psychologie. Jetzt laß uns aber mal essen. Ich muß heute noch nach LA zurück.«

Nach zehn Tagen Arbeit mit Jasmine am Strand sagte ich mir, daß das Schlimmste überstanden sei. Sie wurde täglich stärker, sowohl körperlich wie auch psychisch, und mit der Kraft verbesserte sich auch ihr Spiel. Wir verstanden uns prächtig dabei und hatten auch mit dem Fisch und Winnifred viel Spaß, bevor wir allabendlich früh zu Bett gingen. Paul glänzte durch Abwesenheit und schaute nur einmal vorbei, um Jasmine auszuführen. Ansonsten kam ich mir eher vor wie in einem Zeltlager für Erwachsene. In unserem Tagesablauf spielten sich bestimmte Gewohnheiten ein. Kajakfahren bildete für mich dabei stets den Höhepunkt. Ich liebe es, in der Natur zu sein, und wenn ich den Strand entlangpaddelte, fühlte ich mich fast selber wie ein Meeresbewohner. Oft sahen wir am Spätnachmittag in der untergehenden Sonne Delphine aus dem Wasser springen und unsere Boote eine Weile begleiten. Je näher Hilton Head rückte, richteten wir nach und nach unser Augenmerk immer mehr auf Tennis. Wenn ich Jasmine auf dem Court beim Üben mit ihrer Trainerin Taryn Henderson, einem ehemaligen Davis-Cup-Star, zusah, konnte ich mir kaum vorstellen, daß sie beim Turnier keinen unauslöschlichen Eindruck hinterlassen würde. Ob es für den Sieg reichen würde, ließ sich nicht beurteilen, aber für mich stand fest, daß sie in einer bestechenden Form war, der besten in ihrer bisherigen Karriere.

In den letzten Tagen wurde Jasmines Programm ausschließlich auf Tennis abgestimmt. Ich dagegen paddelte weiter mit dem Kajak hinaus. Es war schön, auch einmal allein mit meinen Gedanken zu sein. Jeden Tag debattierte ich draußen auf den Wellen mit mir selbst über das Für und Wider einer Ehe mit Gus, aber auch über das Schicksal der Klinik nach einer Übernahme durch BioTech, denn auf nichts anderes lief es meiner Überzeugung nach hinaus. Ich hatte das Gefühl, daß wir alle am Ende auf Trents Gehaltsliste stehen würden, und diese Vorstellung behagte mir überhaupt nicht.

Etwa eine Woche, bevor ich zu den Produktionskonferenzen auf Hilton Head abreisen mußte, schaffte ich das Kajak allein zum Strand hinunter, weil Jimmy nirgendwo zu erreichen war. Die See war recht stürmisch, und es dauerte fast eine halbe Stunde, bis ich die Brandung endlich überwunden hatte und weiter hinaus kam, wo die hohen Wellen das Kajak rhythmisch hin und her schaukelten. Im Westen ging die Sonne in einem flammenden Orange unter. Hinter mir konnte ich die Lichter von Santa Monica sehen, die »Halskette«, wie es die Einheimischen nennen.

Auf das Boot wurde ich aufmerksam, noch bevor ich es sah – das immer lauter werdende Motorbrummen war unüberhörbar –, aber ich drehte mich nicht danach um. In dieser Gegend kreuzten viele Boote, wenn auch aus Rücksicht auf die Surfer und Schwimmer selten so nahe beim Strand. Dieses hier machte jedoch keinerlei Anstalten, beizudrehen oder das Tempo zu drosseln. Als ich mich schließlich doch danach umsah, merkte ich, daß es mit durch die Wogen pflügendem Bug direkt auf mich zuhielt. Es war ein ziemlich großes Schnellboot von gut zehn Metern Länge. Wahrscheinlich ein Sportfischer. Eilig paddelte ich in Richtung Strand, doch die gewaltige Kielwelle schleuderte mich jäh in die Luft. Ich hielt den Atem an und schaffte es, mitsamt dem Kajak eine Rolle unter Wasser zu beschreiben und wieder aufzutauchen, ein Manöver, das ich vor Jahren bei einem Kurs gelernt hatte. Als ich hochkam, war das Boot an mir vorbeigeschossen. Doch dann wendete es und raste erneut auf mich zu. Ich winkte mit dem Paddel, sah aber gleich, daß das nichts nützte. Das Ding würde mich überfahren. Es wurde rasch dunkel, und ich hatte meinen Trockenanzug an. Wenn ich aus dem Kajak sprang, wäre ich im Wasser so gut wie unsichtbar. Die Frage war nur, ob dieser Mensch es bewußt auf mich abgesehen hatte. Wenn nicht, war es vielleicht klüger im Kajak zu bleiben. Doch als der Schatten vor mir immer größer wurde, beschloß ich blitzschnell, mich nicht länger mit Herumrätseln abzugeben. Ich ließ mich über die Seite ins Wasser gleiten, tauchte unter und blieb so lange unten, bis mir schier die Lunge platzte. Mitten im Seetang tauchte ich keuchend auf. Im Dämmerlicht sah ich schemenhaft, wie das Motorboot das Kajak mit Höchstgeschwindigkeit rammte und regelrecht zermalmte. Ich holte erneut tief Luft und rettete mich noch einmal unter Wasser. Diesmal schaffte ich es, mich beim Auftauchen auf einem Wellenkamm zu halten. Als der Brecher auf den Sand krachte, schluckte ich jede Menge Wasser. Hustend und spuckend blieb ich im eiskalten Schaum liegen. Die Lunge tat mir schrecklich weh, und mir war schlecht. Unterdessen peitschten immer neue Wellen auf mich ein. Es war jetzt vollständig dunkel. Hilflos kroch ich weiter. Nach jedem Brecher zog mich das zurückflutende Wasser wieder ein Stück hinaus, bis mich die nächste herandonnernde Woge erneut auf den Sand spuckte.

Ich überlegte schon, ob ich mich noch einmal ins Meer stürzen und zu einer günstigeren Stelle schwimmen sollte, doch es war gut möglich, daß der gewaltige Sog mich dann weit hinauszöge und ich in dieser Dunkelheit von niemandem bemerkt würde. Wenigstens hatte ich meinen Anzug an. Ohne ihn wäre ich längst unterkühlt gewesen oder hätte mir auf dem Sand die Haut zerfetzt. Die ungeschützten Handflächen und Knöchel waren ohnehin schon wundgescheuert. Ich hatte nur eine Chance: Ruhe bewahren.

Plötzlich spürte ich einen Griff so fest wie einen Schraubstock unter den Armen. Mir war, als wolle jemand alle Luft aus meiner Lunge pressen. In wilder Panik schlug und trat ich um mich und versuchte mit aller Kraft, mich zu befreien. Salzwasser und Sand brannten mir in den Augen. Ich wußte nicht mehr, wo oben, wo unten oder ob ich wieder im Meer war. Ich spürte nur, daß ich gezogen wurde, und schließlich lag ich auf trockenem, kaltem Sand.

»Das ist sie!« überschrie eine Stimme das Tosen der Flut. Ein grelles Licht blendete mich, aber die Stimme kam mir bekannt vor. Es war Winnifred. Tropfnaß stand sie über mir und sah mich besorgt an. Ich schloß die Augen wieder.

»Drehen Sie sie um!« befahl sie. »Nicht, daß sie uns jetzt noch erstickt.«

Erschöpft und zu keiner Regung fähig lag ich da. Auf einmal mußte ich würgen und spuckte Unmengen von Salzwasser aus. Dann drehte mich jemand auf den Rücken.

»Holen Sie eine Decke, schnell!« schrie eine Stimme.

Ich spürte, wie eine Hand mir Sand aus dem Gesicht wischte. »Es wird schon wieder, meine Liebe. Wir bringen Sie ins Haus rauf, und dann mache ich Ihnen einen Tee.« Meine Augen brannten, doch ich konnte sehen, daß Winnifred eine Decke über mich legte.

»Mir geht es gut«, flüsterte ich und setzte mich mühsam auf.

»Schaffen Sie sie in den Wagen, Jimmy«, befahl Winnifred, ohne sich umzudrehen, weil sie mir jetzt mit einem Taschentuch das Gesicht säuberte. »Es tut mir leid, meine Liebe, aber Jimmy und ich sind allein. Er hat mir gerade gezeigt, wie man mit dem Teleskop umgeht, dem kleineren auf unserer Terrasse, als ich Sie da draußen sah. Ich habe alles mitbekommen, meine Liebe. Diese Motorbootfahrer sind ja wirklich unverantwortlich. Mein Gott, der hätte Sie zerfetzen können. Wir sind so schnell wie wir konnten runtergerannt, aber ich hatte keine Zeit mehr, Mr. Fisher oder sonstwen zu alarmieren. Jimmy piepst ihn jetzt an.«

Ein rotes Licht blitzte auf, Scheinwerfer tasteten den Strand ab; ich sah, daß ein Rettungswagen der Strandwache über den Sand auf uns zugerast kam.

»Ich bin nicht verletzt«, murmelte ich. »Mir ist wirklich nichts passiert.« Ich rappelte mich mit wackeligen Knien auf. Wenn ich zitterte, lag das allerdings in erster Linie an den Nerven. In der Hoffnung, noch ein Licht, vielleicht das Schnellboot selbst zu entdecken, spähte ich aufs Meer hinaus. Vergeblich, aber damit hatte ich schon gerechnet. Ich schlang die Decke fester um mich. Na gut, sagte ich mir, wenn mir jemand wirklich nach dem Leben trachtete, wäre es ihm inzwischen garantiert gelungen, mich umzubringen. Also wollte man mir vermutlich nur einen Schrecken einjagen. Aber weshalb sollte ich eingeschüchtert werden?

Der Rettungsschwimmer sprang aus seinem Wagen und rannte über den Sand auf mich zu. In diesem Moment traf der Rest der Notfallflotte ein: Krankenwagen, Polizeiauto und ein Löschzug der Feuerwehr.

»Soviel Aufhebens ist mir peinlich!« stöhnte ich.

»Winnifred, waren Sie etwa im Wasser? Sie hätten ertrinken können, so wie ich beinahe.«

»Ich und ertrinken?« schnaubte sie. »Als junges Ding bin ich mal durch den Kanal geschwommen.«

»Durch den Kanal? Den Ärmelkanal etwa?«

Sie bedachte mich mit einem vagen Lächeln. Nun kam auch der Fisch an den Strand gefahren und stürzte zu mir herüber. Fassungslos starrte er mich an, wie ich durchnäßt und bibbernd vor ihm stand. »Mein Gott, Jordan, was hast du nur da draußen gemacht? Etwa Moby Dick gespielt?«

Winnifred legte schützend den Arm um mich. »Dieses Mädchen braucht jetzt zuallererst eine heiße Dusche. Und ich werde dafür sorgen, daß sie sie kriegt. Gehen wir, meine Liebe.« Plötzlich packte sie die Wut. »Wo wart ihr denn die ganze Zeit?« fuhr sie den Rettungsschwimmer an. »Bei der Küstenwache wäre das nie passiert! Die hätte sie rausgeholt. Und den Führer dieses Boots hätte sie auch verhaftet. Kommen Sie, Jimmy, wir gehen.« Mit trotzig gerecktem Kinn führte sie mich zu Jimmys Wagen. Der Rettungsschwimmer blickte uns betreten hinterher.

Ich zupfte mir ein Stück Seetang aus den Haaren und wandte mich zum Fisch um. »Erst haben sie an Land versucht, mich kleinzukriegen, indem sie meinen Hund vergiften wollten, dann aus der Luft und jetzt im Wasser.«

»Entweder das, oder du hast extremes Pech mit der Wahl deiner Aufenthaltsorte«, entgegnete er.

»Was soll ich jetzt machen?«

Darüber dachte der Fisch eine Weile nach. »An deiner Stelle würde ich mich jetzt von Höhlen fernhalten.«

»Ich hoffe nur, daß Sie eine geharnischte Beschwerde verfassen!« ereiferte sich Winnifred. »Mein Kleid ist ruiniert.«

»Und was werden sie sagen?« brummte ich. »Daß es dunkel war und niemand mich sehen konnte. Vorausgesetzt, sie spüren dieses Boot jemals auf.«

»Zumindest wüßten Sie dann, wem es gehört.« Sie zog im Gehen die Decke fester um mich.

»Wahrscheinlich wird es ähnlich sein wie bei dem Flugzeug oder von mir aus auch beim Hundefutter. Es gibt zwei

Möglichkeiten: Entweder ich bekomme eine logische Erklärung oder gar keine Antwort!«

»Sie sollten jetzt einfach nach Hause gehen und sich um Ihre eigenen Angelegenheiten kümmern, meine Liebe.«

»Irgendwie habe ich das Gefühl, daß die mir genau das zu sagen versuchen, Winnifred. Das Komische daran ist nur, daß ich hier nichts anderes getan habe – ich habe mich um meine eigenen Angelegenheiten gekümmert. Folglich muß mehr dahinterstecken. Vielleicht leide ich schon unter Verfolgungswahn, aber das Ganze kommt mir wie eine persönliche Vendetta vor.«

Als ich in die Decke gehüllt im Wagen kauerte und die Hände aneinander rieb, stellte ich fest, daß das Armband, das Gus mir geschenkt hatte, fehlte. Ich mußte es bei dem heftigen Seegang verloren haben. Da es ein altes Armband war, würde ich keinen Ersatz bekommen. Wenn man Schmuck verliert, fühlt sich der Körperteil, an dem er saß, oft nackt an. Aber, ich hatte das Armband noch nicht lange getragen, und deshalb empfand ich es nicht so. Nicht im geringsten.

»Mach dir wegen des Armbands keine Gedanken«, sagte Gus, als ich ihm nach einer ausgiebigen heißen Dusche und zwanzig Minuten in der dampfenden Badewanne anrief. »Es gibt Schlimmeres. Hauptsache, du bist unverletzt. So richtig aufatmen werde ich aber erst, wenn wir verheiratet und ein für allemal zusammen sind. Dann kann *ich* auf dich aufpassen.«

»Ich brauche niemanden, der auf mich aufpaßt. Das ist doch absurd.«

»So habe ich das ja auch nicht gemeint. Natürlich brauchst du keinen Aufpasser. Sagen wir es so: Du hast offenbar einen Hang dazu, dich in ungesunde Situationen zu bringen. Sei es wie es sei, ich finde, du läßt dich in einem gefährlichen Maße auf die persönlichen Probleme deiner Klienten ein. So kann das nicht weitergehen. Du mußt dich abgrenzen.«

»Jasmine kann doch nichts dafür, daß dieses Boot mich fast erledigt hätte. Oder das Flugzeug.«

»Niemand kann etwas dafür. Da bin ich ganz sicher. Aber trotzdem mache ich mir Sorgen. Du bedeutest mir viel, Jordan. Ich wünschte, wir würden zusammenarbeiten wie früher. Damals hatte die Arbeit soviel mehr Sinn, und wir hatten eine Menge Spaß miteinander. Warum fahren wir nicht zusammen nach Hilton Head?«

»Ich kommentiere für meinen Sender, und Jasmine spielt. Da hätte ich kaum Zeit für Romantik.«

»Na ja, ich werde auch viel zu tun haben. Wir wollen neue Szenen für das Duration-Infomercial drehen.«

»Turnierszenen? Das lassen sie dich machen?«

»Das Turnier soll eigentlich nur den Hintergrund bilden. Wir veranstalten mit einer der Spitzenspielerinnen ein Interview. Ganz zwanglos, im Anschluß an ein Aufwärmtraining zum Beispiel. Paul hat übrigens Jasmine dafür vorgeschlagen. Hat sie dir nichts gesagt? Aber trotzdem müßten wir zwei irgendwann auch Zeit füreinander finden. Du kommst doch zu den Dreharbeiten, oder?« Er hörte sich besorgt an, als befürchtete er eine Enttäuschung, aber ich wußte, wie sehr ihm daran gelegen war…

»Klar komme ich, Gus. Ich werde dabeisein.«

14

Für mich hat jedes Turnier seine unverwechselbaren Farben. Wimbledon zum Beispiel ist grün und lila. Den *Family Circle Magazine Cup* auf der Insel Hilton Head vor South Carolina dagegen verbinde ich mit Blau und Weiß. Im Damentennis stellt dieses seit Jahrzehnten von der Zeitschrift *Family Circle* gesponserte Hartplatzturnier, das immer Anfang April stattfindet, eine aufregende Tradition dar. Den Rekord hält Chris Evert Lloyd mit acht Siegen hintereinander. Gabriela Sabatini machte hier mit vierzehn zum erstenmal international auf sich aufmerksam, und auch Jennifer Capriati begann ihre Karriere bei diesem Turnier. Eine geeignetere Plattform hätte Jasmine Li nicht finden können, um sich unter die Großen des Tennis einzureihen. Ich war fest davon überzeugt, daß sie mit ihrer unglaublichen Anmut, ihrer Präsenz auf dem Platz und ihrem Instinkt für den Ball alle Fähigkeiten mitbrachte, um endlich auch spielerisch der Aufmerksamkeit gerecht zu werden, die man ihr aufgrund ihres Aussehens entgegenbrachte. Was freilich noch ungleich wichtiger war: Dieses Turnier bot Jasmine die Chance, ihre Trauer und die Depression über Maliks Tod hinter sich zu bringen. In ihren Augen war Hilton Head so etwas wie ein Wendepunkt für das eigene Leben geworden.

Weil sie Zeit für die Akklimatisierung in der ungewohnten Gegend brauchte, flog Jasmine zusammen mit Paul und Gus im BioTech-Jet voraus. Ich folgte ein paar Tage später in einem Linienflugzeug. Flüge von der Westküste nach Hilton Head sind wegen der Zeitzonen dazwischen, des lästigen Umsteigens und der langen Fahrten in den Shuttlebussen grundsätzlich eine Strapaze. In meinem Fall kam erschwerend hinzu, daß ich A.M. im Handgepäck auf die Insel schmuggeln mußte. Aus irgendeinem Grund paßt es den Fluggesellschaften nicht, wenn Passagiere Haustiere mitnehmen. Nach mehreren unangenehmen Erfahrungen hatte ich mir darum angewöhnt, sie einfach nicht anzumelden.

Es war bereits dunkel, als ich auf der Insel eintraf. Ich holte mir meinen Mietwagen von dem Verleih gegenüber dem Flughafen und fuhr gleich zum Westin-Port Royal, in dem ich mir für zwei Wochen ein kleines Apartment gemietet hatte. Bei Turnieren ist mir eine gewisse Unabhängigkeit lieber. So kann ich meine Wäsche waschen, wann es mir paßt, und mich nach meinem eigenen Geschmack ernähren. In meiner Aktivenzeit war alles viel einfacher gewesen. Da hatte ein Fax gereicht, und das Hotel hatte bei meiner Ankunft den Kühlschrank nach meinen Wünschen aufgefüllt. Und um Dinge wie die Wäsche hatte ich mich nie zu kümmern brauchen.

Ich packte aus, bettete A. M. in ihren Korb und ging die Nachrichten durch, die mir bei der Ankunft in die Hand gedrückt worden waren. Eine war von Jasmines neuer Trainerin, die für mich den morgigen Trainingsplan aufgelistet hatte. Gus hatte mir auch geschrieben; er hatte sich einen Bungalow in der Sea Pines Plantation genommen. Zuletzt fand ich eine Nachricht von KiKi:

Der Club trifft sich heute abend um neun im Lobster Trap in Harbour Town. Bis dann!
KiKi.

KiKi und ihr Club gehörten zum Inventar des Turniers von Hilton Head. Und von der Profitour war KiKi seit Ewigkeiten nicht mehr wegzudenken. Viele Jahre lang hatte sie als Direktorin bei der USTA kleinere Turniere organisiert, ehe sie schließlich Koordinatorin bei der Women's Tennis Foundation geworden war. Offiziell war KiKi nur für die Betreuung der Spielerinnen während des Turniers zuständig, doch tatsächlich war sie aufgrund ihrer Tätigkeit dreihundertfünfundsechzig Tage im Jahr auf Achse. Buchstäblich jede Kleinigkeit mußte geplant werden, und vor allem die Spielerinnen hielten sie auf Trab. KiKis Club wiederum war das unsichtbare, von Außenstehenden so gut wie nicht beachtete Rückgrat der Veranstaltung. Er war eine private, zwanglose Vereinigung, aber in den kritischen zwei Wochen Anfang April funktionierte er wie eine perfekt abgestimmte Maschinerie. Der Club bestand aus KiKi und neun Freiwilligen. Diese Frauen, die die verschiedensten Berufe ausübten und aus allen Landesteilen kamen, hoben sich jedes Jahr ihren Urlaub für dieses Turnier auf. Der Clubtradition entsprechend versammelten sich die Mitglieder einen Tag vor dem Eintreffen der neuntausend Zuschauer. Sie gehörten weder dem Sponsorenstab an, noch dem Umfeld der Spielerinnen oder dem bezahlten Organisationsteam. Ihre selbstgewählte Mission lautete schlicht und ergreifend: zwei Wochen lang rund um die Uhr Knochenarbeit im Dienste der Veranstaltung und der Spielerinnen. Doch trotz dieser Tortur liebten die Clubmitglieder ihre Tätigkeit und freuten sich das ganze Jahr darauf.

Die Aufgaben waren folgendermaßen verteilt: Ann und Betsy waren für die Plätze mit allem Drum und Dran zuständig; Marie und Zelda kümmerten sich um Schließfächer, die Players' Lounge, das Café und die Verpflegung. Jennifer war die Ansprechpartnerin der Kontrolleure, Schiedsrichter und Ballmädchen; Dorian betreute das Studio für die Interviews; Caroline trug die Verantwortung für den Transport der Spielerinnen; Dr. Emily Pemberton alias »Dr. Em« oblag die medizinische Betreuung; KiKi und Rose schließlich koordinierten sämtliche Abläufe.

Wie ich über die Jahre aus erster Hand hatte verfolgen können, war der Club eine tolle Truppe. In den zwei Turnierwochen hatten sie die absolute Oberherrschaft. Sie trugen Sweatshirts mit dem Clublogo, sie waren jede mit einem Walkie-talkie ausgestattet, sie hatten einen Wohnwagen, den sie »das Haus« nannten. Und obwohl KiKi bescheiden behauptete, ihr ganzer Besitz würde »in ein Golfwägelchen passen«, gaben sie sogar ihr eigenes Jahrbuch heraus, das sie nach jedem Turnier erstellten.

Wimbledon mag seine Warteschlangen haben, Hilton Head hatte seinen Club, der genauso zum Turnier gehörte wie die Spielerinnen. Ohne den Club wäre wahrscheinlich wenig, wenn überhaupt noch etwas, reibungslos abgelaufen. Die Mitglieder trafen jeden Morgen um halb sieben am Turniergelände ein, um den Spielerinnen und Funktionären die Zeitung zu bringen, schwärmten dann aus, jede zu der ihr zugewiesenen Spielerin, und leisteten bis spät in den Abend, notfalls auch bis in die Nacht hinein, harte Arbeit. Bei der Spielerinnenbetreuung fiel in ihren Aufgabenbereich alles von der Fahndung nach einer verlorenen Katze (sie wurde am Ende schlafend in einen Hotelvorhang gewickelt entdeckt) bis hin zur Bergung eines Schlüssels, der versehentlich in der Toilette hinuntergespült worden war (wie das im einzelnen bewerkstelligt wurde, habe ich leider nie in Erfahrung gebracht). Sämtliche medizinischen Notrufe, die per Funk eintrafen, liefen über KiKi, die dann den Hilfsdienst einschaltete. Und die Clubmitglieder kutschierten die Spielerinnen in ihren allgegenwärtigen Golfwägelchen zu den Courts und zurück. Ständig konnte man beobachten, wie eine Spielerin am Platz abgeladen wurde und die nächste schon einstieg, all das bei laufendem Motor, damit in diesem engen Zeitkorsett auch nicht eine wertvolle Sekunde vergeudet wurde.

Kennengelernt hatte ich KiKi während meiner Arbeit als Physiotherapeutin bei der Women's Tennis Foundation. Danach hatten sie und die anderen mir die Ehrenmitgliedschaft mitsamt dem Privileg, das Clubsweatshirt zu tragen, verliehen. Seitdem reservierte ich jedes Jahr den Abend vor dem ersten Turniertag für das Clubdinner. Ich hatte es kein einziges Mal ausgelassen.

Ich zog mein Clubsweatshirt an und ging zu Fuß ins Hafenviertel. Auch nach Einbruch der Dunkelheit ist Harbour Town ein wirklich reizendes Städtchen, was wohl daran liegt, daß es noch ziemlich jung ist und bei der Planung von Anfang an auf Touristenfreundlichkeit Wert gelegt wurde. Vom Sea Pines Racquet Club, auf dessen Gelände das Turnier veranstaltet wird, ist es nur einen Katzensprung entfernt. Und auch wenn keine Tennisstars da sind, herrscht in Harbour Town das ganze Jahr über reger Betrieb, vor allem natürlich in der Saison, wenn Hunderte von Jachten aller Größen und Typen eintreffen. Rund um das halbmondförmig um die Bucht gelegene Hafenviertel finden sich neben Restaurants und Kneipen kleine Boutiquen, Souvenirläden, Sportgeschäfte, Eisbuden, Parfümerien, Juweliere, Strandläden und alle möglichen Vergnügungsstätten, die Urlauber gerne aufsuchen.

Das direkt am Wasser gelegene Lobster Trap konnte man dank seinem geschnitzten Holzschild mit einem roten Hummer über der Tür beim besten Willen nicht verfehlen. Innen bildeten hölzerne Hummerfallen, Netze, Harpunen, Rettungsringe und sich langsam in der Luft drehende Paddel die Dekoration. Riesige Panoramafenster boten einen guten Blick auf den Hafen und das dahinterliegende Meer.

Der Ober wußte bereits Bescheid. »Ihre Gruppe sitzt dort drüben am großen Fenstertisch.« Nun, nicht nur er kannte KiKi; sie und ihr Club waren mittlerweile eine Institution auf der Insel.

KiKi winkte mir überschwenglich von ihrem Platz hinter einem gewaltigen Bierkrug aus zu. Wie immer war sie von Kopf bis Fuß mit Tenniskleinoden zugepflastert – dem unvermeidlichen Clubsweatshirt, einer extra für das *Family Circle* entworfenen grünen Windjacke, einer Wimbledonmütze; und an ihrem Handgelenk prangte eine Uhr mit dem Logo der U.S. Open. Wie eine Ulknudel wirkte sie trotzdem nicht. Sie hatte kurzes, glattes braunes Haar, ein stets sonnengebräuntes und ungeschminktes Gesicht und trug eine Brille, hinter der lebhafte blaue Augen funkelten.

»Ich muß dir was zeigen, Jordan!« rief KiKi statt einer Begrüßung. »Schau dir diese Hand an!« Sie fuchtelte mit den Fingern vor meinem Gesicht herum. »Sieh sie dir einfach an!«

»Sie sieht gut aus«, meinte ich.

»Tja, stimmt, aber erst *jetzt!* Bis gestern hatte ich eine furchtbar dicke alte Warze. Und du kennst mich doch – ich habe nie Zeit, zum Arzt zu gehen. Aber als ich gestern auf dem Postamt war, um ein paar Päckchen abzuschicken, da kam so eine alte Frau von Daufuskie Island auf mich zu – du weißt schon, diese wilde kleine Insel auf der anderen Seite das Kanals –, also sie steht wie aus dem Boden gewachsen vor mir und packt meine Hand. ›Sie haben ja eine Warze!‹ sagt sie. ›Ja, und?‹ sage ich. Und sie antwortet: ›Schauen Sie mir in die Augen. Ich kenne mich mit weißer Magie aus.‹ Und ob du es glaubst oder nicht, sie starrt mich mit einem Blick so klar wie Laserstrahlen an und drückt meine Hand...« KiKi quetschte mir zur Demonstration die Finger, als wolle sie mir die Knochen brechen. »Ich habe mich irgendwie losgerissen, weil ich sie für eine Spinnerin hielt. Aber als ich heute morgen aufwachte und die Hand anschaute, da war die Warze weg. Nicht mehr da. Kannst du dir das vorstellen? Weg!« Sie schüttelte, noch immer fassungslos, den Kopf, und trank einen Schluck aus ihrem Glas.

Ich wußte nicht so recht, wie ich reagieren sollte. »Das ist... erstaunlich«, brachte ich hervor.

KiKi hatte sich in Fahrt geredet. »Die anderen kennst du ja, richtig? Wollen wir mal sehen. Ich habe sie gezählt, und wir sind fast komplett. Es fehlen nur Dr. Em, die erst morgen früh kommt, und das Rennpferd – ihr Flugzeug ist verspätet.«

»Das Rennpferd« war Carolines Spitzname, weil sie für den Transport der Spielerinnen zuständig war. Darunter fielen größere und kleinere Wagen und Limousinen für die ersten vier der Setzliste.

Nun machte ich die Runde um den Tisch und begrüßte alle mit einer Umarmung. Zwischen Zwanzig und Sechzig waren hier sämtliche Altersgruppen vertreten, und auch was ihre Berufe und ihre Herkunft betraf, repräsentierten die Frauen fast ganz Amerika. Ann war Bibliothekarin und kam aus Phoenix; Jennifer, eine Grundstücksmaklerin, stammte aus Palm Springs; Betsy aus New Jersey war Hausfrau; Dorian hatte eben erst ihr Studium in Seattle abgeschlossen; Marie war Malerin und lebte in Atlanta; »Dr. Em« schließlich war eine angesehene Chirurgin aus New Orleans.

»Bestell dir was«, befahl mir KiKi und reichte mir die Speisekarte. »Entspann dich, solange es noch geht. Und vergiß die Spielerinnen. Morgen kommen die Sponsoren mit ihren Gästen. Sie haben in New York eine L-10-11 gechartert und das Ding in den Farben des Turniers streichen lassen. Mach dich auf einen gewaltigen Troß gefaßt: vierhundertzwanzig Personen mitsamt ihrem Gepäck. Sie haben zwei, drei Reporter dabei und die üblichen Filmstars und sonstigen Berühmtheiten, die ganze Szene eben. Es wird heiß hergehen.«

Ich bestellte eine Fischsuppe und Salat. Es tat gut, mit Freundinnen plaudern zu können; kein Druck, kein Zwang. Wir aßen, tranken und tauschten Neuigkeiten aus.

»Was hältst du nun von Gus' neuem Sportlerdrink?« erkundigte sich Jennifer.

»Na ja, er arbeitet noch daran. Aber wie hast du davon erfahren, wo er doch noch gar nicht auf dem Markt ist?«

»Bei dem ganzen Wirbel um das Zeug kriegt man so was zwangsläufig mit. Für morgen abend – die Nacht vor dem Eröffnungsspiel – plant BioTech eine Fete mit Barbecue und allem Drum und Dran drüben auf Daufuskie. Sie haben mehrere große Jachten gemietet und wollen die Gäste übersetzen. Mordsaufwendig, das Ganze. Und dabei wollen sie auch Szenen fürs Fernsehen drehen, soweit ich weiß. Ich dachte, du wärst irgendwie daran beteiligt, weil du doch mit Gus …«

»Nein, ich bin nirgendwo beteiligt«, klärte ich sie auf. »Die wollen sich nur einen Namen bei der Presse machen. Ich bin hier, um mit Jasmine zu arbeiten. Ich glaube, sie wird groß rauskommen.«

Jennifer nickte. »Sie wird garantiert der Liebling der Nation. Wo sie doch ihren Verlobten verloren hat … Da hält ihr bestimmt jeder die Daumen.«

»Sie ist gut vorbereitet und wird niemanden enttäuschen.«

»Sie ist früh eingetroffen«, meldete sich Rose zu Wort. »Die Leute waren etwas erstaunt, weil jeder mit ihrer Absage gerechnet hatte. Nach allem, was sie durchgemacht hat, wäre das auch nur verständlich gewesen.«

»Jasmine ist nicht so zart besaitet, wie sie aussieht«, sagte ich. »Ich denke, sie wird die Leute mehr als überraschen.«

Wir gingen früh zu Bett. Wir alle waren nach der Anreise müde, außerdem hatte ich noch einige Anrufe und E-Mails zu erledigen. Und obwohl ich nicht spielte, mußte ich morgen um acht Uhr in der Früh am Court sein und Jasmine beim Training beobachten.

Am nächsten Morgen trank ich Kräutertee, schluckte eine Handvoll Vitamintabletten und rührte mir aus einer Packung Instanthafermehl, die ich ständig im Koffer dabeihabe, einen Brei. Es war erst sieben Uhr, als A. M. und ich die Lighthouse Road zum Turniergelände hinunterfuhren, doch dort herrschte bereits hektisches Treiben. Maler überpinselten noch einmal die weiß vorgestrichenen Zäune, und Landschaftsgärtner karrten tonnenweise Töpfe mit roten und pinkfarbenen Geranien zu ihren Standorten um die drei Courts herum. Die Fernsehtürme überragten den Center Court mit seinen 1600 Sitzplätzen, die zwei Nebenplätze, die in einer Reihe aufgebauten Sponsorenzelte sowie die Imbiß- und Pressezelte. Ich parkte den Wagen und ging über einen Teppich aus Fichtennadeln zum Wohnwagen, dem sogenannten »Haus«, wo KiKi und Rose, beide mit Walkietalkie am Gürtel und Kopfhörer über den Ohren, längst begonnen hatten, mit der einen Hand Kaffee und mit der anderen Papiere zu verteilen. Mehrere Hunde tollten zwischen ihnen herum, womit sie das Durcheinander noch steigerten und A. M. derart verschreckten, daß sie sich schutzsuchend in meiner Achsel vergrub. Wenn A. M. etwas haßte, dann aggressive große Hunde.

Alle stürzten auf uns zu, um A. M. zu begrüßen. Ich spielte keine Rolle. Bei diesem Turnier war immer A. M. der große Star.

KiKi wedelte mit einem Stoß Botschaften, während sie A. M. unter dem Kinn kitzelte. Dann reichte sie mir ein Walkie-talkie. »Da«, sagte sie. »Es ist schon auf deine Frequenz eingestellt. So bist du immer auf dem laufenden.«

Ich befestigte das Gerät am Gürtel und schaute die Nachrichten durch. Eine war von den Produzenten unserer Fernsehübertragung. Darin wurden mir Zeit und Ort der Produktionskonferenz mitgeteilt. Die nächste stammte von

Gus, der mich wissen ließ, daß Jasmines Infomercial-Auftritt im Anschluß an das Vormittagstraining gedreht würde, und mir seine Telefonnummer mitteilte.

Wütend zerknüllte ich den Zettel. Sofort nach dem Training eine Werbesendung drehen – was sollte das nur wieder? Jasmine sollte sich auf ihr Spiel konzentrieren und nicht ihre Zeit mit irgendwelcher Reklame vertun. Die Phase unmittelbar vor Beginn eines Turniers ist von entscheidender Bedeutung, und Jasmine sollte sie klug für sich nutzen. Wenn es vorbei war oder sie ausschied – *falls* sie ausschied –, war das eine andere Sache. Aber im Moment sollte sie gefälligst an ihr Spiel denken. Ich packte das Telefon und wählte Gus' Nummer, doch niemand nahm ab.

»KiKi, weißt du, wo Gus dieses Infomercial dreht?« fragte ich.

»Klar. Der Produktionsleiter hat einen Wohnwagen auf dem Gelände, und sie wollen direkt am Rand des Center Courts drehen. Ich glaube, sie fangen noch heute an, bevor der große Ansturm einsetzt.«

»Um wieviel Uhr?«

»Kann jederzeit losgehen. Wir wollten es so bald wie möglich aus dem Weg haben.«

»Kannst du einen Moment auf A. M. aufpassen?«

»Gern. Aber was ist, wenn die anderen Hunde sie mit einem Leckerbissen verwechseln?«

»Behalte sie einfach auf dem Schreibtisch. Sie gibt einen hervorragenden Briefbeschwerer ab.«

Ich setzte A. M. auf einem Stoß Papiere ab. »Bleib«, befahl ich ihr und stürzte hinaus, um Jasmine zu suchen.

»Kann ich dich mitnehmen?« bot mir Ann an, die mit ihrem Golfwägelchen vor dem Wohnanhänger stand.

»Könntest du mir einen Riesengefallen tun, Ann? Darf ich mir deinen Wagen für ein paar Minuten borgen?«

Wenig später hielt ich vor einem anderen Wohnanhänger mit der Aufschrift BIOTECH INFOMERCIAL – GARDEROBE. Ich jagte die Stufen hoch. Drinnen saß Jasmine in einen Umhang gehüllt auf einem Schminkhocker. Neben ihr stand eine Maskenbildnerin und trug mit einem Pinsel Puder auf ihr Gesicht auf. Paul Kessler hatte sich rauchend auf eine Couch gelümmelt. Jasmine lächelte mich an.

»Hi, Jordan. Ich bin ja so froh, daß du da bist.«

»Hi, Jordan«, gähnte Paul.

»Jasmine!« rief ich aufgebracht und pflanzte mich vor ihr auf. »Steh sofort auf und geh zum Übungsplatz rüber, wo du jetzt hingehörst. Paul, Sie müssen sie doch zum Training anhalten!«

Sie sah mich verwirrt an. »Aber, Jordan, Gus hat mir gesagt, daß du es so willst. Er hat gesagt …«

»So ein Quatsch!« fauchte ich. Gus! Der sollte mir zwischen die Finger kommen! Ich stürzte aus dem Anhänger, sprang in den Golfwagen und schlängelte mich durch die schnell anwachsende Menschenmenge hindurch zum Übungsplatz. An dessen Rand sah ich schon die Kameras und Scheinwerfer stehen. Techniker in Jeans und Turnschuhen, alle mit Kopfhörern am Gürtel und laminierten Ausweisen um den Hals, rannten hin und her. Dann endlich entdeckte ich Gus. Mit einem Klemmbrett in der Hand stand er mit Trent und einer Produktionsassistentin zusammen, die gleichzeitig auf eine Stoppuhr schaute, und blätterte ein Skript durch.

»Jordan!« rief er strahlend. »Wie schön! Ich wußte doch, daß du kommen würdest.«

»Richtig, *ich* bin da, aber Jasmine wird nicht kommen. Was denkst du dir eigentlich? Das Mädchen muß jetzt an ihr Spiel denken. Ihr lenkt sie mit eurem Trara doch nur ab! Soll sie sich jetzt etwa um Make-up kümmern und eure Werbesprüche auswendig lernen? Treibt jemand anderen auf!«

Gus ergriff mich am Arm und führte mich ein paar Schritte fort. Er lächelte, aber seine Stimme klang gepreßt. »Jordan, Jasmine und ich dachten beide, du wolltest es so für sie. Für uns, genauer gesagt.«

»Dein Timing ist das letzte, Gus. Später, aber nicht jetzt.«

»Aber das ist der einzig mögliche Termin. Du weißt besser als alle anderen, daß die Fernsehgesellschaften nachher das ganze Gelände besetzen. Und hat das Turnier erst mal begonnen, ist es zu spät für uns. Laß mich den Stand der Dinge kurz erklären. In fünf Minuten steht Jasmine vor der Kamera. Für etwas, das du Ablenkung nennst, kriegt sie einen Haufen Geld. Es geht hier doch nicht um dich oder mich. Du mußt deine Klientin unterstützen. Warum willst du sie unnötig aufregen? Sie ist keine professionelle Schauspielerin und auch so schon nervös genug. Du erreichst mit deiner Hektik nur, daß sie sich verkrampft oder in einem fort verhaspelt. Willst du das wirklich?«

»Ich weiß nur, daß sie gekommen ist, um ein bestimmtes Ziel zu erreichen, und diese Dreharbeiten bringen sie ihrem Ziel keinen Schritt näher. Ich finde, du solltest das abblasen. Such dir jemand anderen.«

»In den nächsten fünf Minuten? Sei realistisch, Jordan.« Er pochte mit seinem Bleistift gegen das Klemmbrett in seiner Hand. »Nun, eine Möglichkeit gäbe es allerdings noch.«

»Prima.« Ich war erleichtert, daß uns diesmal ein Streit erspart bleiben würde. »Welche?«

»Du.«

»Was?«

»Du machst das Interview. Wir haben doch schon lang genug darüber gesprochen. Du hast gesagt, du willst es dir durch den Kopf gehen lassen. Gut, jetzt wäre der Zeitpunkt ideal. Du springst für sie ein, machst das Interview und verbürgst dich für das Produkt.«

»Ich? Aber ich habe Duration noch nicht mal probiert! Das wäre nicht ehrlich.«

»Zufälligerweise haben wir es hier.« Gus warf mir ein Fläschchen zu und ich fing es auf.

»Vorsicht!« schrie eine Stimme von der Seitenlinie her. »Stellen Sie die Flasche ab, bitte! Das ist doch unser Vorzeigeprodukt! Das mit der richtigen Farbe auf dem Etikett. Wir brauchen es für die Aufnahme!« Ein von der Sonne verbrannter junger Mann in Holzfällerhemd und Jeans schoß auf mich zu und riß mir die Flasche aus der Hand. »Nehmen Sie das!« rief er und gab mir eine andere.

Gus und ich starrten einander an.

»Und?« fragte er. »Machen wir das nun zusammen?«

Ich fühlte mich in der Falle. Jetzt gab es keine Möglichkeit mehr, mich von diesem Infomercial zurückzuziehen, ohne Gus vor den Kopf zu stoßen. Vielleicht hatte er ja recht. Vielleicht war ich wirklich nur stur und übertrieb es mit meiner Unabhängigkeit. »Läßt man mir dann auch Zeit, dieses Zeug auszuprobieren, bevor das Infomercial losgeht?« fragte ich mit zitternder Stimme.

»Klar. Jede Menge. Wir haben ja noch nicht das offizielle Okay. Also müssen wir ohnehin eine ganze Weile warten.«

»Na gut«, sagte ich. »Ich bin dazu bereit, wenn ihr Jasmine in Ruhe trainieren laßt.«

Gus verzog den Mund zu einem breiten Grinsen und drückte mich fest an sich. Doch seine Umarmung kam mir unecht vor. »Großartig, Jordan! Super!« Immer noch den Arm um mich gelegt, drehte er sich zu den anderen um. »Leute, Trent, es hat sich eine kleine Änderung ergeben! Jordan will das Infomercial übernehmen. Kann ihr jemand das Skript geben?«

Trent stieß einen Jubelschrei aus und klatschte begeistert in die Hände.

In diesem Moment hielt ein Golfwagen vor uns, und ein Funktionär in der offiziellen Turnieruniform lehnte sich heraus. »Tut mir leid, Leute, aber ich muß Ihnen mitteilen, daß Sie hier weg müssen.«

»Jetzt?« Gus winkte Trent zu sich, der sofort herbeieilte und mit dem Mann verhandelte. Ohne Erfolg.

»Der Fernsehsender braucht diesen Platz. Die drehen irgendwelche Informationen vor dem Match. Sie können nicht bleiben. Tut mir leid.«

»Wer ist der Verantwortliche?« plusterte sich Trent auf. »Ich habe die Genehmigung für heute. Das kostet Unsummen!«

Der Funktionär zuckte die Schultern. »Ich weiß nur, daß Sie hier weg müssen.«

»Das ist eine Unverschämtheit!« tobte Trent.

»Muß ich den Sicherheitsdienst rufen?« fragte der andere.

Trent erstarrte. Er wirkte ruhig, doch ein Wangenmuskel zuckte krampfartig, und er zupfte an seinen Hemdknöpfen. Sein linker Fuß pochte ungeduldig auf die Erde. »Nein. Wir geben nach. Aber es ist und bleibt eine Frechheit. Ich werde herausfinden, wie dieses Mißverständnis entstanden ist und wer es zu verantworten hat.« Er wandte sich zu Gus und mir um. »Das war's dann wohl. Wir müssen hier weg. Ich werde mit den zuständigen Leuten sprechen und zusehen, daß wir woanders aufbauen können.« Er stapfte davon. Seine vorgebeugten Schultern verrieten mir deutlich, daß er auf eine Konfrontation aus war. Wenn man im Tennis etwas lernen kann, dann Körpersprache zu deuten. Nur wenige Meter von uns entfernt stand der unglückliche Regisseur mit schicksalsergebener Miene. Er wußte bereits, was jetzt kommen würde.

Gus schüttelte ratlos den Kopf. »Und nun?« murmelte er.

»Jetzt fahre ich eben mit Jasmine zum Hotel zum Trainieren.« Zum Glück herrscht auf Hilton Head kein Mangel an Tennisplätzen.

Gus drückte mir ein schweres Päckchen in die Hand. »Nimm das. Das sind Proben des kompletten Duration-Systems – der Drink, der Energieriegel, der Vitaminkomplex. Probier alles und spiel danach ein paar Sätze. Wenn wir alles fürs Filmen aufgebaut haben, wirst du wissen, worum es geht. Ich denke, du wirst eine freudige Überraschung erleben.«

»Schön.«

»Und heute abend ist die Fete. Da gibt es ein Gullah-Barbecue, eine Spezialität der Insel.«

»Ich weiß. Ich habe deine Nachricht gekriegt. Aber was ist ein Gullah-Barbecue?«

»Um die Wahrheit zu sagen, ich weiß es selbst nicht genau«, lachte er. »Laß dich überraschen. Ich würde dich ja gern abholen, aber ich muß schon früher am Hafen sein.«

»In diesem Fall gehe ich mit Jasmine hin.«

»Wir sehen uns dort. Das erste Boot verläßt Harbour Town um sechs.«

Ich holte Jasmine bei der Maskenbildnerin ab, und um halb elf standen wir auf dem Trainingsplatz. Sie übte an ihrem Aufschlag, der bereits vielversprechend aussah, als der Fisch sich näherte. Heute machte er ganz auf sportlich mit einer Hilton-Head-Baseballmütze und einem Veloursjogginganzug, dem letzten Schrei vor zwanzig Jahren. »Weißt du, was das Schlimme an dir ist?« fing er an. »Du bist nie dort, wo du sein solltest. Und das gleiche gilt für jeden, der mit dir zusammen ist.«

Ich grinste unwillkürlich. Der Fisch wußte stets ganz genau, wo jeder einschließlich meiner Person anzutreffen war, egal wann. Klappern gehörte bei ihm eben zum Geschäft. »Und wo warst *du?* Du hättest Jasmine bewachen sollen.«

Er wischte sich die Stirn. »Ich habe einen alten Kumpel getroffen, den ich schon lange nicht mehr gesehen hatte. Hank Murray heißt er. Er leitet den Sicherheitsdienst hier auf der Sea Pines Plantation. Wir waren gemeinsam bei der CIA.«

»Ein alter Kumpel von der CIA? Auf dieser Anlage?« Der Fisch erstaunte mich mit seinen Kontakten doch immer wieder. Ja, allein die Tatsache, daß er für die CIA gearbeitet haben soll, verblüffte mich stets aufs neue. Als er mir zum erstenmal davon erzählt hatte, war ich äußerst skeptisch gewesen, aber bislang hatten seine Storys noch jeder Überprüfung standgehalten, und die CIA bildete da keine Ausnahme.

»Wir waren auch zusammen im Pentagon. Sonderermittlungen. Haben gemeinsam die Black Programs geplant. Aber dann mußte er aufhören. Der Kerl bekam ja seine Familie nicht mehr zu sehen. Wenn man Frau und Kinder hat, ist ein Job wie der hier schon viel besser.«

»Mit der CIA läßt sich das wohl kaum vergleichen«, erwiderte ich, den Blick weiter auf den Court gerichtet, wo Jasmine nun ihre Schmetterbälle übte. »Ein Urlaubsparadies, in dem wahrscheinlich nie etwas geschieht, außer daß Touristen mal die Geldbörse verlieren oder ein Golfwägelchen gestohlen wird...«

»Hast du eine Ahnung! Du würdest ganz schön Augen machen. Abgesehen davon schiebt Hank alles andere als eine ruhige Kugel. Es mag dir seltsam vorkommen, aber es ist ungemein schwer, in dieses Geschäft reinzukommen, und es dauert lange, bis man sich die nötigen Fähigkeiten erworben hat. Das wirft niemand so einfach weg. Er mischt immer noch hier und dort kräftig mit. Wir beide haben viele Gemeinsamkeiten, zum Beispiel offene Augen und einen fest geschlossenen Mund. Aber du wirst ihn heute abend kennenlernen. Er kommt auch zum Barbecue – dienstlich natürlich und nicht als Gast. Es ist unglaublich, was für Vorkehrungen der Sicherheitsdienst getroffen hat.«

»Worüber habt ihr denn gesprochen?«

»Ich habe ihn über die besondere Situation Jasmines, die Todesdrohungen und Anna Martinez aufgeklärt. Daraufhin hat er ein Foto von ihr an seine Leute und das örtliche Polizeirevier weitergegeben, damit sie sie notfalls beobachten können. Außerdem habe ich ihn gebeten, auch dich im Auge zu behalten.«

»Ich wünschte, du würdest dich um deine eigenen Angelegenheiten kümmern«, gab ich gereizt zurück.

»Wenn ich das täte, wärst du schon mehr als einmal draufgegangen.«

»Dann halte ihn mir wenigstens vom Leib. Das hat mir gerade noch gefehlt, daß irgendein sensationsgeiler Wachmann aus diesem Provinzkaff meinetwegen durchknallt.«

Der Fisch stocherte sich angelegentlich in den Zähnen. »Das siehst du völlig verkehrt. Hank Murray ist immer noch absoluter Profi.«

»Da bin ich aber beruhigt.«

»Heb dir dein Urteil auf, bis du ihn kennengelernt hast. Außerdem handelt es sich um ein langes Turnier, und wir haben es auf der Insel mit zweiundzwanzigtausend Leuten zu tun. Da muß mit allem gerechnet werden. Du kannst von Glück reden, wenn es langweilig wird.«

Ich deutete auf Jasmine. »Sieh sie dir nur an. Sie macht sich großartig. Das Querbeettraining zahlt sich aus. Von der Kraft her ist sie jetzt bedeutend ausgeglichener. Und mit ihrem Gefühl für Ball und Platz könnte sie hier tatsächlich abräumen.«

Der Fisch nickte. »Sie ist ein Prachtmädchen. Hoffentlich schafft sie es wirklich.«

»Was Neues über Anna Martinez gehört?«

»Komisch, daß du fragst. Das Turnier findet ohne sie statt. Sie ist überraschend auf Dienstreise. Irgendwo in Deutschland.«

»Ist sie tatsächlich abgereist?«

»Ich habe bei der Paßkontrolle nachgefragt. Mein Kumpel Duane vom State Department hat mir dabei geholfen. Der ist schwer in Ordnung.« Er schielte auf meine Tasche. »Ist da etwa was zu essen drin? Verheimlichst du mir was?«

Ich öffnete die Tasche und zog die Duration-Flasche und den Riegel heraus. »Was für die Gesundheit.«

Er schnitt eine Grimasse. »Nicht mein Fall.«

»Wahrscheinlich sollte ich es jetzt versuchen, wo ich mich doch dafür verbürgen will.«

»Haben Sie dich also doch drangekriegt, was?«

»Na ja, ich habe mich wohl etwas lächerlich gemacht. Ich glaube, ich habe nur noch aus Prinzip widersprochen.« Ich riß das Papier herunter und biß in den Riegel. Er schmeckte nach Müsli mit Schokoladenüberzug und war gar nicht mal so schlecht.

Der Fisch nahm die Verpackung in Augenschein. »Gibt einem dieses Zeug wirklich mehr Energie in einem Match?«

»Das behaupten sie zumindest. Gus ist ein seriöser Wissenschaftler und äußerst zuverlässig. Darum muß es wohl stimmen. Sie haben mir noch Unterlagen zum Lesen mitgegeben, die das Ganze untermauern – mir kommen sie allerdings wie Werbebroschüren vor. Andererseits kann man ja auch schon von einem Löffel Honig oder einem Elektrolytgetränk einen Energiestoß bekommen. Die Verpackung ist alles. Wahrscheinlich unterscheidet sich dieses Produkt in nichts von all den anderen auf dem Markt. Es ist vor allem Werbetamtam.«

»Und du willst jetzt bei dem Tamtam mitmachen?«

Ich hörte auf zu kauen. Es dauerte eine ganze Minute, bis ich antworten konnte. »Wir werden sehen.«

Jasmine packte ihren Schläger ein, zog sich den Trainingsanzug an und gesellte sich zu uns. Ich umarmte sie. »Malik wäre so stolz auf dich!« rief ich.

Sie lächelte. »Ich fühle mich gut.«

Plötzlich tauchte ein ganzer Haufen Mädchen auf, die alle ein Autogramm wollten. Ich verabschiedete mich. »Wir sehen uns beim Barbecue.« Die Menge wuchs an, wie das unmittelbar vor Turnieren nun mal immer der Fall ist. Die Leute schießen schier aus dem Boden, und ehe man sich's versieht, wimmelt es in der ganzen Stadt von Tennisfans. Diese Gruppe von Mädchen schien Jasmine geradezu zu ihrem Idol erkoren zu haben. Nun, in der Tat war Jasmine eine ideale Sympathieträgerin und darum als Sprachrohr für Produkte bestens geeignet. Sie hatte eine große Zukunft in der Werbung vor sich.

Ich ließ den Blick über das Gelände schweifen. Plötzlich fühlte ich mein Herz aussetzen. Anna Martinez! Sie stand hinter einem Zaun und starrte Jasmine an. Obwohl sie eine Sonnenbrille trug, wußte ich sofort, daß es Anna war. Ich packte den Fisch am Ärmel. »Schau«, flüsterte ich, um Jasmine nicht zu erschrecken. »Dort drüben. Ist das nicht Anna Martinez?«

Er blinzelte. »Kann sein. Muß aber nicht.«

»Finden wir es raus.« Wir setzten uns in Bewegung, doch die Frau rannte jäh los und verschwand auf dem Parkplatz. Der Fisch und ich stürmten ihr nach, aber ihr Vorsprung war zu groß. Auf dem Parkplatz blieben wir stehen und suchten die Fläche mit den Augen ab. Außer Autos und Menschen, die sich in jede freie Lücke zwängten, sahen wir nichts.

»Sie könnte überall sein«, meinte ich.

»Oder wer auch immer«, merkte der Fisch an.

»Ich weiß, daß es Anna war. Sie ist nicht in Deutschland. Sie ist hier. Und sie beobachtet Jasmine. Was bedeutet das?«

»Leider bedeutet das überhaupt nichts. Es ist kein Verbrechen, bei einem Turnier eine berühmte Spielerin anzugaffen. Selbst wenn sie es tatsächlich ist, müßte sie erst versuchen, Jasmine oder sonst jemandem etwas anzutun. Vorher darf die Polizei nichts unternehmen.«

»Und dein Freund Hank Murray? Ist er etwa bei der Polizei?«

»Stimmt. Er gehört einem privaten Sicherheitsdienst an. Keine Angst, ich werde ihn informieren. Wenn es diese Martinez ist, kommt sie garantiert nicht in Jasmines Nähe – oder in deine. Ist dir schon mal in den Sinn gekommen, daß sie dich beobachtet hat und nicht Jasmine? Immerhin habt ihr nahe beieinandergestanden, und sie trug eine Sonnenbrille. Woher kannst du da wissen, wohin sie geschaut hat?«

»O Gott, du hast recht.«

»Hör zu. Jasmine geht jetzt in ihren Bungalow und zieht sich um. Ich schicke sofort eine meiner Mitarbeiterinnen zu ihr. Sie wird ständig bei ihr bleiben. In der Zwischenzeit machen wir beide einen Abstecher zu Hank und klären ihn über die jüngste Entwicklung auf.«

»Ich dachte, du hältst sie nicht für Anna.«

»Eine reine Vorsichtsmaßnahme.«

Eine halbe Stunde später saßen wir bei Hank Murray in der Sicherheitszentrale der Sea Pines Plantation. Hank war ein hochgewachsener Mann mit graumeliertem, schwarzem Haar, Schnauzer und kräftigem Kinn. Sein Kleidungsstil mit tadellos gebügeltem, weißem Hemd und Krawatte entsprach dem eines Managers und nicht so sehr dem eines Rechtshüters. Und so kam er mir auch vor. In seinem Büro wimmelte es von Untergebenen, die in einem fort Anrufe annahmen, ihm Mitteilungen überbrachten und Akten schleppten. Jeder nannte ihn »Sir« oder »Chef«. Die Einrichtung bestand aus schlichten Eichenholzschreibtischen und Aktenschränken.

An der Wand hingen eine großflächige Karte der Gegend und ein Messingbarometer. Auf Hanks Schreibtisch standen ein Computer und eine Bronzestatue von einem Pferd mit Reiter.

»Sind Sie beide wirklich noch mit streng geheimen Staatsangelegenheiten befaßt, oder wollte mein Freund, Mr. Fisher, bei mir nur Eindruck schinden?« scherzte ich.

Murray griff in seine Brusttasche und zog eine Dienstmarke mit den Insignien des Verteidigungsministeriums heraus. Soweit ich das beurteilen konnte, sah sie echt aus. »Noch sind wir nicht tot«, sagte er. »Man braucht schon ein bißchen Aufregung, wenn man auf einer Insel arbeitet. Was heißt Insel, ich bin ja nur für siebzehn Quadratmeilen zuständig.«

»Trotzdem scheint es reichlich Arbeit zu geben«, meinte ich.

Er zuckte die Achseln. »Wir haben genug zu tun. So, was führt Sie wieder zu mir, Fisher? Ich dachte, ich wäre Sie endlich los.« Er grinste.

»Die Person, von der ich Ihnen erzählt habe, Anna Martinez. Sie haben ihr Bild. Sie ist unter Umständen gar nicht in Europa. Es kann sein, daß wir sie vor wenigen Minuten auf der Insel gesehen haben.«

»Die, die alle möglichen Leute bedroht hat?«

»Genau.«

»Hat sie hier Drohungen ausgestoßen?«

»Nein.«

»Aber sie hat mich angestarrt, daß es mir kalt den Rücken runtergelaufen ist!« rief ich. »Ich glaube, sie führt etwas im Schilde.«

Hank nickte. »Wenn sie auf der Insel ist, finden wir sie auch. Aber halten auch Sie nach ihr Ausschau.« Das Telefon summte. »Entschuldigen Sie bitte. Das ist meine Hotline.«

Er nahm den Hörer ab. Sein Beitrag zum Gespräch bestand aus den zwei Worten »Wann?« und »Warum?«, dann legte er auf. »Es geht schon los. Einer der Arbeiter ist im Stadion bewußtlos umgefallen. Sie haben ihn in den Wagen für medizinische Notfälle gebracht.«

»Wer ist es denn?« Ich war hellhörig geworden, denn ich war mit ein paar von den Arbeitern gut bekannt.

»Rusty von der Hähnchenbraterei.«

»Rusty? Den kenne ich doch.« Rusty war jedem ein Begriff. Er war eine Institution bei dem Turnier, und wir waren seit Ewigkeiten gute Kumpel. Er hatte mir einmal sein Geheimrezept verraten. Der Trick bestand darin, die Marinade mit Olivenöl anzurühren.

»Na ja, wenn es was Ernstes ist, haben sie ein Problem«, brummte Hank. »Rusty soll heute abend auf Daufuskie Island am Grill stehen. Kein Rusty, kein Hähnchen. Und Rusty ging es von vornherein nicht allzu gut. Hatte Anfang des Jahres was mit dem Herzen und mußte operiert werden. So was wie Herzklappe oder Bypass.«

»Armer Kerl. Ist es denn sehr ernst?«

Erneut summte das Telefon. Hank nahm ab, hörte kurz zu und legte wieder auf. »Klingt nicht gut. Wir fahren jetzt wohl besser erst mal rüber.«

Der Fisch und ich folgten den Einsatzwagen, die sich mit heulenden Sirenen und kreisenden Lichtern durch den Verkehr zum Turniergelände wühlten. Als wir dort eintrafen, wurde Rusty gerade in einen Krankenwagen getragen. Er sah aus, als hätte ihm jemand sein ganzes Blut aus den Adern gepumpt. Dr. Em half dem Turnierarzt auf die Ladefläche, dann wurde die Tür zugeknallt, und der Wagen fuhr los. Em blieb zurück.

»Em, was ist geschehen?« bedrängte ich sie. »Schafft er es?«

Sie schüttelte den Kopf. »Kann ich nicht sagen. Es ging mit Übelkeit los. Dann kamen Schmerzen in der Brust hinzu. Am Ende ist er kollabiert. Wenn er bis zum Krankenhaus durchhält, kommt es ganz auf die nächsten Stunden an.«

Mir fiel eine Flasche Duration in ihrer Hand auf. »Hat Gus dir das gegeben?« wollte ich wissen.

»Nein, ich habe sie Rusty abgenommen. Er hat daraus getrunken, während er seinen Stand aufbaute. Nach dem Kollaps hielt er sie immer noch fest umklammert. Ich mußte seine Finger aufbiegen.« Sie warf einen Blick darauf. »Was ist das überhaupt?«

»Ein neues Produkt, an dem Gus arbeitet. Ein Drink für Sportler.« Ich nahm die Flasche in die Hand und musterte das Etikett. »Was ist da überhaupt drin? Vielleicht ist Rusty gegen einen Bestandteil allergisch.« Doch das Etikett enthielt keine Angaben über die Zusammensetzung. Das mußte daran liegen, daß es noch nicht auf dem Markt war. Auf einmal fiel mir das vergiftete Hundefutter auf meiner Terrasse ein. Bei dem bloßen Gedanken fingen meine Knie an zu zittern, doch wenn ich jetzt laut damit herausgeplatzt wäre, hätte ich nur eine Panik ausgelöst. So steckte ich die Flasche stumm in die Jackentasche.

»Rusty war in einer furchtbar schlechten Verfassung«, meinte Hank. »Und er hat die ganze Zeit nur immer Hähnchen gegessen – mit Haut. Der Mann war ein wandelnder Herzinfarkt.«

»Ich würde gern wissen, wie Rusty an diese Probe rangekommen ist«, überlegte ich laut. »Duration ist doch für die Öffentlichkeit noch gar nicht zugänglich.«

Ein junger Mann mit Schürze, der die ganze Zeit daneben gestanden und alles verfolgt hatte, meldete sich zu Wort: »Ich habe mit Rusty zusammengearbeitet. Er hat sie dort drüben, wo sie diesen Werbefilm drehen wollten, gefunden.

Einer vom Filmteam hat sie ihm dann geschenkt. Er hat gemeint, der Drink würde einem neue Energie verleihen. Und weil wir heute schon so früh angefangen haben, wollte er ihn gleich mal ausprobieren. Ich habe auch eine Flasche gekriegt. Schmeckt wirklich gut.«

Ich nahm Em beiseite. »Hör zu, Emily, wahrscheinlich ist es überhaupt nichts, aber könntest du diesen Drink im Krankenhauslabor analysieren lassen? Falls Rusty gegen irgendwas allergisch sein sollte, dann wüßten wir es wenigstens. Oder vielleicht – man weiß ja nie – war sogar Gift im Spiel.«

»Gift?« flüsterte Em. »Soll ich die Polizei rufen? Wie kommst du darauf, daß Gift drin sein könnte?«

»Jemand hat versucht, meinen Hund zu vergiften. Darum habe ich als erstes daran gedacht. Es ist verrückt. Und äußerst unwahrscheinlich... Rusty und mein Hund haben nun wirklich nichts gemeinsam... Ich bin nur paranoid. Trotzdem wäre es mir lieb, wir könnten den Drink stillschweigend überprüfen. Wenn ich die Polizei oder Hank Murray einschalte, wird das Ganze entweder aufgebauscht oder sie halten mich für verrückt. Aber wenn wir Rusty helfen können, sollten wir es doch versuchen. Einverstanden, Em?«

Sie nickte hastig. Die Clubmitglieder hielten eben zusammen. »Ich müßte es noch heute per Federal Express abschicken«, sagte sie. »Trotzdem würde es verdammt lange dauern. Aber vielleicht geht es auch schneller. Ich habe einen Kollegen in Charleston – mit dem Auto ist man schnell dort. Wir können einen Boten zu ihm schicken.«

»Wunderbar.«

Der junge Mann vor uns wischte sich in einem fort die Hände an seiner Nadelstreifenschürze ab. Sein schmales Gesicht war mit Pusteln übersät. Er hatte die Art von Akne, die später Narben hinterläßt. »Das ist eine Katastrophe. Ich habe vier Zentner Hähnchen, die gegrillt werden müssen, und jetzt fällt Rusty aus! Was soll ich nur machen? Er hat mir das Rezept nie verraten!«

»Olivenöl«, sagte ich. »Das ist das ganze Geheimnis.«

15

Als ich zur Produktionskonferenz eintraf, hatte ich das Gefühl, bereits einen langen Arbeitstag hinter mir zu haben. Für die Techniker des Senders traf das auf alle Fälle zu. Sie hatten hinter der Tribüne ein kleines Studio errichtet, bestehend aus einem Wohnwagen und den Aufbauten. Den Boden bedeckten an dicke Spaghetti erinnernde Kabel, die es vorsichtig zu überqueren galt. Der Teil der Tenniswelt, der sich hinter den Kulissen abspielt, ist bei weitem nicht so glanzvoll wie das, was man im Fernsehen oder auf den Rängen zu sehen bekommt. Während ich zum Wohnanhänger hinüberging, fiel mir wieder ein, wie ich hier einmal Zweite geworden war. Die Preisverleihung wurde immer mitten auf dem Center Court vorgenommen. Ich bekam damals eine glitzernde silberne Schale, Seranata, die das Turnier erst nach einem hart umkämpften Finale gewonnen hatte, sollte den traditionellen Pokal erhalten. Während die Sponsoren eine Ansprache hielten, warteten Seranata und ich für die Menge nicht sichtbar unter der Tribüne, gespannt auf den Beifall, der unseren Auftritt einleiten würde. Wir standen still nebeneinander – nach dem Match waren wir zu ausgelaugt, um noch zu plaudern oder zu scherzen –, als plötzlich jemand direkt über uns auf die Idee kam, seinen extragroßen Becher Limonade zu entsorgen. Aus etwa drei Metern Höhe ergoß sich die ganze Flüssigkeit über unsere

Köpfe. Danach hatten wir kaum noch Zeit, uns die Gesichter abzuwischen und die verklebten Haare mit den Fingern zu kämmen, denn genau in diesem Moment wurden wir zur Preiszeremonie vor den Leuten im Stadion und Millionen Fernsehzuschauern gerufen. Ich hoffte inbrünstig, man würde unser feuchtes Erscheinungsbild den Anstrengungen in einem harten Match zuschreiben.

Die Konferenz heute war wie ein Wiedersehen mit alten Freunden. Shauna und ich umarmten uns aus Freude, daß wir wieder einmal zusammenarbeiten konnten. Jon Wetherill saß in Sakko, Krawatte und Halbschuhen, in denen er vermutlich schon zur Welt gekommen war, auf der Schreibtischkante, und Harrison Barber hing am Telefon.

»Hab' dich ja schon lange nicht mehr gesehen, Jordan«, meinte Jon. »Was hast du so getrieben?«

»Ein bißchen trainiert«, sagte ich gut aufgelegt. »Vor der Kamera habe ich schon eine ganze Weile nicht mehr gestanden. Hoffentlich mache ich keine Fehler.«

Harrison sah giftig herüber. »Niemand macht Fehler, nicht in diesem Team!« knurrte er und sprach gleich wieder weiter ins Telefon.

»Hast du Paul Kessler heute schon gesehen?« fragte Jon.

»Ja. Früh am Morgen. Er saß bei Jasmine.«

»Ein komischer Typ ist das«, murmelte Jon. »Ich habe ihn gestern abend im Restaurant getroffen. Da war er richtig nett. Aber heute morgen hat er mich plötzlich angeschnauzt, ich solle abhauen.«

»Er hat einen schlechten Tag«, meinte ich. »Aber das soll nicht heißen, daß ich ihn nicht auch seltsam finde.«

Wir gingen die Details für die Livesendung durch und sprachen über die bereits gedrehten Szenen. »Es geht los mit einem Interview mit Billie Jean King«, erklärte Harrison. »Darin gibt sie einen Überblick über das Damentennis.

Dann führt ihr zwei, du und Jon, eure Spielerinnen-Interviews. Ihr wißt schon, die übliche Gegenüberstellung. Bei diesem Turnier ist natürlich Jasmine der große Zuschauermagnet – das erste Spiel seit dem Tod ihres Verlobten. Und zugleich ist sie deine Klientin, Jordan. Kannst du uns irgendwas Exklusives geben, auf dem wir aufbauen könnten?«

»Wir könnten vielleicht über ihre Vorbereitung auf das Turnier sprechen.«

»Gibt es nichts Persönliches?«

»Na ja, sie möchte ihre Spiele Malik widmen.«

»Bingo! Das ist doch was. Christy!« Eine junge Produktionsassistentin eilte zu ihm hinüber. »Sag den Graphikern, daß wir die Montage verwenden, die wir bei der Verlobung gemacht haben. Ist auch Lokalkolorit drin? Inselgeschichten oder so? Ich meine, etwas, das über Geschichte und Touristenwerbung hinausgeht?«

»Das erste Opfer bei diesem Turnier: Einer der Imbißbetreiber ist zusammengebrochen und mußte ins Krankenhaus gebracht werden«, meldete eine andere Assistentin.

Harrison schüttelte den Kopf. »Ich bezweifle, daß das die Leute interessiert.«

»Dann gab es noch einen Bericht über zwei aggressive Alligatoren«, schlug Christy vor. »Stand in der Zeitung. Ich glaube, es ist gerade Paarungszeit. Da können sie ganz schön wild werden. Eine Frau sammelte auf dem Golfplatz Bälle auf, als sie plötzlich einen Alligator bemerkte, der ihr immer näher kam. Und im Hafen wollte eine Touristin eins von diesen Viechern füttern, da ging es auf sie los. Es mußte mit einer Eisenstange vertrieben werden. Danach wurde es erschossen. Schließlich ist noch ein Hund ums Leben gekommen, obwohl er im eigenen Hof an der Kette hing. Man nimmt an, daß das auch ein Alligator war.« Sie beugte sich über ihre Notizen. »Die örtliche Polizei und die Jagdaufsichtsbehörde haben sie unter Kontrolle; trotzdem habe ich ein bißchen recherchiert: Alligatoren sieht man in dieser Gegend recht häufig, aber in der Regel tun sie Menschen nichts. Außer sie werden provoziert. Ihre Taktik – nun paßt gut auf – ist folgendermaßen: Sie beißen sich fest, ziehen ihr Opfer ins Wasser und halten es so lange unten, bis es sich nicht mehr rührt. Dann fressen sie es auf.«

»Das ist zu grausig!« rief Harrison. »Himmel noch mal, unsere Zuschauer wollen doch entspannende Unterhaltung geboten kriegen und nicht hören, daß riesige Reptilien mit einem Gehirn so groß wie eine Weintraube in der Stadt auf Raubzug gehen. Bitte versucht, was anderes aufzutreiben. Okay, Herrschaften, morgen früh um acht fangen wir im Zelt an. Jordan und Jon, seht bitte zu, daß ihr bis dahin fertig frisiert und geschminkt seid.«

Wir nickten.

»Haben alle ihren Ausweis?«

»Ich brauche Karten«, meldete sich Christy. »Meine Eltern kommen.«

»Sag es Jeremy. Okay, das wär's also. Bis morgen.«

Die Versammlung löste sich auf. Sobald ich allein war, rief ich bei Hank Murray an, doch er war nicht im Büro. So nahm ich das Walkie-talkie und meldete mich bei KiKi.

»Schon was von Rusty gehört?«

»Hinter dem Grill wird er heute abend nicht stehen können, aber er wird wohl durchkommen. Sie machen alle möglichen Untersuchungen mit ihm.«

»Danke, KiKi.«

Als nächste erreichte ich Dr. Em. »Hat das Labor sich schon gemeldet?«

»Am späten Abend oder morgen früh werden wir mehr wissen«, sagte sie.

Schließlich piepste ich den Fisch an. Er rief umgehend

zurück. »Rat mal. Ich glaube, du hattest mit Anna Martinez recht. Sie hat das Land verlassen, ist aber einen Tag später zurückgekommen. Paß auf dich auf. Sie ist unberechenbar.«

»Na denn, wir sehen uns wohl heute abend. Ich will mit meinem eigenen Auto zum Kai fahren. Ruf mich an, sobald du was Neues erfährst.«

»Jordan, Jordan, bist du da?« hörte ich KiKis Stimme im Walkie-talkie.

»Ja, KiKi.«

»Jasmine sucht dich. Sie muß dringend mit dir sprechen. Sie ist drüben in der Players' Lounge.«

»Ich gehe gleich rüber.« Ich konnte nur hoffen, daß Anna Martinez sie nicht in den Klauen hatte. Und wo war der Fisch?

Die Players' Lounge befand sich im Heritage Club direkt hinter dem Eingang zum Turniergelände. Da der Verkehr nun immer dichter wurde, brauchte ich fast eine halbe Stunde bis dorthin. Die Wachposten hatten ihre Arbeit bereits aufgenommen. Nachdem ich mich eingetragen hatte und mein Turnierausweis abgestempelt worden war, ging ich weiter in einen riesigen, dank Skylight lichtdurchfluteten Raum. Im oberen Stockwerk war eine ruhigere Ecke für Spieler und deren Gäste reserviert. Dort herrschte eine Atmosphäre wie in einem Wohnzimmer, mit rosafarbenen Samtsofas, einem großen Fernsehapparat, einem schlichten kalten Buffet und einer kleinen Bar. Die Leute saßen in Gruppen zusammen und sprachen leise auf englisch, deutsch, französisch und spanisch miteinander. Mit schwarzen Hosen und weißen Hemden bekleidete Kellner gingen unaufdringlich zwischen den Gästen hin und her und räumten leere Teller und Gläser ab. Jasmine saß auf einem der Sofas. Die Angst stand ihr förmlich ins Gesicht geschrieben. Wie ein kleines Mädchen drückte sie Stanley, ihren Spielzeugpinguin, fest an ihre Brust. Neben ihr erkannte ich die Frau, die ich bei Maliks Trauerfeier zum erstenmal gesehen hatte – seine Mutter Doris Evans.

»Jas, was ist los?« Ich grüßte Mrs. Evans und setzte mich, als Jasmine mich mit einer Geste dazu einlud.

»Ich muß dich um Hilfe bitten«, flüsterte sie. »Du bist die einzige, der ich trauen kann. Es ist etwas passiert.« Sie sah sich um, als müsse sie sich vergewissern, daß niemand lauschte. »Doris und ich wollten doch in Maliks Namen eine Stiftung einrichten. Stipendien für Kinder. Wir haben schon so aufregende Pläne gemacht.« Sie blickte Doris an.

Mit leiser Stimme fuhr Maliks Mutter fort: »Mein Sohn ist jung gestorben, aber er hat ein beträchtliches Vermögen hinterlassen. Genug, um eine Stiftung zu finanzieren. Aber als wir die Sache heute zum erstenmal ansprachen, erklärte Mr. Kessler, es sei zu wenig auf dem Konto. Er sagte, er hätte zu viele Provisionen, Steuern und unvorhergesehene Rechnungen begleichen müssen.«

»Ich wünschte, ich könnte helfen«, seufzte ich. »Aber ich bin wirklich keine Finanzexpertin. Ihr müßtet mit einem Steuerberater sprechen, aber nicht mit mir.«

»Das habe ich ja auch vorgeschlagen«, sagte Jasmine. »Aber da wurde Paul auf einmal wütend. Er warf mir vor, ich würde ihm nicht vertrauen und wäre ihm nicht dankbar für all das, was er für Malik und mich getan hätte. So habe ich ihn noch nie erlebt.«

»Wer ist denn für die Finanzen zuständig?« fragte ich.

»Nach Maliks Tod habe ich Mr. Kessler die Vollmacht erteilt«, antwortete Mrs. Evans. »Ich hielt es für die beste Lösung. Immerhin ist er ein angesehener Geschäftsmann.«

»Und was für Unkosten sind angefallen?«

»Paul sprach von Verwaltungsgebühren und Bürokosten.«

»Malik hatte ein Büro?«

»Nein. Paul mußte extra eins bauen.«

»Bauen? Wo?«

»Na ja, es war schon da, aber er ließ es umbauen. In LA.«

»Und wer sitzt da drin?«

»Paul. Es war offenbar notwendig. Die Stiftung sollte doch unabhängig von Pauls sonstigen Geschäften sein.«

»Jasmine, ich glaube, du wirst einen Wirtschaftsprüfer beauftragen müssen, sämtliche Unterlagen durchzugehen.«

»Sie glauben doch nicht... daß Paul Maliks Vermögen verjubelt hat?«

»Ich weiß es nicht, Mrs. Evans. Aber Sie müssen der Sache nachgehen.«

»Er hat soviel für meinen Sohn getan«, murmelte Doris kopfschüttelnd. »Er hat die ganze Zeit sein Vermögen verwaltet. Darum hielt ich es nur für normal, ihn auch nach Maliks Tod damit zu betrauen.«

»Ich frage mich, ob nicht schon vor Maliks Tod Geld fehlte und Malik es herausgefunden hatte«, entfuhr es mir.

Jasmine schlug sich die Hand vor den Mund. »Du glaubst doch nicht...«

»Bleib ganz ruhig. Ich beschuldige Paul ja nicht. Aber wenn für einen Haufen Geld die Belege fehlen... Auf wie hoch schätzen Sie die Summe überhaupt, Mrs. Evans?«

»Sechs oder sieben Millionen«, sagte Doris. »Aber das nehme ich nur an, weil Malik mal gesagt hat, daß er soviel hat. Die Zahlen habe ich nie gesehen. Die verwaltete ja Paul Kessler.«

Ich schnappte nach Luft. »Sechs oder sieben *Millionen* für laufende Kosten, Verwaltungsgebühren und Steuern?«

»Ich habe doch von finanziellen Dingen keine Ahnung!« rief Jasmine. »Was soll ich jetzt tun?«

Ich überlegte eine Weile. Schließlich kam mir eine Idee.

»Vielleicht mußt du selbst überhaupt nichts tun. Es gibt noch eine dritte Partei, die sich sehr für dieses Geld interessieren dürfte und du brauchst nichts zu zahlen, wenn sie die Beträge bis zum letzten Cent überprüft.«

»Ich möchte im Sinne meines Sohnes handeln«, erklärte Mrs. Evans. »Was sind das für Leute?«

»Das Finanzamt. Und wenn die richtigen Leute einen kleinen Anstoß geben« – zufällig wußte ich, daß der Fisch auch in den Chefetagen der Finanzbehörde Freunde hatte –, »würden sie Maliks Vermögen mit dem größten Vergnügen unter die Lupe nehmen. Und eins können Sie mir glauben, Mrs. Evans, das Finanzamt hat vor Paul Kessler keine Angst.«

»Das Finanzamt«, sinnierte Jasmine. »Natürlich!«

»Die kommen und schauen sich alles an«, bestätigte ich. »Wenn Paul sich nichts hat zuschulden kommen lassen, dann habt ihr es Schwarz auf Weiß. Sollte er aber etwas für sich abgezweigt haben, dann könnt ihr ihn auf Rückzahlung und Schadensersatz verklagen.«

Jasmine ließ sich gegen die Lehne sinken. »Machen wir es so. Was meinst du, Doris?«

Mrs. Evans nickte. »Ich hätte nie gedacht, daß ich jemals die Prüfer vom Finanzamt bei mir willkommen heißen würde.«

Trotz der Situation mußten wir auf einmal grinsen.

Jasmine wurde gleich wieder ernst. »Aber ich kann Paul trotzdem nicht verzeihen. Ich hatte Vertrauen zu ihm.«

»Und ich frage mich immer noch, ob Malik nicht etwas geahnt hat«, sagte ich.

»Wie können wir das herausfinden?« wollte Jasmine wissen.

»Der Zeitpunkt der jeweiligen Transaktionen dürfte uns weiterhelfen. Wenn wir an die Daten rankommen, wird uns einiges klarer. Aber im Moment sind dir die Hände gebunden, Jasmine. Ich werde jemanden alarmieren, der dir helfen kann. Du konzentrierst dich jetzt auf das, weswegen du gekommen bist, nämlich den Turniersieg. Du mußt zusehen, daß du wieder dein Spiel in den Kopf kriegst.«

»Ich weiß nicht, ob ich das jetzt noch schaffe«, flüsterte sie. »Ich fühle mich so gemein hintergangen.«

»Dann zeig's ihm eben. Zeig Paul, daß du nicht auf ihn angewiesen bist. Zeig ihm, daß du es ganz allein schaffst. Wer steht denn auf dem Platz? Du allein und nicht Paul. Zeig ihm, daß du es kannst. Nimm dein Schicksal selbst in die Hand. Auf dem Platz und im Leben.«

Sie richtete sich auf. »Du hast recht«, antwortete sie mit einem nachdenklichen Nicken. »Ich kann nicht glauben, daß Paul Malik Geld weggenommen hat, aber wenn es doch so ist, wenn er Malik betrogen oder benutzt hat, dann soll er mich nicht aufhalten dürfen. Ich werde stark sein. Ich muß stark sein. Ich werde das Turnier gewinnen und das Preisgeld der Malikstiftung vermachen.« In ihren Augen blitzte eine Entschlossenheit auf, wie ich sie bei ihr noch nie zuvor gesehen hatte. Das war mehr als der Siegeswille einer Spielerin oder die Trauer einer Liebenden. Mit einem Schlag hatte sie alles Mädchenhafte abgestreift. An dessen Stelle war eine unbeirrbare Zielstrebigkeit getreten, als wäre sie zu keinem anderen Zweck in diese Welt hineingesetzt worden.

Doris umarmte Jasmine. »Du wirst immer meine Tochter sein!« rief sie. »Ich bin so stolz auf dich. Du bist ein Prachtmädchen, und mein Sohn wußte das.«

Ich legte Jasmine die Hand auf die Schulter. »Bis heute abend. Oder kommst du nicht zum Barbecue?«

Jasmine versteifte sich. Ihre Züge hatten nichts Weiches mehr, sondern verrieten einen bei ihr ungewohnten Argwohn. »Natürlich komme ich«, erklärte sie. »Was habe *ich* denn schon zu verstecken? Aber wie soll ich mich Paul gegenüber verhalten?«

»Fürs erste würde ich so tun, als wäre nichts«, riet ich. »Es ist besser, wenn er im richtigen Moment überrumpelt wird – falls er Dreck am Stecken hat. Und Sie muß ich auch etwas fragen, Doris. Hatten Sie nach dem Tod Ihres Sohnes vor, die Desert Springs Sports Clinic zu verklagen?«

Sie sah mich verwirrt an. »Nein. Wozu auch?«

In der Hochsaison in Harbour Town einen Parkplatz zu finden, ist zu jeder Zeit ein Kunststück. Diesmal folgte ich ganz einfach einem eisschleckenden Paar zu dessen Wagen und riß mir sofort die Lücke unter den Nagel, als sie losfuhren.

Wie von BioTech versprochen, wartete das Boot am Kai. Es war eine äußerst beeindruckende, glänzend weiße Jacht von fünfundzwanzig Metern Länge mit Namen *The Victory Lane.* Gut fünfzig Gäste drängten sich auf dem Deck und ließen sich die Drinks und Appetithappen schmecken, die ihnen von Kellnern in makellosen weißen Hosen und T-Shirts gereicht wurden. Auf dem oberen Deck spielte eine Combo dezente Musik.

Gus stand mit einem Glas Champagner in der Hand zwischen Paul, Trent und Jasmine. Er hatte die Ausstrahlung eines Mannes, der sich auf der Höhe seines Erfolgs befindet. So rundherum zufrieden wie in diesem Moment hatte ich ihn noch nie erlebt. Er bemerkte mich sofort, kam zu mir und küßte mich.

»Ich kann dir gar nicht sagen, wie froh ich bin, daß du gekommen bist, um dir das alles anzuschauen. Ist es nicht toll? Trent hat wirklich an alles gedacht.«

Ich packte ihn am Arm. »Gus, ich muß dich was fragen, nur ganz kurz. Enthält dein Drink eine Substanz, die eine allergische Reaktion auslösen könnte? Ein Hähnchenverkäufer ist unmittelbar, nachdem er davon getrunken hat, bewußtlos zusammengebrochen. Er erlitt sogar einen vorübergehenden Herzstillstand.«

»Jordan, du weißt doch, daß Allergien nie auszuschließen sind. Meine Güte, manche Menschen sind gegen Sonnenstrahlen allergisch oder gegen Staub. Das kann bei diesem Mann etwas Individuelles sein. Woher soll ich das wissen?« Dennoch verriet mir seine nachdenkliche Miene, daß ihm die Sache nicht ganz egal war.

»Was ist, Gus?«

»Wie kommt ein Hähnchenverkäufer an ein streng gehütetes Produkt heran, von dem wir nur einen begrenzten Vorrat haben? Das gefällt mir nicht. Wir sind bei der Auswahl der Personen, die eine Probe erhalten, extrem vorsichtig. Eigentlich sollen nur Werbeträger oder potentielle Werbeträger eine bekommen.«

»Ich glaube, einer vom Filmteam hat ihm die Flasche gegeben.«

»Ich werde Trent darauf ansprechen. Das hätte auf keinen Fall passieren dürfen. Bin gleich wieder da.« Er kehrte zu Trent zurück und ich konnte sehen, wie sie miteinander diskutierten.

Die Jacht setzte sich in Bewegung. Während wir uns vom Hafen entfernten, offenbarte sich unseren Augen ein spektakuläres Panorama der Stadt und der Insel im Licht der untergehenden Sonne. Das Wetter war kühl, aber bereits frühlingshaft. Doch auf einmal bemerkte ich den Fisch. Mit kalkweißem Gesicht stand er da und klammerte sich an die Reling.

Ich stürzte zu ihm hinüber. »Fehlt dir was? Du hast doch nicht schon wieder Schalentiere gegessen, oder?«

»Seekrank«, brachte er hervor.

»Aber wir sind doch noch gar nicht richtig draußen, und das Meer ist spiegelglatt.«

»Ich weiß schon, warum ich nicht zur Navy gegangen bin.« Er schloß die Augen. »Bitte, lieber Gott, gib, daß das bald vorüber ist.«

»Du hast Glück«, sagte ich. »Die Fahrt dauert gerade mal fünfzehn Minuten. Und wenn dein Magen es verträgt, kann ich dir was über Paul Kessler erzählen.«

Er riß die Augen weit auf. »Ich fühle mich schon besser. Worum geht es?«

»Laut Jasmine und Maliks Mutter ist ein großer Teil von Maliks Vermögen, das von Kessler verwaltet wurde, verschwunden. Paul hält sie hin. Fürs erste setzen sie ihn natürlich nicht unter Druck. Ich habe vielmehr ans Finanzamt gedacht. Die führen doch immer Betriebsprüfungen durch. Und hast du dort nicht einflußreiche Freunde...?«

Er hob abwehrend die Hand. »Ich arbeite für Mr. Kessler. Ein solches Verhalten ginge gegen mein Ethos. Nein, daran kann ich mich nicht beteiligen.«

»Wirklich nicht?«

»Nein, beim besten Willen nicht. Aber *du* kannst es einschalten. Oder seine Mutter. Ich sage dir, an wen du dich wenden kannst. Was mich betrifft, möchte ich mich im Hintergrund halten. Alles andere ginge gegen meine Interessen.«

»Was für Interessen verfolgst du denn eigentlich?« fragte ich mißtrauisch. Beim Fisch war kaum je etwas so, wie es auf den ersten Blick aussah. Er selbst hatte mir einmal auf seine typisch fischmäßige Weise erklärt, daß grundsätzlich nichts so war, wie es den Anschein hatte. »Du bist doch wegen eines Auftrags hier«, sagte ich ihm auf den Kopf zu. »In Wirklichkeit arbeitest du gar nicht für Kessler, oder?«

»Doch, das tue ich. Sag mal, hast du ein Mittel gegen Übelkeit? Mir ist so furchtbar schlecht.«

»So etwas nimmt man, bevor man an Bord geht, wenn es wirken soll. Jetzt ist es zu spät dafür. Und wechsle nicht ständig das Thema. Du mußt mir sagen, für wen du arbeitest. Solltest du dich am Ende vor Kessler stellen wollen, hätten wir zwei ein ernsthaftes Problem miteinander. Es geht um viel Geld. Vielleicht sogar um Leben und Tod.«

»Sieh doch nicht so ernst drein, Jordan. Sonst fallen wir noch auf.«

Ich brachte ein falsches Lächeln zuwege. »Wie gefällt dir das? Okay, für wen arbeitest du?«

»Sagen wir einfach, daß meinem Auftraggeber sehr daran gelegen ist, zu erfahren, was Paul Kessler alles treibt.«

»Einer seiner Konkurrenten?« Dann dämmerte es mir. »Es ist die Regierung. Aber klar doch. Gegen ihn sind Ermittlungen im Gange, und du führst sie.«

Der Fisch seufzte. »Wer weiß. Sagen wir es einfach so: Es sind bestimmte Unregelmäßigkeiten aufgetreten. Große Geldsummen verlassen das Land und verschwinden auf irgendwelchen Auslandskonten.«

»Paul Kesslers Geld?«

»Das Geld vieler Leute.«

»Seiner Klienten?«

»Na ja, bislang konnte ihm niemand etwas nachweisen. Und ein Mensch hat nun mal als unschuldig zu gelten, solange man ihn nicht überführen kann. Aber weil Maliks Mutter und Jasmine dir trauen, haben wir jetzt vielleicht endlich einen vielversprechenden Ansatz. Manchmal sind solche Leute mit dem Geld Verstorbener weniger vorsichtig. Genau so ein Fall könnte jetzt vorliegen. Tote erzählen keine Geschichten, heißt es – aber ihre Verwandten sehr wohl.«

»Kein Wunder, daß er auf den Aufkauf der Klinik spekulierte. Er hat wohl so seine eigenen Methoden, Geld aufzutreiben.«

Ich sah zu Paul hinüber, der irgendwelche Sponsoren überschwenglich begrüßte. Jasmine spielte gekonnt ihre Rolle als stets lächelndes, charmantes Mädchen. Es mußte ihr das Herz zerreißen, doch sie ließ sich nichts anmerken. Gleichwohl wußte ich, daß sie ihr Möglichstes tun würde, um uns zu helfen. Ich bewunderte sie für ihre Leistungen auf dem Court, aber noch mehr beeindruckte mich ihr Mut.

An Bord der Jacht befand sich auch eine Delegation unserer Klinik. Ich machte Bill aus und natürlich Ginny Jennings. Zu meiner Überraschung erspähte ich auch KiKi. Obwohl es gar nicht so kalt war, trug sie Mütze und Anorak. Ich winkte ihr zu. Daraufhin bahnte sie sich sofort einen Weg zu mir, was heute dreimal so lange dauerte wie normalerweise, weil jeder sie begrüßen wollte.

»Ich wußte gar nicht, daß du auch rüberfahren würdest«, begann ich. Das war in der Tat ungewöhnlich, denn während eines Turniers schwor KiKi normalerweise allen Feierlichkeiten ab.

»Eigentlich hatte ich auch gar nicht vor, mitzukommen, wie du schon an meiner Kleidung erkennen kannst. Einige unserer Spielerinnen haben eine Einladung – Ramona Cerutti, Carole Ashford und noch eine Handvoll andere. Na ja, und weil totales Verkehrschaos herrschte, habe ich sie mit dem Golfwagen zum Hafen gefahren. Eins führte zum anderen, und jetzt bin ich dabei.« Sie grinste. »Weißt du, wenn es zu spät wird, kann ich zur Not ja zurückschwimmen.«

»Lebt nicht die weiße Hexe, die dich von deiner Warze geheilt hat, auf Daufuskie Island?«

»Genau. Dort gibt es schon die merkwürdigsten Leute, wenn du mich fragst. Die Einheimischen sprechen ihre eigene Sprache – sie heißt Gullah und ist eine Mischung aus Englisch, Afrikanisch und Französisch. Sie glauben an böse Geister und streichen ihre Häuser blau, um sie abzuschrecken.«

»Gerade das richtige für eine weiße Hexe.«

»Du sagst es. Hier sind *wir* die Außenseiter. Die Insel ist nicht sehr groß, aber sie ist seit über neuntausend Jahren besiedelt. Ursprünglich lebten hier Indianer, dann kamen die Spanier und ein paar Briten. Während der Revolutionskriege und des Bürgerkriegs war Daufuskie heiß umkämpft. Es gibt hier einige faszinierende Ruinen und Bauwerke, ein altes Schulhaus zum Beispiel und eine Weinkellerei, aber wenn du mich fragst, das beste an Daufuskie sind die gegrillten Krabben.«

Der Fisch spitzte die Ohren. »Hat hier jemand Krabben gesagt?«

»Nicht für dich!« fauchte ich ihn an.

In diesem Moment rief Gus nach mir. »Jordan, komm doch rüber und laß dich meinem Freund Arnold von Nike vorstellen. Und Walter von der *Sports Illustrated.*«

Hier gaben sich eindeutig die hohen Tiere ein Stelldichein. Ebenso offenkundig war es, daß Gus und Trent es darauf anlegten, bei möglichen Investoren und Meinungsmachern Eindruck zu schinden. Dieses Barbecue diente einzig und allein der Vermarktung von Duration.

Die Jacht fuhr in den Inselhafen ein, als ich mich zu Gus gesellte. »Und wie kommen wir zum Barbecue?« fragte ich.

»So wie die Leute früher.« Er deutete auf eine lange Schlange von Pferdekutschen. »Trents Leute haben an alles gedacht. Sogar eine Gospelsängerin tritt während des Essens auf. Gib's zu, Jordan: Vielleicht ist es doch nicht so schlecht, wenn man sich mit BioTech zusammentut. Komm, wir können mit den Leuten von der *Times* fahren.«

»Gern, aber vorher muß ich kurz was mit Jasmine bereden.«

Doch auf einmal eilte KiKi mit ihrem Handy winkend auf mich zu. »Jordan, hast du eine Sekunde Zeit? Dr. Em versucht schon länger, dich zu erreichen. Jetzt hat sie mich angerufen.«

Ich nahm das Telefon. »Emily? Hast du Neuigkeiten vom Labor?«

»Jordan, sie haben was gefunden. Der Drink ist zwar nicht vergiftet, aber er enthält viel zu viele Substanzen. Die Konzentration ist so hoch, daß er toxisch wirken kann. Allein das Kalium kann eine Hyperglykämie auslösen. Die Vitamin-A-Konzentration ist ebenfalls verdächtig. Normalerweise reichert man Getränke nicht mit derart viel Vitamin A an, weil man nie so genau weiß, was für Zusatzstoffe die Leute außerdem noch nehmen.«

»Aber wieviel ist in diesem Drink drin?«

»Sie haben mir gesagt, daß die analysierte Flasche vierzig Prozent der bei Tabletten üblichen Dosierung von dreißig- bis sechzigtausend Milligramm enthielt – was ohnehin schon sehr hoch ist – und daß man, wenn man noch andere Mittel einnimmt, schnell im toxischen Bereich landen könnte. Die Symptome wären dann trockene Haut, Gliederschmerzen, oft auch Kopfschmerzen und leichte Reizbarkeit – sie entwickeln sich schleichend und nehmen kontinuierlich zu. Außerdem bringen sie den Elektrolythaushalt durcheinander.«

»Und wer ist davon betroffen? Jeder?«

»Nicht unbedingt. Kritisch wird's aber, wenn bereits Herzprobleme vorliegen oder, wie gesagt, wenn Leute zusätzliche Vitamine oder Mineralien einnehmen. Und bestimmte Personen, die unter einem zu hohen oder zu niedrigen Kaliumspiegel leiden, sind auch gefährdet. Es kann zu Herzflattern kommen, was, wie du weißt, eine Vorstufe zum Herzinfarkt ist, und letztlich zum Herzstillstand. Jemand mit einem schwachen Herzen, wie Rusty, wäre einem extrem hohen Risiko ausgesetzt. Das gleiche gilt für Menschen, die Herzprobleme haben, ohne es zu wissen; gerade Herzklappenvorfälle bleiben oft jahrelang unbemerkt. Auch Menschen, die geschwächt sind, alte Menschen, Kinder oder …«

Kinder. »Mein Gott!« Das Blut gefror mir in den Adern. Ich hastete zum Achterdeck, das jetzt menschenleer war, weil alle beobachten wollten, wie das Schiff anlegte. »Em, glaubst du, daß die ganze Serie so ist oder nur diese eine Flasche? Ich meine, hat jemand sie vielleicht manipuliert?« Ich dachte an A. M. und das vergiftete Hundefutter. So schrecklich diese Vorstellung auch war, aber ich *hoffte,* nur der Inhalt dieser einen Flasche wäre gepanscht worden. Jede andere Möglichkeit wäre unerträglich gewesen. »Ich meine, sein Helfer hat doch auch eine Flasche getrunken. Ihm ist nichts geschehen.«

»Vielleicht war es wirklich nur diese eine. Oder Rusty war aufgrund seiner Herzprobleme eben besonders gefährdet. Tatsache ist, daß dieser Drink unter den richtigen Umständen niemanden tötet – vorausgesetzt, der Konsument hat eine robuste Konstitution.«

»Hast du schon das Krankenhaus informiert?«

»Das war mein erster Anruf.«

Vor der nächsten Frage zögerte ich, aber ich mußte es einfach wissen. »Em, kann dieser Drink auch einen Herzschaden *verursachen,* eine fehlerhafte Klappe zum Beispiel?«

»Einen biologischen Schaden verursachen? Nein, das glaube ich nicht. Aber wenn jemand einen bestehenden Herzschaden hat, von mir aus auch einen unbemerkten, oder zugleich eben andere Medikamente oder Zusatzstoffe einnimmt, dann ist er ernsthaft gefährdet.«

Ich konnte nicht mehr zuhören. »Danke, Em«, flüsterte ich und schaltete das Gerät aus. Im nächsten Augenblick beugte ich mich über die Reling und übergab mich.

»Na, wer braucht denn jetzt Pillen gegen Übelkeit?« fragte

der Fisch, der plötzlich wie aus dem Boden gewachsen neben mir stand. Er reichte mir eine Handvoll Papiertücher.

»Ich wünschte, ich bräuchte nur das«, ächzte ich. Meine Knie fühlten sich an wie Pudding, und im Kopf spürte ich ein schreckliches Hämmern.

»Was war denn los?«

»Die Duration-Flasche, die Rusty getrunken hat, enthielt toxische Mengen von Zusatzstoffen. Ich muß sofort mit Gus sprechen.« Ich ließ den Fisch stehen und stürmte an Land. Auf dem Kai wimmelte es von Menschen, aber ich schob und drängelte, bis ich Gus fand.

Er strahlte mich an. »Da bist du ja, Jordan! Wunderbar. Da vorne ist die Kutsche.«

»Gus, wir müssen miteinander reden.«

Er lächelte. »Klar. Aber vorher müssen wir zum Barbecue. Komm, auf uns warten Leute.«

»Nein, ich muß jetzt mit dir reden.«

»Jordan, du siehst ja entsetzlich aus! Fehlt dir was? Hast du Fieber?«

»Ja«, flüsterte ich. »Hör zu. Ich muß wissen, was in dem Drink ist. Was steht in deiner Rezeptur für Duration?«

»Ich habe dir doch die Presseinformation gegeben. Da stehen die Zutaten genau aufgelistet.«

»Dieser Hähnchenverkäufer hat eine Flasche Duration getrunken und wäre fast daran gestorben. Sie enthielt eine potentiell giftige Menge an Kalium, Vitamin A und weiß Gott noch alles.« Ich beobachtete Gus genau, doch in seinem Gesicht spiegelte sich nichts als Verwirrung.

»Ich verstehe nicht, wie das geschehen konnte. Aber glaub mir, das werden wir so nicht stehenlassen. Ich bin natürlich auf das äußerste beunruhigt, aber als erstes ist eine vollständige Untersuchung erforderlich. Ohne Fakten würden wir nur übereilte Schlüsse ziehen.«

»Aber was willst du jetzt unternehmen? Als Sofortmaßnahme? Ein Mann liegt im Krankenhaus!«

»Jordan, machen wir uns nichts vor. Wir sind auf einer Insel, mitten in einem schrecklich wichtigen Ereignis. Es ist fast dunkel, und zurück kommen wir nur mit dem Boot. Im Moment können wir überhaupt nichts tun. Doch wenn diese Veranstaltung vorbei ist, gehen wir der Sache auf den Grund. Es gibt bestimmt eine einfache Erklärung, und wenn nicht, werde ich auf einer Antwort bestehen.«

»Gus, ich habe Anna Martinez heute gesehen.«

»Wirklich? Wie ist das möglich?«

»Sie ist hier, das ist alles. Sie ist nach Deutschland geflogen, umgehend zurückgekehrt und jetzt ist sie da.«

»O Gott!«

»Gus, könnte sie den Drink vergiftet haben?«

»Ich kann es dir beim besten Willen nicht sagen. Aber es ist nicht auszuschließen. Ich alarmiere sofort den Sicherheitsdienst. Diese Frau ist ernsthaft gestört.«

»Und du hast gedacht, du hättest sie neutralisiert, als du ihr den Job bei Filament vermittelt hast.«

»Neutralisieren ist ein geschmackloser Ausdruck, Jordan.«

»Was hast du ihr geschuldet, daß du ihr einen toll bezahlten Job verschafft und obendrein den Umzug organisiert hast? Wir haben viel zu klären, Gus.«

»Und das werden wir auch. Aber nicht jetzt. Das ist ein bedeutendes Ereignis, und wir haben wichtige Gäste. Da kann man sich nicht zum Streiten in eine Ecke zurückziehen.«

»Ich fürchte, bestimmte Dinge sind aber wichtiger, zumindest für mich.«

Sein Gesicht wirkte angespannt. »Geht das schon wieder los! Na bitte – tu, was du nicht lassen kannst.« Er wandte sich abrupt ab und stürmte zu seiner Kutsche.

Ginny Jennings bemerkte, daß ich allein zurückgeblieben war. Sie näherte sich und legte den Arm um mich. »Du siehst so deprimiert aus. Ihr zwei liegt euch zur Zeit ja nur noch in den Haaren, was? Komm, steig bei mir ein.«

»Ich muß zurück. Ich kann unmöglich bleiben.«

»Na gut, dann fahren wir gemeinsam.«

»Wir sind hier doch direkt am Hafen«, sagte ich. »Da wird sich bestimmt ein kleines Boot finden lassen, das uns zurückbringt.«

Gus hatte sich nicht getäuscht. Zu dieser Stunde war wirklich kein Boot mehr zu bekommen. Frustriert machten Ginny und ich uns auf die Suche nach KiKi. Mit ihrer Hilfe überredeten wir schließlich eine Gruppe von Fischern, uns in ihrem Boot nach Hilton Head mitzunehmen. »In solchen Kähnen muß man vorsichtig sein«, erklärte uns KiKi, als wir auf die Lichter von Harbour Town zujagten. »Das Wasser hier im Sund von Calibogue ist unheimlich tückisch. Die Strömungen sind unberechenbar. Wenn die Flut kommt, ist sie wie ein reißender Fluß. Und der Meeresboden ist total unregelmäßig. Man weiß nie, wie tief er ist.«

Kaum hatten wir wieder festen Boden unter den Füßen, marschierte ich in die Zentrale des Sicherheitsdienstes und verlangte Hank Murray zu sprechen. Er war zu Hause beim Essen mit seiner Familie, aber ein Assistent stellte mich zu ihm durch.

»Tja«, brummte er, »als erstes werde ich die örtlichen Behörden informieren. Das ist kein bloßes Sicherheitsproblem bei einer Großveranstaltung. Jetzt müssen sofort alle Vorräte dieses Produkts konfisziert und untersucht werden.«

»O Gott«, stöhnte ich. »Womöglich verteilen die beim Barbecue Kostproben!«

»Ich schicke sofort jemanden rüber.«

»Und was ist mit Anna Martinez? Sie könnte damit zu tun haben.«

»Es liegt nichts Konkretes gegen sie vor, aber da sie Drohbriefe geschrieben hat, kann die Polizei sie zumindest zum Verhör mitnehmen – vorausgesetzt, sie taucht tatsächlich auf. Doch Sie müssen bedenken, daß morgen das Turnier eröffnet wird. Bei den vielen Menschen wird es nicht ganz leicht sein, jemanden zu finden, der nicht gefunden werden will.«

»Wir müssen aber unbedingt mit ihr sprechen.«

»Vielleicht gelingt es Ihnen ja, sie aus der Deckung zu locken.

Beunruhigt kehrte ich in meine Unterkunft zurück, wo ich noch einmal meine Notizen für das Live-Interview mit Billie Jean King am kommenden Vormittag durchging. Vor dem Zubettgehen kam mir plötzlich eine Idee. Sofort griff ich zum Telefonhörer und wählte Billie Jeans Nummer. Da sich nur der Anrufbeantworter meldete, bat ich sie, baldmöglichst zurückzurufen. Dann legte ich mich ins Bett und fiel in einen unruhigen Schlaf. Aber zumindest wußte ich, daß ich einen Plan hatte.

16

Ich saß im vertrauten blauen Kommentatorinnenblazer im Studio und wartete auf Billie Jean King, die bald mir gegenüber auf der Couch Platz nehmen würde. Es tat gut, wieder im Geschäft zu sein. Ich fühlte mich entspannt und sicher; ich war keine Anfängerin mehr.

»Das ist eine Live-Sendung«, schärfte mir Harrison ein,

als mir ein Tontechniker ein Mikrofon an das Revers klemmte. »Nicht daß dir wieder ein Fluch rausrutscht, wie damals in Wimbledon.«

»Sehr lustig. Hast du vergessen, daß ich keine Amateurin mehr bin? Aber ich hätte ein Anliegen, Harrison …«

Er stöhnte. »Keine Überraschungen, klar? Überraschungen sind was für Geburtstagsfeiern, aber nicht für Live-Interviews. Bitte keinen Skandal – wir können erst nach vier Sekunden abschalten.«

»Es ist aber eine heiße Nachricht.«

»Mach mir keine angst.«

Während wir sprachen, nahm Billie Jean King auf der Couch Platz und wurde verkabelt.

»Dreißig Sekunden«, verkündete die Regieassistentin.

»Jordan!« zischte Harrison in einem halb warnenden, halb tadelnden Ton. »Das Skript. Bleib am Skript. Wir haben einen Teleprompter. Wir haben Regeln …«

»Zehn Sekunden!«

Und schon war ich auf Sendung. Den Blick in die Kamera gerichtet, spulte ich meine üblichen Floskeln ab. »Hallo und einen guten Morgen. Ich bin Jordan Myles, live vom Family Circle Magazine Cup auf Hilton Head Island, South Carolina. Wir freuen uns schon auf aufregendes Tennis hier in einer der schönsten Ecken unseres Landes. Und garantiert werden uns in diesem Turnier mit seiner langen Geschichte und Tradition Spitzenleistungen geboten, denn die derzeit besten Spielerinnen der Welt wollen es wissen.«

Danach unterhielten Billie Jean und ich uns über die Favoritinnen.

»Du hättest hier ja auch einmal beinahe gewonnen, Jordan«, meinte sie schließlich, wie wir es vorher telefonisch vereinbart hatten. Denn das war mein Stichwort.

»Richtig, Billie Jean. Und ich habe den größten Respekt

vor diesem Turnier. Das ist auch der Grund, warum ich diesen Moment gewählt habe, um unserem Publikum etwas bekanntzugeben. Ich möchte eine Stiftung im Namen Celine Yorks gründen, eines kleinen Mädchens, das Anfang dieses Jahres während der Saturnia Championship am Madison Square Garden gestorben ist. Viele von uns aktiven oder ehemaligen Spielern waren darüber sehr betroffen. Wir wünschen uns, daß man sich auch in Zukunft an sie erinnert.«

Im Hintergrund glaubte ich, ein unterdrücktes Stöhnen zu hören, doch ich fuhr unbeirrt fort.

»Ich möchte jährlich zehntausend Dollar zur Verfügung stellen, die dann ein Spielerinnenrat an ein Talent vergeben wird, das sowohl in sportlicher wie in menschlicher Hinsicht herausragende Fähigkeiten bewiesen hat.«

»Das ist eine wunderbare Idee!« rief Billie Jean. »Und ich bin sicher, daß der gesamte Tennissport davon profitieren wird.«

Danach setzten wir das Interview streng nach Skript fort. Als es vorbei war, wankte Harrison Barber, einen improvisierten Eisbeutel gegen die Stirn gepreßt, auf mich zu. »Willst du mich erledigen, Jordan? Was sollte das Ganze?«

»Ich wollte nur die Einrichtung einer Stiftung ankündigen und hielt diesen Moment für den günstigsten Zeitpunkt.« Das stimmte auch, allerdings hatte ich noch einen anderen Zweck verfolgt. Ob mein Kalkül richtig war, würde sich erweisen. Zwar rechnete ich damit, daß Harrison, der Sender und Gus über mich herfallen würden, doch das mußte ich eben in Kauf nehmen.

Ich entfernte das Mikrofon vom Revers und ließ mir von der Produktionsassistentin die für mich eingegangenen Nachrichten reichen. Sie stammten größtenteils von hohen Tieren im Sender; von Gus war zu meiner Überraschung nichts dabei.

Als ich gemeinsam mit Billie Jean das Studio verließ, waren wir sofort von Autogrammjägern umringt. Jemand rammte mir einen Zettel direkt unter die Nase. Ich wollte ihn schon unterschreiben, doch dann merkte ich, daß etwas darauf stand: »*Wir müssen miteinander sprechen.*« Ich sah auf und erkannte trotz Schal und Sonnenbrille Anna Martinez. Tränen strömten ihre Wangen hinab.

»Sie verstehen«, sagte sie.

Ich führte sie zu dem Wohnanhänger, den Em zu einer Notfallpraxis umfunktioniert hatte. Da im vorderen Teil jemand mit einer Blase am Fuß verarztet wurde, verzogen wir uns in den hinteren Behandlungsraum. Anna setzte sich auf die Bank.

»Ich habe Ihre Ankündigung im Fernsehen verfolgt«, sagte sie.

Genau damit hatte ich insgeheim gerechnet. Wenn sie schon diesen weiten Umweg geflogen war, dann wollte sie bestimmt nichts verpassen. Und ich hatte auch geahnt, daß sie sich aus der Deckung wagen würde. »Anna, ich kann Ihnen gar nicht sagen, wie leid es mir um Celine tut. Sie war noch so klein, und alle mochten sie. Und sie liebte den Tennissport.«

»Ja. Sie wollte selbst mal Spielerin werden, so wie Seranata. Artie wollte sie trainieren.«

»Anna, ich möchte, daß Sie jetzt scharf nachdenken. Hat Celine je aus einer Flasche wie dieser getrunken?« Ich zeigte ihr die Broschüre mit dem Bild der Duration-Flasche.

Sie schüttelte den Kopf. »Nein, so eine Flasche habe ich nie gesehen.«

Plötzlich fiel es mir wie Schuppen von den Augen. Damals hatte die Flasche ja noch ganz anders ausgesehen. War ich nicht selbst bei der Präsentation des neuen Etiketts dabeigewesen? Da war es ja nur natürlich, daß Anna nichts mit dem

Bild in meiner Hand anfangen konnte. »Erinnern Sie sich vielleicht an irgendein ungewöhnliches Getränk? Vielleicht hat sie ja was von Artie bekommen.«

»Nein, aber ich kann Ihnen sagen, daß sie aus Seranatas Flasche getrunken hat. Das war ein Plastikfläschchen, das man drücken mußte. Sie hat daraus getrunken, weil Seranata ihr Idol war und sie alles genauso machen wollte wie sie.«

»Seranata hatte ein bestimmtes Getränk?«

»Ja, Artie hatte es ihr gegeben. Seranata hat es nicht geschadet. Aber später muß sich jemand daran zu schaffen gemacht und etwas reingemischt haben. Seitdem zermartere ich mir in einem fort das Hirn. Irgendwann als niemand hingesehen hat, muß Gift reingetan worden sein. Das sage ich ja schon die ganze Zeit. Aber die Flasche, die Sie mir gezeigt haben, war es nicht. Ich habe keine Ahnung, was Sie mit der wollen. Die Flasche, aus der meine Tochter getrunken hat, hatte kein Etikett. Ihr Ding hier sieht ja total schick aus, die beim Garden war aber eine ganz schlichte Plastikflasche zum Drücken, so was wie die Vitaminspender, die man oft im Fitneßcenter dabei hat.«

Wenigstens ein Teil davon ergab Sinn. Wenn man während eines Turniers etwas ißt oder trinkt, muß man das Etikett verdecken oder unkenntlich machen, es sei denn, es handelt sich um ein Produkt, für das man bezahlte Werbung betreibt. Damit soll den Wünschen derjenigen Sponsoren Rechnung getragen werden, die sich die Reklame für ihre Waren einen Haufen Geld kosten lassen. Wenn Seranata also etwas trank, ohne einen Werbevertrag dafür abgeschlossen zu haben, dann hatte sie es vermutlich in ein anderes Gefäß umgefüllt. Und da sie im Laufe eines Matches aus mehreren Flaschen trank, war es gut möglich, daß das kleine Mädchen eine davon genommen hatte.

»Glauben Sie mir jetzt?« flehte Anna und brach in hemmungsloses Schluchzen aus.

Ich drückte sie fest an mich. »Ja«, flüsterte ich. Und leider glaubte ich ihr tatsächlich.

Als ich mit Anna im Arm dastand, fühlte ich mich zerrissener denn je. Ich mußte unbedingt herausfinden, wie dieses Duration so gefährlich hatte werden können – und warum. Andererseits wollte ich dabei auf keinen Fall Gus' Erfolgsaussichten schmälern. Doch mir war nur zu klar, daß schlechte Presse für jedes Produkt, zumal ein neues, das noch nicht richtig auf dem Markt plaziert ist, das Aus bedeuten kann. Millionen von Dollar waren bereits ausgegeben worden, noch viel mehr standen auf dem Spiel. Gus hatte seinen Ruf, seine ganze Karriere ausschließlich auf Duration gesetzt.

Doch hier ging es um Menschenleben und nicht um irgendein Produkt. Es waren bereits Leute erkrankt – und gestorben.

Die Gedanken wirbelten durch meinen Kopf wie in einem Kaleidoskop. Wenn wir jetzt zusammenarbeiteten, überlegte ich, können wir die Situation vielleicht noch bereinigen, ohne noch mehr Leben zu gefährden. Vielleicht handelte es sich nur um einen dummen Zufall oder um den willkürlichen Anschlag eines Verrückten wie seinerzeit im Mittleren Westen, als jemand in Supermärkten Waren mit Tylenol vergiftet hatte. Natürlich war mir längst bewußt, daß da vor allem der Wunsch der Vater des Gedankens war. Es war egoistisch von mir, aber kann man einem Menschen sein verzweifeltes Hoffen verübeln? Gus war mehr als ein Klient oder Partner, er war mein Alter ego, mein Geliebter, vielleicht sogar bald mein Ehemann. Ich brauchte jemanden von außen, der mir völlig unbefangen zuhörte, jemanden, dem Gefühlsduselei fremd war.

Ich brauchte den Fisch.

Als Jasmine mit ihrer Trainerin auf dem Court war, bedurfte es keiner großen Mühe, um den Fisch zu einem Spaziergang am Strand hinter meinem Hotel zu überreden. Er kam mit einem gewaltigen Drachen mit langem Schwanz, Lauftrommel und endloser Schnur daher.

»Ablenkung«, erklärte er. »Macht den Kopf frei. Bei der CIA haben wir das ständig getan.«

Das Bild von einem Haufen verdeckter Agenten beim Drachensteigenlassen überforderte meine Vorstellungskraft, aber beim Fisch wußte man ja nie...

Auf dem Weg zu einer Stelle mit besonders günstigem Wind schilderte ich ihm meine Begegnung mit Anna Martinez. »Im Grunde suchte sie nur jemanden, der sie ernst nahm«, schloß ich.

Er nickte bedächtig. »Trotzdem traue ich dem Frieden noch nicht so ganz. Glaubst du denn, daß die Kleine vergiftet worden ist?

Wir fanden eine wunderbare Stelle – menschenleer und mit einem phantastischen Blick so weit das Auge reichte. Es war ein herrlicher Tag, ideal fürs Drachensteigen. A. M., die natürlich auch dabei war, lief aufgeregt hin und her, durfte sie sich doch zum erstenmal seit Wochen wieder in der freien Natur austoben. »Ich habe keine fertige Meinung«, gab ich zu. »Aber eins weiß ich, und es macht mir angst. Ein Sportler hat doch immer ein Getränk dabei, um den Flüssigkeitsverlust auszugleichen, der in einem Match unvermeidlich ist. Darum muß er in den Pausen immer wieder ein paar Schlucke trinken. Dabei kommt es entscheidend auf die Zusammensetzung des Getränks an, weil man beim Spielen Elektrolyte verliert. Das falsche Verhältnis von Vitaminen, Mineralien oder Elektrolyten kann die verschiedensten Beschwerden auslösen: zum Beispiel Übelkeit, Kopfschmerzen, Herzflattern. Dr. Em hat eine ganze Litanei heruntergerattert. Ein paar von diesen Symptomen deckten sich mit Tanners Beschwerden. Als er den Court verließ, klagte er über rasende Kopfschmerzen. Paul Kessler hatte die gleichen Beschwerden. Und auch die Schidors. Wir müssen herausfinden, wer eine Probe von Duration bekommen hat. Wir brauchen die Namen und genauen Daten.«

Ein böiger Wind kam auf. Sofort rollte der Fisch die Schnur auf. »Ich bleibe stehen, und du läufst mit dem Drachen los«, bestimmte er. »Ich würde gern selbst laufen, aber ich habe ein entzündetes Hühnerauge. Wer könnte denn die Liste mit den Namen der Testpersonen haben?«

»Trent… Gus.«

»Dann frag sie doch einfach.«

»Das habe ich auch vor.«

Ich rannte mit dem Drachen hoch über dem Kopf in den Wind hinein, bis ich einen Ruck spürte. Sofort ließ ich los. Eine Weile drohte der Drachen abzustürzen, doch dann bekam er Aufwind und stieg in den Himmel empor.

Ich lief noch immer in Shorts, Windjacke und mit dem Rucksack über einer Schulter herum, als ich Gus beim Mittagessen im Sponsorenzelt ausfindig machte. Er saß allein am Tisch, aber die übrigen Plätze waren mit Sakkos oder Dokumenten belegt.

»Gus, ich muß dich etwas Wichtiges fragen.«

Er sah von seinem gegrillten Fleisch mit Salat auf. »Wo warst du denn? In einem Windkanal?«

Ich strich mir die Haare eilig glatt; vielleicht hätte ich sie doch besser zu Zöpfen flechten sollen. »Mehr oder weniger.«

»Und wohin bist du gestern abend auf einmal verschwunden? Wir haben dich vermißt.«

»Mir war schlecht. Paß auf, Gus, ich habe mit Anna Martinez gesprochen…«

»Wirklich? Wann?«

»Sie ist hier. Ich hatte mir das ja schon gedacht. Ich habe sie aus ihrem Versteck gelockt. Und soll ich dir was sagen? Bei aller Verrücktheit enthält ihr Gefasel ein Körnchen Wahrheit. Ich glaube, wir stehen dicht vor der Aufklärung. hast du eine Liste der Personen, denen ihr eine Probepackung von Duration gegeben habt?«

»Nicht die komplette Liste, aber wahrscheinlich einen Teil der Namen.«

»Stand Malik darauf?«

»Ja. Wir wollten möglichst viele Topspieler kriegen.«

»Die Schidors auch? Und Tanner?«

Er wölbte die Augenbrauen. »Worauf willst du hinaus, Jordan?«

»Ich glaube, wir müssen in Erfahrung bringen, ob in eurem Verteiler all die Leute stehen, denen plötzlich schlecht wurde oder etwas… noch Schlimmeres geschah. Hat Seranata auch eine Probe bekommen?«

»Das weiß ich wirklich nicht. Für die Liste war Trent zuständig. Sie war Sache des Marketing.«

»Aber du warst der Verbindungsmann. Du hattest die Kontakte zu den Spielern und ihrem Troß. Ich weiß doch, wie gründlich du in allem bist. Du mußt Aufzeichnungen haben.«

»Alles, was ich habe, ist in meinen Aktenordnern. Und die sind für den Umzug in mein neues Büro in Kartons verpackt worden. Da komme ich im Moment beim besten Willen nicht ran.«

Der Rest der Gruppe kehrte nun mit vollbeladenen Tellern an den Tisch zurück und nahm Platz.

»Jordan, möchten Sie sich nicht zu uns setzen?«

Erst jetzt erkannte ich Trents Stimme. Er war in einem Pulk von Leuten gekommen, von denen mir die wenigsten ein Begriff waren. Nur den Journalisten von der *Times* erkannte ich wieder, und eine Frau sprang mir sofort ins Auge – Sunday Stanley. Ich mußte zugeben, daß sie blendend aussah. Sie trug einen maßgeschneiderten pinkfarbenen Kaschmirblazer, der ihre schmale Taille betonte, einen farblich passend darauf abgestimmten Rollkragenpulli, ebenfalls aus Kaschmir, eine weiße Stoffhose und hochhackige Sandalen, durch die ihre perlmuttlackierten Zehennägel lugten. Das rote Haar hatte sie sich zu einem schlichten Pferdeschwanz zusammengebunden. Von ihrer Schulter hing eine Chanelhandtasche mit einer goldenen Kette herab. Als sie näher kam, stieg mir eine dezente Duftwolke in die Nase. Sie mußte ein exquisites Parfum benutzen. Jetzt ließ sie sich auf den Stuhl neben dem von Gus gleiten, nahm die auf ihrem Teller liegende Vollkornbrotscheibe und legte sie auf seinen, um sich dann die Fingerspitzen abzulecken.

Sie sagte kein Wort, ja, sie sah mich nicht einmal an, aber diese eine Geste hatte etwas unterschwellig Besitzergreifendes an sich, das vielleicht nur mit der Intuition einer Frau wahrgenommen werden kann. *Sunday Stanley ist Pilotin,* sagte ich mir. *Sie ist eben die Mahlzeiten in Flugzeugen gewöhnt, und da ist es normal, jemandem einfach was auf den Teller zu packen.*

»Nun, da meine Gäste alle Platz genommen haben, möchtest du dich nicht auch zu uns gesellen, Jordan?«

»Deine Gäste?« Ich sah ostentativ Sunday an.

»Unser Gespräch werden wir aber ein andermal fortsetzen müssen.« Er sah sich um. »Dort drüben ist ein freier Stuhl.«

»Nein, danke. Mittagessen ist auf meinem Speiseplan nicht vorgesehen.«

Ich verließ das Sponsorenzelt und lief zum Hauptquartier des Clubs. Von dort aus rief ich als erstes Winnifred an. Vor meiner Abreise hatte ich sie erneut inständig gebeten, während meiner Abwesenheit zu ihrer Schwester zu gehen, doch aufgrund meiner Erfahrungen mit ihr rechnete ich damit, daß sie in ihrem Büro in der Klinik sitzen und abnehmen würde.

Das Telefon klingelte, dann meldete sie sich tatsächlich. Sie war beim Essen. Es war nicht zu überhören, daß sie mit vollem Mund sprach. Mich störte das nicht. Im Gegenteil, ich war froh, daß sie meinen Rat nicht befolgt hatte und geblieben war. Das, was ich jetzt von ihr wollte, hätte niemand anderes ausführen können.

»Winnifred! Schön, daß Sie da sind. Hören Sie bitte gut zu...«

»Jordan Myles«, unterbrach sie mich, »Sie sollten öfter die Nachrichten für Sie abhören!«

»Schon gut, ich werde es versuchen. Winnifred, ich habe eine Bitte. Sie wissen, daß Gus' komplettes Büro nach LA gebracht wird, ja?«

»Ja, ich habe im Vorbeigehen gesehen, wie Judy seine Sachen zusammengepackt hat. Wenn er von Hilton Head zurückkommt, steht alles für den Umzug bereit.«

»Ist das Büro abgesperrt?«

»Wahrscheinlich.«

»Können Sie sich einen Schlüssel besorgen?«

»Brauchen Sie denn was?«

»Ja, einen Ordner.«

»Das dürfte kein Problem sein. Ich frage ganz einfach Judy. Bei ihr ist ja alles immer genau dort, wo es hingehört.«

»Eigentlich wäre es mir lieber, Gus erführe nichts davon. Könnten Sie vielleicht darankommen, ohne Judy einzuschalten?« Ganz wohl fühlte ich mich bei diesem Ansinnen nicht, aber es ging nicht anders. Judy arbeitete seit Jahren für

Gus. Wenn er sie bat, sein Büro abzuschließen, würde sie es mit Klauen und Zähnen verteidigen.

»Welchen Ordner, meine Liebe?«

»Ich weiß selbst nicht, wie er beschriftet ist, aber ich brauche die Akte, die eine Liste mit den Namen derjenigen Tennisspieler enthält, die Proben von Duration erhalten haben. Es könnte so etwas in der Richtung von WERBETRÄGER oder REFERENZLISTE oder PROBEN FÜR VERTEILER draufstehen.«

»Sind Sie sicher, daß es eine solche Akte gibt?«

»Ja, weil Gus es mir bestätigt hat. Er hat mir sogar gesagt, daß sie in seinem Büro ist.«

»Wenn diese Akte existiert, finde ich sie auch.«

»Aber wie kommen Sie in das Büro, ohne Judy oder den Sicherheitsdienst einzuschalten?«

»Nun, meine Liebe, ich habe vor, einen Wachmann einzuweihen.«

»Was?«

»Ich habe eine kleine Romanze mit Eddie.«

»Sie und Eddie?« Ich war wie vom Donner gerührt. Eddie war in den Fünfzigern und nahm regelmäßig an Bodybuildingmeisterschaften für Senioren teil. Winnifred dagegen ging auf die Neunzig zu und war – na ja – Winnifred.

»Wir reden natürlich nicht weiter drüber. Es fing damit an, daß ich ihm einmal selbstgebackene Karamel-Buns mitbrachte – Sie wissen schon, dieses Gebäck mit Karamel, braunem Zucker, Zimt und Pekannüssen. Seitdem kommt er jeden Tag am Anfang seiner Schicht zu einer Tasse Tee zu mir. Ich merke doch, wann ein Mann interessiert ist.«

»Und wenn Eddie kein Interesse daran hat, das Büro für Sie aufzuschließen?«

»Meine Liebe, was sollte er dagegen haben, wo ich doch heute einen Käsekuchen für ihn dabeihabe? Einen mit richtig knackiger Kruste. Eddie steht auf Süßes, verstehen Sie? Und haben Sie nicht was fürchterlich Wichtiges liegenlassen und brauchen es jetzt dringend? Aber selbst wenn er nicht mitmacht, habe ich immer noch meine Haarnadeln. Kein High-Tech, aber sehr wirksam.«

»Winnifred, Sie erstaunen mich.«

»Ihr jungen Dinger von heute seid immer so schrecklich hilflos. Wie Schildkröten, die auf den Rücken gefallen sind.«

Weil die Dezibelwerte stiegen, hielt ich den Hörer weit weg. »Sie brauchen nicht zu schreien, Winnifred. Ich kann Sie auch so gut hören. Also, wenn Sie diesen Ordner finden, faxen Sie mir das Blatt mit den Namen sofort zu, ja?« Ich gab ihr die Faxnummer unserer Einsatzzentrale.

»Natürlich, meine Liebe. Und geben Sie Ihrem Hündchen einen dicken Kuß von mir. Hunde sind ja so viel sauberer als Menschen, wissen Sie?«

Und schon hörte ich ein Klicken. Wahrscheinlich machte sie sich jetzt gleich mit einer Haarnadel bewaffnet auf zu Gus' Büro und bewirtete Eddie erst danach mit ihrem berühmten Käsekuchen.

Kaum hatte ich aufgelegt, tippte mir KiKi auf die Schulter. »Traurige Nachricht aus dem Krankenhaus. Rusty hat es leider nicht geschafft. Ich dachte mir, du willst es bestimmt gleich erfahren.«

Ich vergrub das Gesicht in den Händen. »Mein Gott, ist das schrecklich! Ich kann es einfach nicht fassen, KiKi!« Die Situation war in der Tat beängstigend. Über Duration und seinen möglichen Opfern hing ein mysteriöser Schleier, den ich einfach nicht zu durchdringen vermochte.

KiKi streichelte mir liebevoll die Schulter. »Du hättest nichts tun können«, versuchte sie mich aufzumuntern.

Soweit ich das beurteilen kann, hätte es heißen müssen.

»Hör zu, Jordan«, fuhr sie fort. »Ich muß jetzt Cecile

Normand abholen, weil ihr nachher auf dem Center Court wegen ihre Engagements für Brustkrebsvorsorge ein Ehrenpreis verliehen wird. Sie hat doch in Aspen diesen Benefizmarathon auf die Beine gestellt und haufenweise Geld gesammelt. Die Preisverleihung, hinter der übrigens das *Family Circle Magazine* und BioTech stehen, ist einer der ersten Höhepunkte des Turniers. Dein Freund Trent wird der von BioTech gegründeten Stiftung zur Krebsforschung einen Scheck in Höhe von zwanzigtausend Dollar überreichen. Komm doch auch mit. Alle Spielerinnen stellen sich auf dem Platz auf, um zu zeigen, daß sie die Sache unterstützen.«

»Ich wußte gar nicht, daß BioTech dahinter steht.«

»Wirklich nicht? Es wurde in der Presse groß rausgebracht.«

Es war nicht nur eine großzügige Spende für einen guten Zweck, sondern zugleich ein brillanter Werbecoup, der vor allem Frauen beeindrucken würde. Und wenn Trent die Preisübergabe vornahm, war davon auszugehen, daß die ganze BioTech-Clique ebenfalls dasein würde. Einschließlich Gus natürlich. So nahm ich A. M. unter den Arm und fuhr mit KiKi los.

Am Eingang zur Players' Lounge holte KiKi Cecile ab, und zu dritt düsten wir weiter in Richtung Center Court. Ich kannte Cecile seit etwa zehn Jahren. Sie war groß, kräftig und brünett und hatte Sommersprossen. Auf dem Platz wie auch sonst war sie ein Energiebündel. Sie hatte sich der Themen und Rechte von Frauen angenommen und war damit auch politisch in Erscheinung getreten. Nachdem ich sie zu ihrem Preis beglückwünscht hatte, mußten wir unsere ganze Aufmerksamkeit den Menschenmassen zuwenden, die über das Turniergelände schwärmten. Anders als bei den U.S. Open in New York sind die Leute beim Turnier von Hilton Head allesamt unbeschreiblich höflich, aber in diesem Gedränge war ein Fortkommen schier unmöglich. Im Vergleich dazu war die Rush-hour in der Park Avenue eine Spazierfahrt! Stoßstange an Stoßstange krochen die Autos die Zufahrt hinunter, so daß wir für den kurzen Weg von KiKis Wohnwagen zur Players' Lounge und zurück zum Center Court eine geschlagene halbe Stunde benötigten.

»Und es wird noch schlimmer!« stöhnte KiKi. »Jetzt sind zwar auch die übrigen Sponsoren und alle Journalisten eingetroffen, aber die Berühmtheiten fehlen noch. Das ist natürlich auch gut so. Je mehr Leute, desto besser. Das heißt, daß das Turnier ein Riesenerfolg wird.«

Geschickt lenkte KiKi den Golfwagen durch das Gewühl und stellte ihn vor dem Zugang zum Center Court ab. Zwischen uniformierten Wachleuten und Funktionären in Anzügen standen Gus und Trent. Alle warteten auf Cecile. An der Seite bemerkte ich den Fisch. In einem für ihn völlig untypischen Anzug und mit einem Kopfhörer im Ohr sah er auffällig nach Geheimdienstagent aus. Er begrüßte mich mit einem fast nicht wahrnehmbaren Nicken. Jasmine und die übrigen Spielerinnen hatten sich längs der Grundlinien aufgestellt. In der Mitte hielt sich Chris Evert mit einem Mikrofon in der Hand für die Ankündigung bereit. Sie opferte immer großzügig ihre Zeit für solche Anlässe, vor allem bei diesem Turnier, das sie so oft gewonnen hatte. Ich ließ den Blick über das gedrängt volle Stadion schweifen und erkannte noch mehr vertraute Gesichter. Bill hatte eine ganze Loge für sich gemietet, in der er mit Evie, Ginny Jennings und einigen Klienten und Gästen zusammensaß. In der BioTech-Loge erspähte ich Paul Kessler, Doris Evans und – mit gesteigertem Interesse – Sunday Stanley, die in der BioTech-Szene eine feste Einrichtung zu werden schien.

Mein Walkie-talkie machte sich bemerkbar. »Ja, Jordan«, meldete ich mich.

»Jordan, hier ist Rose. Hörst du mich?«

»Ich höre dich, Rose.«

»Für dich ist ein zweiseitiges Fax von deiner Sekretärin Winnifred eingetroffen. Es hat den Vermerk *dringend.* Sie hat dann auch gleich angerufen und uns gesagt, daß wir es dir so schnell wie möglich geben sollen, egal, was du gerade tust. Sie war ganz aufgeregt. Soll ich einen Boten damit zu dir schicken?«

Das konnte nur eins bedeuten: Entweder die Haarnadel oder ihr Käsekuchen hatten Winnifred einen Erfolg beschert. »Danke, Rose. Ja, ich wäre dir sehr dankbar, wenn du es mir auf der Stelle schicken könntest.«

Der Herausgeber der Zeitschrift, der auch der offizielle Veranstalter des Turniers war, begrüßte jetzt, flankiert von den Hauptsponsoren, das Publikum. Trent wurde aufgerufen und trat unter großem Applaus mit einer silbernen Schale nach vorne. Dann hielt der Herausgeber einen Umschlag in die Höhe. Das war ohne Zweifel der Scheck. Nach einer kurzen Vorstellungsrede begann Trent, Ceciles Fähigkeiten und Leistungen für karitative Zwecke zu rühmen, wobei er den Marathonlauf der Frauen zur Unterstützung der Brustkrebserforschung hervorhob. Die Liste ihrer Verdienste war wirklich beeindruckend, aber ich konnte mich beim besten Willen nicht mehr auf die Ansprache konzentrieren. In einem fort hielt ich in entgegengesetzter Richtung nach einem Golfwagen Ausschau.

Dann endlich kam er. Astrid, Roses Tochter, sprang mit dem Umschlag winkend heraus und wühlte sich durch die Menge zu mir durch. Auch wenn ich den Inhalt noch nicht kannte, war mir bereits klar, daß ich mich in den nächsten Stunden kaum um A. M. würde kümmern können. »Hast du Lust, eine Weile auf meinen Hund aufzupassen?« bat ich Astrid. Sie kauerte sich bereitwillig auf den Boden, und wie selbstverständlich sprang A.M. in ihren Schoß. Astrid sah strahlend zu mir auf. Sie kannte A.M. seit ihrer frühen Kindheit.

Aufgeregt riß ich den Umschlag auf. Im Hintergrund hörte ich Beifall branden. Cecile war auf den Court getreten. Doch im Moment war das Geschehen im Stadion für mich so real wie das Meeresrauschen, das manche Leute zu hören glauben, wenn sie eine Muschel gegen ihr Ohr drücken. Ich überflog die Liste. Zwischendurch flackerte mein Blick immer wieder zu Gus hinüber, der eine Armeslänge von mir entfernt stand. Auf den zwei Bögen waren in alphabetischer Reihenfolge Dutzende von Namen aufgelistet, darunter praktisch alle Tennisgrößen. Zu jedem Star wurde auch eine Kontaktperson genannt, sei es ein Trainer, Manager oder PR-Berater. Weit oben stand natürlich Seranata Aziz. Daneben war mit einem Sternchen der Name Artie Lutz vermerkt. Die Schidors standen genauso darauf wie Tanner Axel, Malik und Jasmine, neben deren Namen jeweils Paul Kessler Eingang gefunden hatte. Ich war auch dabei. Das war ja wie die Mitgliedskartei eines exklusiven Clubs, dem man gar nicht angehören will! Eilig faltete ich die Liste zusammen und stopfte sie in meinen kleinen Rucksack. Plötzlich stutzte ich. Meine Finger waren auf einen harten Gegenstand gestoßen. Dann fiel es mir wieder ein. Zwischen T-Shirt und Haarbürste lag immer noch Winnifreds kleiner Revolver. Ich nahm mir vor, ihn dem Fisch zur Verwahrung zu geben.

Im nächsten Augenblick wandte sich Gus zu mir um. »Sie würde eine großartige Werbeträgerin für Duration abgeben, findest du nicht auch?« fragte er und deutete auf Cecile, die jetzt unter donnerndem Applaus den Scheck entgegennahm. Unwillkürlich klatschte ich mit.

»Nein, das glaube ich nicht, Gus. Niemand wird sich

mehr an eurer Werbekampagne beteiligen. Nicht, wenn ich es verhindern kann.«

»Was sagst du da, Jordan?«

»Ich sage, daß ihr bestimmte Spitzenspieler mitsamt ihren Trainern, Managern und Beratern für euer Marketingprogramm ausgewählt und ihnen Proben eines Produkts gegeben habt, das bei einigen von ihnen schwere Schäden, teils sogar mit Todesfolge ausgelöst hat.« Ich staunte über mich selbst. Daß ich das ausgerechnet jetzt sagte, konnte ich gar nicht fassen. Aber welcher Zeitpunkt war schon der richtige? Und es mußte gesagt werden. »Hast du eine Ahnung, was da alles reingemischt worden ist?«

»Aber natürlich« antwortete er in herablassendem Ton. »Die Rezeptur ist von mir. Das Mittel ist absolut sicher. Meinst du nicht, daß ich genauso besorgt bin wie du, wenn nicht noch mehr? Mein Ruf, meine ganze Karriere sind damit verbunden.«

»Dann setzen wir uns jetzt sofort zusammen und legen die Fakten auf den Tisch. Sprechen wir mit Trent. Trommeln wir die Leute vom BioTech-Labor zusammen. Wenn jemand an der Rezeptur rumgepfuscht hat, dann müssen wir herausfinden, wie. Und ihr ruft alle Proben zurück.«

»Die Proben zurückrufen? Ist dir klar, daß das der Tod der ganzen Kampagne wäre?«

»Immer noch besser als der Tod von *Menschen,* findest du nicht auch, Gus? Wie weit habt ihr überdosiert? Wart ihr derart verzweifelt?«

Gus' Züge verhärteten sich. »Jeder, der für die Probe ausgewählt wurde, war physisch in einer hervorragenden Verfassung. Das Produkt enthielt nichts, was Schäden hätte verursachen können. Wenn der eine oder andere Blutwert anstieg…«

»Der eine oder andere! Und wenn der eine oder andere

Teilnehmer doch nicht in Bestverfassung war? Wenn er zum Beispiel ein kleines Mädchen mit einem schwachen Herzen war? Oder ein Trainer außer Form? Oder wenn er zwar in Bestform war, aber zentnerweise andere Zusätze schluckte, die sich in der Gesamtheit zu einem toxischen Gebräu potenzierten?«

»Du weißt doch, daß ich so etwas nie verantworten könnte.«

»Du nicht, aber vielleicht Trent. Für ihn stand schrecklich viel auf dem Spiel. Nicht nur ein Produkt, sondern eine gewaltige Investition.«

Ich las in Gus' Miene, daß er meine Anspielung genau verstanden hatte. »Die Gesundheitsbehörde prüft so etwas ganz genau«, krächzte er.

»Erst, wenn ihr auf dem Markt seid oder die Zulassung beantragt habt. Aber nicht in der Versuchsphase, wenn die offiziellen Studien noch ausstehen. Das weißt du genausogut wie ich. Ihr habt diese Leute ohne ihr Wissen als Versuchskaninchen mißbraucht. Ihr habt euch einfach darauf verlassen, daß sie als Sportler schon in guter Verfassung sein werden und eine hohe Toleranzschwelle haben. Und um sicherzugehen, daß sie auch wirklich einen Unterschied spüren, habt ihr das Produkt mit Zusätzen übersättigt, die einen wahren Energieschub auslösen. Damit war klar, daß sie davon schwärmen würden; und für den Massenmarkt konntet ihr die Rezeptur später immer noch ändern.«

»Wie kannst du mich solcher Machenschaften beschuldigen?« stieß Gus wütend hervor.

»Wenn du nicht verantwortlich bist, wer dann? Eine andere Erklärung gibt es nicht.«

»O Mann, du bist wieder auf Hexenjagd, was? Entschuldige mich bitte, aber ich habe Gäste. Wir können später darüber sprechen. Jetzt muß ich zu unseren Plätzen.«

»Du weißt, daß ich recht habe. Ich habe alles von dir gelernt, Gus. Darum kennst du mich auch in- und auswendig.«

Er bedachte mich mit einem müden Lächeln und ging.

Zwei Minuten später saß er neben Sunday Stanley in der Loge. Als ich die beiden so sah, fiel es mir wie Schuppen von den Augen. Das war keine bloße Beziehung zwischen Pilotin und Passagier! Sie hatten eine Affäre miteinander. Gus verriet nichts, aber Sundays ganze Körpersprache war auf ihn ausgerichtet. Mir entging nicht, wie sie ihm etwas von der Schulter strich. Sie verhielt sich ein bißchen zu besitzergreifend und beschützend. Ich konnte richtig dabei zusehen, wie ich verdrängt wurde. Nur daß ich in meinem Innersten längst wußte, daß ich schon vorher abgetreten war.

Die ganze Zeit war Sunday Stanley in der Nähe von Gus, Trent und allen wichtigen Mitarbeitern von BioTech gewesen. Es wäre gewiß faszinierend, in Erfahrung zu bringen, was sie alles wußte und welche Rolle sie spielte, wenn sie nicht gerade einen Jet flog. Man kommt nicht in eine Ehrenloge, nur weil man einen perfekten Start hinlegen kann. Allem Anschein nach war sie im BioTech-Team zu einem weitaus bedeutenderen Mitglied aufgestiegen, als es ihr Beruf vermuten ließ. Und dann gab es ja auch noch diese kleine Angelegenheit am Flughafen von Santa Monica, wo ich beinahe geköpft worden wäre. Jemand hatte da eindeutig seine Kompetenzen überschritten und seinen – oder ihren – Flugschein riskiert. Wer würde so etwas schon tun? Und warum? In der Loge oben beugte Gus sich jetzt über Sunday und sagte etwas. Sie nickte, faltete ihr Programm zusammen und ging.

Eilig zog ich Winnifreds Fax aus dem Rucksack und gab es dem Fisch. »Kannst du Hank Murray bitten, die Behörden einzuschalten und zu veranlassen, daß das Flugzeug von BioTech die Insel nicht verläßt?«

»Wir können wohl für Verzögerungen sorgen, aber ohne guten Grund dürfen wir sie nicht am Start hindern.«

»Nun, vielleicht haben wir einen guten Grund«, sagte ich und ließ ihn stehen. Ich mußte unbedingt Sunday erreichen. Es war höchste Zeit für ein klares Wort unter Frauen.

17

Ich folgte Sunday durch den Restaurantbereich und stellte sie schließlich beim Ausgang. »Hi, Sunday, können wir uns einen Moment unterhalten?«

»Ach, Jordan. Eigentlich müßte ich längst woanders sein.« Sie lief in zügigem Tempo weiter.

Ich ließ mich jedoch nicht abschütteln. »Wohin wollen Sie denn?«

»Zum Flugplatz. Ich muß meine Maschine inspizieren und den Flugplan durchgehen.«

»Dazu gehören aber nicht zufällig Dinge wie der Versuch, jemandem um Haaresbreite den Kopf abzumähen, oder?«

Sie blieb jäh stehen. »Ich kann verstehen, daß Ihnen der Vorfall einen üblen Schock versetzt hat, aber das ist kein Grund, mich derartig anzugreifen.«

»Apropos angreifen, wie war das denn mit dem Boot?«

»Boot?«

»Das in Malibu, das mein Kajak gerammt hat.« Ich riet aufs Geratewohl, wollte aber ihre Reaktion sehen.

»Sie haben offenbar ein Problem, Gnädigste. Sie sind krank.« So wie sie mich ansah, schien sie mich aus tiefstem Herzen zu verachten. Na, von mir aus. Ich beschloß, aufs Ganze zu gehen.

»Wissen Sie, Gus hat mir ein wunderschönes Armband geschenkt. Ein vorgezogenes Verlobungsgeschenk sozusagen.«

Ihre Miene verriet keine Regung, doch ihre Augen weiteten sich. »Verlobung?« Sie sah unwillkürlich auf ihre linke Hand hinunter. Am Ringfinger prangte ein in Goldfiligran eingearbeiteter Amethyst, von der Machart her meinem Armband nicht unähnlich. Ich fragte mich, ob Gus Mengenrabatt bekommen hatte.

»Na gut, wir haben noch keinen Termin festgelegt, aber wenn das Produkt auf dem Markt plaziert und die Fusion über die Bühne ist... Ich bin sicher, daß er Ihnen rechtzeitig Bescheid sagt. Kann sein, daß wir Sie bitten, uns in die Flitterwochen zu fliegen.«

»Für Privatflüge bin ich nicht zuständig. Und ich lasse mich nicht gern manipulieren.«

»Wirklich? Diese kleine Aktion in Santa Monica roch stark nach Privatflugzeug und Manipulation.«

»Ich habe dieses Flugzeug nicht geflogen.«

»Wer dann? Ein Kumpel von Ihnen, den Sie dazu überredet haben?«

»Ich könnte Sie wegen übler Nachrede verklagen, wissen Sie das?«

»Sie werden am Flughafen Ihr blaues Wunder erleben. Gegen BioTech wird ermittelt. Jemand hat bei der Vergabe der Proben an Duration herumgepfuscht. Die Polizei interessiert sich sehr für die darin verwickelten Parteien. Es hat nämlich auch Todesfälle gegeben.«

»Eins verstehe ich nicht, Jordan«, erwiderte Sunday, die Hände in die Hüften gestemmt. »Wenn Sie und Gus sich so nahe sind, warum helfen Sie ihm dann nicht? Statt dessen jagen Sie nur Ihren paranoiden Wahnvorstellungen nach.«

»So sehen Sie das also? Nun, Gus und ich sind uns sehr

nahe, aber das ändert nichts daran, daß ein Kind und einige gute Freunde von mir gestorben sind.«

»Glauben Sie im Ernst, daß ein Mensch mit Gus' strengen Wertvorstellungen zu so etwas in der Lage wäre?«

Von der Tribüne hinter uns brandete Applaus auf. »Das nicht, aber er hat auch nichts verhindert. Und wenn Sie sich in welcher Weise auch immer an diesen Machenschaften beteiligen, geraten Sie in arge Schwierigkeiten, dafür werde ich persönlich sorgen.«

»Sie belästigen mich. Und es ist unglaublich, wie Sie Gus behandeln!«

»Was wissen Sie denn schon über Gus und mich?«

Sie riß sich los. Ich sah ihr nach, wie sie auf kürzestem Weg zum Parkplatz rannte.

Kaum war Sunday verschwunden, tauchte der Fisch neben mir auf. »Wie schade«, brummte er. »Ich hatte schon gehofft, einen Katzenkampf geboten zu kriegen.«

»Sie ist es nicht wert«, sagte ich.

»Der Doc hat das Stadion gleich nach ihr verlassen. Glaubst du, sie haben was vor?«

»Gehen wir am besten sofort zum Flughafen. Was ist, wenn sie abhauen?«

»Soll ich dir was sagen? Ich glaube, sie kommen nicht hoch.«

Eins haben praktisch alle kleinen Inseln gemeinsam: Der Flughafen – sofern es überhaupt einen gibt – ist winzig. Hilton Head bildet da keine Ausnahme. Der Parkplatz vor dem Flugfeld hat allenfalls die Größe eines durchschnittlichen Supermarkts, und der Autoverleih ist dementsprechend übersichtlich. So entdeckten der Fisch und ich Gus' Mietauto auf den ersten Blick, als er dort vorfuhr. Ich fing ihn ab, bevor er im Terminal verschwinden konnte.

»Auf dem Weg zu einem Sponsor?« fragte ich.

»Jordan! Ich muß nur kurz nach LA. Wenn alles klappt, bin ich am Abend wieder da.«

»Davon hast du vorhin ja gar nichts erwähnt. Was für ein Glück, daß du so leicht an den Firmenjet rankommst. Aber werden damit nicht deine Pläne über den Haufen geworfen?«

Er schulterte seine Reisetasche. »Ich wüßte nicht, inwiefern. Die Pressekonferenz ist ja erst morgen. Und wir feilen immer noch am Infomercial. Aber jetzt muß ich wirklich los.«

»Gus, was für eine Beziehung hast du eigentlich zu Sunday Stanley?«

»Sie ist als Pilotin bei der Firma beschäftigt – und eine Freundin. Aber das weißt du doch.«

»Was für eine Art Freundin? Habt ihr eine Affäre miteinander?«

Er starrte mich wütend an. »Sag bloß, das würde dir etwas ausmachen?«

»Vielleicht. Sie scheint mich nicht sehr zu mögen. Ich habe so ein Gefühl, daß sie mich am liebsten aus dem Weg räumen würde.«

»Jordan, warum fängst du ausgerechnet jetzt damit an? Du hast wirklich ein tolles Gespür für den umöglichsten Zeitpunkt.«

»Welcher wäre besser? In der Leichenhalle liegt ein Mann, dem es vermutlich lieber gewesen wäre, wenn wir dieses Gespräch viel früher geführt hätten. Aber was mich betrifft, so habe ich dich sehr lange geliebt und liebe dich wohl immer noch.«

Unter seinem Blick hätte ich schmelzen können – unter anderen Umständen.

»Aber all das ändert nichts an der Situation. Entweder aus Schlamperei oder aus purer Absicht hast du eine Rezeptur entwickelt, die Menschen schaden kann. Damit kann ich nicht leben. Ich weiß, was du gedacht hast, Gus. Du dachtest, du hättest es mit gesunden, kraftstrotzenden Sportlern zu tun, die dein Mittel nicht nur gut vertragen, sondern einen Energieschub wie noch nie spüren würden. Du warst dir deiner Sache ganz sicher. Du bist davon ausgegangen, daß die Werbeträger bei euch Schlange stehen würden. Und es hat ja auch geklappt – im eng begrenzten Umfeld des Bio-Tech-Labors. Aber die wirkliche Welt ist hier draußen, Gus. Und sie besteht nicht nur aus Kontrollgruppen und den Mittelchen in eurem Labor.«

»Ich kann jetzt beim besten Willen nicht darauf eingehen, Jordan. Aber laß dir sagen, daß du dich täuschst. Das alles wird wesentlich gründlicher getestet als du glaubst.«

»Ich gebe gern zu, daß ich keine Wissenschaftlerin bin. Doch eins weiß sogar ich: Es gibt dreijährige Kinder im wirklichen Leben und Leute mit einem schwachen Herzen oder verstopften Arterien, Menschen mit einem nicht erkannten Aneurisma und Athleten, die regelmäßig weiß Gott welche Zusatzstoffe einnehmen. War die Flasche, die ich habe analysieren lassen, die Ausnahme? Sabotage etwa? Oder ist die ganze Rezeptur so?«

»Du willst hoffentlich nicht unterstellen, ich oder BioTech würde bewußt Menschen Schaden zufügen. Das wäre ja vollkommen an den Haaren herbeigezogen.«

»Aber alle, denen etwas zugestoßen ist, haben von euch Proben bekommen oder hatten sonstwie Zugang zu Duration. Oder stimmt das etwa nicht?«

Seine Augenlider flatterten. War das Reue, Trauer oder nur Verärgerung, weil ein Problem aufgetreten war, das er nicht in den Griff bekam?

»Gus«, sagte ich leise. »Ich habe eine Kopie von eurem Verteiler.«

Sein Gesicht nahm einen harten Zug an. »Wenn du dir meine Unterlagen besorgt hast, dann ist das ein schwerwiegender Vertrauensbruch.«

»Sag bloß, du sprichst über verfahrenstechnische Details, während buchstäblich Menschenleben auf dem Spiel stehen! Ich fühle mich deswegen hundeelend, Gus, und ich weiß, daß es dir noch viel schlimmer gehen muß. Du mußt dich den Fakten stellen. Wir müssen herausfinden, ob es eine Verkettung unglücklicher Umstände war oder ob die Rezeptur um der größeren Wirkung willen in der Probephase bewußt aufgepeppt wurde. Hattet ihr vor, das Mittel zu entschärfen, bevor es auf den Massenmarkt kommt? Habt ihr es euch so gedacht?« Ich bettelte ihn geradezu darum an, mich zu widerlegen.

»Gib ihr keine Antwort.«

Ich hatte mich so sehr auf die Auseinandersetzung mit Gus konzentriert, daß ich Sunday Stanley völlig vergessen hatte. Ihr Ton troff vor Verachtung.

»Wofür halten Sie sich eigentlich? Für die Polizei? Glauben Sie etwa, Sie können sich einfach so hinstellen und diesen Mann verhören? *Ich* glaube das nicht.«

Gus ergriff sie am Arm. »Komm, Sunday, steigen wir ins Flugzeug.«

Doch Sunday war nicht zu bremsen. »Ich habe mich gefragt, wo du geblieben sein könntest. Darum bin ich gekommen um nachzusehen. Wir fliegen gleich – in einer Sekunde.« Sie fuhr zu mir herum. »Es macht Ihnen wohl Spaß, Gus runterzuziehen. Es reicht Ihnen nicht, ihm jede Unterstützung zu verweigern, sich ihm sogar bei allem, was er zu erreichen versucht, in den Weg zu stellen – o ja, ich weiß über alles Bescheid! –, sondern jetzt müssen Sie ihn auch noch beschuldigen! Mit Ihren Behauptungen machen Sie alles nur kaputt! Niemand will was davon hören.«

»Ich glaube nicht, daß Ihr Flugzeug heute noch abhebt, Kapitän«, sagte ich. »Und was geht Sie das Ganze überhaupt an?«

»Sunday«, versuchte Gus zu beschwichtigen.

Unvermittelt baute sie sich zwischen ihm und mir auf, als wolle sie ihn beschützen. »Können Sie denn nicht damit aufhören, Probleme zu verursachen? Sehen Sie nicht, daß Sie ihn fertigmachen?«

»Wenn ich aufhören würde, Probleme zu verursachen, wie Sie das nennen, dann wäre das praktisch, nicht wahr?« erwiderte ich. »Ist das der Grund, warum Sie mich erst mit dem Flugzeug, dann mit dem Boot ins Jenseits befördern wollten?«

Sie reckte das Kinn. »Ihren Verfolgungswahn werde ich nicht auch noch mit einer Antwort belohnen. Ich habe es weder nötig, mit Ihnen zu sprechen, noch habe ich das vor.«

»Oh, ich bezweifle nicht, daß Sie es für unter Ihrer Würde erachten, mit mir zu sprechen. Andererseits kommen Sie nicht darum herum. Sie können der Versuchung nicht widerstehen, mir Ihre Feindseligkeit und Ihre Eifersucht offen zu zeigen.«

»Dieses Gerede führt doch zu nichts«, schaltete sich Gus ein. »Ich müßte längst auf dem Weg nach LA sein. Gehen wir, Sunday.«

Vor dem Eingang zum Flughafen bemerkte ich jetzt Hank Murray in einer Gruppe von Wachleuten und Polizisten. Ihre Wagen standen am Straßenrand. Ich deutete auf sie. »Bevor ihr geht, werden euch vielleicht außer mir noch ein paar andere Leute Fragen stellen.«

Ich hörte es, bevor ich etwas sah. Mit kreischenden Reifen kam ein Wagen über den Parkplatz gerast. Bremsen quietschten, eine Tür wurde aufgerissen, und noch ehe Gus wußte, wie ihm geschah, hatte sich Anna Martinez auf ihn gestürzt. Fauchend und heulend wie eine Furie verkrallte sie sich in ihn und schlug blind auf ihn ein. Plötzlich sah ich etwas aufblitzen – ein Messer.

»Sie! Sie haben mein Kind umgebracht! Sie haben es vergiftet!« brüllte Anna und bearbeitete ihn weiter mit den Fäusten. Hanks Leute rannten auf uns zu, doch sie waren am anderen Ende des Parkplatzes. Der Fisch, der näher bei uns stand, kam herbeigestürzt, doch bevor er etwas tun konnte, hatte sich Sunday zwischen Anna und Gus geworfen, und die zwei Frauen fielen wild um sich schlagend zu Boden. Auf einmal sah ich, wie Anna mit dem Messer ausholte. Ich machte einen Satz nach vorne und schaffte es, mich auf ihr Handgelenk zu stellen. Anna wand sich schreiend unter mir, doch ich verstärkte noch mein Gewicht. Dann nahm ich den anderen Fuß zu Hilfe und trat ihr das Ding aus der Hand. Es sah aus wie ein normales Küchenmesser. Wie auch immer, es schlitterte klappernd über den Asphalt und blieb unter einem Wagen liegen. Auf dem Parkplatz war längst ein unbeschreibliches Chaos ausgebrochen. Leute riefen durcheinander, Autos hupten und Sirenen heulten. Anna schlug immer noch wild um sich und versuchte, ihre Hand unter meinem Fuß wegzuziehen. Ich klammerte mich jedoch am Türgriff eines Wagens fest und machte mich noch schwerer.

»Er haut ab!« zeterte sie. »Dieser Mörder! Er haut ab! Den bring ich um! Laß mich los! Ich muß ihn erwischen!«

Nun war der Fisch bei uns. Er packte Anna bei den Schultern, drehte sie blitzschnell auf den Bauch und riß ihre Hände nach hinten. Erst jetzt bemerkte ich, daß ich bei aller Konzentration auf Anna und das Messer Gus ganz vergessen hatte. Sie hatte tatsächlich recht: Er hatte sich davongemacht.

Einer von Hanks Männern half Sunday auf die Beine. Ihre

Hände hatten tiefe Schnittwunden, und ihr pinkfarbener Blazer war am Ärmel zerfetzt.

Anna hatte sich noch immer nicht beruhigt. »Der große Wissenschaftler!« höhnte sie. »Der hat wohl gedacht, er ist mich los, wenn er mich nach Sibirien schickt. Kommt zu mir nach Hause und hält mir einen Vortrag. Ja, wofür hält der mich? Für blöde oder was?«

»Anna!« schrie ich. »Ich bin's, Jordan!«

»Jordan, Jordan!« rief sie. »Helfen Sie mir!«

»Anna, Sie können nicht wissen, ob Dr. Laidlaw Ihre Tochter vergiftet hat. Für ein derart schreckliches Verbrechen gibt es keinen Beweis.«

Sie schloß die Augen. »Doch, Artie hat es mir gesagt. Das war auch der Grund, warum er sich umgebracht hat. Dieser Dr. Frankenstein hat ihn dazu überredet, Seranata diesen Drink aufzuschwatzen, damit sie ihn bei den Turnieren ausprobiert. Er hat ihm gesagt, die Firma würde ihm viel Geld dafür geben. Aber statt dessen hat mein Kind das Zeug gekriegt. Sie wollte Seranata ja immer alles nachmachen. Und dann ist sie gestorben. Artie wußte es. Er hat es mir gesagt. Und er hat sich umgebracht. Er hat meine Celine geliebt. Er dachte, es wäre seine Schuld gewesen. Damit konnte er nicht weiterleben. Aber wenn jemand den Tod verdient hat, dann dieser Doktor.« Sie brach in hemmungsloses Schluchzen aus, als Hank Murray sich über sie beugte und sie dem Fisch abnahm.

»Der Doc ist abgehauen«, erklärte der Fisch. »Aber deswegen mache ich mir keine Sorgen. Wir sind hier auf einer Insel, und die Brücke zum Festland wird bereits bewacht. Da kommt er nicht weit.«

»Aber wieso läuft er überhaupt weg?« fragte ich. »Das ist doch sonst nicht seine Art.«

»Wirklich nicht? Was ist denn seine Art?«

Natürlich hatte der Fisch recht. Ich war so lange mit Gus zusammengewesen, ich hatte ihn geliebt, gehaßt, ich hätte ihn fast geheiratet – und doch kannte ich ihn nicht wirklich, genausowenig wie er mich.

»Das alles ist Ihre Schuld!« zischte Sunday Stanley.

»Lassen Sie mich Ihre Schnittwunden anschauen«, sagte ich. »Sie könnten verbluten.«

Sie starrte mich mit haßerfülltem Blick an. »*Sie* haben Gus dazu gezwungen! Sie haben ständig an ihm herumgenörgelt, bis ihm nichts anderes übrigblieb, als die eigene Firma zu verlassen, um endlich seine Ruhe zu haben. Und dann haben Sie sich geweigert, ihm beim Aufbau seiner neuen Existenz zu helfen. Nach allem, was er für Sie getan hat – er hat es mir erzählt.« Sie leckte sich Blut von der Hand, wobei sie sich die Wange verschmierte, aber nicht verhindern konnte, daß ihr Blut weiter auf den Asphalt tropfte und dunkle Flecken hinterließ.

»Aha!« rief ich. »Sie wollten mich beseitigen, um Gus den Weg zu seiner Bestimmung zu ebnen, nämlich zu Ihnen. War es so?«

»Er selbst hat es nicht gemerkt. Auf diesem Auge war er blind. Darum sah er nicht, daß Sie ihm im Weg standen. Aber jetzt ist es ganz offensichtlich. Ich hatte von Anfang an recht. Sie haben unser aller Leben zerstört, auch das Ihre. Sie egoistische Schlampe!«

Ich drehte mich zum Fisch um. »Sie war es – am Flughafen, in Malibu und wahrscheinlich auch bei dem Gift im Hundefutter.« Plötzlich lief es mir eiskalt den Rücken hinunter, als ich begriff, daß sie über Gus an meinen Terminkalender und sogar meine Schlüssel herangekommen war. Wenn sie mit ihm schlief, hatte er ihr bestimmt alles erzählt – oder zumindest seine Version davon –, und sie hatte das mit ihrer eigenen Lesart vermengt. »Als Firmenpilotin hatte sie Zugang zu allen relevanten Besprechungen und Dokumenten.«

»Glaubst du, sie wußte über Anna Martinez Bescheid?« fragte der Fisch.

»Bestimmt. Sie konnte sich ja denken, daß Drohungen egal welcher Art, also auch die mit der Bombe am Flughafen, Anna zugeschrieben würden.«

»Tja, da hast du ihr die Suppe versalzen«, brummte der Fisch. »Dich konnte sie nicht manipulieren. Wer weiß, was sie als nächstes versucht hätte, nachdem du dich nicht hast einschüchtern lassen?« Der Fisch musterte Sunday, als wäre sie ein Insekt unter einem Mikroskop. Die Mentalität von Verbrechern hatte ihn seit jeher fasziniert – genauso wie sie mich abstieß.

»Ich frage mich nur, warum Gus mich heiraten wollte«, murmelte ich. »Zumal diese Frau da im Spiel war.«

Sunday bedachte mich mit einem giftigen Blick. »Gus hat Sie nie geliebt«, fauchte sie. »Für ihn war das nur ein Geschäft. Es ging ihm um seine Anteile. Sie schmeicheln sich selbst. Sie sind in sich selbst verliebt, nichts weiter.«

»Und vergessen wir auch nicht, daß man gegen seinen Ehepartner nicht aussagen muß«, fügte der Fisch spitz hinzu.

In diesem Moment trafen der Sheriff und seine Leute ein. Sie nahmen Anna sofort in Gewahrsam und führten Sunday zum Krankenwagen.

Ich wandte mich an Hank. »Haben Sie eine Ahnung, wo Gus jetzt ist? Und wie geht es mit Sunday weiter?«

»Bombendrohungen gegen Flugzeuge sind Bundesangelegenheit«, erklärte der Fisch. »Wir werden mit unseren Ermittlungen dort ansetzen.«

Weil mein Bein sich etwas merkwürdig anfühlte, sah ich unwillkürlich an mir herunter. Jetzt erst merkte ich, daß mein Hosenbein aufgeschlitzt war und ich in einer Blutlache stand. »O Gott!« stöhnte ich erschrocken, zumal nun auch langsam ein pochender Schmerz einsetzte. Ich krempelte eilig das Hosenbein hoch und sah, daß vom rechten Knie bis zum Knöchel eine Wunde verlief. Tief war sie zum Glück nicht, sie sah schlimmer aus als sie war.

Hank runzelte besorgt die Stirn. »Vielleicht sollten Sie auch ins Krankenhaus«, meinte er.

Ungerührt zog ich meinen Sweater aus, rollte ihn zusammen und drückte ihn gegen die Wunde. »Der Schnitt ist ja nur oberflächlich«, wiegelte ich ab. »Mit ein bißchen Druck hört die Blutung gleich auf. Säubern kann man sie später auch noch. Zuallererst muß ich Gus finden.« Ich nahm meinen Rucksack, der zu Boden gefallen war, wieder an mich.

»Dafür sind wir zuständig«, erwiderte Hank. »Heute ist der Eröffnungstag des Turniers. Da geht es zu wie sonst das ganze Jahr nicht. Außerdem reisen auch schon Leute für die gleich danach beginnende Golfmeisterschaft an. Auf der Insel wimmelt es von Menschen. Man braucht nur die Straße hinunterzugehen, und schon verschwindet man in der Menge. Diese Straße hier führt entweder zur Brücke – sie ist gesperrt – oder nach Harbour Town. Dazwischen kann man sich höchstens in die Büsche schlagen, aber wir haben schon Straßensperren errichtet. Wir vom Sicherheitsdienst durchkämmen mit fünfzig Mann eine siebzehn Quadratmeilen große Fläche. Jetzt ist auch noch die staatliche Polizei dazugestoßen. Glauben Sie mir, da kommt er nicht weit. Aber wenn niemand Anzeige erstattet, sind uns die Hände gebunden. Wollen Sie das denn tun?«

»Ich glaube, ja.« So schwer wie diese schlichte Antwort war mir noch nie ein Satz gefallen.

»Dann will er also abhauen, statt sich einer Anklage zu

stellen, richtig? Aber noch liegt ja nichts gegen ihn vor. Er sollte sich einen Anwalt nehmen.«

»Ich glaube nicht, daß er vorhat wegzulaufen«, überlegte ich laut. »Er wollte auf schnellstem Weg nach LA zurück, und das hat er wohl immer noch vor. Vielleicht will er dort auch einen Anwalt einschalten, aber wenn ich mich nicht täusche, sucht er in erster Linie konkrete Antworten, die entweder im Labor oder in seinen Unterlagen zu finden sind. Gus ist kein gewissenloser Mensch.« Ich hatte die stunden-, ja, tagelangen Gespräche, die wir nach meinem Absturz im Krankenhaus geführt hatten, nicht vergessen. Da hatten wir uns über die menschliche Seele unterhalten, über die zwei Seiten in der Natur jedes einzelnen, der hellen und der dunklen, und über das gleichzeitige Vorhandensein sowohl des Genialen als auch des Zerstörerischen. Damals war er mir neben meinem Bett so groß erschienen, während ich mit zerschmetterten Gliedern, ohne Perspektive und Hoffnung dagelegen hatte. Er hatte mir meine Würde, meinen Glauben an mich, an meine Zukunft wiedergegeben.

Egal, was inzwischen geschehen war, jetzt war ich es Gus schuldig, das gleiche für ihn zu tun.

Als erstes gab ich eine umfassende Meldung durch – allerdings nicht an die Polizei, sondern an den Club. Der Sheriff und seine Leute, das Sicherheitspersonal und die Bundesbehörden hatten ihre offiziellen Kanäle. Sie kümmerten sich um das, was an der Oberfläche geschah. Sie fuhren sozusagen auf gepflasterten Straßen. Für das, was jetzt anstand, war dagegen der Club bestens geeignet. Seine Mitglieder konnten jeden finden, egal, wo oder wann. Sein Netzwerk auf der Insel war unübertroffen, und seine Fahrzeuge ließen sich auch vom dichtesten Stau nicht aufhalten. Wenn jemand Gus in diesem Gewühl aufspüren konnte, dann die Frauen vom Club.

»Und du glaubst wirklich, daß sie ihn finden können?« fragte der Fisch skeptisch.

»Eine Spielerin hat mal eine Kontaktlinse verloren. Ohne sie hätte sie nicht auf den Platz gehen können. Die Mitglieder wußten nur, daß die Linse *irgendwo* auf dem Gelände liegen mußte. Und vergiß nicht, daß wir über eine winzige Haftschale sprechen, über die mehrere tausend Füße getrampelt waren.«

»Haben sie sie etwa gefunden?«

»Das nicht, aber sie trieben einen Optiker auf, der in weniger als einer halben Stunde eine neue beschaffte. Immerhin haben sie ein andermal A. M. gefunden, nachdem ich sie verloren hatte.«

»Da ist eine Nachricht für dich«, brummte der Fisch.

Aus meinem Walkie-talkie meldete sich eine Stimme. »Jordan? KiKi. Wir haben ihn entdeckt. Er fährt in einem weißen Saab die Lighthouse Road zum Greenwood Circle hinunter. Dort ist eine Straßensperre. Die Polizei hat ihn wahrscheinlich auch schon identifiziert.«

»Bin schon unterwegs.« Ich schaltete ab und wandte mich wieder an den Fisch. »Komm mit. Gus fährt zum Greenwood Circle. Meinst du, wir kriegen einen Polizeihubschrauber?«

»Es liegt keine Anklage gegen ihn vor. Da würde die Genehmigung ewig dauern.«

»Dann nehmen wir eben dein Auto.«

Wir waren etwa zehn Minuten unterwegs, als KiKi sich wieder meldete. »Er hat den Wagen verlassen. Die Straße ist inzwischen total verstopft. Die Leute strömen alle zum Turnier. In der Gegenrichtung wollen die Urlauber entweder in ihr Hotel zurück oder nach Harbour Town. Er hat sich einfach unter die Menge gemischt.«

Der Fisch und ich waren soeben an der Feuerwache vorbeigefahren. »Wohin könnte er wollen?« fragte ich KiKi.

»Parallel zur Straße gibt es einen Fahrradweg. Er könnte aber auch eine Abkürzung über den Golfplatz und vorbei an der Lagune nehmen. Er ist etwa auf Höhe der Feuerwache. Die Straßensperre ist am Kreisverkehr.«

Ich sah auf den Golfplatz. »Fahr rechts ran«, forderte ich den Fisch auf. Das Auto stand noch nicht richtig, als ich hinaussprang und auf ein älteres Ehepaar in einem Golfwägelchen zustürmte. »Entschuldigen Sie, das ist ein Notfall!« schrie ich. »Ich muß mir den Wagen leihen!«

Die zwei starrten mich entgeistert an. Und so, wie der Mann sich ans Lenkrad klammerte, würde er mir bestimmt nicht freiwillig helfen. Plötzlich begann die Frau zu lächeln. »Jordan Myles! Fred, sieh nur, das ist Jordan Myles vom Fernsehen!«

Er blinzelte mich an. »Oh, du hast recht. Das ist wirklich Jordan Myles. Meine Tochter liebt Ihre Show.«

»Danke, aber im Moment brauche ich wirklich dringend einen Golfwagen.«

Die Frau gab ihrem Mann einen Stups. »Komm schon, Fred, steig aus.«

Immer noch übers ganze Gesicht lächelnd, kletterten beide ins Freie. »Stell dir das nur vor«, sagte der Mann. »Jordan Myles borgt sich unseren Golfwagen!«

»Vielen Dank!« Im nächsten Moment jagte ich über den Rasen auf die von Palmen umsäumte Lagune zu. Es war ein friedliches Fleckchen Erde, aber ich fühlte mich alles andere als friedlich. Im Gegenteil, ich holte das letzte aus dem Gefährt heraus.

Und dann sah ich Gus. Er ging mit Riesenschritten inmitten einer Gruppe von Touristen. Obwohl er Sonnenbrille und Hut trug, erkannte ich ihn auf Anhieb. Trotz allem bestand immer noch eine besondere Chemie zwischen uns. Genauso spürte auch er meinen Blick. Er sah sich um und schwenkte sofort in den Schatten der Bäume am Ufer ab. Ich bremste scharf, sprang aus dem Wagen und lief ihm nach. Er versuchte nicht, davonzurennen, sondern ging nur zügig weiter. Inzwischen waren Gewitterwolken aufgezogen, und Regen setzte ein. Eiligst verließen die Touristen die Wege und suchten einen überdachten Schutz, denn nun zuckte auch schon der erste Blitz über den Himmel.

»Wohin willst du?« fragte ich Gus. »Die ganze Insel sucht nach dir.«

»Ich muß nach LA zurück«, stieß er grimmig hervor. »Du mußt mir helfen. Ich muß mit dem Laborleiter von F und E sprechen.«

»Forschung und Entwicklung? Warum gerade jetzt?«

»Die Rezeptur für Duration. Ich vermute, daß sie irgend etwas falsch verstanden haben.«

»Nun, irgend jemand hat offensichtlich daran herumgepfuscht. Glaubst du es oder weißt du es?«

»Ich habe ihnen verschieden hohe Konzentrationswerte gegeben und bin mir nicht sicher, welche sie am Ende genommen haben. Das muß ich dringend herausfinden«

»Hilft das jetzt noch? Das Ergebnis steht ja schon fest. Es sind Menschen gestorben. Ihr habt das Leben anderer aufs Spiel gesetzt. Für deine Rolle dabei mußt du dich verantworten.«

»Mein Gott, es sah so toll aus: das Produkt, die Rezeptur, all die ungeahnten Möglichkeiten. Es tut mir entsetzlich leid, Jordan. Ich war fest davon überzeugt, das Richtige zu tun.«

»Jetzt helfen keine Entschuldigungen mehr, Gus. Anna Martinez hat recht. Du hast weggeschaut. Du hast dich dafür entschieden, keine Fragen zu stellen. Damit bist du ebenso schuldig, als hättest du diese Leute selbst vergiftet. Sie waren deine Freunde. Sie vertrauten dir.«

»Und ich habe *dir* vertraut«, entgegnete Gus bitter. »Dir,

die es nicht erwarten konnte, es mir zu zeigen, mich als Narren hinzustellen. Du hast mich benutzt, Jordan. Du hast mich benutzt, um nach deinem Unfall wieder Tritt zu fassen, und dann bist du einfach über mich hinweggetrampelt, weil du unbedingt höher hinauswolltest, so billig das im Grunde auch war. Und darum konntest du mir natürlich auch jetzt nicht helfen.«

»So hast du es also gesehen? Und darum mußtest du etwas noch Höheres, etwas noch Besseres erreichen? Aber wer hat wen benutzt? *Du* wolltest mich für dieses Infomercial, um auch weibliche Käufergruppen anzusprechen, denn ich war berühmt, anerkannt und glaubwürdig. Nur daß ich nicht darauf angesprungen bin.«

»Du bist auf überhaupt nichts angesprungen, was bei dir nicht auf dem Programm stand. Gesteh dir zumindest das ein.«

»Und Sunday Stanley? Bei wem stand sie auf dem Programm?« Ich wußte, daß es ein Fehler war, ihren Namen ins Spiel zu bringen. Es war mir einfach herausgerutscht.

»Sie hat wenigstens an mich geglaubt.«

Das saß. Mein Mund klappte auf, doch es hatte mir die Sprache verschlagen. Gus hatte recht. Irgendwann hatte ich in meinem tiefsten Inneren aufgehört, an ihn zu glauben. Vielleicht zu der Zeit, als ich angefangen hatte, an mich selbst zu glauben. Vielleicht zu der Zeit, als entweder ich meinen eigenen Weg eingeschlagen hatte oder er in eine andere Richtung gegangen war. Wie auch immer, seit unsere Wege sich nach und nach getrennt hatten, war keiner von uns mehr zu einer Umkehr fähig gewesen. Zwischen uns war es schon lange vorher vorbei gewesen. Nur hatte ich es mir nie eingestehen wollen. Irgendwie war es tröstlich gewesen, das Bild vom allmächtigen Gus zu pflegen, der Vaterfigur, meinem Lehrer und Mentor, zu dem ich mit all meinen Problemen gehen konnte und der stets eine Lösung parat halten würde. Es war ein einziges großes, zerstörerisches Phantasiegebilde gewesen. In dieser Hinsicht war ich ebenso schuldig wie er. Keiner von uns beiden hatte es vermocht, sich der Realität zu stellen.

»Gehen wir doch damit zur Polizei, Gus«, bat ich ihn. »Wozu sollen wir die Situation noch schlimmer machen, als sie ohnehin schon ist? Sieh nur, du blutest ja!«

Mit zusammengebissenen Zähnen betastete Gus seine Wunden. »Das ist nur ein Kratzer. Hör mal, ich lasse mich nicht von BioTech zum Sündenbock abstempeln. Es gibt Antworten, und ich werde sie bekommen.« Er berührte mich an der Wange. »Zusammen hätten wir es schaffen können, Jordan.«

»Hätten wir nicht«, entgegnete ich.

Gus hob erneut die Hand. Ich dachte schon, er wolle mich noch einmal streicheln, doch statt dessen erstarrte er für einen Moment wie ein Tier, das gleich in wildem Galopp davonjagen wird, und stürzte sich plötzlich voller Wut auf mich. Mit einem Schlag explodierte all die Frustration und Aggression, die sich in uns aufgestaut hatte. Ich wich zurück, riß den Arm hoch und drosch ihm die Faust, in der ich immer noch das Walkie-talkie hielt, mitten ins Gesicht. Unter meinem Knöchel spürte ich das Knirschen von Knorpel. Sein Nasenbein brach seitlich weg. Mein Vorhandvolley. Früher war er meine Spezialität gewesen. Anscheinend war er es immer noch.

Die Wucht meines Hiebs riß mich selbst von den Beinen. Unversehens lag ich auf dem Boden. Benommen kniete ich mich hin. Als ich aufsah, war Gus verschwunden. Ich setzte mich ins Gras und starrte meine blutverschmierten Knöchel an. Ob das Blut von ihm oder von mir stammte, war mir nicht klar.

Auf einmal hörte ich Wasser spritzen. Da begriff ich, daß Gus in die Lagune gesprungen war. Wahrscheinlich wollte er auf schnellstem Wege zum Hafen gelangen. Ich krabbelte näher zum Ufer, als über mir ein Donner krachte. Und dann hörte ich ein Keuchen in meinem Rücken. Es war der Fisch. Er stieß mich kurzerhand zu Boden. »Aus dem Weg!« schrie er. »Hank und seine Leute sind gleich da. Sie machen das schon.«

Ich warf einen Blick auf die Lagune. Zu meinem Entsetzen sah ich den Rücken eines riesigen Alligators, dessen Schwanz über das seichte Wasser peitschte. Das Tier hatte Gus gepackt und zog ihn unerbittlich tiefer hinein.

Ich rappelte mich schwankend auf.

»Er muß beim Weglaufen in ein Nest getrampelt sein«, japste der Fisch. »Dieses Vieh kam plötzlich vom Ufer. Für mich sah es aus wie ein Baumstamm. Man konnte es wirklich nicht erkennen. Und dann hat es zugebissen.«

»Ich habe auch nichts gesehen!« Es war schrecklich, dazustehen und nichts tun zu können, während sich das Wasser vor uns immer mehr in einen brodelnden und schäumenden Hexenkessel verwandelte.

Wir standen wie angewurzelt am Ufer. Der Fisch schüttelte fassungslos den Kopf. »Hank hat mit gesagt, daß sie auf fünfzig Meter schneller laufen als jeder Mensch.«

Das durfte ich nicht zulassen. Ich wand mich aus dem Rucksack, riß ihn auf und zog den Revolver heraus. Ohne weiter nachzudenken, spannte ich den Hahn, zielte und drückte ab, einmal und dann gleich wieder. Ich konnte nur hoffen, daß ich das Tier getroffen hatte und nicht den Menschen.

Mit einem Mal hörte das wütende Klatschen auf. Dann rannten sechs oder sieben uniformierte Männer zum Ufer. Benommen sah ich zu, wie sie vorsichtig ins Wasser wateten.

Mit Hilfe von Netzen und Fischerhaken zogen sie eine Gestalt an die Oberfläche. Ich erkannte, daß es Gus war.

»Er wollte unbedingt nach LA«, murmelte ich, ohne den Fisch anzusehen. Inzwischen regnete es in Strömen. Wir waren längst naß bis auf die Haut. Aber wenn mir die Zähne klapperten, dann wegen des Schocks. »Er hat versucht, mich davon zu überzeugen, daß ihn keine Schuld trifft. Er glaubte, daß die im Labor das bestätigen könnten. Sie haben die exakte Rezeptur für die Proben.« Ich redete, um die eigene Stimme zu hören, als könne ich damit das Entsetzliche ungeschehen machen. Als die Polizisten Gus am Ufer ablegten, sah ich sein weißes Gesicht. Einer der Männer nahm eine Herz-Lungen-Wiederbelebung vor. Plötzlich hustete Gus, und ich sah, wie seine Brust sich hob und senkte. »O mein Gott«, flüsterte ich. »Ich hab' ihn doch nicht getroffen?«

Erst nach längerem Hinschauen bemerkte ich, daß sein linkes Bein unterhalb des Knies und fast sein ganzer linker Arm fehlten.

18

Die Ereignisse überschlugen sich im Laufe des Turniers. Anna Martinez wurde verhaftet und unter psychiatrische Beobachtung gestellt. Sunday Stanley wurde ebenfalls festgenommen, nachdem ich sie wegen versuchten Mordes angezeigt hatte. Im Laufe der Untersuchung gestand ein Kollege, der in sie verliebt war und zu den Stammgästen des Spitfire Grill zählte, daß er sich von ihr hatte überreden lassen, mir mit einem »kleinen Streich« einen Schrecken einzujagen. Gegen Trent wurden ebenfalls Ermittlungen eingeleitet, und die Produktionsanlagen von BioTech wurden unverzüglich von der Gesundheitsbehörde geschlossen.

»Gott sei Dank hatten wir den Zusammenschluß noch nicht bekanntgegeben«, seufzte Bill erleichtert. Wir saßen einen Tag vor dem Finale mit Jasmine und Ginny Jennings in der Players' Lounge. »Ich denke, wir können die Abstimmung darüber in aller Stille begraben.«

»Mir wird dieses Schlangennest von BioTech bestimmt nicht fehlen«, stöhnte ich.

»Bislang konnten wir ja jedes Aufsehen vermeiden«, fügte Bill hinzu. »Und so sollten wir es auch weiter halten. Gus Laidlaw ist ja schon vor diesen Ereignissen bei uns ausgeschieden. Ich möchte, daß die Klinik nicht im Zusammenhang mit den Vorkommnissen genannt wird. Auf meinen Vorschlag hin wird Jordan ihm als stellvertretende Direktorin nachfolgen. Sie wird den Schwerpunkt wieder auf unsere physikalische Behandlung legen. Wir kehren zurück zu unseren Stammpatienten, die ja von Anfang an unser Hauptanliegen waren.«

»Ich glaube nicht, daß die Investoren ihr Augenmerk jetzt außer auf BioTech noch auf andere richten«, meinte Ginny. »Die haben schließlich das größte Tamtam gemacht. Außerdem weiß alle Welt, daß Jordan sich geweigert hat, sich für dieses Infomercial zur Verfügung zu stellen.«

»Aber *ich* habe mich nicht geweigert«, sagte Jasmine traurig, die bis dahin in ihrem Trainingsanzug schweigend danebengesessen hatte. Trotzdem war ihre Selbstbeherrschung bewundernswert. Auf dem Court hatte man ihr von all der Anspannung nichts anmerken können. Mit einer enormen Konzentration, die endlich auch ihrer Eleganz und Koordination entsprach, hatte sie sich als unbezwingbar erwiesen. Jetzt, da Klarheit über Maliks Tod und die Drohungen und Lügen herrschte, spielte sie wie von einer Riesenlast befreit, ja, sie hatte zur Form ihres Lebens gefunden. Die Fans und die Reporter belagerten sie förmlich, und natürlich ging sie als turmhohe Favoritin ins Finale. Die Players' Lounge war einer der wenigen Orte, wo sie sitzen konnte, ohne gleich wegen Autogrammen oder Interviews bedrängt zu werden. Und hier konnte sie auch ihre Gefühle zeigen. »Ich mache mir selbst die größten Vorwürfe. Mein Gott, dieser Drink war mit Schuld an Maliks Tod.«

»Es war nicht nur dieses eine Produkt«, hielt ich ihr vor. »Malik nahm noch tausend andere Präparate. Der Drink hat nur das Faß zum Überlaufen gebracht.«

»Aber Paul Kessler hat ihn dazu überredet, dieses Zeug zu trinken. Und ich habe mitgemacht.«

»Selbst Paul hatte keine Ahnung, was der Drink, kombiniert mit Maliks Zusatzstoffen, anrichten konnte. Paul ist ein Widerling, aber an dem Betrug mit Duration war er nicht beteiligt. Er trank das Zeug ja selbst. Schuld an Maliks Tod war letztlich ein Streit, der eskaliert ist und bei dem beide unter der Wirkung dieses Drinks standen.«

Im Zuge der Ermittlungen hatte Paul unter Eid gestanden, daß er und Malik sich über die Veruntreuung von Maliks Vermögen gestritten hatten und sich auf dem Wanderweg erneut in die Haare geraten waren. Dabei hatte Paul Malik gestoßen, worauf der ohnehin geschwächte Sportler das Gleichgewicht verloren hatte und abgestürzt war. Danach hatte der Staatsanwalt von Palm Springs Paul wegen fahrlässiger Tötung unter Anklage gestellt. So wie ich Pinocchio kannte, würde er sich allerdings mit Hilfe seiner hochbezahlten Anwälte damit herausreden, er sei infolge der Nachwirkungen von Duration nicht zurechnungsfähig gewesen. Ob die Steuerfahndung sich auch so leicht manipulieren lassen würde, war indes alles andere als sicher.

Was nun Gus betraf, so hat er schon immer eine unverwüstliche Konstitution gehabt. Doch in meinen Augen wäre es diesmal besser gewesen, er hätte es nicht geschafft. Ich bezweifelte, ob er es mir danken würde, daß ich ihm mit diesem Schuß das Leben gerettet hatte. Wäre er noch in der Lage gewesen, seinen Willen zu äußern, hätte er sich bestimmt für den Tod entschieden. Aber diese Wahl hatte er nicht mehr. Ich nahm mir vor, ihn im Krankenhaus von Charleston zu besuchen, sobald ich meine vertragliche Verpflichtung zur Kommentierung und Nachbereitung des Turniers erfüllt hatte. Allerdings stand jetzt schon fest, daß er meine Anwesenheit gar nicht wahrnehmen würde. Gus war zu keiner Regung mehr fähig, nicht, weil ihm wichtige Glieder fehlten, sondern weil sein Gehirn unter Wasser zu lange ohne Sauerstoff geblieben war und irreparable Schäden erlitten hatte. Noch war den Ärzten nicht klar, welche Fähigkeiten, falls überhaupt, er zurückerlangen würde. Folglich hatte es auch keinen Sinn, ihn wegen seiner Rolle in der Duration-Geschichte vor Gericht zu stellen, auch wenn die Schidors mit einer Klage gedroht hatten.

Es kam mir makaber vor, daß ein so brillanter Mann wie Gus letztlich gegen ein Tier mit einem winzigen Gehirn den kürzeren gezogen hatte. Aber wie hatte Paul es ausgedrückt? Primitive Tiere haben nun einmal besonders gut ausgeprägte Instinkte, wohingegen Gus ein reiner Verstandesmensch gewesen war. Mir war klar, daß es mit Gus jetzt sehr schwer für mich werden würde, andererseits fühlte ich mich für all seine Bemühungen, mir nach meinem Sturz aus dem dunklen Loch herauszuhelfen, tief in seiner Schuld. Was für eine Art Duell wir auch immer ausgefochten haben mochten, im nachhinein erwies er sich als der Sieger.

Von nun an konnte ich ihn nicht mehr im Stich lassen. Nie. Genausowenig wie ich ihn jemals wieder würde lieben können.

Ginny hatte versprochen, mir beizustehen. Sie hatte sich als eine wahre Freundin erwiesen, die mich in dieser schweren Zeit stützte und mir stets zeigte, daß jemand für mich da war. Nach meiner Rückkehr würde ich den Verkauf meines Hauses in die Wege leiten und Ginnys Angebot, bei ihr einzuziehen, gerne annehmen. Mein eigenes Haus war mit zu vielen Erinnerungen an Gus verbunden. Wenn alles vorüber war, wollten Ginny und ich eine Reise unternehmen, vielleicht nach Rom oder Paris, auf jeden Fall in eine Weltstadt. Je mehr Stahl, Zement und Unweltverschmutzung, desto besser.

Die Lust auf freie Natur war mir für lange, lange Zeit gründlich vergangen.

Danksagung

Die Autoren möchten all denen danken, die uns beim Schreiben und der Veröffentlichung dieses Buches geholfen haben: für die Erklärung medizinischer Zusammenhänge Dr. Rosemarie Morwessel und Dr. Stanley Liebowitz; außerdem Bunny Williams, Missy Malool, »Bunny's Bunch«, George Breed, jr. und Anni Miller auf Hilton Head. Vielen Dank auch an John McKally und Janet Indelli vom Fernsehsender HBO und an Craig Nelson, John Nelson, Brad Dancer, Ted Walters und Lady Valerie Solti. Nicht vergessen möchten wir David Rosenthal und Annik LaFarge von Villard Books und Joe Blades von Ballantine Books. Bei IMG möchten wir vor allem Julian Bach, Peter Johnson und Carolyn Krupp danken. Besonderer Dank schließlich geht an Nancy Falconer für ihre Unterstützung bei der gesamten Jordan-Myles-Reihe.